AF399636

Nadine Christiane ist gebürtige Flensburgerin. Seit früher Jugend, damals noch auf der ollen Reiseschreibmaschine ihrer Oma, schreibt sie Geschichten – und wirft sie wieder weg. Beruflich viel ausprobiert, ist sie seit 2015 Logopädin mit dem Schwerpunkt Stimmtherapien und Stimmtransitionen. Doch ihre große Liebe ist das Schreiben. Schreiben ist ihr Yoga. Nach Jahren in unterschiedlichen Großstädten lebt die Vegetarierin mit ihrer Frau und der ehemaligen Straßen-hündin Tilda heute wieder in ihrem Geburtsort – und so oft wie möglich im Allgäu, wo sie ihren Zweitwohnsitz hat, und begeistert Berge besteigt. Sie ist keine Literaturpreis-, aber Brillen- und rechtsseitig Prothesenträgerin. Neuerdings wirft die Geschichtenschreiberin ihre Texte auch nicht mehr weg …

NADINE CHRISTIANE

Friede, Freude, Lebkuchen

Ein gemütlicher Liebesroman über
chaotische Feiertage, unerwartete Liebe
und die Magie der Nordseeküste

Erstausgabe Oktober 2024

Copyright © 2024 dp Verlag, ein Imprint der
dp DIGITAL PUBLISHERS GmbH
Made in Stuttgart with ♥
Alle Rechte vorbehalten

Friede, Freude, Lebkuchen

ISBN 978-3-98778-599-3
E-Book-ISBN 978-3-98778-591-7

Covergestaltung: ArtC.ore-Design / Wildly & Slow Photography
Umschlaggestaltung: ArtC.ore Design
stock.adobe.com: © schab
shutterstock.com: © Sandra Chia, © fotohunter, © Barbora1528,
© irinacapel, © Evgeniya Litovchenko, © Sener Dagasan,
© photofriend, © ricok, © Kazantseva Olga, © Paul Orr, © vnlit
Lektorat: Stephanie Schilling
Satz: dp DIGITAL PUBLISHERS GmbH
Druck und Bindung: Books on Demand GmbH, Norderstedt

Driving home for Christmas

Ich feuchte meinen Zeigefinger an und reiße das skatkartengroße Kalenderblättchen des zweiundzwanzigsten Dezembers ab. Ich grinse zufrieden. Es existieren weder Ton- noch Filmaufnahmen, auch keine steno- oder tagebuchähnlichen Aufzeichnungen, die als Beweismittel taugen, einzig mein Gedächtnisprotokoll liegt mir vor. Und dennoch erinnere ich mich an jedes Detail. Ein warmer Hauch weht mir über das Gesicht. Die besonderen Ereignisse des letzten Weihnachtsfestes, die mein gesamtes Leben umgestaltet, umgekrempelt und umso besser gemacht haben, sind noch immer präsent ...

1 Jahr zuvor

„In zwei Tagen ist Weihnachten", raunte ich, betrachtete aufmerksam mein Spiegelbild und bemühte mich um ein Grinsen. Doch mir gelang nichts außer einem Seufzen. Ich konnte Weihnachten nicht leiden. Warum? Weil die menschlichen Erwartungen an diesem speziellen Tag besonders hoch und unrealistisch sind. Alle Jahre wieder bündelte sich die Sehnsucht nach

Perfektion am vierundzwanzigsten Dezember. Oh Tannenbaum, lasst uns froh und munter sein, heute Kinder, wird's was geben. Vorfreude, Nervosität und warten, warten, warten. Warten auf das Christkind, oder wie in meinem Fall, bis es wieder weg war.

Ich hielt meine Hand unter den Wasserhahn, wischte mir durch das Gesicht und befeuchtete meine Mimik. Mit Tropfen auf der Nase starrte ich in den Badezimmerspiegel und bemühte mich noch einmal um ein Grinsen. Ich öffnete meine Lippen so weit, als hätte mich meine Zahnärztin darum gebeten. *Von wegen, weißere Zähne*, dachte ich. *Diese neue Zahncreme taugt gar nichts. Sie sind nicht weißer, sie sind einfach nur heller,* stellte ich nüchtern fest. *Verfärbtes Hell ist nur leider nicht das Gleiche wie Weiß.* Ich schüttelte den Kopf und schaute mir tief in die blauen Augen.

„Müde siehst du aus", flüsterte ich. „Müde mit hellen Zähnen", ergänzte ich und ließ eine zuckende Rage meiner Schultern zu. Die Zeiten, in denen mein Lächeln das des Kinderschokolade-Knaben hätte doubeln können, waren Geschichte. Mein Zahnweiß, ein Weiß, wie die Fronten einer hochglanzfurnierten Einbauküche, war lange her. Weiß würden in den nächsten Jahren nur noch meine Haare. *Vielleicht auch früher schon,* überlegte ich und dachte voll Gram an das bevorstehende Weihnachtsfest. Ich spürte fast, wie meine Haare farblich verblassten, von Kastanienbraun zu Ascheweiß.

„Das Leben ist unvollkommen", zitierte ich einen klugen Menschen, dessen Name mir gerade nicht einfiel und pfiff einen Gothic-Klassiker. Ich hatte mich mit der Unvollkommenheit des Lebens schon lange arrangiert.

Ich machte eine wegwischende Handbewegung und klapste versehentlich den Rand des Waschbeckens. „Autsch.“

Ich strebte nicht nach Perfektion. Ich brauchte keine Formvollendung. Ich verwirklichte mich im Mittelmaß. Europaweit war ich vermutlich die einzige Frau ohne Figur-Probleme. Ich war nicht zu üppig, nicht zu dürr, nicht zu hoch und nicht zu tief. Ich gefiel mir. Dass man heutzutage sowas eine Frau noch sagen hört, ist fast empörend, zumindest aber unglaublich.

„An der Nordseeküste“, sang Fee, meine beste Freundin, mit der ich gemeinsam eine Doppelhaushälfte bewohnte, die ich mir vor einigen Jahren gekauft hatte. Sie stöckelte durch den Flur und klopfte im Vorbeigehen an die Badezimmertür.

„Netter Hinweis“, rief ich, fletschte meine Zähne und schloss die Augen. *Was meine Mutter sich in den Kopf setzt*, dachte ich und sauste mit meinen Gedanken in die Vergangenheit. In den Spätsommer genau genommen …

„Ich würde den Abend gerne zu Hause vor dem Fernseher verbringen. Mit Kartoffelsalat und Bockwürstchen“, meinte ich zu meinen Eltern und nickte. Mutter schaute mich an, entsetzt, fast verstört, als hätte ich ihr Tino Chrupalla als meinen neuen Lover vorgestellt.

„Nein, nein“, widersprach sie. Ihr Zeigefinger fegte durch die Luft. Ich hatte ihr gerade eine Absage hinsichtlich des geplanten Weihnachtsevents erteilt. Meine Eltern beabsichtigten ein glamouröses, glanzvolles Fest mit allen Freunden, Bekannten, Angeheirateten und Verwandten auszurichten.

„Du feierst mit uns“, bestimmte sie.

„Basta!“, scherzte mein Vater und zwinkerte mir zu.

„Dein Vater und ich planen seit März“, erklärte sie, während ihre Stimme in die Höhe schoss. „Es wird ein unvergessenes Fest werden“, beteuerte sie.

„Hätte es eine kleinere Veranstaltung nicht auch getan?“, hakte ich nach.

„Du tust ja gerade so, als planen wir eine Promi-Veranstaltung im ausgebuchten Roncalli-Zelt?“, konterte meine Mutter.

„Du weißt genau, was ich meine“, behauptete ich. „Warum wollt ihr ausgerechnet an der Nordseeküste feiern? In Nurdachhäusern? Und dann gleich für eine Woche. Weihnachten ist nur am vierundzwanzigsten Dezember.“

„Dass wir alle noch einmal zusammenkommen“, säuselte sie. *Wie überdramatisch*, dachte ich.

„Dreh nicht durch, Mama, du bist gerade einmal sechzig Jahre alt, bist frei von heimtückischen Erbkrankheiten, bist keine risikofreudige Extremsportlerin, hast ein Herz wie … eine Mutter eben, bist nicht schlaganfallgefährdet und hast nicht einmal eine Schilddrüsenüber oder -unterfunktion“, fasste ich die Fakten kühlen Kopfes zusammen.

„Lass uns doch die Freude. Es wird großartig werden, du wirst schon sehen.“

Doch das Einzige, was ich sah, waren die unbezahlten Urlaubstage, die mein Weihnachtsgeld verdauten, da mein Jahresurlaub nur bis September gereicht hatte. Mit einer der gedruckten Einladungskarten fächerte ich mir Frischluft zu.

„Da meine zweite Tochter nun endlich auch zugesagt hat, bleibt nur noch die Frage, wie der mundgeblasene

Baumschmuck unfallfrei an die Nordseeküste kommt", schrillte meine Mutter und fixierte meinen Vater mit einem Appell in ihrem Gesicht. Ich fixierte meinen Vater ebenfalls. „Papa, tu doch was", flehte ich und schob meine Unterlippe vor. *Warum feiern wir nicht zu viert,* überlegte ich. *Mama, Papa, Fee und ich. Zu Hause in meiner Doppelhaushälfte, vor dem Fernseher mit Kartoffelsalat und Bockwürstchen.*

„Mein Mädchen, wir schaffen das", flüsterte mein Vater und streichelte meinen Kopf. Er lächelte liebevoll. „Lass deiner Mutter doch die Freude."

So eine Kraftanstrengung für einen einzigen Tag. Genaugenommen für wenige Stunden, überlegte ich und schaute mürrisch in den Spiegel. Ich erschrak und musste plötzlich an meine Oma denken. Ich ließ meine Augen groß werden wie Apfelsinen.

„Da steht man tagelang in der Küche und zwanzig Minuten später ist alles weggefressen", hatte sie früher immer gesagt – Jahr ein Jahr aus, am Weihnachtsfest.

Und plötzlich befürchtete ich, dass ich meine relative Gleichgültigkeit gegenüber dem Weihnachtsfest meiner powerpessimistischen, meiner dauerdestruktiven, meiner megamosernden Oma zu verdanken hatte. Ich warf mir meine rechte Hand vor den Mund.

Damals hatte ich meine Mutter gefragt, warum wir jedes Jahr zu Oma nach Brunsbüttel fahren müssten, obwohl es dort so schrecklich war.

„Blut ist dicker als Wasser", hatte meine Mutter mir verraten und ich hatte genickt, als hätte ich irgendetwas verstanden.

Heute weiß ich, was für eine nichtsnutzige Floskel das war. Blut ist dicker als Wasser, was soll das heißen?

Geht's da um den Aggregatzustand, um die Fließgeschwindigkeit von Flüssigkeiten? Und Zucker ist süßer als Salz. Punkt. Ich schnaubte.

Meine Oma hatte viel Energie darauf verwendet, das Fest der Liebe, das sagenumwobene Weihnachtsfest zu einer Weihnachtspest zu machen. Am Weihnachtsbaum hing zu wenig Lametta, die Geschenke waren selbstgestrickt und nach dem Hauptgang gab es, zum Braten passend, einen zähen Streit, dass der Nachtisch aus Zeitgründen vom Protokoll gestrichen werden musste. Mutter weinte, Oma exte einen Piccolo und Vater hielt meine Schwester und mich im Arm. „Nächstes Jahr fahren wir in den Skiurlaub", versprach er. Pustekuchen, denn ein Jahr später stand wieder eine unberührte Gebäckspezialität auf dem selbstgestrickten Tischläufer in Beige und wartete auf seinen Verzehr, während drumherum schon zäh gestritten wurde. Mama weinte, Oma exte, Vater versprach uns einen Skiurlaub.

Wie soll ich nach diesem Trauma je wieder in Weihnachtsstimmung kommen?! Ich war noch immer eins mit meinem Badezimmerspiegel. Untätig betrachtete ich mein müdes Gesicht.

„Das Fest der Liebe", hauchte ich ironisch und täuschte eine zittrige Unterlippe vor, wie ein Pfarrer, den seine eigene Predigt überwältigt hat. Ich wusste, ich benahm mich wie der Grinch und zog einen Flunsch.

„Im Radio haben sie gerade gesagt, dass es an der Nordseeküste schneien könnte. Super, oder?!", trällerte Fee vor dem Badezimmer und riss mich aus meiner Untätigkeit raus.

„An der Nordseeküste? Niemals! Wenn es schneit, dann in Bayern", schlaumeierte ich und sah mir beim Sprechen zu.

„Bist du jetzt Meteorologin geworden?", scherzte meine beste Freundin und Mitbewohnerin. Durch die lärmabwehrende Tür klang ihre Stimme dumpf.

„Glaub mir, es wird nicht schneien!" Ich gestikulierte, als hacke ich einen Laib Brot in der Mitte durch.

„Ey, du bist so Klischee", behauptete sie.

„Ich?", echauffierte ich mich.

„Ja, voll! Du verkörperst alle Merkmale eines Grinch." Fee pausierte kurz, dann fuhr sie fort. „Weihnachten scheiße." Sie sprach mit verstellter Stimme und klang wie … na ja … wie ein Grinch. „Geschenke scheiße. Baumschmuck scheiße. Schnee scheiße."

„Ich bin weder ein Grinch noch entspreche ich irgendeinem Klischee!", betonte ich.

„Glaub daran, aber es stimmt nicht", entgegnete Fee. Ich hörte, dass sie kicherte. Dann stöckelte sie davon. Klack, Klack, Klack.

„Ich und Klischee", zischelte ich und schnaubte. *Niemals!*

Die Wahrheit war, ich entsprach keinem Klischee. Denn obwohl ich eine Zwillingsschwester habe, machten sie und ich keine Werbung für die Pillen, Tabs und Tropfen eines großen deutschen Pharmaunternehmens. Kein Hanni und Nanni, kein doppeltes Lottchen, ich konnte meine Schwester nicht einmal leiden. Gute Reise, gute Wässerung – geh doch weg und schlag dort Wurzeln. Von wegen, tiefe Verbundenheit, meine Schwester und ich hielten Kontaktsperre. Seit Jahren schon.

Ich entsprach keinem Klischee, ich hatte Dreadlocks und war trotzdem keine Baumhausbesetzerin oder Ergotherapeutin geworden. Ich war Kauffrau. Ich war über dreißig, unverheiratet, kinder- und sogar haustierlos. Ich besaß keinen Autoführerschein. Ich machte mir nichts aus Schuhen mit Riemchen, nichts aus strippenden Typen mit öligen Waschbrettbäuchen, nichts aus Boygroups, es sei denn sie spielten Fußball mit mir, und trank lieber Bier als Sekt.

„Das sind eindeutig genug Beweise", redete ich mir ein und nickte.

„Bist du eigentlich langsam mal bereit?", rief Fee. Sie tänzelte wieder vor der Badzimmertür hin und her. Ich erschrak, zuckte zusammen und überlegte blitzschnell.

„Bereit wie man in dieser Situation sein kann", erwiderte ich zerknirscht und schaute ebenso meinem Spiegelbild entgegen. Plötzlich wurde mir fürchterlich aufgeregt zumute. Meine Beine zitterten, als stünde ich auf viel zu hohen High Heels, mit viel zu schlanken Absätzen.

„Du ziehst hoffentlich nicht diesen schrecklichen Weihnachtspulli an, oder?", rief sie.

„Hm", antwortete ich und schaute an mir herab. Ich blickte auf Lebkuchenfiguren, weißbärtige Kerle, Engel und allerlei Weihnachtsgetier. Dieser Fummel mit All-Over-Print war meine Art des stillen Protests. Mein Gegenentwurf zu Frack, Pomp, Pailletten und Nadelstreifen. Feixend rieb ich mir die Hände. Der leuchtend bunte Kitschpullover knisterte, ob des hohen Kunstfaseranteils, bei jeder Bewegung. *Jetzt nur kein Metall berühren*, überlegte ich achtsam.

„Was hast du gegen meinen Weihnachtspulli?"

„Er ist cringe, du Grinch", skandierte Fee vom Flur aus.

„Ich glaube, dieses Jahr liegen schlimmere Dinge unter dem Weihnachtsbaum", erwiderte ich und ging die Gästeliste durch. Gast Nummer eins, meine Oma Gretchen. Nichts an dieser Person rechtfertigte eine Verniedlichung, ein „chen" im Namen. Gast Nummer zwei, meine Schwester Lissy. Gast Nummer drei, Kim, der Sohn der besten Freunde meiner Eltern. Die Liste war ebenso lang wie das Gesicht, das ich in dem Moment machte.

"Kim", flüsterte ich und legte eine Portion Verachtung in meine Stimme.

„Hast du was gesagt?", rief Fee.

„Was? Nein!", log ich.

Die Geschichte ist schnell erzählt: Ich war sechzehn Jahre alt und Kim mein erster Freund. Dann kam Lissy daher und ich war wieder Single.

„Ein Teil von mir wird dich immer lieben", log Kim, damals, nachdem ich ihn und Lissy beim Knutschen erwischt hatte. „Ihr seid eineiige Zwillinge. Wenn ich deine Schwester küsse, ist es, als küsse ich auch dich. Es ist nur dieses eine kleine Prozent", meinte er zu mir. Es war immer dieses eine kleine Prozent, dieser Spritzer Zitronensaft, diese paar Zentimeter, die meine Schwester vorne lag.

Nach dem Betrug hatte ich nie wieder mit Kim gesprochen. Wenn ich ihn in der Vergangenheit auf irgendwelchen Events meiner Eltern traf, schaute ich weg und tat so, als kannte ich ihn nicht. Stattdessen tat ich so, als amüsierte ich mich, lachte zu laut, flirtete zu frech – manchmal sogar mit dem Onkel eines Schwagers, einundsiebzig Jahre alt.

Kim kümmerte das nicht, er hatte mal die eine, dann wieder eine andere an der Hand. Zeitweise war er solo unterwegs. Doch nie solo und verzweifelt, immer nur solo und wissend, dass bald die Nächste kommt. Er hatte Charme, sah so unerhört gut aus, dass es kaum auszuhalten war - als wäre mir der einundsiebzigjährige Onkel eines Schwagers mit seinen orthopädischen Schuhen beim Tanzen auf den kleinen Zeh getreten.

„Komm drüber weg. Es ist fast zwanzig Jahre her", bellte der Grinch in mir und riss mich aus meiner Erinnerung heraus.

„Wir müssen in einer Dreiviertelstunde los", bellte schließlich auch Fee.

„Ich weiß", gab ich zurück. Fee und ich kannten uns so gut.Ohne sie zu sehen, wusste ich, dass sie im Flur mit dem Zeigefinger auf ihre Smartwatch eindrosch und versuchte, den Alarm auf fünfundvierzig Minuten zu programmieren.

„Scheiß Ding", fluchte sie, während es vor der Badezimmertür bimmelte und klingelte.

Sie trug das *Scheiß Ding* seit über einem Jahr und wusste noch immer nicht, wie es funktionierte.

„Nimm dir doch die Eieruhr aus der Küche."

„In einer Dreiviertelstunde", wiederholte Fee. Meinen Vorschlag ignorierte sie. Dann entfernte sie sich mit den Worten: „Ich checke noch einmal den Geschenkeberg." Das Schrillen wurde leiser.

Der Geschenkeberg, dachte ich. Er hatte auf dem Wohnzimmerfußboden sein Zwischenlager gefunden und musste noch verladen werden. *Das auch noch!*

„Ich will nicht“, raunte ich leise und schaute auf meine dunkelgrün lackierten Nägel. Vielleicht breche ich mir die Finger, überlegte ich, dann darf ich zu Hause bleiben. Und wenn nicht, breche ich spätestens, wenn ich Gretchen gegenüberstehe. Oder Kim. Oder Lissy. Vielleicht bekomme ich vorher einen tödlichen Stromschlag, dachte ich, während der Pullover verheißungsvoll vor sich hin knisterte. Ich seufzte.

Reiß dich zusammen, wirkte ich still auf mich ein und glättete mit den Fingerkuppen meine Zornesfalten.

„Das Leben ist unvollkommen“, wiederholte ich noch einmal und spulte in Gedanken schon einmal die Begrüßungsszene ab, in der mir die nahen und weit entfernten Verwandten, die Angeheirateten und Geschiedenen, mit fröhlicher Weihnachtsstimmung, plappernd und gackernd, um den Hals fielen. Ich nahm mir vor, emotional stabil zu bleiben, mich beherrscht und gelassen zu geben. Selbst wenn sie mir und Fee zum x-ten Mal eine Beziehung nachsagten.

Nein, wir sind immer noch kein Paar, würde ich erklären, als ob ich das nötig hätte, und ein geduldiges Grinsen vortäuschen. Von außen würde niemand meine Rage erkennen. Es ist ja schließlich Weihnachten. Und sowieso kann man den Menschen immer nur bis vor den Kopf blicken, der Rest liegt im Verborgenen. In dem Zusammenhang fiel mir etwas ein ...

Viele Jahre war es her, da hatte ich die Gelegenheit, eines meiner Idole persönlich kennenzulernen. Seit meiner Kindergartenzeit, während all die anderen Kinder aus der Igelgruppe Rolf Zuckowski und seine Freunde feierten, hörte ich die Graving Beasts, eine eher düstermelancholisch wirkende Goth-Rock-Band.

Tiefschwarz, wenig Tempo, viel Bass und ein guttural agierender Frontmann namens Divo.

Müsste ich an dieser Stelle noch einmal darauf hinweisen, dass ich keinem Klischee entsprach?!

Dachbodenaufräumarbeiten mit meinem Vater hatten mir eine Schallplatte der Graving Beasts in die Hände gespielt.

„Ach, du meine Güte", meinte mein Vater mit Tränen in den Augen und grinste beseelt. „Das, Luise, ist das erste Album der Graving Beasts, der besten Band der Welt." Neugierig sortierte ich die schwarze Scheibe aus der ausgelaugten Papphülle.

„Ich wette, deine Mutter hat sie hier oben versteckt", schimpfte mein Vater und polterte sodann die Stufen der Dachbodentreppe herab.

Viereinhalb Minuten später saßen er und ich vor dem rotierenden Plattenteller und wippten mit den Köpfen. Es war Liebe auf den ersten Ton. Liebe, Verzückung und das Gefühl, Rolf Zuckowskis Freunden aus der Igelgruppe musikalisch den Mittelfinger zu zeigen.

Es folgten ein schwarz gestrichenes Jugendzimmer, verwehte Sturmfrisuren und ein Nasenpiercing. Ein Meet and Greet, nicht zu verwechseln mit dem Meat und great einer Fastfoodkette, brachte zusammen, was meiner Meinung nach zusammengehörte, Divo und mich. Doch schon der erste Eindruck ließ mich ernüchtert zurück. Divo war ein unsympathischer Riesenarsch. Ich konnte ihn weder riechen noch leiden. Er war ungehobelt, ungeniert und unverschämt. Er nannte mich „Kleine" oder „Schätzchen".

„Ciao, Arschloch", schmetterte ich. „Schieb dir dein Meet and Greet in die toupierten Haare." Ich stampfte aus der schaurigen Eventlocation und strich die Graving Beasts unwiderruflich von der Liste meiner Lieblingsbands.

„Man kann den Menschen immer nur bis vor den Kopf schauen", flüsterte ich. „Oder aber bis vor die aufgehellten Schneidezähne." Ich fuhr mir mit der Zungenspitze über die Frontzähne.

„Noch vierzig Minuten", rief Fee. Ihre Uhr dudelte immer noch. „Was machst du eigentlich die ganze Zeit da drinnen?" Sie ruckelte an der Türklinke.

„Ich frisiere mich", log ich, zog mit den Zeigefingern die Unterlider herab und betrachtete meine blassrote Bindehaut. So sah ich aus wie ein Bernhardiner.

„Du hast Dreadlocks", konterte Fee.

„Als ob sich Dreadlocks nicht frisieren lassen", erwiderte ich mäkelig, schnappte mir Fees goldene Duttnadeln und schob sie spontan in den wurstigen Riesenknäuel, der am Hinterkopf vertäut werden wollte. Ein letzter unzufriedener Blick in den Spiegel. Ich ohrfeigte den Lichtschalter und verließ seufzend den Raum.

Lasst uns froh und munter sein

„Da bin ich!" Ich baute mich im Flur vor meiner besten Freundin auf und gestikulierte wie eine Narzisstin. Sofort griff ich mir ihr Handgelenk und tippte routiniert auf ihrer Smartwatch herum. Ding Dong, Ding Dong, Ding Dong, bis das Bimmeln verstummte.

„Ich mache nichts anders als du", behauptete Fee. Ich hob meine Schultern kurz an und schenkte ihr ein verständnisvolles Grinsen. „Auf mich reagiert die Uhr irgendwie nicht", schob sie hinterher und sich den Unterarm vor die Nase.

„Noch achtunddreißig Minuten", informierte sie mich. „Wir sollten uns um den Geschenkeberg kümmern."

Fee stöckelte durch den Flur. Ich schlurfte hinter ihr her und musterte die gemusterten Bodenfliesen.

„Weißt du noch, die Fliesenleger, die sie verlegt haben?", fragte ich nach und schmunzelte. „Du wolltest mich mit dem Großen der beiden, dem mit dem kahlen Schädel verkuppeln."

„Ja", kicherte Fee und drehte sich nach mir um. Mit dem Zeigefinger richtete sie ihre dunkle Brille. „Ich hätte den Kleinen mit den rotbraunen Haaren genommen."

„Ich erinnere mich noch gut an sein gelocktes Gesäß-Dekolleté", spottete ich.

„Haare kann man weglasern", entgegnete sie. „Ich war halt scharf auf eine Doppelhochzeit." Sie zuckte mit den Schultern. „Aber ..." Sie strammte ihren Zeigefinger. „... ich habe meine Erwartungen erheblich runtergeschraubt. Heute wäre ich schon froh, wenn eine von uns vergeben wäre."

Ich zwinkerte ihr zu. „Tja", seufzte ich. „Das Leben hat wohl andere Pläne."

„Trotz Vision Board, der Bucket List und meinem Fünfjahresplan, stell dir das mal vor", raunte Fee. „Ich sag dir, es liegt an meiner riesigen Nase", schmollte sie.

„Quatsch", widersprach ich. „Es liegt an den Fingern."

„An den Fingern, hä?" Sie schlitzte ihre Augen.

„Schließlich tragen die meisten Typen, für die du dich interessierst, Eheringe."

In dem Moment betraten wir das Wohnzimmer und kamen vor den bunt und weihnachtlich verpackten Präsenten zum Stehen. Ich schob mich neben sie und griff nach ihrer Hand.

„Wie sollen wir das alles in dein Auto kriegen?" Ich sperrte meine Augen auf und schürzte die Lippen.

Direkt vor unseren Füßen lag das größte Geschenk. Ich hatte Fee ein Flipchart gekauft. Noch mehr hätte sie sich über eine chirurgische Nasenkorrektur gefreut, das wusste ich. Doch, ich war nur Kauf- und keine Spielerfrau. Selbst Fee, Bankerin, sparte seit Jahren für diesen maximalinvasiven Spezialeingriff.

Sie war sehr unglücklich mit ihrer Nase. Mit einem Filzstift malte sie regelmäßig an ihrem Riechorgan herum und markierte die Bereiche, die ihrer Meinung nach für ausbleibende Dating-Erfolge verantwortlich waren. Ohne die seltsame Bemalung sieht deine Nase völlig normal aus, sagte ich meist. Doch Fee, im Gegensatz zu mir, gefiel kein normal.

„Dann wollen wir mal", leitete Fee den Verladeprozess ein und drückte meine Hand.

„Müssen", korrigierte ich und verhalf der schwarzen Faltbox zu mehr Fassungsvermögen. „Das Ding kann seine Gestalt verändern, wie ein Transformer", scherzte ich. „Guck mal wie riesig", staunte ich und Fee griff sich, wie immer, wenn jemand „riesig" sagte, an die Nase.

Mit beiden Händen trug ich den Geschenkeberg ab und schaufelte die Präsente in die Box. Vor dem Haus auf der Auffahrt kippte ich die erste Ladung lose in Fees Kofferraum. Insgesamt dreimal musste ich laufen, ehe ich die Box wieder zusammenfaltete.

„Puh", machte ich und testete, ob sich die Kofferraumklappe von Fees kleinem Suzuki noch schließen ließ. „Eng, aber es passt", lautete mein Fazit.

Das Flipchart, versteckt unter einigen Kilogramm Luftpolsterfolie, schob ich auf die Rücksitzbank und schlug die Tür zu. Rums.

„Was ist das bloß?", rätselte Fee. „Ein Michelin-Männchen?"

„Vielleicht", antwortete ich schmunzelnd und setzte mich auf den Beifahrersitz. Aus Platzmangel landete Fees Reisetasche unter meinen Beinen und meine Reisetasche hievte ich auf den Schoß. Sie war prall gefüllt und groß wie ein Dreipersonenzelt.

„Was sagtest du noch, wie lange fahren wir?“, ächzte ich unter dem Gewicht und fühlte mich wie ein Weberknecht-Weibchen unter einem Türstopper.

„Fünfzehn Uhr sechsundzwanzig sollen wir da sein.“

„Das sind ja über drei Stunden“, maulte ich.

„Die Nordseeküste ist halt nicht direkt um die Ecke“, erklärte sie und startete den Motor. „Bist du bereit?“

„Bereit wie man in dieser Situation sein kann“, erwiderte ich zerknirscht und schaute rechts aus der Seitenscheibe, da mir meine Reisetasche den frontalen Blick aus der Windschutzscheibe verwehrte. *Katastrophe*, dachte ich. Mir fiel die Bauchatmung schwer und wegen der lanzenähnlichen Duttnadeln konnte ich mich nicht einmal gegen die Kopfstütze lehnen. *Das fängt ja gut an.* Ich seufzte.

„Ach komm schon, Weihnachten ist doch kein Beinbruch“, tönte Fee. Ich schob meine Augen bis auf Anschlag nach links und betrachtete sie reglos von der Seite. Die Duttnadeln hatten sich mittlerweile ins Textil der Kopfstütze eingefädelt und ließen kaum eine Bewegung meines Kopfes zu.

„Freust du dich nicht ein kleines bisschen? Nicht einmal auf deine Eltern?“ Im Wageninneren roch es, wie Waldmeisterlimonade schmeckte. Schuld war das am Rückspiegel baumelnde Duftbäumchen. Die direkte Sonneneinstrahlung ließ es prächtig gedeihen.

„Ich kann meine Eltern das ganze Jahr sehen. Dafür braucht es keine Feiertage“, maulte ich. Fee schummelte sich gerade zwischen zwei Lkw und verließ den Beschleunigungsstreifen in Richtung aufgehobenes Tempolimit. *Wenn sie jetzt eine Vollbremsung macht, sitzen mir ihre Duttnadeln im Gehirn*, überlegte ich.

„Irgendwann kaufe ich mir einen Maserati", feixte
Fee.

„Oder aber, du heiratest einen Autohändler. Ist billi-
ger", riet ich ihr.

„Nicht mit dieser Nase!" Wir rasten über den unebe-
nen Asphalt. Still vibrierten meine Wangen vor sich
hin. Die Autobahn war gut besucht. Ein Geräusch wie
eine Stromschnelle, wenn sie links an anderen Kraft-
fahrzeugen vorbeidonnerten.

„Los, fahr! Aus dem Weg!", nölte Fee.

„Jetzt mach bloß keine Lichthupe", bat ich.

„Du sei schön still, schließlich hast du keinen Führerschein."

„Ich habe auch keinen Freund und weiß trotzdem,
dass man nicht fremdgehen sollte", retournierte ich. Sie
scherte aus und überholte von rechts. Ich kniff meine
Augen zu.

„Also Leute, ihr müsst nun ganz stark sein. Die Wahr-
scheinlichkeit für eine weiße Weihnacht liegt bei null",
verriet eine Stimme im Radio.

„Da hörst du es", gickste ich. „Doch kein Schnee." Ich
hätte am liebsten in die Hände geklatscht.

„Hier nicht. Vielleicht wird es *hier* nicht schneien.
Kein Wort über die Nordseeküste", relativierte Fee die
Aussage der Radiomoderatorin. „Du wirst schon se-
hen."

„Was habt ihr nur immer mit dem Schnee?", raunte
ich.

„Das ist so stimmungsvoll", schwärmte Fee.

„Ab sechzehn Uhr wird es dunkel. Noch ehe das Weihnachtsfest richtig losgeht, sieht man eh nichts mehr

vom Schnee", lästerte ich. Eine Art Rennwagen donnerte gerad an uns vorbei. Ich erschrak.

„Du bist so negativ, du Grinch."

„Und du bist naiv. Hast du schon jemals erlebt, dass Wettervorhersagen und menschliche Erwartungen zusammenpassen?!" Ich warte auf den Tag, an dem THW-Fahrzeuge durch die Straßen rattern, um Kunstschnee zu verteilen. Alles für ein stimmungsvolles Ambiente, überlegte ich. Außerdem muss das Mikroplastik ja irgendwo hin. Ich schnaubte.

„Du wirst schon sehen, es wird schneien", behauptete meine beste Freundin.

„Und ich muss sehen, dass ich mir für die Weihnachtstage ein Flirtopfer suche", wechselte ich das Thema.

„Okay, und wer soll das sein?" Fee schmunzelte.

„Mal schauen, wer so da ist", antwortete ich. „Mein einundsiebzigjähriger Onkel scheidet aus. Ich lasse mir kein zweites Mal von seinen orthopädischen Schuhen auf den Füßen rumlatschen."

„Alles nur, um Kim eifersüchtig zu machen?", hakte Fee nach. Sie setzte gerade den Blinker.

„Spätestens seit ich Kim und meine Schwester beim Knutschen erwischt habe ..." Mit der Verachtung, die ich in meine Stimme legte, ging ich nicht gerade sparsam um. „... weiß ich, dass sämtliche Versuche, eine Eifersucht zu provozieren, überflüssig sind. Ich will ihm nur zeigen, dass ich kein Kind von Traurigkeit bin."

„Die Frage ist doch, warum du das willst?!"

„Du nun wieder!", tönte ich einigermaßen entgeistert und zog einen Flunsch. Einspruch! Ihre Frage zielt darauf ab, dass ich zugeben muss, dass ich die Demütigung auch nach fast zwanzig Jahren noch immer nicht verarbeitet habe. Stattgegeben!

„Irgendwer mit Flirtpotential wird schon dabei sein“, verlieh ich meinen Hoffnungen Ausdruck.

„Nimm doch mich“, schlug Fee vor.

„Es denken eh schon alle, dass wir eine Beziehung haben.“

„Eben“, bestätigte sie.

„Aus dem Grund nehme ich dich nicht. Ich will die doch nicht noch bestätigen.“

„Deine Entscheidung.“ Fee seufzte. „Ich würde es lustig finden. Also, wenn du mich brauchst …“ Weiter kam sie nicht. „Brauche ich nicht“, hechtete ich verbal dazwischen, griff hinter mich und entfernte eine Duttnadel nach der nächsten. Entspannt ließ ich mein Haupt gegen die Kopfstütze kippen. „Ah“, machte ich und schloss die Augen.

Morgen Kinder wird's was geben

Über einspurige Sträßchen schlichen wir verkehrsberuhigt durch eine Siedlung mit niedlichen Fischerhäuschen. Rechts von uns lagen abgeerntete Kohlfelder.

„Immer am Fleet entlang", flüsterte Fee, ehe sie abbog. Wie sie vorausgesagt hatte, erreichten wir um fünfzehn Uhr sechsundzwanzig das Feriendorf mit seinen vielen Nurdachhäusern.

„Schön", schwärmte sie und strahlte beseelt. Ein Häuschen sah wie das andere aus.

„Oh, das ist aber auch schön", schwärmte Fee erneut. Entgegen meiner Wahrnehmung schien sie deutliche Unterschiede zu sehen. Ich schaute unbeweglich aus dem Seitenfenster, während sich eine Nackensteifigkeit ankündigte.

„Gehören die zu den Gästen?", wollte Fee plötzlich wissen und scherte aus.

„Hä? Wer?", hakte ich nach.

„Na die!" In diesem Augenblick fuhr sie an sechs seltsamen Personen vorbei.

„Ich hoffe nicht!", erwiderte ich erschrocken, während ein älterer Herr im Regenponcho mit seiner rechten Hand gegen meine Scheibe tippte, grinste und sehr viel von seinem Zahnfleisch preisgab. „Ich kenne die nicht."

„Die tragen Regenhüte", fasste Fee zusammen. „Es regnet doch gar nicht."

„Fahr schnell vorbei", bat ich. „Ich habe einfach schon zu viele Horrorfilme gesehen, in denen durchgeknallte Hobbykiller ahnungslose Feriengäste abschlachten." Fee beschleunigte, während das skurrile Grüppchen im Seitenspiegel kleiner und kleiner wurde.

Dann endlich schob sich ein rauverputztes Reetdachhaus in die Szene. Auf dem großzügigen Parkplatz davor brachte Fee ihren Suzuki zum Stillstand und zum Schweigen.

„Schön", wiederholte sie, legte ihre Brille ab und zum Schutz vor dem grellen Sonnenlicht, eine verspiegelte Sonnenbrille an. Im Hintergrund lachten die Möwen. Nicht, weil Fee mit ihrer Sonnenbrille ulkig aussah, sondern, weil Möwen einfach immer lachen.

Ich öffnete die Autotür, stieß meine Dreipersonen-Reisetasche auf den Asphalt und trödelte beinsteif ins Freie.

„Ah, Erlösung", flüsterte ich, tippelte auf der Stelle und ließ meine Hüfte kreisen.

„Schön", juchzte Fee, zum x-ten Mal, und warf ihre Arme um meinen Oberkörper. Meine Dreadlocks stürzten haltlos in die Tiefe und ließen sich vom griffigen Wind herumschaukeln.

In Fees Umarmung stehend, entdeckte ich Lissys Auto. Sie fuhr einen cremefarbenen Mini. Status, Status, Status. Ich zog erneut einen Flunsch.

„Lissy ist auch schon da", verriet ich Fee, die vor Freude plötzlich zu hüpfen begann und mir ihre linke Schulter gegen das Kinn donnerte. Leider nicht direkt gegen die Kinnspitze, sonst wäre ich K. O. gegangen und hätte das Weihnachtsfest schwänzen können.

„Da sind ja meine Süßen", trug der starke Wind die vergnügte Stimme meiner Mutter zu uns herüber.

Sie eilte den Weg entlang, der von der Haustür des prächtigen Reetdachhauses zum Parkplatz führte. Sie trug eine bunte Pudelmütze auf dem Kopf und zerrte am Reißverschluss ihrer winddichten Helly Hansen-Jacke herum.

„Erst die eine Süße." Sie herzte mich und verteilte mehrere Küsschen auf meinem Gesicht, zackig und mit fest gespitzten Lippen, als wäre sie ein Huhn beim Körnerpicken.

„Dann die andere Süße." Sie herzte Fee und verteilte mehrere Küsschen auf ihrem Gesicht.

„Schön, dass ihr da seid", trällerte sie.

„Ho! Ho! Ho!", kollerte mein Vater mit dumpfer Stimme. Er trug einen Plüschhaarreif mit Geweih und war meiner Mutter hastig gefolgt. *Wehe, es sagt noch irgendwer etwas gegen meinen Weihnachtspulli,* dachte ich. Auch er herzte und küsste uns.

Sie lieben Fee, dachte ich. Ich würde sie sehr glücklich machen, wenn Fee und ich ein Paar wären und heiraten würden.

„Vielleicht heiraten wir, wenn wir in Rente gehen", meinte Fee einst zu mir. „Sofern wir bis dahin immer noch Singles sind. Womit ich allerdings fest rechne.“ Sie strich sich über den Nasenrücken.

„Ich kann auch ohne Trauschein mit dir befreundet sein“, scherzte ich und griente. Fee schob ihre Unterlippe vor und seufzte. „Na gut“, lenkte ich ein. „Aber nur damit das Erbe nicht an irgendeine entfernte Großcousine oder meine Zwillingsschwester geht.“ Ich gackerte.

„Lasst euch mal anschauen, Kinder“, toste mein Vater und der Wind toste, dass es den Haarreif auf dem lichten Haar Richtung Hinterkopf verschob. „Gut seht ihr aus.“ Er lächelte glücklich.

Da entdeckte ich Lissy. Sie stand in der offenen Eingangstür des Mietobjektes und versteckte ihre Arme hinter dem Rücken. Da sag noch einmal jemand, eineiige Zwillinge sähen sich ähnlich. Null! *Die sieht doch nicht aus wie ich*, dachte ich. Hoffte ich. Es war keineswegs so, als blickte ich in einen Spiegel. Diese Frau dort, diese Zwillingsschwester, war mir fremder als das Apnoetauchen. Kleiner Fun Fact: Ich konnte selbst in der Badewanne nur etwa für fünf Sekunden unter Wasser bleiben.

„Deine Schwester ist auch schon da“, lüftete meine Mutter das bereits offen dastehende Geheimnis.

„Schon gesehen“, antwortete ich emotionslos. Ich nickte in ihre Richtung und sah, wie sie ihre Hand zum Gruße in die Höhe hob. Sie winkte wie eine Monarchin. So elegant hätte ich niemals winken können. Es war immer dieses eine kleine Prozent, dieser Spritzer Zitronensaft, diese paar Zentimeter, die meine Schwester Lissy vorne lag.

„Ist Leander gar nicht da?“, erkundigte ich mich nach ihrem Ehemann.

„Der ist drinnen. Und da sollten wir auch schleunigst hingehen." Meine Mutter grinste und stellte pantomimisch dar, dass die starken Windböen sie anderenfalls über den Deich wehen würden. Ich zwinkerte ihr zu und zog meine Lippen breit.

„Ihr müsst euch unbedingt den Weihnachtsbaum anschauen", lockte sie.

„Oh, fein", johlte Fee und legte sich gespannt die Hand vor den Mund, ehe sie ihre Reisetasche schulterte.

Meine Eltern und ich hievten meine Tasche, groß wie ein Dreipersonenzelt, in das Reetdachhaus mit den vielen kleinen Fenstern, deren Rahmen grün lackiert waren. Anstatt in den Flur, führte die Eingangstür gleich in die Küche, was mich irritierte.

„Hallo Leander." Ich streckte ihm zur Begrüßung meine kalte Hand entgegen. Wir hatten kein besonders inniges Verhältnis. Schließlich hat er meine Schwester geheiratet.

„Hallo Luise", erwiderte der spröde Kerl und ließ meine Hand sofort wieder los. Er berührte sie nicht einmal so lange, wie ich in der Badewanne unter Wasser bleiben konnte.

„Puh." Meine Riesentasche landete auf den terracottafarbenen Bodenfliesen. Ohne mich zu bücken, streifte ich meine Chelsea Boots ab. „Cool, Fußbodenheizung", bemerkte ich.

„Ich will auch!", trällerte Fee, zog ihre Schuhe aus und kreiste in ihren einfarbigen Strümpfen über den warmen Boden.

„Wir haben auch einen Kamin", gab mein Vater an, als wäre er der Hauseigentümer. Er setzte den Haarreif ab und toupierte sein lichtes, gelocktes Haar, dass es für einen kurzen Moment in die Höhe stieg, allerdings direkt wieder fusselig in sich zusammenfiel. Sein akkurat getrimmter Fünftagebart war noch ein bisschen grauer geworden. Graumeliert, denn noch erkannte man, dass er einst brünett gewesen war. Er sah ein bisschen wie ein privater Tennislehrer aus. Sein sportlicher großer Körper steckte in einem dunkelblauen, langärmeligen Poloshirt und einer schwarzen Levis-Jeans, die oberhalb der Hüftknochen von einem hellbraunen Gürtel mit auffälliger Schnalle gehalten wurde.

„Kommt, der Weihnachtsbaum." Meine Mutter schaufelte mit ihren Händen durch den Raum und bewegte sich flink durch die weite Küche mit Kochinsel. Die war so groß, dass ich plötzlich an „Castaway" mit Tom Hanks denken musste. Hinten rechts am Ende der Küche gelangten wir durch eine Tür in den Flur. Ich krauste die Stirn, war ob der Zimmerreihenfolge nach wie vor irritiert. *Kommt der Flur normalerwiese nicht zuerst?*

Wir staksten hindurch. Links vom Flur zweigten weitere Zimmer ab, doch Mutter hielt Kurs auf die vor uns liegenden Schiebetüren mit Milchglasscheiben. Sie schob sie zu den Seiten und gab den Blick frei in ein riesiges viereckiges Zimmer, in dessen Mitte eine Tafelrunde aufgebaut war, als hätte gerade erst der Ältestenrat getagt. Auf dem Boden die gleichen warmen, terracottafarbenen Bodenfliesen.

Links in der Ecke, nahe der Terrassentür, leuchtete es punktuell aus einem deckenhohen Nadelgehölz heraus.

„Ist das Eiche?", fragte ich nach.

Lissy und sogar der spröde Leander lachten gellend auf. „Das ist eine Nordmanntanne“, korrigierten sie mich amüsiert.

„Du redest vom Weihnachtsbaum“, erwiderte ich schnippisch. „Ich rede von den Tischen.“

Fee griff sich beschwichtigend meine Hand.

„Ja mein Kind, das ist Eichenholz“, bestätigte mein Vater mich. „Sind die Tische nicht herrlich rustikal?“

„Du hättest Tischlerin werden sollen“, scherzte Fee.

„Weißt du schon, dass Lissy sich selbstständig gemacht hat?“, jodelte meine Mutter und plinkerte stolz mit den Augen.

„Ich dachte, du bist schon selbstständig“, erwiderte ich so unbeeindruckt wie möglich und schaute, nur um Lissy nicht ansehen zu müssen, in den Weihnachtsbaum. Die unzähligen Lichtlein stressten meine Augen.

„Ja, schon“, begann sie zu erklären und ich täuschte ein Gähnen vor. „Man könnte sagen, ich habe expandiert.“

„Könnte man das?“, provozierte ich. Fee quetschte meine Finger, bis sie dünn wie Salzstangen waren.

„Ich habe einen Onlineshop für Dekoartikel und Nahrungsergänzungsmittel eröffnet.“

„Und was ist mit deiner Boutique?“

„Verkauft“, antwortete sie zweisilbig.

„Miete zu teuer?“, wollte ich wissen. Ich schaute zur Abwechslung zu Leander herüber. *Spröde, wie eine Hornhautfeile*, dachte ich.

„Nein, ich konnte mir das schon leisten.“ Sie täuschte Gelassenheit vor. „Ich wollte mich nur verändern, ich wollte etwas Größeres.“ „Und bei dir so? Wie läuft es bei dir beruflich?“, hakte Lissy nach.

„Ich hatte gerade mein Jahresgespräch“, verriet ich, weil mir spontan nichts Repräsentativeres einfiel.

„Und?“ Mutters Stimme drückte Neugier und einen beträchtlichen Vorschuss Mutterstolz aus.

„Wo siehst du dich in fünf Jahren, Luise?“, fragte meine Chefin einen Tag zuvor.

„Äh“, antwortete ich.

„Geht es etwas präziser?“, scherzte sie. Sie trug ein hellrotes Kostümchen und einen gleichfarbigen Lidschatten. Die Wimperntusche ihres linken Auges war in viele Richtungen verschmiert.

„Meinst du beruflich oder privat?“, retournierte ich, um etwas Zeit zu gewinnen. Ich wusste partout nicht, was ich antworten sollte.

„Beruflich natürlich“, antwortete Andrea. „So gern ich dich auch mag, aber dein Privatleben ist Privatsache.“

Blöd, dachte ich, da mir hinsichtlich meines Privatlebens plötzlich doch eine Antwort eingefallen war.

Ich wünsche mir Liebe. Ich könnte gut mal wieder eine anständige, eine glückliche, eine blütenreine und leicht verdauliche Liebesbeziehung gebrauchen, dachte ich und nickte überzeugt.

„Gibt es zu deinem Nicken auch die passenden Worte?“ Meine Chefin legte ihren Kopf schief.

„Äh“, erwiderte ich erneut. Dann fing das große Stammeln an. „In fünf Jahren, mal sehen, also, ich denke, wenn ich so in mich gehe, vielleicht, eigentlich, ich bin ja nicht unzufrieden, genaugenommen bin ich zufrieden, na ja, und aus dem Grund würde ich in fünf Jahren furchtbar gerne noch hier arbeiten.“ *Puh, geschafft,* dachte ich. Das war der Moment, in dem die vorgesehene Beförderung zur Teamleiterin an eine Kollegin ging.

Mir war das egal. Ich hatte ohnehin keine Aufstiegsambitionen. Ich machte Dienst nach Vorschrift. Auf dem Weg zurück in mein Büro seufzte ich erleichtert. *Ein Jahr Ruhe, bis zum nächsten Jahresgespräch*, dachte ich.

„Keine Beförderung", erklärte ich. „Was soll nur immer dieses höher, schneller, weiter, mehr?! Weniger ist mehr." Ich nickte. „Ich mache Dienst nach Vorschrift. Ich mache keine Überstunden, wandele jede Minute meiner Mittagspause in Freizeit um und habe bis spätestens September meinen Jahresurlaub aufgebraucht. Meine Freizeit ist mir heilig", sagte ich und schaute selbstzufrieden.

„Oh, ach so", reagierte Mutter ernüchtert, den Vorschuss Mutterstolz hatte sie zurückgepfiffen.

„Da kommt Gretchen", informierte uns Lissy erschrocken. Sie und ich zuckten zusammen. Nicht, dass es für identische Outfits oder eine fröhliche Zwillingstour auf einem Tandem gereicht hätte, doch Lissy und ich hatten tatsächlich eine Gemeinsamkeit.

„Nichts an dieser Person rechtfertigt ein ‚chen' in ihrem Namen", lästerten wir synchron. Konsterniert schaute ich zu ihr hinüber. Und sofort wieder weg.

„Zwillinge halt", kommentierte meine Mutter diesen Ausrutscher. Ich ärgerte mich über unsere Gleichzeitigkeit, noch mehr als über Gretchens Ankunft.

„Will denn niemand die Oma begrüßen?", schmetterte Gretchen rauchig und barsch, als sie das Reetdachhaus betrat.

„Hallo Oma." Ich sah mich über meine linke Schulter nach ihr um und nickte kurz. Danach schaute ich freiwillig in den Weihnachtsbaum. Lissy, dieses eine Prozent höflicher als ich, stolzierte auf sie zu und umarmte sie.

„Hallo Gretchen." Fee und Leander bedachten sie mit einer geschüttelten Hand. Geschüttelt und geführt, immer artig auf und ab. *Moment mal*, dachte ich und bemerkte plötzlich die beiden Personen, die Gretchen ins Haus gefolgt waren. *Wer ist das*, fragte ich mich.

„Dat ist Wolfgang, mein Neuer", antwortete Gretchen, als wenn sie von meiner Frage Wind bekommen hätte. Doch Wind, vor allem Gegenwind, hatte sie in ihrem Leben nur wenig bekommen. Gretchen sorgte selbst gern für Wirbel. Sie war ein Zyklon. Und gegen einen Zyklon sehen selbst Tornados oder Hurricanes wie laue Sommerlüfte aus. *Der arme Wolfgang*, fiel mir spontan ein. Plötzlich spürte ich etwas artverwandtes wie Solidarität. Still formulierte ich einen Spendenaufruf. *Spendet für Wolfgang – Trost, Zuneigung, Aufmerksamkeit. Er braucht es dringender als sonst irgendwer!* Ohne darüber nachzudenken, ging ich auf ihn zu und umarmte ihn. „Ich bin Luise", verriet ich.

„Wie nett", kommentierte er meinen Überfall. „Schön, dich kennenzulernen." Erst danach fiel mein Blick auch auf den zweiten Mann. *Gretchen ist polyamor*, dachte ich, doch nur für einen kurzen Augenblick.

„Ich bin Torben, Wolfgangs Enkel", räumte der große Mann meinen Verdacht aus dem Weg.

„Ach, und mich drückst du wohl nicht", bellte Gretchen.

Ich schwieg, während sie ungefragt nach meinen Handgelenken griff und mich zu sich in eine Umarmung zog. Sie war stark, als hätte sie einen Bizeps wie Silvester Stallone in „Over the top". *Dieses zähe alte Weib steckt voller Vitalität*, dachte ich erstaunt. Sie roch nach Lux Seife und Sprit. Mühevoll befreite ich mich.

„Wie eine fleischfressende Pflanze", flüsterte ich Fee zu, die am Rand der Szene stand, und wischte mir wütend die Umarmung von der dicken Winterjacke. Ich schwitzte.

„Luise", rief mir der Zyklon hinterher. „Wollt ihr nicht irgendwann mal heiraten?"

„Wer ihr?" Ich gab mich ahnungslos und angriffslustig. Augenblicklich schnappte sich Fee meine Hand, womit sie Omas Frage noch befeuerte.

„Wer wohl?!" Gretchen schüttelte ihren Kopf. „Du und Fee natürlich!" Ich schnaufte angestrengt, als hätte ich gegen Sly beim Armdrücken verloren.

„Wir sind kein Paar!", toste ich.

„Wat du dich zierst. Dat is doch heutzutage kein Thema mehr. Habt ihr eurer Tochter nicht beigebracht, zu sich selbst zu stehen?", wand sie sich griffig an meinen Vater, der hilflos zu meiner Mutter schaute.

„Ich lebe vegan", warf Wolfgang plötzlich ein. „Tierleben vor Gierleben. Fleischeslust verursacht Rinderfrust."

„Wo bleiben denn alle?" Auch mein Vater zappte durch die Themenlandschaft.

„Schaut euch nur den Weihnachtsbaum an", lockte Mutter, ebenfalls ohne Kontext.

„Mir wird langsam zu warm in der Jacke", verriet ich. „Ich glaube, Fee und ich beziehen mal unser Ferienhaus."

„Das ist eine gute Idee", meinte mein Vater. „Ach seht nur, da kommen die nächsten." Ein Opel Mokka reihte sich auf dem Parkplatz neben Fees Suzuki ein.

Vater nahm eine Salatschüssel von der Anrichte, in der er zig Schlüsselbunde aufbewahrte, und rührte darin herum. Es klirrte und klingelte. *Jingle Bells*, dachte ich, *kling, Glöckchen, klingelingeling und süßer, die Glocken, nie klingen.* Dann legte er mir das entsprechende Schließwerkzeug in die offene Hand.

„Hier, Nummer neun. Wattwurmstieg neun. Das vorletzte Haus, direkt an der Wiese."

„Alles klar, danke."

„Lass dich von Gretchen nicht provozieren. Du weißt doch, wie sie ist", meinte er schließlich noch. Er lächelte liebevoll und streichelte meinen Rücken.

Dann begleiteten meine Eltern Fee und mich zum Parkplatz, um die neuen Ankömmlinge zu empfangen. Es waren Onkel Robert und Tante Carola. Ohne Blickkontakt reichte ich Onkel Robert meine Hand. Er war ein scheußlicher Mensch, der Frauen „Hasen" nannte und ihnen gerne auf den Hintern klopfte. Er war immer einen Tick zu laut, einen Tick zu vulgär und vertrat absurde Ansichten. Tante Carola, die ältere Schwester meines Vaters, herzte ich.

„Schön, dass du da bist!" Ich freute mich sehr, sie zu sehen. Ich verstand nicht, weshalb sie freiwillig mit diesem Grabscher verheiratet war.

„Ich leih mir die mal aus", rief ich meinen Eltern zu und nickte durch den Wind. Vor dem an der Hauswand

gestapelten Brennholz hatte ich eine Schubkarre entdeckt. Die Axt, die im Hackklotz steckte, ließ ich ste-
cken und sparte sie mir für Onkel Robert, Kim oder
Oma Gretchen auf.

Santa Baby

Fee und ich hatten meine Reisetasche in die Blechwanne gehievt.

„Scheiß Idee", fluchte ich. Ich schnaufte und schwitzte. Der luftleere, halbplatte Reifen und der heftige Gegenwind bremsten meinen Enthusiasmus aus. Schließlich bremste mich noch etwas anderes aus.

„Hallo, darf ich Sie kurz ansprechen?" Eine Frau mit Regenhut, dessen Krempe der Wind steil aufgerichtet hatte, tauchte rechts neben mir auf. Ich reagierte sofort.

„Kommen Sie von der AfD? Dann können Sie sofort wieder verschwinden", stellte ich klar.

„Wie bitte? Nein!"

„Kirche!", mutmaßte ich. Treffer!

„Ich möchte mit Ihnen über Gott sprechen." Treffer und versengt. Wenn sie sich ihre Finger nicht gänzlich verbrennen will, soll sie mich in Ruhe lassen.

„Interessiert mich beides nicht", raunte ich. „Sowohl die Kirche als auch die AfD diskriminieren und grenzen ganze Personengruppen aus. Außerdem bin ich noch vor der Taufe aus der Kirche ausgetreten", gab ich an und ächzte, weil sich die Schubkarre extrem wehrhaft verhielt. Fee grimassierte seltsam. Sie hob ihre Augenbrauen und blähte ihre Nasenflügel auf. So lange, bis ich schließlich erriet, was sie auszudrücken versuchte. Diese Frau gehörte zu der Gruppe, die wir vorhin überholt und für Hobbykiller gehalten hatten. Aus ihrem Windschatten trat plötzlich der Mann im Regenponcho heraus.

„Unser Planet steckt in der Krise", säuselte die Mitdreißigerin. Sie sah aus, als wäre sie aus einem Karl Spitzweg-Gemälde gefallen.

„Ich auch", ätzte ich. Der Gummireifen der Karre schlabberte geräuschvoll über den Asphalt.

„Doch es gibt Grund zur Hoffnung. In Psalm 24, Vers 1 steht ..."

„Ich bin wirklich die Falsche für euch", unterbrach ich sie. „Ich bin das Gegenteil von Nächstenliebe." Ich musste an meine Schwester Lissy denken. „Ich hasse das Weihnachtsfest. Und vielleicht werde ich bald eine Frau heiraten", behauptete ich und deutete mit einer kecken Kopfbewegung zu Fee herüber.

„Lesen Sie diese Informationsbroschüre. Ich werde in der Zwischenzeit für Sie beten!", quäkte die Frau. Ehe sie und ihre Gefolgschaft abdrehten, steckte sie mir einen Flyer zwischen Schubkarrenwand und Reisetasche. Ich schnaubte.

„Nicht zu fassen", fluchte ich kurze Zeit später, weil unser kleines Nurdachhaus über einen eigenen Carport verfügte. „Wir hätten hier parken können. Warum genau steht dein Auto auf einem Parkplatz am Arsch der Welt?", nörgelte ich, fädelte den Schlüssel ein und öffnete die leichtgängige Haustür.

„Ist das schön", nuschelte Fee. Sie hatte ihrer verbalen Begeisterung die Hand aufgelegt. Schon der winzige Flur imponierte ihr. Er war kaum größer als zwei

Quadratmeter und bis auf die Höhe von einem Meter zwanzig mit weißen Holzpaneelen vertäfelt. Links ging es durch einen türlosen Rahmen in die kompakte Küche und rechts befand sich das helle Duschbad. Zwei Schritte nach vorn setzte das Wohnzimmer an. Die beidseitig vom Boden aufsteigenden Dachschrägen raubten dem Raum Weite.

„Wenn sie das Haus vielleicht ohne Schrägen gebaut hätten", merkte ich an.

„Dann wäre es kein Nurdachhaus", erklärte Fee.

„Aber geräumiger", konterte ich.

„Aber ohne diesen herrlichen Charme."

Okay, ich hatte es begriffen, Fee war verzaubert. Kein Grund, ihr die Wunderlampe aus der Hand zu reißen.

„Sieh nur, der süße Ofen", schwärmte sie.

„Sehe ich."

„Du bist nur so grummelig, wegen Lissy", behauptete meine beste Freundin und ließ sich heiter auf die kleine Sofalandschaft plumpsen. Prompt schoss sie wieder in die Höhe. „Hui, Federkern", merkte sie mit aufgerichtetem Zeigefinger an.

„Ich wette, sie konnte sich die Miete nicht leisten", lästerte ich.

„Und wenn schon." Fee warf ihre Schuhe auf das dunkle Parkett und verteilte sich der Länge nach auf dem Polstermöbel. „Das werden ein paar wundervolle Tage, du wirst schon sehen."

„Sehe ich nicht."

„Nun vergiss Lissy, Gretchen und die scheußliche Kirchenschnepfe. Ich bin doch auch noch da."

„Ja, schon gut", flüsterte ich und verschränkte bockig meine Arme vor der Brust.

„Komm", forderte Fee mich auf. „Wir sehen uns die Schlafzimmer an." Schon erklomm sie die gezwirbelte Platzspartreppe, immer zwei Stufen auf einmal.

„Oh, wie niedlich", quietschte sie oben angekommen.

Zwei Räumchen, direkt unter dem Spitzdach, in denen ich aufrecht nicht stehen konnte. „Nehmen wir das Zimmerchen mit Doppelbett oder möchtest du dein eigenes haben? Gegenüber im Raum stehen zwei Einzelbetten."

„Ich nehme ein Einzelbett, du kannst das Schlafzimmer mit dem Doppelbett haben", entschied ich. Mir war fürchterlich heiß, weil ich noch immer in meiner hochgeschlossenen Winterjacke steckte.

„Och nö, zusammenschlafen ist doch viel lustiger", behauptete Fee.

„Ich schlafe in der Nacht", stellte ich klar. „Nur für den Fall, dass du dachtest, ich würde dir Witze erzählen."

„Witzig bist du ja nicht einmal am Tag, du muffeliger Grinch."

„Schon klar." Ich senkte meinen Kopf, nicht nur wegen des Spitzdaches, sondern, weil Fee recht hatte. „Tut mir leid", entschuldigte ich mich. „Ich will dir nicht die Laune verderben. Aber Weihnachten und ich, du weißt schon."

„Ja! Und Lissy und du. Und Gretchen und du. Und Kim und du. Habe ich jemanden vergessen?", scherzte sie und schmunzelte.

„Onkel Robert." Ich zwinkerte ihr zu.

„Natürlich!" Mit einem lauten Klatschen legte sie sich die Handfläche gegen die Stirn.

„Ich gehe kurz ins Bad und mache mich frisch. Wenn ich wieder rauskomme, habe ich bessere Laune“, kündigte ich an.

„Wir sollten unbedingt das Doppelbett nehmen“, rief Fee mir hinterher. „Schließlich heiraten wir bald. Das sagtest du zumindest der Kirchenschnepfe. Ich warte allerdings noch auf den Antrag.“ Fee lachte.

„Haha“, rief ich zurück, streifte im Wohnzimmer meine dicke Jacke ab, ließ sie bewegungsfaul zu Boden, und verschwand im Badezimmer.

„Puh“, machte ich. „Das fängt ja gut an.“ Ich schaute in den runden Spiegel, der etwa zweimal so groß war wie eine Langspielplatte, und fletschte die Zähne. Es blieb dabei, sie waren nicht weißer, nur heller.

Was müffelt denn hier? Ich reckte meine Nase in die Höhe und roch. Ich hörte mich an wie ein schnaufender Igel. *Das bin ich,* stellte ich fest, während ich meinen Arm hob.

Ich kramte in meinem Kulturbeitel herum und jagte mir ein Antitranspirant für Männer unter die Arme, dass ich speziell für das garstige Milieu unter knisternden Synthetik-Pullovern gekauft hatte. Vielversprechend warb es für eine achtundvierzigstündige Wirksamkeit. „Rettung in letzter Sekunde“, flüsterte ich. „Und jetzt komm schon, tu es Fee zuliebe, reiß dich ein kleines bisschen zusammen und gib dem Weihnachtsfest eine Chance.“ Ich fixierte mein Spiegelbild, formte meine Lippen zu einem Lächeln und verließ das Badezimmer.

„Gut gelaunt bin ich zurück“, flunkerte ich. Flunkern ist wie funkeln, mit einem Buchstaben weniger. Eine Notlüge kann also schnell zur Notliege werden. Schon fläzte ich mich neben Fee, die sich im Wohnzimmer auf dem anthrazitfarbenen Sofa heimisch fühlte.

„Es ist so schön hier", schwärmte sie verträumt. „Schau dich nur um." Ich gehorchte und schaute auf den flachen Wohnzimmertisch, den Adventskranz darauf und den fluffigen Läufer darunter. Schaute auf dunkle Dachbalken, den Essbereich mit seinen vier weißen Stühlen, auf die hellblauen Vorhänge vor der Terrassentür, auf die zwei Echtholzkommoden, auf zwei Windlichter, auf den an der Wand befestigten Fernseher, die gezwirbelte Treppe, den kleinen schwarzen Ofen und auf meine am Boden liegende Winterjacke.

„Ja", erwiderte ich. „Es ist schön. Geschmackvoll."

„Aber?", hakte Fee nach.

„Nichts aber", gaukelte ich ihr vor.

„Was ich noch immer nicht verstehe", begann Fee. „Nach all den Jahren nicht. Wir sind seit der Schulzeit beste Freundinnen, wir wohnen zusammen und wollen sogar bald heiraten", frotzelte sie. „Was ist dein Problem mit Lissy?"

„Habe ich dir doch schon tausendmal erklärt." Ich fühlte mich plötzlich unbehaglich und richtete mich auf.

„Bleib doch liegen."

„Ne, ich sitze lieber."

„Guck mal, sofort bist du angespannt", stellte Fee völlig korrekt fest.

„Weil du immer wieder davon anfängst", nölte ich und gab mich gelangweilt.

„Sorry, ich checke es halt nicht."

„Ich mag sie nicht. Nur, weil sie meine Schwester ist …“

„Deine Zwillingsschwester“, präzisierte Fee unser Verwandtschaftsverhältnis.

„Nur, weil sie meine Zwillingsschwester ist, erwarten alle von uns, dass wir diese zwillingstypischen Mythen bedienen. Dass wir unzertrennlich sind und ohne einander nicht leben können. Sieh doch hin, wir sind so unterschiedlich. Und trotzdem haben unsere Eltern uns bis zum Gymnasium in die gleichen Klamotten gesteckt. Wobei ich zwei Jahre später auf der Realschule gelandet bin und nur mit Jungs und Fußball gespielt habe. Lissy war beim Ballett und hatte täglich wechselnde beste Freundinnen, in rosa“, spottete ich. „Und rate mal, wer an wem gemessen wurde?“ Ich wartete Fees Antwort nicht ab. Sie kannte sie eh. „Ich lag immer dieses eine Prozent und diese paar Zentimeter hinter ihr. Mir fehlte immer dieser Spritzer Zitronensaft“, regte ich mich auf.

Fee legte ihre zierliche Hand auf meine linke Schulter. „Deine Eltern lieben dich über alles.“

„Ich weiß, daran zweifele ich auch gar nicht. Ich möchte dir nur erklären, dass du als Zwillingschwester einer klavierspielenden Ballerina …“

„Sie spielt Klavier?“, erkundigt sich Fee.

„Nein, spielt sie nicht. Du weißt schon, was ich meine“, beteuerte ich. „Sie war charmant, liebenswert, emotional. Eloquent, feinfühlig. Die Liste der Adjektive ist lang. Sie war perfekt. Punkt. Sie flog leichtfüßig durchs Leben, während ich stampfte. Und zwar zu den Graving Beasts. Ich habe das übrigens bewusst getan“, erklärte ich. „Ich habe mich absichtlich verweigert. Auf der Realschule wurde ich wenigstens wahrgenommen. Als Individuum. Und nicht als der düstere Schatten von Lissy", schnaufte ich. „Das weißt du alles schon. Ich hab's so oft schon erzählt. Und ich hab's satt."

„Ich weiß", murmelte Fee halblaut.

„Und dann, ein einziges Mal, war ich die Nummer eins." Mein Zeigefinger klopfte mir von außen gegen das Brustbein. „Und zwar bei Kim, *dem* ultimativen Traumtyp. Und was macht meine Schwester, sorry, meine Zwillingsschwester? Sie knutscht mit ihm rum und spannt ihn mir aus. Weil sie es nicht ertragen konnte, dass ausnahmsweise einmal ich juicy war und nicht sie diesen Spritzer Zitronensaft und diese paar Zentimeter vorne lag."

„Sorry, blöd von mir. Ich dachte nur ..."

„Du dachtest nur, wir könnten uns vertragen", kombinierte ich. „Doch, weißt du was? Wir haben keinen Streit. Wir mögen uns einfach nicht, eben weil wir so furchtbar unterschiedlich sind. Wie unterschiedlich wir sind, hat Lissys Aktion damals sehr deutlich gezeigt. Ich hätte so etwas nie gemacht. Auch wenn ich weiß, dass man diesen Move eher mir als ihr zugetraut hätte. Man darf sich nicht von Äußerlichkeiten blenden lassen", hörte ich mich sagen. Ausgerechnet! Immerhin war ich diejenige, die durch Mittelchen und Pasten versuchte, weißere Zähne zu bekommen. „Die Wahrheit ist", fuhr ich unbeirrt fort. „Lissy ist nicht so unschuldig, wie sie wirkt. Und ich bin lange nicht so verdächtig."

„Ich weiß ja, ich weiß." Auch Fee saß inzwischen. „Ich dachte nur, das Ganze ist schon so lange her."

„Zeit hat damit gar nichts zu tun. Noch einmal: Ich mag sie einfach nicht.“

„Hat sie sich eigentlich jemals bei dir entschuldigt?“ Ich staunte, diese Frage war neu.

„Äh“, stockte ich perplex. Sofort und schmerzlich waren die Einzelheiten jener damaligen Geschehnisse wieder präsent. „Nein“, verriet ich ihr. „Weder Kim noch sie.“

„Das ist echt schäbig“, resümierte meine beste Freundin.

„Hast du nun alle Infos, die du brauchst?“, wollte ich wissen und schaute sie herausfordernd an.

„Ja.“

„Prima!“, kommentierte ich gereizt. „Ich schwöre dir, das war das letzte Mal, dass ich mich dazu geäußert habe. Thema durch. Endgültig, okay?“

„Okay“, bestätigte Fee, die mich mit ihren Armen einfing und liebevoll herzte. Ihre Wange lag an meiner. „Ich werde dich nie wieder danach fragen“, versprach sie mir.

„Falls doch, landest du auf der gleichen Liste wie Gretchen und Onkel Robert und ich hacke dir die Pfoten ab.“ Ich grinste rotzig.

„Du Scheusal“, alberte sie.

„Sei besser lieb.“

„Ich bin so lieb, dass du mich heiraten willst“, gackerte sie.

„Wenn ich das täte, wäre ich für meine Eltern die definitive Nummer eins.“

„Können wir doch machen. Es geht ohnehin schon jeder davon aus. Zudem bekomme ich die besten Schwiegereltern der Welt.“ Sie nickte grienend und schob sich mit dem kleinen Finger ihre breitgerahmte Brille auf der Nase zurecht.

„Es haben schon Menschen aus weitaus geringeren Gründen geheiratet", stellte sie klar.

„Ich dachte, du wolltest bis zur Rente warten."

„Sei realistisch, glaubst du, dass wir unseren Traummännern jemals begegnen werden?"

„Vermutlich nicht", zischelte ich nachdenklich und dachte an Kim. So viele Jahre lebte ich in der Überzeugung, dass er mein Traummann war. Sogar noch weit nachdem er mit meiner Zwillingsschwester geknutscht hatte. *Selbstgefälliges Arschloch*, dachte ich. Statistisch betrachtet begegnet man seinem Traummann nur ein einziges Mal im Leben.

„Wird Zeit, den Teig für eine Hochzeitstorte anzurühren", gackerte Fee. Natürlich scherzten wir nur, doch die Vorstellung, dass Fee und ich heiraten, ging mir nicht mehr aus dem Kopf.

„Kommst du?" Fee fragte schon zum dritten Mal. Ihre Smartwatch bimmelte und tönte.

„Warte, ich suche meinen Feigensenf", antwortete ich und steckte bis zu den Schultern kopfüber in meiner Riesen-Reisetasche.

„Du hast deinen Feigensenf dabei?"

„Natürlich", bestätigte ich mit Nachdruck. „Weihnachten und dann noch auf Entzug, das haut so gar nicht hin."

„Wir müssen wirklich", drängelte sie. Sie hatte sich einen knielangen Rock angezogen, eine gemusterte Tunika und ihre winddichte Segeljacke. Ihr Finger tippte auf dem kleinen runden Display herum.

„Als wenn du ‚ES‘ von Stephen King morsen würdest“, frotzelte ich. „Warte, ich helfe dir.“ Ich schnappte mir ihr Handgelenk und brachte die Uhr zum Schweigen.

„Wir ergänzen uns so gut“, scherzte sie und deutete auf ihren rechten Ringfinger.

Es war schon dunkel, als wir zu meinen Eltern hinübertrödelten. Der Wind schubste uns von hinten an.

„Also gut“, gab ich nach. „Meinetwegen schlafen wir zusammen im Doppelbett.“

„Du bist die Beste“, toste Fee.

In der Siedlung wirkten viele der Nurdachhäuser inzwischen belebt. Das bedeutete, dass die Gästedichte zugenommen hatte. *Kim wird sicher auch schon da sein,* dachte ich. *Wetten, dass er schon wieder eine neue zukünftige Exfreundin hat?!*

„Hier ist es aber voll geworden“, stellte ich fest, als wir am Parkplatz vorbeischlenderten.

„Wie schön“, sang Fee, als sie das flimmernd illuminierte Reetdachhaus betrachtete. Selbst die grünen Fensterläden wurden von Lichterketten umrahmt. Der grellleuchtende Stern oberhalb der Eingangstür schaukelte wie ein Seenotretter bei Sturmflut. *Wenn der mir jetzt auf den Kopf fällt,* dachte ich hoffnungsfroh, da öffnete meine Mutter die Tür.

„Kinder“, juchzte sie freudig, als wenn sie uns drei Jahre nicht gesehen hätte. „Kommt rein.“

„Grrr, kalt.“ Fee schüttelte sich.

„Der Kamin knistert schon“, erklärte Mutter. „Kommt mit.“ Ihre Wangen leuchteten hellrot.

„Ich hänge gerade noch unsere Jacken auf“, erklärte ich. Am liebsten hätte ich mich gleich mit gehängt. Ich ging von der Küche in den Flur und hielt mich extralange, ungekürzt, inklusive Bonusmaterial, an der Garderobe auf. Bevor ich mich zum Eintauchen in die schrille Weihnachtsstimmung bereit fühlte, brauchte ich einen kurzen Augenblick für mich. Ich seufzte nervös. *Selbstgefälliges Arschloch*, dachte ich noch einmal.

„Na los", flüsterte ich. Ich strich mir meine Dreadlocks glatt, inszenierte ein unwiderstehliches Hochzeitslächeln, verließ den Flur und trat über die terracottafarbenen Bodenfliesen in den großen Saal, in dem, neben der Tafelrunde und dem deckenhohen Nadelgehölz, inzwischen auch an die dreißig Personen standen.

Mit Blicken tastete ich die Gesichter ab. Wen erkannte ich wieder, wen kannte ich noch nicht? Irgendwer, ich glaube, es war Torben, der Enkel von Gretchens Veganer, reichte mir einen Sektkelch. *Alkohol vor Tierwohl.*

„Gibt es auch Bier?" Ich hatte Bock auf einen Bockbier-Shot.

„Ich verteile das Zeug nur. Keine Ahnung, ob's Bier in der Küche gibt", erhielt ich als Antwort.

„Okay, danke", nuschelte ich und trank direkt aus. *Was soll's?!* Mir schoss die Säure des Sektes ins Gesicht. Sauertöpfisch scannte ich durch das Personenwirrwarr. *Wo ist Fee*, fragte ich mich. Im Hintergrund, das bemerkte ich erst jetzt, dudelte „Carol oft he Bells". *Wo ist Kevin*, fragte ich mich, *ist er vielleicht allein zu Haus?*

„Luise!" Jule preschte plötzlich auf mich zu. Sie war die Lebensgefährtin von Lukas, meinem Neffen. Sie war *eine* Lebensgefährtin von Lukas müsste es heißen, da er zudem auch mit Britta liiert war. Die Drei lebten polyamor, seit einigen Jahren schon.

„Jule", preschte ich zurück. „Wie schön." Ich mochte
Jule. Britta mochte ich natürlich auch. Sie stand wenige
Augenblicke später ebenfalls in meiner Umarmung.

„Bro", scherzte ich und boxte Lukas mit meiner Ghet-
tofaust. Dabei stellte ich fest, dass ich meinen Feigensenf noch in der Hand hielt.

„Wer ist das alles?", fragte er, ganz dicht an meinem
Ohr. „Ich kenne vielleicht ein Viertel."

„Meine Eltern", seufzte ich. „Ich befürchte, die haben
ihre Kindergartengruppe von damals eingeladen."

„Hello!" Kerstin baute sich neben mir auf.

„Hey", erwiderte ich. Kerstin war die Halbschwester
meiner Mutter, also meine Halbtante. Sie war elf Jahre
jünger als meine Mutter und Lehrerin für Deutsch und
Biologie.

„Schon Gretchens neuen Liebhaber kennengelernt?",
fragte ich sie, weil ich nicht wusste, was ich stattdessen
fragen, oder sagen sollte. Sie war mir suspekt, um nicht
zu sagen halbsympathisch. Sie wirkte immer gestresst,
als liefe sie Gefahr, einen Flug zu verpassen. Sie war
sehr reserviert und unnahbar und trug Pullover, die
Gretchen gut gefallen hätten, weil sie einen selbstgestrickten Eindruck vermittelten. Mit der Frisur der jungen Angela Merkel sah sie locker zwanzig Jahre älter
aus als meine Mutter.

„Nein, bisher noch nicht", gab sie mir zu verstehen
und schaute eindringlich, als verstecke ich einen Spick-
zettel in meiner Hand. Doch dort versteckte ich nur
meinen Feigensenf.

„Er ist Veganer", petzte ich.

„Aha! Wilder Pullover übrigens."

„Du aber auch!", gab ich zurück. Dann schaute sie plötzlich hinter sich und folgte ohne Verabschiedung ihrem Blick.

Ich hob meine Hand. „Ich nehme noch einen." Torben nickte und tauschte artig meinen leeren gegen einen befüllten Sektkelch aus. *Prost!*

„Hast du meine Mutter gesehen?" Zoe, Kerstins siebzehnjährige Tochter stand plötzlich vor mir. Sie schaute mich kaum an, schaute stattdessen auf ihr Telefon und wirkte geistesabwesend.

„Sie ist dorthin verschwunden." Ich rief eine richtungsanzeigende Armbewegung ab und sah zu, wie Zoe in die entgegengesetzte Richtung verschwand. In dem Moment entdeckte ich Kevin. Also nicht allein zu Haus. Ich winkte und Kevin, ein Cousin ersten Grades, winkte zurück. Er wirkte sehr beschäftigt. Mit einer leicht verständlichen Geste deutete er an, dass wir uns später unterhalten können. Obwohl ich ihm nichts zu sagen hatte, weder jetzt noch später, nickte ich. Dann schob sich Kims Vater in mein Gesichtsfeld, was pfeilschnell für eine plötzlich einsetzende Magenunruhe sorgte.

„Herr Arendt, wo haben Sie ihren Sohn, das selbstgefällige Arschloch gelassen?", flüsterte ich unverständlich in meinen Sektkelch.

Die Arendts waren die besten Freunde meiner Eltern, seit Jahrzehnten schon. Ich blickte auf sein weinrotes Sakko. *Kim ist sicher nicht weit*, ahnte ich. Noch ehe ich verzweifelt seufzen und meinen Sekt exen konnte, rumpelte meine Mutter gegen meine Schulter. Sie presste sich ein Telefon gegen den Kopf und sprach aufgeregt darauf ein. Die Hälfte des Sektes rutschte von meinem Kinn auf die terracottafarbenen Bodenfliesen.

„Das haben wir doch nicht böse gemeint“, hörte ich meine Mutter sagen. „Du musst wissen, was du tust, aber ich finde es schade.“ Sie entschuldigte sich bei mir mit einem flüchtigen Lächeln, hastete in Richtung Flur und verschwand schließlich in der Küche, in der es menschenleer war. Neugierig folgte ich ihr und konnte endlich auch mein Gläschen Feigensenf loswerden.

„Du musst wissen, was du tust, aber ich finde es schade“, wiederholte Mutter noch einmal. Sie schüttelte ihren Kopf und legte sich eine Hand in die Taille.

„Dann eben nicht“, schimpfte sie. Sie hatte das Telefonat beendet.

„Alles okay?“, erkundigte ich mich.

„Romy hat abgesagt“, teilte sie mit. Sie schnaufte und legte das Handy unsanft auf der Kochinsel ab.

„Warum?“

„Weil Bartosz auch eingeladen ist.“

„Das wusste sie nicht?“, empörte ich mich. „Sie wusste nicht, dass du ihren Exmann eingeladen hast?“

„Sie wusste es nicht“, gab sie zu, aber nur flüsternd.

„Keine gute Idee, das sagte ich dir schon im Sommer. Du bist mit Romy verwandt. Bartosz war nur angeheiratet.“

„Aber ich mag ihn doch so sehr!“, quengelte meine Mutter. Sie fuhr fahrig über ihren dunklen Bauernzopf hinweg, als wollte sie nach all dem verbalen Wind seinen Zustand checken.

„Wer hat's ihr schlussendlich verraten?“, wollte ich wissen.

„Zoe musste ja sofort ein Familienfoto posten", beschwerte sie sich. Ich leerte den kleinen Rest des kohlensäurehaltigen Alkohols. „Den Menschen ist einfach nichts mehr heilig", moserte sie.

„Ich find auch ätzend, dass man heutzutage alles öffentlich machen muss."

„Das meine ich nicht. Ich meine, dass Einladungen früher eine Bedeutung hatten. Heutzutage sagen die Menschen selbst Hochzeiten, Beerdigungen und sogar Weihnachtsfeste ab. Einfach so." Sie schnipste mit dem Finger.

„Ja, ich stimme dir zu", stimmte ich zu. „Aber dieser Fall ist ein spezieller Fall. Romy wusste nicht, dass du ihren Exmann eingeladen hast."

„Ein Elend", klagte sie.

„Eine Person weniger, komm schon. Haben wir anderen mehr Platz an der Tafelrunde", tröstete ich.

„Ein Elend", klagte sie. *Meine Mutter und das, was sie sich in den Kopf setzte*, dachte ich. Sie hatte sich festgebissen und sah den eigenen Fehler vor lauter Enttäuschung nicht mehr.

„Gib mir mal dein Telefon." Ich blickte sie verständnisvoll an. „Ich bin ganz gut mit Romy. Wir kriegen das schon hin."

Ein Freizeichen flutete meinen Gehörgang.

„Ich sagte nein", donnerte Romy ruppig.

„Ich bin's Luise", erwiderte ich ganz ruhig. Ich hatte mich zur idealen Abschottung auf die Gästetoilette zurückgezogen.

„Hallo Lu." Sie parodierte meine verbale Gelassenheit.

„Ich war schon fast da, da postet Zoe dieses Familienfoto. Rate wen ich entdecke?" Ich wusste es längst.

„Bartosz, meinen Exmann. Auf dem Foto *meiner* Familie", echauffierte sie sich keuchend. „Ich fühle mich so hintergangen." Und plötzlich, ungeplant und unüberlegt, erzählte ich ihr von dem, was vor sechzehn Jahren passiert war, davon, dass Kim und Lissy mich verarscht haben.

„Glaub mir, ich hätte mehr Freude an einer Gürtel-, Bachelor- oder Osteoporose gehabt, als an einem Weihnachtsfest mit Kim. Ich stehe das auch nur mit Alkohol durch", offenbarte ich.

„Ich danke dir! Weißt du was, ich drehe um und komme doch. Wir werden uns die Weihnachtstage schön saufen", entschied sie und klang sehr entschlossen.

„Sie ist in einer Viertelstunde da", meinte ich zu meiner Mutter, die angespannt in der Küche wartete.

„Juchhu", feierte sie. Ihre Anspannung löste sich augenblicklich und schoss in alle Richtungen.

„Du bist die Beste. Die aller Beste!" Nimm das, Lissy! Dieses Prozent, dieser Spritzer Zitronensaft, diese Zentimeter sind meine. Mic Drop!

Mutter hakte mich unter und führte mich in den Festsaal zurück.

„Meine fantastische Tochter hat Romy überredet. Sie kommt doch", toste sie zufrieden und mit einem Mal hafteten die Blicke aller Verwandten und Bekannten an mir. Vielleicht nicht alle Blicke, die der Kinder hafteten an der Keksdose mit den Butterspekulatius und die der Jugendlichen an den Smartphones mit den Tik Tok-Videos.

Entsetzlich, dachte ich. Ich fühlte Shame und Wham! Der Klang eines gebrochenen Herzens verteilte sich im

Raum. Während mich der gesamte Cast, inklusive Lissy, Gretchen, Onkel Robert und Kim anglotzten, schob sich Fee, wie eine gute Fee, hinter mich. Ihre flache Hand ruhte an meinen Rücken und meine Blicke ruhten auf Kim. Er sah umwerfend aus. Mir wurden die Zehen schwer, das Zwerchfell schlapp und die Zähne taub. Ich hätte schmerzfrei eine Eistorte zerkauen können.

Kim starrte in meine Richtung und lächelte, als wenn wir gut befreundet wären. Error! *Was soll das*, fragte ich mich, besonders, als er seinen Arm hob, mir winkte und sein pectoralis major unter dem enganliegenden Rollkragenpullover zu Hüpfen begann. *Hör auf damit, das ist viel zu sexy.*

Sein Gesicht war glattrasiert. Es sah aus wie nach einer Beautybehandlung mit Arganöl, Manuka Honig und Hyaluronsäure. Seine blonden Haare trug er wie Brad Pitt in „Inglourious Basterds".

Direkt neben ihm stand Leander. Dieser trug seine Haare wie Mike Myers in „Inglourious Basterds". *Die Zwei scheinen sich gut zu verstehen*, fiel mir auf. Sofort suchten meine Augen nach Lissy. In ihrem Gesichtsausdruck lag der Spritzer Zitrone, den ich ausnahmsweise einmal vor ihr gelegen hatte.

„Wat ihr Lesben nur immer mit Herrendüften habt", polterte Oma Gretchen plötzlich neben mir. Ich erschrak. *Shame und Wham!* Sie streckte ihre Nase in die Höhe und schnüffelte an mir wie Hannibal Lecter. *Wie peinlich.*

„Ich nehme noch einen", äußerte ich Torben gegenüber, der mit seinem Tablett auf mich zugelaufen kam und griff zu.

„Das lief doch ganz gut", behauptete Fee und schlang ihre Arme von hinten um meine Taille.

Eine halbe Stunde später, also Siebenundvierzig Stunden und dreißig Minuten bevor mein Antitranspirant aufzugeben plante, traf Romy ein. Sie fiel zuallererst mir in die Arme.

„Ohne dich wäre ich heute nicht gekommen", stellte sie noch einmal klar. Meiner Mutter gegenüber verhielt sie sich reserviert. Auch Bartosz gegenüber distanzierte sie sich deutlich.

„Ich will neben Lu sitzen", beharrte sie.

„Aber die Sitzordnung", widersprach Mutter. Ich verwarnte sie mit meinen Blicken, denen der Alkohol noch etwas mehr Würze verlieh. Schon lenkte sie ein.

„Aber natürlich", sang sie.

In der Weihnachtsbäckerei

Pünktlich lieferte das Cateringunternehmen die Speisen.

Alle zweiunddreißig Personen saßen gemeinsam an der Tafelrunde.

„Guten Appetit", artikulierte meine Mutter. „Schön, dass ihr alle gekommen seid."

„Ich lebe vegan. Tiergarten statt Hackbraten. Königsberger Ochse vor Königsberger Klopse", rief Wolfgang.

„Der schaut die ganze Zeit rüber", informierte mich Romy mit vollem Mund und sprach von ihrem Exmann Bartosz.

„Das ist mir auch schon aufgefallen", antwortete ich und sprach von Kim. Skepsis schob sich über mein Gesicht, während Kims Blicke quer über Mutters Sitzordnung in meine Richtung zogen. *Was soll das*, fragte ich mich.

„Da, schon wieder", flüsterte Romy. „Ich werde deiner Mutter nie verzeihen, dass sie ihn eingeladen hat."

„Guck mal, wie Leander im Essen rumstochert", lästerte Fee von der anderen Seite. „So unappetitlich."

„Wo bleiben bloß die Kellner mit dem Bier?“, überlegte ich laut und sah mich um.

„Ich habe allein über vierhundert Freunde in den
USA“, prahlte Zoe, die vier Plätze weiter neben ihrer
Mutter Kerstin saß, die gleichzeitig meine Halbtante
war.

„Wow! Echt?“, staunte der pubertierende Sohn irgendwelcher Verwandten.

„Es sind doch keine Freunde, wenn du die Menschen
noch nie gesehen hast“, hackte Kerstin erregt dazwischen. Sie hatte sich links oben mit Rotkohl bekleckert.
Ich dachte an Perwoll.

„Kommen drei Stumme in eine Bar. Fragt der Wirt,
was darf’s sein? Der Erste zieht die Vorhänge zu. Der
Zweite zieht sie wieder auf. Und der Dritte zieht sich
seine Hose runter. Ah, verstehe, meint der Wirt, ein
Dunkles, ein Helles und einen Kümmerling“, unterhielt
Onkel Robert den gesamten Saal. Er hatte schon mächtig einen sitzen. Gretchen, die direkt neben ihm saß,
warf vergnügt die Serviette auf den Tisch und johlte
überlaut. Sie klang wie ein Rasenmäher.

Vorwurfsvoll schaute ich zu meinen Eltern. Danach
suchte ich die Umgebung nach einem Kellner ab.

„Also bitte, bisschen mehr Niveau“, merkte Kerstin
an.

„Bier“, orderte ich winkend, nachdem ich auf Höhe
des flackenden Weihnachtsbaumes einen jungen
Mann in schwarzem Anzug entdeckt hatte.

„Gin Tonic“, rief Romy.

„Ich sag Bescheid“, erwiderte der junge Mann zögerlich. Wie ich später herausfand, hieß er Johannes und

war der Sohn eines befreundeten Ehepaares meiner Eltern, also kein Kellner.

Bier und Gin wurden trotzdem serviert, die Teller und Schüsseln abgeräumt und die Tischordnung meiner Mutter sortierte sich neu. Lissy saß plötzlich neben Jule. Und Leander fühlte sich genau wie Wolfgang, Onkel Robert und Lukas zu Kim hingezogen. Diejenigen die rauchten, lungerten dampfend und vom Wind durchgeschüttelt vor der Terrassentür herum und etwas abseits der Tafelrunde hatte sich eine Art „Kindertisch" gebildet. Daran saßen fünf Jugendliche. Vier Jungs und eine Zoe, die es sichtlich genoss, umgarnt zu werden. Ich griente, verteilte meine Blicke im Raum und sortierte einen Gast nach dem anderen in eine Kategorie. Zu den Kindern zählte ich die drei Kinder, die allesamt müde wirkten und quengelnd an ihren Elternteilen hingen. In der Gruppe der Best-Ager, der über Fünfzigjährigen, landeten zwölf Personen. Genauso viele wie bei den Mid-Agern.

Ähnlich wie Onkel Robert hatte ich ordentlich einen sitzen. Nur im Unterschied zu ihm, erzählte ich keine Sparwitze. Lissy war in ein Gespräch mit Britta und Jule vertieft. Ich hörte, wie sie von ihrem Onlineshop erzählte. Das Wort „edel" fiel nun schon zum sechsten Mal.

„Edle Jacquard-Stoffe. Eva Brenner hat schon bei mir geshoppt", gab sie an.

Jacquard-Stoffe, wiederholte ich still. Ich glaube, ich habe nie zuvor einen Menschen Jacquard-Stoffe sagen hören.

„Na Liebes?! Geht es dir gut?" Tante Carola stand mit einem Mal hinter mir. Ich zuckte zusammen, fuhr herum und lächelte. Als sie meinen Arm streifte, knisterte das Synthetik meines Weihnachtspullovers.

„Alles bestens", erwiderte ich mit glasigem Blick.

„Ich gehe mal in die Küche nach meinem Bruder schauen", meinte sie. „Deine Eltern haben sich so viel Mühe gegeben."

„Das haben sie", bestätigte ich und nickte wohlerzogen.

Kaum, dass sie weiterzog, wand ich mich wieder um, an Romy und Fee.

„Ich muss unbedingt noch einen Flirtpartner finden", murmelte ich und sah mich um. „Irgendwas Knackiges, keinen Senioren. Was dagegen, wenn ich Bartosz nehme?", scherzte ich.

„Meinen Segen hast du, meine Empfehlung nicht." Romy gackerte. „Wisst ihr, was mich wundert?", fuhr sie fort. Sie sprach ganz leise. „Mich wundert, dass Kim allein hier ist. Der hat doch sonst immer irgendein Anhängsel dabei", flüsterte sie.

„Das wundert mich auch", antwortete ich verschwörerisch. „Gerade deshalb brauche ich einen Flirt. Ich will ihm zeigen, dass ich nichts anbrennen lasse."

„Nimm doch Leander. Dann kannst du es gleichzeitig Lissy zeigen", schlug Fee albern vor. Sie lupfte die Augenbrauen und rümpfte ihre Nase, dass ihre Brille hüpfte.

„Ich sagte keinen Senioren."

„Der ist doch nur zwei Jahre älter als du."

„Mag sein, aber sieh ihn dir doch mal an", lästerte ich. Fee und Romy lachten laut auf. Direkt schaute Kim wieder herüber. Ich wich seinem Blick aus, nestelte am

Tischtuch und nagte mit den Schneidezähnen an meiner Unterlippe. *Ich werde mich von seinen Blicken nicht einschüchtern lassen*, suggerierte ich, auch wenn es dafür längst zu spät war. *Tu was.* Ich schüttelte zackig meinen Kopf, richtete ihn aus, als wäre ich selbstbewusst und täuschte spielend Partylaune vor. Ich lachte laut, bewegte meinen Oberkörper, als würde ich tanzen und stieß mein Bierglas klirrend gegen das der beiden Anderen.

„Zum Wohl, auf das Flirten", gellte ich, was mir am nächsten Morgen peinlich sein würde. Lissy schaute zu mir herüber, konsterniert. Sie goss sich still, stilles Wasser in ihr stilles Weinglas. *Prost Sis*, dachte ich ebenso still.

In dem Moment tat sich die Terrassentür auf- Frischer Qualm, stürmischer Wind und neue Männer wehten herein – und ein kehlig hustendes Gretchen.

„Der da." Fee deutete unauffällig auf Johannes, den jungen Mann im Anzug, den wir versehentlich für einen Kellner gehalten haben.

„Der ist mir auch schon aufgefallen. Letzten Endes habe ich ihn dann doch zu den Jugendlichen gezählt."

„Kim hat doch auch immer so junge Dinger", wirkte Romy auf mich ein.

„Ich gehe erst einmal auf die Toilette, dann sehen wir weiter", gab ich Auskunft.

„Hui", machte ich, als ich mich wankend vom Stuhl erhob.

„Bringst du mir noch einen Wodka Lemon mit?", rief Fee hinter mir her.

Ich verließ die Festtafel, schaute noch einmal zurück auf die durchgemischte Tischordnung. Leander und

Kim waren verschwunden. Lukas, Wolfgang und Onkel Robert saßen noch zusammen und Gretchen setzte sich in diesem Augenblick dazu. Sie knallte eine Flasche Magenbitter auf die weiße Tischdecke und die Männer klatschten.

„Primitiv", hörte ich Kerstin sagen, an der ich mich gerade vorbeidrängelte, um in den Flur zu gelangen.

„Na, mein Kind. Hast du Spaß?" Mein Vater stand direkt im Durchgang und legte seinen Arm um mich. Er duftete nach Aftershave, ähnlich wie ich.

„Hallo Lissy, wir haben heute Abend noch gar nicht gesprochen", lallte Jens Arendt, Kims Vater, in seinem weinroten Sakko, der Sack.

„Ich bin Luise", bellte ich ihn an.

„Ist doch fast dasselbe", konterte er und gackerte albern.

„Du entschuldigst dich besser", riet mein Vater seinem besten Freund.

„Lass mich mal durch." Ich beendete die Unterhaltung, noch ehe sie beginnen konnte und mogelte mich benommen an den paarig angelegten Freunden meiner Eltern vorbei, in den Flur.

„Hui", machte ich noch einmal. Erstens, weil ich die Konsequenzen des verzehrten Alkohols unterschätzt und zweitens, weil sich vor der Gästetoilette eine Warteschlange gebildet hatte. Sechs Personen zählte ich.

In dem Moment öffnete sich die Tür und Kim trat heraus.

„Ich wette, du hast im Stehen gepinkelt", scherzte Kevin, mein Cousin ersten Grades, der als nächster an der Reihe war.

„Gibt es oben keine Toilette mehr?", hinterfragte Zoe, die vor mir in der Reihe stand.

„Dort hat sich auch schon eine Schlange gebildet", verriet Lissy, die ebenfalls wartete. *Was will die denn hier?*

„Hi", meinte Kim zu ihr.

„Ja", entgegnete sie reserviert und starrte auf den Fußboden.

„Hi Luise", ließ er los, als er auf meiner Höhe war. Ich schaute spontan an mir herunter, musterte meinen Musterpulli und tat so, als ob ich ihn nicht wahrnehme. Lissy schaute sich nach mir um.

Ne, dachte ich, *keine Lust mit der in einer Schlange zu stehen.* Ich scherte aus, stapfte dämmerig, mit dumpfen Gefühlen zur Garderobe, fädelte mich in meine Winterjacke und verließ das belebte Reetdachhaus.

„Ich nehme meine eigene Toilette", flüsterte ich mir zu.

Draußen schoss mir der Wind ins Gesicht. Meine Kapuze blähte sich auf. *Segel setzen*, dachte ich. Es war dunkel und im schwachen Schein der Straßenbeleuchtung zog der Nebel an mir vorbei. Ich pfiff „Thriller", einen Michael Jackson- Klassiker. Der beleuchtete Parkplatz geriet Schritt für Schritt in den Hintergrund, es wurde dunkler und dunkler. Ein Darkroom war hell dagegen ... habe ich mir sagen lassen. Pfeif! *Immer geradeaus, bis zum vorletzten Haus in der Straße.* Plötzlich hörte ich Schritte. *Oh Gott, die Kirchentruppe lauert mir auf. Es sind doch Hobbykiller.*

„Hallo?", wagte ich mich vor. „Ich höre euch." Der Alkohol hatte sich gehörig in mir ausgebreitet. Ich fühlte mich dumpf, stumpf und wie ein Schlumpf – so blau.

„Ich bin Kickboxerin", erwähnte ich. Und das stimmte nur zum Teil. Ich war Kickerin. *Ich flanke dich weg mit einem Vollspannschuss.*

In dem Moment blieb jemand, ein Mann, sehr dicht vor mir stehen. Er schirmte die Horizontalkräfte des Windes ab. Es wurde ganz ruhig.

„Hallo?", wiederholte ich. Der Mann antwortete, indem er mir näherkam und mich schließlich vorsichtig auf die Wange küsste. Ich erschrak, wich zurück, hob meine Hand. Doch eine Ohrfeige sparte ich mir. Stattdessen berührte ich meine geküsste Haut. Mit erhobenen Händen deutete er an, dass er ungefährlich ist, obwohl er mindestens einen Meter achtzig groß war. Mehr als das, und schwache Umrisse, erkannte ich nicht. Wie im Darkroom.

„Wer bist du?"

Der Mann blieb still, dann küsste er mich erneut. Dieses Mal auf den Mund. Direkt ließ er von mir ab. Mein Puls raste wie Fees Suzuki über die Autobahn und ich fing seinen Geschmack mit meiner Zunge ein. *Was passiert hier?*

„Wer bist du?"

Er schwieg. Wieder küsste er mich. Wieder auf den Mund. Doch er setzte nicht direkt wieder ab - das wusste ich zu verhindern. Ich packte ihn am Revers seiner Jacke und holte ihn dichter heran. Ich hatte seit der zweiten Staffel von „Binge Reloaded" nicht geknutscht. Und dieser Knutsch fühlte sich gut an. Dieser Knutsch fühlte sich vertraut an. Ich ließ zu, dass unsere Zungen sich berührten. *Schöner fremder Mann*, dachte ich, obwohl ich gar nicht wusste, ob er mir optisch gefiel. Ich wusste nur, dass er mir schmeckte, woraufhin ich den

Kuss noch intensiver, juicy, tiefer werden ließ. Dann, mit einem Mal, ließ er von mir ab.

„Hä?", machte ich. Von mir aus hätte es/er weitergehen können. Ich brannte. Er strich mir über meine Haare, über meine Wange, dann rannte er ohne eine Äußerung davon. Wohin? In Richtung Reetdachhaus. Und zwar schnell wie Gina Lückenkemper.

„Warte", rief ich hinterher. „Warte Kim!" Weil mir dieses Kussverhalten äußerst bekannt vorgekommen war.

Nimm das, Lissy Kristoffersen, dachte ich, als ich Minuten später auf der Toilette des Nurdachhauses saß. *Das hätte nicht passieren dürfen*, dachte ich ebenfalls. Zeitgleich sozusagen, wie beim Synchronschwimmen. Weggeschwommen wäre ich beinahe auch, vor Verlangen, Erregung, Lust. *Das war heiß!* Nachdem sich die erste Hitze gesetzt hatte, schon allein, weil ich wieder draußen durch die Kälte stapfte, begann ich betütert ein Selbstgespräch. Mit Taschenlampe in der Hand, auf dem Weg zurück zur Feiergemeinde.

„Was bildet der sich eigentlich ein?", schimpfte ich. Der Wind schubste mich von hinten an und setzte mir die Kapuze auf den Kopf.

„Sechzehn Jahre, fast zwanzig Jahre, kein Wort und dann das?!", raunte ich. „Der denkt wohl, der kann sich jede Frau nehmen", beschwerte ich mich. „Na ja, ich habe ihn ganz gut in dieser Annahme bestätigt", rügte ich mich selbst. „Selbstgefälliges Arschloch. Aber es war Fuego", fasste ich zusammen und schnaubte lauter als der Wind. Hinter dem Deich lachten mich die Möwen schallend aus.

Wenn Kim nichts sagt, ich werde es niemandem verraten, beschloss ich. Höchstens Fee, heute Abend im Bett.

Ich nahm den organisch geformten Knauf in die Hand und rüttelte an der Tür. Nichts bewegte sich. Schließlich klopfte ich gegen die Scheibe. Kevin, mein Cousin ersten Grades, öffnete wortlos. Ich betrat die Küche des Reetdachhauses. Hitze schlug mir entgegen. Hitze und verbales Durcheinander. Es duftete nach Nadelholz und Glühwein.

„Luise." Ich begegnete Mutter vor der Küchenarbeitsplatte. Mit ihren Armen fing sie mich kurz ein. Sie hatte sich ihrer karierten Weste entledigt und die drei oberen Knöpfe ihrer cremefarbenen Bluse geöffnet. „Wo steckst du denn?"

„Bin doch hier", konterte ich und lächelte.

„Nimm dir einen Glühwein."

„Ich trinke lieber Bier, das weißt du doch."

Dann schlurfte ich in den Flur, hängte meine Jacke auf und drängelte mich zurück in den Festsaal. „All I want for Christmas is you", sang Mariah Carey. Unsicher suchte ich den Raum ab. Kim war nirgends zu sehen, aber Fee und Romy.

„Na, Mädels!"

„Da bist du ja wieder. Wir dachten schon, du hast Lissy in der Kloschüssel ertränkt."

„Das hat so lange gedauert, meinen Wodka Lemon habe ich mir selbst geholt", lallte Fee.

„Nur einen oder mehrere?", frotzelte ich und ließ mich mit dem Hintern auf meinen Stuhl sinken.

„Hier hast du Bier, damit wir auf ein gemeinsames Level kommen."

„Stell dir vor, ich musste hinter Bartosz vor der Toilette anstehen. Würg“, lästerte Romy.

„Darum bin ich zu unserem Hüttchen gegangen.“ *Wenn ihr nur wüsstet, was auf dem Weg dorthin geschehen ist.* Ich lächelte, obwohl ich das nicht beabsichtigte. Und als ich meinen Blick über die runde Tafel ziehen ließ, schaute ich direkt in Kims Gesicht. *Da bist du ja wieder.* Offensiv blickte er zu mir herüber, um gleich darauf wieder woanders hinzusehen, zu Leander, der wild gestikulierte. Viel wilder, als ich es ihm jemals zugetraut hätte. *Macht der auf cool, oder was,* fragte ich mich. Plötzlich schubste mich eine Nachwehe der Erregung an. Ich spürte sie vom Schambein steil aufsteigen. Mit einem Schluck Bier drängte ich sie wieder bergab. Ich stellte das Glas ab und berührte meine geküssten Lippen. Schon wieder lächelte ich. Schon wieder schaute Kim herüber. Raketenschnell entfernte ich meine Finger vom Mund. *Was willst du von mir,* fragte ich mich. Das Lächeln verschwand. *Fast zwanzig Jahre kaum ein Wort und plötzlich küsst du mich,* überlegte ich kritisch. *Wolltest du mich vielleicht nur rumkriegen, weil du annimmst, dass ich inzwischen auf Frauen stehe?* Ich bemerkte jede einzelne Riefe, die sich auf meiner Stirn bildete. *Denk nicht immer so negativ,* ermahnte ich mich und glättete die Falten wieder. *Ich bin eine tolle toughe Frau. Könnte doch sein, dass er wirklich auf mich steht. Dass ihn all die Jahre haben reifen und zu dieser Erkenntnis kommen lassen. Ist es so unvorstellbar?* Ich rätselte verwirrt. *Oder willst du einfach nur Spielchen spielen,* überlegte ich. *Na gut.* Ich ließ meine Schultern in die Höhe hüpfen. *Ich bin interessiert, ich spiele mit. Mal schauen, wohin das führt. Nur dieses Mal bin ich wachsam und werde mich nicht verarschen lassen*, redete ich mir ein und lächelte schief.

„Hallo! Hallo!" Fees Hand schlug Purzelbäume vor meinem Gesicht. Sie schnipste mit den Fingern.

„Was?", fragte ich erschrocken nach und zuckte zusammen. Ich schnappte nach Luft.

„Wo warst du?"

„Sorry, bin abgedriftet", gab ich zu und atmete sechs Sekunden lang aus. Ich fuhr mir über die Haare und lächelte entschuldigend.

„Ich meinte gerade, zu Romy, dass wir heiraten werden." Fee amüsierte sich.

„Guter Plan, ich würde meine beste Freundin auch heiraten. Frauen passen einfach viel besser zueinander", stellte Romy klar.

„Wir schlafen auch in einem Bett", plauderte Fee aus.

„Wenn meine beste Freundin und ich verreisen, machen wir das auch."

„Ob beste Freunde das auch tun?", grübelte Fee laut.

„Männer schlafen mit ihren besten Freunden doch nicht in einem Bett", prustete Romy und powerte etwas zu laut über die Tafelrunde.

„Wenn sie schwul sind, schon", mischte sich Onkel Robert betrunken ein und lachte verächtlich auf.

„Siehst du", meinte Romy und klatschte ihre Handfläche auf den Tisch. „Genau das meine ich. Wenn Männer untereinander Nähe zulassen, sind sie gleich schwul."

„Was sonst?", trumpfte Onkel Robert auf.

„Unangemessen", kommentierte Kerstin.

„Alles anerzogen. Als wenn Männer ihre besten Freunde nicht liebhätten. Sie dürfen es nur niemals zeigen. Immer schön körperlich distanziert bleiben, sonst gelten sie als schwul."

„Als wenn Schwulsein eine Beleidigung oder ein Label für weniger männlich wäre", raunte Fee und schubste ihre Augen Richtung Haaransatz.

„Ist es das nicht?" Amüsiert schlug Robert seine Faust auf das weiße Tischtuch. Gretchen kicherte kehlig.

„Robert", brüllte Tante Carola erzürnt. Sie stand, die Hände in der Taille, im Durchgang zum Flur und zerfurchte den Lärm. Bing Crosbys weiße Weihnacht steckte in den letzten Takten.

„Chauvinist", kategorisierte Kerstin.

„Du solltest jetzt zu Bett gehen", schob Carola hinterher.

„Nicht streiten", flehte mein Vater, die Handflächen auf Brusthöhe fest gegeneinandergepresst, Namaste.

„Vielleicht sollten wir jetzt Schluss machen", mischte sich Mutter ein.

„Das hast du wieder einmal gut hingekommen", schalt Carola ihren besoffenen Gatten. Robert blickte mit trüben Augen auf seinen Schoß.

„Ich meinte das doch gar nicht so", entschuldigte er sich und presste betreten seine Lippen aufeinander.

„Morgen steht viel auf dem Plan", verriet meine Mutter gespielt launig. Neben der Gäste-, Getränke- und Speisenauswahl, den Ferienunterkünften, der Musikuntermalung bei Tisch und der Sitzordnung, hatte sie ein abwechslungsreiches Rahmenprogramm für die Stunden dazwischen geschaffen.

„Morgen heißt es Color-Ball", kündigte sie an, wie eine Boxring-Sprecherin, um die Menge aufzuheizen. Sie rieb sich die Hände, doch die erhoffte Begeisterung blieb aus. Stumm und reglos schauten alle in ihre Richtung. Was ist Color-Ball, munkelte die Allgemeinheit.

„Paintball ohne Waffen", fasste meine Mutter zusammen.

„Frühstück ist um zehn", erklärte mein Vater. Und Gretchen erklärte, dass sie schon ab sieben hungrig wäre.

„Ich suche übrigens noch Freiwillige, die mir am vierundzwanzigsten beim Baumschmücken helfen", rief meine Mutter.

„Das ist ja mal wieder typisch", beklagte sich Kerstin, nachdem sich für diese Aufgabe ausschließlich Frauen gemeldet hatten.

„Ihr könnt das viel besser", behauptete Lukas amüsiert und erntete für diese Aussage böse Blicke von seinen Partnerinnen.

„Dann machen wir es dieses Jahr mal anders", schlug Vater vor. „Nur die Männer schmücken." Mutter schaute konsterniert. Sie wurde ganz blass und hustete heiser. Doch die Männer der Gruppe zeigten sich offen für diesen Vorschlag.

„Das crasht ihren Plan", flüsterte ich Fee und Romy zu. Lissy schaute mitfühlend und warf sich erschüttert eine Hand vor den Mund.

„Ich, Leander und Kim bereiten die Braten zu", meldete sich Bartosz zu Wort. „Bevor es noch heißt, wir würden die Frauen in die Küche schicken."

„Dass der sich überhaupt traut, hier zu sprechen", raunte Romy.

„Ich lebe vegan", verkündete Wolfgang. „Esst aus dem Garten und keine tierischen Braten."

„Ich habe meinen Flirtpartner übrigens gefunden", teilte ich Fee und Romy wispernd mit, während wir an der Garderobe unsere Jacken zu finden versuchten.

„So? Wen?", wollte Romy wissen. „Ah, hab sie!"

„Sage ich noch nicht."

„Wie gemein", urteilte Fee.

Und so ging der erste Abend um kurz nach dreiundzwanzig Uhr zu Ende. Bis auf meine Eltern traten wir alle gemeinsam auf die feuchte Straße. Und der Wind verteilte uns auf die Ferienunterkünfte.

Morgen kommt der Weihnachtsmann

Es war der dreiundzwanzigste Dezember. Ich erwachte um acht Uhr acht. *Autsch, Kopfschmerzen.* Sofort erinnerte ich mich an den Kuss. Und an mein lächerliches Gehabe bei Tisch. *Peinlich!*

Fee schlief noch. Zurückhaltend schlich ich die gezwirbelte Treppe hinab.

Durch das rechteckige Küchenfenster quoll die Sonne. Der Starkwind hatte nachgelassen. Ich exte einen Espresso, während sich eine Kopfschmerztablette im Glas nebenan von fest in flüssig verwandelte.

„Igitt", machte ich, wechselte die Szenerie und betrat das Badezimmer.

Mehrere Minuten betrachtete ich mich im Spiegel, fletschte die Zähne und zog meine Unterlider Richtung Wangenknochen. *Hoffnungslos*, resümierte ich. Dann stellte ich mich in die Dusche und ließ mich unter dem tellergroßen Duschkopf beregnen. Wie meine seifigen Finger über die nasse Haut glitten, stellte ich mir vor ich dusche mit Kim. *Stopp!* Ich schnaubte und stellte augenblicklich das Wasser ab, rubbelte mich trocken und rubbelte meine lüsterne Fantasie ab. Ich bekleidete mich und bestäubte mich mit Eau de Parfum, für das ich von einem Jeremy Fragance viele Komplimente bekommen hätte.

Ich zog mir meine extragroße Strickmütze über den Kopf, was den Trocknungsvorgang meiner Haare beschleunigen sollte, und legte mich auf das anthrazitfarbene Sofa, bis auch Fee geduscht hatte und mich mit einem ausgetreckten Arm aufforderte, sie zum Frühstück zu begleiten.

„Guten Morgen, gut geschlafen?" Meine Eltern erfreuten sich bester Laune.

„Es scheint, als habe sie den Schock wegen des Baumschmückens verkraftet", flüsterte Romy.

„Das sieht nur so aus", flüsterte ich. „Sie war schon überfordert, dass du gestern Abend vom Sitzplan abgewichen bist." Ich schlenderte artig eingereiht am Buffet vorbei. Hinter mir schlenderte Romy, vor mir schlenderte Fee. Onkel Robert fehlte. Und Oma Gretchen war diejenige, die das Rührei aufaß.

„Ich esse kein Ei. Ich lebe vegan", erklärte ihr Lover.

Ich schnappte mir meinen Feigensenf und betrachtete die Exceltabelle, die meine Mutter in einen übersichtlichen Küchenplan verwandelt hatte.

„Sind das zufällige Konstellationen oder bist du nach einem bestimmten Prinzip vorgegangen?", interviewte ich meine Mutter so beiläufig wie möglich, weil ich für die Frühstücksvorbereitungen des vierundzwanzigsten Dezembers mit Kim in einer Gruppe stand.

„Zufall, per Losverfahren."

„Okay." Ich grinste ahnungsvoll.

„Wir haben uns das so gedacht", erklärte meine Mutter, nachdem alle Gäste gefrühstückt hatten. Sie baute sich vor dem Weihnachtsbaum auf und trug Gummistiefel, die ihre karierten Hosenbeine bis zu den Knien versteckten. *Ob das wohl edler Jacquard Stoff ist?* Ich schaute die weite Strecke zu Lissy herüber und fing auf dem Rückweg einen von Kims Blicken ab. *Ob er auch gerade an unseren Kuss denkt*, fragte ich mich. Ich blieb cool und ignorierte ihn.

„Wir bilden vier Teams." Eine Info, die nicht für die Kinder und Gretchen als freiwilligen Sitter galt.

Ich hoffe Gretchen traumatisiert die Kinder nicht.

„Ein Team besteht aus sieben Personen. Unser Spielfeld ist ein altes Fabrikgebäude am Hafen. Für gewöhnlich wird da Paintball gespielt."

„Genau", schritt mein Vater schwungvoll ein. Ich schmunzelte ob seines Enthusiasmus. Er gebar sich wie ein Lehramtsstudent, der seinen Schützlingen den Spaß am Barrenturnen einzureden versuchte. *Barrenturnen ist wie Minecraft nur ganz anders.*

„Immer zwei Teams treten gegeneinander an. Sobald ein Teammitglied dreimal getroffen wurde, ist es für diese Runde raus. Keine Waffen. Wir verwenden farbgefüllte Wasserbomben."

„Ja, na gut", mischte sich Kerstin ein. „Ich erkenne den pazifistischen Gedanken, bloß was ist mit dem ökologischen Aspekt? Ich meine Luftballons." Sie schaute wie eine Zitrone.

„Oh Mama, echt jetzt!?", erwiderte Zoe gereizt.

„Sonst keine weiteren Einwände? Dann teile ich jetzt die Teams ein." Meinem Vater war die Vorfreude anzusehen. Seine Haare stellten sich elektrisiert auf, als hätte irgendwer mit einem Luftballon Rubbellos gespielt.

Ich landete mit Feline, der Frau von Kevin, meinem Cousin ersten Grades, mit Veganer Wolfgang, mit Johannes, den ich versehentlich für einen Kellner gehalten hatte, mit Kerstin, Fee und Kim in einem Team. *Auweia*, dachte ich.

„Das ist unfair“, protestierte Feline. „Ich will mit Kevin zusammenspielen. Fee und Luise sind doch auch zusammen in einem Team.“

„Wir sind ja auch kein Paar“, donnerte ich entschieden. Ich schaute zu Kim. Kim schaute zurück.

„Als ob“, maulte Feline.

Eine Stunde später verließen wir die Ferienhaussiedlung im Konvoi.

„Dass du mir gut auf die Kinder aufpasst“, mahnte Vater Oma Gretchen an, die mit dem Feuer spielte und sich gerade eine Zigarette anzündete.

Eine achtundzwanzigköpfige schuss-, kampf- und zu allem bereite Armee trat durch das Gatter der fußballfeldgroßen Wellblechhalle, deren dünne Wände bei jedem Windzug schepperten.

Im Inneren roch es nach Schimmelpilz und Tang.

Ich steckte in meinem wasserabweisenden Ganzkörperanzug und fühlte mich wie Catwoman.

Zu siebt warteten wir auf das Startsignal. Wir hielten uns hinter einem gevierteilten Bootsrumpf versteckt. Johannes lugte vorsichtig durch den Lochfraß, den der Rost zu verantworten hatte.

„Ich sehe sie“, flüsterte er. „Sie stehen hinter den Ölfässern. Auch alle zusammen. Wir sollten uns verteilen.“

„Am besten noch vor dem Startsignal“, wisperte Wolfgang.

„Immer zu zweit", schlug ich vor. Das war der Moment, in dem ich nach Fees Hand griff, obwohl Kim direkt neben mir stand und lächelte.

„Wir gehen rüber zu den Fischernetzen", fistelte ich.

„Nicht gehen, kriechen", empfahl Johannes. „Bewaffnet euch vorher."

Fee und ich steckten an die zwanzig Wasserbomben in unsere enganliegenden Köcher und robbten über den Bodenbelag, ein Gemisch aus Vlieshäcksel und Holzspäne. Ich fühlte mich wie ein Meerschweinchen – Nag-Nag. Nicht zu verwechseln mit knock-knock – on the heavens door. Ich hatte nur drei Leben und wollte nicht sterben.

Quiiiiiiip, das Startsignal ertönte und ich sah, wie sich das gegnerische Team sofort in Bewegung setzte.

„Beeil dich", feuerte ich Fee an.

„Ich habe Späne in der Nase." Sie nieste. Noch ehe wir die aufgetürmten Fischernetze erreichten, traf mich Bartosz mit einer Bombe am Kopf. Blaue Farbe spritzte umher.

„Nein", brüllte ich verzweifelt, mir entglitt meine Mimik. Ich griff in meinen Köcher, setzte mich auf die Knie, Häckselstaub stieg auf, sprang auf meine Füße – vom Fußballplatz war ich solche Moves gewohnt - und feuerte drei Bomben nacheinander auf Bartosz, der sich gerade zurückzuziehen versuchte. Eine der Bomben traf ihn rot am Hinterkopf. Ein Fest für jeden Blutspurenanalysten.

„Bastard", brüllte ich und warf mich schützend auf Fee, zurück auf den Boden.

„Es herrscht Krieg", erklärte ich ihr und fing mir beinahe die zweite Bombe ein. Wir schafften es schließlich hinter die Fischernetze. Bartosz' Team war bis auf wenige Hindernisse vorgerückt. Es verschanzte sich hinter einigen Traktorreifen.

Hilfesuchend schaute ich mich nach meinen Leuten um. Kim und Feline diskutierten, flach auf dem Boden liegend, eine Strategie. Johannes und Wolfgang starteten unvermittelt eine Gegenoffensive und feuerten eine Bombe nach der nächsten auf die Traktorreifen. Kerstin saß allein, mit verschränkten Armen, im Führerhäuschen eines kleinen Baggers, im dem die Scheiben fehlten.

„Wir haben Kerstin vergessen", gab ich Fee zu verstehen. *Wenn sieben Leute Zweierteams bilden, bleibt die Unbeliebteste übrig. Wie im Schulsport*, dachte ich, wenig sportlich.

„Kerstin, hey! Pst!", rief ich und zeigte ihr mit rudernden Armen einen Fluchtweg auf. „Komm zu uns. Jetzt!"

Wolfgang und Johannes zielten auf die Traktorreifen und gaben ihr Feuerschutz. Gemächlich stieg sie aus dem Führerhäuschen, die Arme nach wie vor der Brust, und schlenderte fast gelangweilt über den weichen Untergrund.

„Komm schon, beeile dich!", lotste ich sie zu uns.

„Was ist mit ihr?", keifte Johannes. „Schneller!"

„Lauf", brüllte Kim.

„Ich lasse mich hier nicht anschreien", meckerte sie, blieb stehen und ließ zu, dass drei gegnerische Bomben an ihrem Körper zerschellten.

„Raus! Kerstin ist raus!", richtete mein Vater mit Hilfe eines Megafons. Die übrigen Teams, die im Rang verteilt saßen und von oben in die Arena schauten, klatschten.

Das Feld leerte sich. Vier gegen drei. Johannes, Kim, Fee und ich gegen den Rest von Bartosz' Team. Ich war mutig, ich war geschickt. Mit einer Schaufel, die ich herumschwenkte wie einen rotierenden Schutzschild, fing ich etliche gegnerische Bomben ab. Ich war ein menschgewordenes Raketenabwehrsystem.

„Ahhhhhhhhhh", brüllte ich und zerschlug Ballon um Ballon. Dicht hinter mir Johannes und Fee. *Wo ist Kim?*

Er betankte seinen Köcher mit frischer Munition. Ich sah mich nach ihm um ... Da passt man einen Moment nicht auf und schon ist ein Leben ausgelöscht.

„Fee ist raus", verkündete mein Vater. *Mist!*

Infolge einer gegnerischen Frontalattacke schied auch Johannes aus. Zwei gegen drei.

Wendig und agil trat ich den Rückzug an. Ich rannte zurück zur Basis, zum Munitionslager, wo Kim noch immer damit beschäftigt war, seinen Köcher zu bestücken. Eine gegnerische Bombe traf mich am Oberschenkel. Ein Leben hatte ich noch.

Ich warf mich neben Kim auf den Boden, brachte mich in Sicherheit und zog ihn, ohne nachzudenken zu mir herunter. Häcksel und Späne stiegen spritzend auf.

„Vorsicht", bollerte ich. Gleich mehrere Bomben schlugen hinter uns ein. Doch wir lagen sicher hinter dem Viertel eines Bootrumpfes.

„Hi Luise", flüsterte er und lächelte. Selbst diese schief sitzende, beschlagene Sicherheitsbrille ließ ihn gut aussehen. Mein Puls raste ohnehin schon, ich spürte nicht, ob ich nervös war.

„Hi", antwortete ich.

„Alles gut?"

„Und bei dir?"

„Mmh."

Nach fast zwanzig Jahren das erste Gespräch. Die Rahmenbedingungen hätten günstiger sein können, doch immerhin sprachen wir miteinander. Ein Plausch im Separee eines traditionsreichen Kaffeehauses, dazu eine Tasse Cappuccino und zwei drei Cake-Pops, hätten mir noch besser gefallen.

Nichtsdestotrotz fühlte ich mich plötzlich unbesiegbar.

„Ich hole uns hier raus", kündigte ich großspurig an und linste aus unserem Versteck.

„Im Westen nichts Neues", scherzte ich, schnappte mir seinen Köcher und bouncte über das Spielfeld. Ich drehte mich geschickt aus der Flugbahn der mir entgegenschießenden Bomben, rollte mich über den Boden, driftete auf den Knien, dass ich einen Donut auf den Hallenboden zeichnete, stand wieder auf, lief wie eine zu allem entschlossene Zehnkämpferin auf das gegnerische Team zu und knockte - drei, zwei, eins - erst Bartosz, dann Britta und schließlich Zoe aus. Bam! Luise 2.0!

„Das war unglaublich!" Mein Team, bis auf Kerstin, stürmte auf mich zu und Kim klatschte sogar.

„Ich bin platt. Hab gesehen, dass du dich mit Kim unterhalten hast", flüsterte Fee und fixierte mich gespannt mit weit aufgesperrten Augen. Wir saßen im Rang, dicht unter dem scheppernden Dach, auf wackeligen Plastikhockern, und verfolgten die Schlacht der anderen beiden Teams. Sehr brutal schoss mein Vater gerade auf meine Mutter ein. Smash, Smash, Smash, drei Kopfschüsse.

„Raus! Bea ist raus!"

„Ich würd's nicht Unterhaltung nennen. Wir haben ein paar Worte gewechselt. Es ging schließlich um Leben und Tod." Ich überdramatisierte das eine und spielte das andere Ereignis herunter. Fee reichte mir eine geöffnete Wasserflasche.

„Sehr groß!", lobte sie mich.

„Im Team müssen wir zusammenhalten", behauptete ich.

„Du bist so tough! Und, war es schlimm?"

„Was?"

„Wieder mit ihm zu sprechen?"

„Keine Spur", flunkerte ich, weil flunkern wie funkeln ist, wenn man's bisschen zurechtrückt und einen Buchstaben rauswirft.

Ehrlicherweise spürte ich im Nachhinein, dass ich in Kims Nähe doch nervös geworden war. Ehrlicherweise hatten wir am Vorabend geknutscht, doch schließlich erzählte ich auch davon nichts. *Wenn das in die Hose geht, bin ich wieder der Trottel*, befürchtete ich. Ich wollte erst herausfinden, wie es weitergeht, weil mir allein die Reihenfolge recht eigentümlich vorkam: Erst der Kuss dann das Gespräch. So etwas passiert doch sonst nur im Darkroom. Hat mir ... äh ... jemand erzählt.

Das Team, in dem nicht nur meine Mutter brutal mit drei Kopfschüssen hingerichtet worden war, verlor. Unser nächster Durchgang stand unmittelbar bevor. Ungeduldig warteten wir auf dem farbverschmierten Spielfeld.

„Leute, gleich geht's los", schwor ich Fee, Feline, Johannes, Wolfgang, Kerstin und Kim ein und winkte sie dicht heran. „Dieses Mal verteilen wir uns sofort."

„Super Idee", meinte Johannes. „Erst bewaffnen, dann verteilen."

„Genau", bestätigte ich. „Noch vor dem Startsignal. Kerstin? Hörst du zu?" Ich schnipste mit Daumen und Mittelfinger. Kerstin wirkte unaufmerksam und bockig. In dem Moment schleuderte irgendwer von der Gegenseite eine Farbbombe herüber, obwohl das Spiel noch nicht begonnen hatte. Schmatzend zersprang sie ausgerechnet in Kerstins Gesicht. Weil sie ihre Sicherheitsbrille nicht trug, sah sie aus, wie nach einem Face-Tanning - nur in Cadenabbia-Blau.

„Sorry", brüllte Frank, ein Freund meiner Eltern. „Ich dachte, es wäre schon losgegangen", erklärte er mit einer Geste der Entschuldigung.

„Hast du das Startsignal gehört?", keifte Kerstin erzürnt. Sie erinnerte mich an die Blue Man Group.

„Er trägt seine Hörgeräte nicht", erklärte seine Frau rufend.

„Ich bin raus. Ich mache nicht mehr mit", bollerte Kerstin und stampfte aus der Halle.

„Was nun?" Nachdem wir unsere feuchten Augen getrocknet und die Lachfalten geglättet hatten, schauten wir einander fragend an.

„Wir spielen nicht in Unterzahl", stellte Fee klar.

„Ich springe ein." Dem selbstbewusst vorgetragenen Statement folgte Torben, Wolfgangs Enkel, zu uns an den Spielfeldrand.

„Komm her, mein Junge."

„Herzlich willkommen im Team", begrüßte Johannes ihn.

„Folgender Plan", flüsterte Fee. Umringt von uns Anderen stellte sie sich gebückt in die Mitte und sah uns nacheinander an.

„Drei von uns bilden den Sturm und schießen frontal, mit allem, was wir haben. Je ein Zweierteam umläuft die Arena von der Seitenflanke, bis wir hinter die Gegner gelangen, um sie einzukesseln."

„Perfekt, die machen wir fertig", bestätigte ich sie. Es folgte eine Gruppenumarmung, wie man sie bei Mannschaftssportturnieren häufig sieht. Kim, zwischen Fee und mir, legte seine Hände auf unseren Rücken ab. Mich durchfuhr ein Gefühl wie schmelzende Zuckerwatte, während Fee hilfesuchend auf den Boden starrte.

Quiiiiiiiip, das Startsignal ertönte und mit einem Mal, obwohl ich es anders geplant hatte, landete ich mit Johannes in einem Zweierteam. Fee und Torben auf der anderen Seite. Sie versuchten das gegnerische Team von der linken Flanke her zu umschiffen. Vielleicht hätte Fee eine weniger aufregende, geschütztere Position besser bekommen. Während ihrer Attacke quietschte sie ununterbrochen. Abgelenkt schaute ich hinüber. Ängstlich kniff sie ihre Augen zu und stolperte. Torben griff nach ihrer Hand und lenkte sie hinter sich her. Besorgt hielt ich inne und vergaß meinen Auftrag. Smash, Smash, Smash, ich war raus. *Da passt man einmal nicht auf!*

Am Ende verloren wir das Duell. Ausgerechnet gegen Lissy! Ich wette, dass SIE mich abgeschossen hat. Na warte, meine Rache kommt, wenn Kim und ich wieder zusammen sind.

„Good job", meinte Kim anerkennend. Männermäßig klatschte seine hohle Hand gegen Torbens hohle Hand, dass es durch die ganze Halle pflatschte.

„Leider nicht gewonnen", gab Torben mit schmal gedehnten Lippen zurück.

„Egal", beteuerte Johannes. „Hat Fun gebracht."

„Mädels", Kim umarmte erst Fee und dann mich. „Es war mir eine Ehre." *Hui, Federkern.* Zumindest fühlten sich meine Darmverschlingungen danach an. *Wie selbstbewusst er ist.*

In dem Moment, als Kim von mir abließ, schaute ich intuitiv zu Lissy hinüber. Sie glotzte. Aus ihrem Gesichtsausdruck filterte ich Entsetzen, Erstaunen, Erschütterung. Gehässig zwinkerte ich ihr zu, woraufhin sie ungeschickt ihre Sicherheitsbrille fallen ließ. *Was würde sie wohl fallen lassen, wenn sie vom Kuss wüsste,* fragte ich mich.

Draußen auf dem Parkplatz, nachdem alle Teammitglieder entknotet und als Einzelpersonen auf die Autos verteilt waren, gab mein Vater das Go für die Heimfahrt.

„Abfahrt", tönte er. „Die Siegerehrung findet später nach dem Abendessen statt." Es war siebzehn Uhr zwölf.

„Ich habe dreihunderteinundsechzig Kalorien verbrannt", las Fee von ihrer blinkenden Uhr ab und fuhr Kim in seinem schlichten Ford viel zu dicht auf.

„Ich dachte, der fährt Porsche", hakte sie nach.

„Fuhr er auch", bestätigte ich.

„Ihr habt euch umarmt."

„Weiß ich, ich war dabei", konterte ich möglichst gleichgültig, um keinen Verdacht entstehen zu lassen.

„Kamen da alte Gefühle wieder hoch?", scherzte sie. An ihrem Handgelenk blinkte es noch immer.

„Ich find nur witzig, dass Lissy das gesehen hat."

„Ja, voll gut." Sie stach auf ihr Display ein.

„Hände ans Steuer", flehte ich.

„Hast du ihm vergeben?"

„Da gibt's nicht zu vergeben. Ich war einfach nur nachtragend, wie eine verbitterte Exfrau. Es ist fast zwanzig Jahre her. Höchste Zeit, dass Ganze zu vergessen. Kim und ich fangen noch einmal ganz von vorne an. Freundschaftlich natürlich nur", log ich. Lügen ist wie … mir fiel leider kein passender Vergleich ein. Also blieb es eine Lüge.

„Ich bin beeindruckt", trällerte Fee. „Woher der Sinneswandel?" Sie lächelte. Ihre Brille tanzte.

„Es ist Zeit für Luise 2.0", erklärte ich und schaute durch die Windschutzscheibe auf das Rot der Rücklichter.

„Luise 2.0, wer soll das sein? Eine optimierte und optimistischere Luise ohne Gram?"

„Jupp", bestätigte ich.

„Ich mag Luise 2.0 jetzt schon."

„Und Luise 2.0 gibt zu, ein klitzekleines bisschen in Weihnachtsstimmung zu kommen."

„Ich liebe Luise 2.0", juchzte Fee und lenkte den Suzuki wenig später unter den Carport.

Um achtzehn Uhr dreißig trödelten wir gemütlich durch die Siedlung zum Abendessen.

„Hey", rief jemand durch den Nebel, der die Dunkelheit begleitete. Mit meiner Taschenlampe suchte ich die Umgebung ab.

„Hey", entgegnete ich, nachdem der Lichtschein Torben eingefangen hatte.

„Wohnt ihr in der Neun?"

„Ja", verriet Fee.

„Ich in der Sieben. Direkt neben euch."

„Mit Gretchen und Wolfgang zusammen?", hakte ich vorsichtig nach und grimassierte, als würde ich mich ekeln. Schließlich ekelte ich mich bei dieser Vorstellung.

„Sicher nicht", negierte Torben deutlich. „Ich möchte die Tage hier genießen."

„Verstehe." Ich nickte.

„Oh Mist, Gretchen ist deine Oma, richtig? Tut mir leid."

„Kein Grund, sich zu entschuldigen. Ich kann Gretchen nicht leiden", gab ich zu. Torben zögerte, ehe er zu lachen begann.

„Meinen Opa scheint sie glücklich zu machen."

„Bitte erspare mir Details." Ich schüttelte mich bei dem Gedanken an Intimitäten. Der Schein der Taschenlampe zeichnete ein Zickzackmuster in die Dunkelheit.

„Du hast ein sehr enges Verhältnis zu deinem Opa, oder?", erkundigte sich Fee.

„Hm", leitete Torben seine Antwort ein. „Er kann schon nerven, aber ich kann ihn gut leiden, ja. Er ist ein lieber Kerl."

„Ich frage nur, weil du ihn begleitest."

„Ich stehe auf Nurdachhäuser", scherzte Torben und gickelte.

Die Unterhaltung machte einen Zwischenstopp vor dem stimmungsvoll beleuchteten Haus mit Reetdach. Auf dem gepflasterten Weg, nahe der Tür, starrten vier der insgesamt fünf Jugendlichen auf ihre Handys. Sie wirkten überdreht und alberten mit sehr viel Körpersprache. In der Luft wogte der Schmauch eines Joints.

„Guten Abend." Als sie uns bemerkten, nahmen sie Haltung an.

„Hallo ihr drei!" Mein gut gelaunter Vater nahm uns in Empfang. „Habt ihr gekifft?" Er schnüffelte.

„Klar", antwortete ich ironisch.

„Die Pizzen werden gleich geliefert", verriet er.

„Die Pizzen werden gleich geliefert", verriet auch meine Mom, der wir begegneten, als wir unsere Jacken im Flur auf den Stapel warfen.

Die Garderobe hatte leider nicht standgehalten. Zu hoher Druck. Unter dem Drängeln und Drängen der Masse hatte es sie wenig elegant zerlegt. Überforderung, Ermüdungsbruch, Burnout!

„Wir sehen uns später noch." Fee winkte Torben, der sich, entsprechend der Sitzordnung, an seinen vorgegebenen Platz begab. Dort, am anderen Ende der Tafel begrüßte er seinen Großvater und Leander per Handschlag.

„Ihr habt das Beste verpasst", flüsterte Romy amüsiert. Ein nasser Vorhang hing vor ihren Augen, in ihrer Faust steckte ein aufgeweichter Taschentuchknäuel.

„Was denn?" Ich setzte mich und rückte meinen Stuhl in Richtung weißes Tischtuch.

„Kerstin", sagte sie nur, dann fing sie wieder zu lachen an. Ich spähte durch den Raum und entdeckte sie schließlich. Cadenabbia-blau wie eine moderne CDU-Wählerin, schaute sie drein. Mürrisch noch dazu. Die Farbbombe, die sie beim Color-Ball im Gesicht getroffen hatte, wirkte deutlich nach. Ich schnappte mir eine

Serviette und presste sie lachend, gellend, vor mein Gesicht.

„Sorry", entschuldigte ich mich bei Fee und Romy und flüchtete auf das Gäste-WC. Es fehlte nicht viel, dann hätte ich mich eingenässt. Auf der Toilette sitzend, wartete ich ab, bis mein bebendes Lachen nicht mehr für die Richterskala taugte. Jemand klopfte schon gegen die Tür.

Als ich heraustrat, stand Kim vor mir.

„Oh, hi", begrüßte er mich überrascht.

„Hey", erwiderte ich. Smash, Smash, Smash, augenblicklich schoss mir die Nervosität in den Körper. Ich überlegte, ob ich ihn einfach küssen sollte, schließlich scharwenzelte Lissy durch den Flur.

„Gut siehst du aus", meinte er.

Lissy blieb beiläufig stehen, sie lehnte sich gegen den Türrahmen und beobachtete uns von der Küche aus.

„Na ja", kokettierte ich. „Du aber auch."

„Weißt du, wie lange ich darauf gewartet habe, dass wir wieder normal miteinander umgehen?" Er schaute gutmütig, wenn nicht sogar verführerisch. Sein Kinn senkte sich gen Boden, seine Blicke reckten sich auf meine Augenhöhe.

„Normal", wiederholte ich und dachte an unseren Kuss. Ich lächelte verschwörerisch. Und einladend. *Küss mich, küss mich jetzt! Solange Lissy noch zusieht.*

„Fee und du, ihr seid nicht wirklich ein Paar, oder?"

Ich gickste. Viel zu laut, als hätte sich mein Zwerchfell zu einem Schluckauf überreden lassen.

„Waaaaas?" Ich dehnte das Wort, bis es zerriss. „Blödsinn! Nein! Natürlich nicht." Wie die Taschenlampe zuvor, schüttelte ich meinen Kopf.

„Gut, ich dachte schon. Alle behaupten das.“

„Sehr klug, dass du bei mir nachfragst. Ich sitze nämlich an der Quelle“, flirtete ich gezielt. Kim lachte.

„Dann hätten wir das geklärt.“

„Hätten wir.“

„Wirklich schön, dass wir wieder reden. Ich muss dann mal“, erklärte er.

„Wie? Wohin?“

„Auf die Toilette.“ Er griente schalkhaft. *Schau mich noch einmal so an, ich schwöre, ich treib es direkt im Gästebad mit dir.* Farbe stieg mir ins Gesicht. Wie bei Kerstin, nur in Rot.

„Na dann.“ Kim nickte und verschwand. *Schade!*

„Luise, kommst du mal bitte?“, sprach meine Zwillingsschwester mich an.

Was will die denn jetzt, dachte ich, legte lustlos meinen Kopf in den Nacken und schnaufte.

„Was willst du, Lissy?“ Ich drehte mich nach ihr um und blickte streng.

„Komm, bitte.“

Sie lockte mich in den kleinen Heizungsraum am Ende des Flures und schloss die Tür hinter uns.

Mir fiel auf, dass sie die gleiche karierte Hose trug, wie meine Mutter. Dazu einen kurzärmeligen Rolli aus Strick. Ein gleichfarbiges Haarband hielt ihre langen kastanienbraunen Haare zurück.

„Was willst du?“, nölte ich, stellte mich schief und verschränkte meine Arme vor meinem Statement-Pullover in Oversize. „Grinch doch mal“ stand dort in Rockabilly-Schrift.

„Läuft da was zwischen Kim und dir?“

„Gegenfrage: Läuft da was zwischen Leander und dir? Sieht zumindest nicht so aus. Sieht nämlich so aus, als hättet ihr euch nichts zu sagen." Gehässig konfrontierte ich sie mit meinen Beobachtungen.

„Warum bist du so gemein?", fiepte sie.

„Warum bist du so sensibel?"

„Ich mache mir Sorgen. Lass die Finger von Kim, er ist ein Arsch."

„Warum, weil er sich für mich und nicht für dich interessiert?"

„Also ja …", sie seufzte. „Es läuft was zwischen euch." Sie ließ ihren Kopf hängen. „Sei bitte vorsichtig, Kim ist ein Arsch", bemerkte sie noch einmal.

„Als er mich gestern Abend geküsst hat, war er ganz lieb zu mir", haute ich trocken raus und gab mich überheblich. Mein Unterkiefer wippte vor und zurück, vor und zurück.

„Was? Bitte nicht! Ihr habt euch geküsst?" Lissy legte die Hände übereinander und flach an die Brust. Sie seufzte – noch einmal.

„Haben wir", bestätigte ich.

„Lass dich nicht auf ihn ein. Ich will nicht, dass er dir wehtut." Es war absurd, doch sie klang, als wäre es ihr ernst. Fast flehte sie.

„Du willst nicht, dass er mir wehtut? Das war dir doch damals auch scheißegal."

Nie zuvor hatten wir über die Geschehnisse gesprochen, die vor fast zwanzig Jahren vielleicht nicht alles, aber sehr viel zwischen uns verändert hatten.

„Es tut mir leid", wisperte sie und blickte an mir vorbei gegen die Wand.

„Echt jetzt?", drosch ich garstig. „Nach sechzehn Jahren?", fragte ich nach.

„Es tut mir leid", wiederholte sie. „Ich war zu feige."

„Glaubst du, das interessiert mich jetzt noch?" Ich schnaufte verächtlich.

„Ich habe Fehler gemacht. Nicht nur damals." Sie schluckte energisch, als wollte sie den aufsteigenden Trauerkloß vertreiben, den ich schon längst in ihrer Stimme gehört hatte.

Ich hätte „fick dich" brüllen, verschwinden und der Tür einen Schubs geben wollen, dass man ihr Zuschlagen noch im Speisesaal gespürt hätte. Stattdessen blieb ich reglos vor ihr stehen.

„Du bist eine gute Beobachterin", gickste sie und glättete ihr Oberteil bauchnabelabwärts. „Leander und ich haben uns tatsächlich nicht viel zu sagen. Nicht, nachdem ich ihn betrogen habe. Wir arbeiten hart an unserer Beziehung, nur vielleicht reicht das nicht." Sie senkte ihren Blick, starrte wässrig auf die grauen Bodenfliesen und legte sich eine Hand vor den Mund.

„Und ich dachte immer, *ich* wäre der dunkle Zwilling von uns beiden", flüsterte ich.

„Halt Abstand zu Kim", riet sie mir noch einmal. Sie flüsterte. Und dann tat ich es doch noch.

Ich brüllte „Fick dich!" und verschwand. Ich riss die Tür fast aus dem Rahmen und gab ihr einen so harten Schubs, dass ihr Zuschlagen im Speisesaal zu spüren war.

„Was war denn da los?", erkundigte sich Romy nach meiner Rückkehr. Auch Fee schaute neugierig.

„Weiß nicht", flunkerte ich. Weil flunkern wie funkeln ist …

Für einen Augenblick lenkte dieser hör- und spürbare Zwischenfall von Kerstins verfärbtem Gesicht ab.

„Schnaps", brachte ich hervor. Ich war aufgewühlt, fast bewegt.

„Ich kann auch gut einen vertragen", stimmte Romy zu. „Bartosz wollte mich vor der Toilette küssen. Hab das Gefühl, er stellt mir nach", verriet sie.

„Dann trinken wir am besten jetzt, wo wir noch einen leeren Magen haben ..."

„... dann haut es wenigstens rein", vervollständigte Romy meinen Satz und rannte los, um aus der Küche Köm und Genever zu holen.

„Bringst du mir bitte meinen Feigensenf mit?", rief ich ihr hinterher. *Ich glaube, es gibt Käsepizza.*

„Prost!" Romy, Fee und ich tranken je zwei Köm und einen Stamperl Genever.

„Das wärmt durch", schnaubte ich. Vergessen war die seltsame Unterhaltung mit Lissy. Ich spürte einen zaghaften Rausch und ein zusätzliches Wohlgefühl, sobald Kim zu mir herüberblickte. Das tat er ziemlich oft. Im Hintergrund spuckte Mamas Playlist ein englisch gesungenes Weihnachtslied aus. Dumpf klingendes Stimmenwirrwarr der Schmökenden, die draußen auf der Terrasse klönten.

„Nur, weil die Schellengebimmel und Glöckchen untermischen, ist das noch lange kein Weihnachtslied", urteilte Romy über die fragwürdige Neuauflage von Black Sabbath' „Smoke on the Water", die gerade anlief.

„Die machen sich heutzutage doch eh keine Mühe mehr", stieg Tante Carola in unsere Unterhaltung mit ein. „Jeder zweite Song ist geklaut. Keine Ideen mehr, die Leute." Sie lächelte und zog ihre Schultern hüpfend hoch. Tante Carola war eine elegante Frau, weltoffen, aufgeschlossen. Ein weiteres Mal hinterfragte ich, weshalb sie Onkel Robert geheiratet hatte, der das Gegenteil von weltoffen und aufgeschlossen war.

„Ist mir auch schon aufgefallen", bestätigte Fee. „Viele Titel kenne ich noch aus der Kindheit."

„Und ich bin alt genug, dass mir sehr viele Lieder inzwischen das dritte oder vierte Mal begegnen. Nein, nicht schon wieder, denke ich nur noch." Sie gackerte.

„Faules Pack", urteilte ich.

„Oh, ich glaube, die Pizzen kommen. Ich habe Küchendienst." Tante Carola tätschelte mich behutsam und eilte davon. Weil der Lieferdienst so lange auf sich warten ließ, spürte ich bei den Gästen einen gewissen Unmut. *Chillt mal*, dachte ich seicht betütert. Ausnahmsweise einmal war ich herrlich entspannt. So entspannt, dass ich zum Black Sabbath' „Weihnachtssong" mit meinem Fuß wippte. Mir hatte die gute Laune ein Dauerlächeln ins Gesicht gezeichnet. Kim lächelte zurück.

„Siegerehrung", trällerte mein Vater, nachdem der Großteil der neun Familienpizzen verspeist war. Das Gewinnerteam, inklusive Lissy, baute sich vor der funkelnden Nordmanntanne auf und nahm seinen Preis entgegen.

„Für eure Treffsicherheit gibt es zuerst einmal einen Shot." Mein Vater war zu Scherzen aufgelegt und Torben reichte die auf einem runden Tablett vorbereiteten Schnäpse an.

Danach überreichte meine Mutter den tatsächlichen Preis, ein Color-Ball-Set für zu Hause, Wasserbomben, Regenponcho und Körperfarbe, dazu eine Flasche Sekt.

„Zielwasser“, wie mein Vater grienend meinte.

„Nicht schlimm, dass wir nicht gewonnen haben“, resümierte Fee und goss sich noch einen Genever ein.

Als Torben mit einem leeren Tablett an uns vorbeilief, luden wir ihn zu uns ein. Ein bisschen abseits des Tisches bildeten wir eine Art Stuhlkreis, den wir inhaltlich durch Carolas Anwesenheit noch aufwerteten. Regelmäßig schaute Kim vom anderen Ende der langen Tafel zu uns herüber.

„Als Salzkaramell noch nicht so populär war, habe ich immer Nutella mit Salz gegessen“, verriet ein gut gelaunter Torben, mit dessen Hilfe wir in Rekordzeit den Genever leerten.

„Luise schmiert sich Feigensenf auf die Käsepizza“, petzte Fee mit gespieltem Ekel und lehnte sich beschickert bei ihm an. Freundschaftlich legte er seinen Arm um sie, ließ seinen Kopf auf ihrem nieder und krauste seine Nase. Fee schnaubte amüsiert.

„Käse und Feigensenf finde ich nicht ungewöhnlich. Passt doch“, meinte er.

„Seht ihr!“, krakeelte ich.

„Oh“, quietschte Romy plötzlich. Ich schreckte zusammen. „Britney Spears. My only wish. Ich muss tanzen“, juchzte sie.

„Was muss, das muss“, fasste Torben zusammen. Er staunte, weil sie sich erhob und an Ort und Stelle zu tanzen begann. Meine Mutter reagierte sofort und bestimmte den Lautstärkepegel neu.

„Ich glaube, ich muss auch“, entschied Torben spontan. Er schaute, als wäre er ob seiner eigenen Entscheidung skeptisch. Als er stand, reichte er mir seine Hand. *Witzig*, dachte ich, *warum nicht?!* Ich schlug ein und wir probierten, äußerst ungeschickt einen Disco Fox. Eins, tap, tap. Tap, tap, eins. Tap, eins, tap. Tap, tap, tap. Ich lachte wie in einer Achterbahn und spannte vorsorglich meinen Beckenboden an.

„Wir brauchen mehr Platz", schnaufte ich, als wenn der geringe Bewegungsradius an unserem Dance-Desaster schuld gewesen wäre.

„Komm", meinte er und zog Fee, die noch immer im Stuhlkreis verharrte, direkt hinter uns her.

„Komm", meinte er auch zu Carola. Und zu Jule. Und zu Britta. Und zu Johannes. Und zu Zoe. Und zu Lukas. Und zu seinem Opa. Und zu allen, die uns auf dem Weg zu mehr Bewegungsfreiheit begegneten.

„Hier", entschied er strahlend und erklärte die Zone neben dem Weihnachtsbaum, direkt vor der Terrassentür zum Tanzparkett. Das hatte Konsequenzen: Wer vom Rauchen zurückkehrte, landete mitten auf der Tanzfläche. Alle tanzten. Außer Lissy, Leander, Kim, Kerstin und Onkel Robert. Sogar Gretchen schunkelte, das zähe Biest.

„Glühwein", trällerte eine Freundin meiner Eltern, die Küchendienst hatte, und verteilte heiße Shots. Selbst ich griff zu. Zweimal ... Viermal, fünfmal.

„Das ist das beste Weihnachtsfest meines Lebens", lallte ich gegen die Musik an, die Mutter, was die Lautstärke anging, noch einmal upgegradet hatte.

„Es ist noch kein Weihnachten", erwiderte Fee.

„Vielleicht ja deshalb", schlussfolgerte ich, mit einem feuchten Glanz in den Augen. Torben dirigierte meinen Körper in eine Drehung. Schwungvoll drehte ich mich raus, während er mich zuverlässig wieder einfing. Er lachte. *Der hat aber weiße Zähne. Ich muss ihn unbedingt fragen, wie er das hinbekommt.*

Romy rauschte an uns vorbei. Sie zwinkerte mir zu und mir fiel auf, dass sie gefährlich häufig und gefährlich offensiv zu Bartosz rüber blickte.

„Darf ich abklatschen?", lautierte mein Vater heiser. Torben nickte, gab mich frei und schnappte sich Romy. *Gut so, lenk sie ab, damit sie von Bartosz loskommt,* dachte ich.

Mein Dad und ich swingten uns in einen Boogie-Woogie, zumindest glaubten wir beide fest daran, dass das, was wir auf die improvisierte Tanzfläche brachten, so heißen könnte.

„Es ist schön, dich so glücklich zu sehen", maunzte mein Vater, dicht an meinem Ohr.

„Vielleicht bin ich ein kleines bisschen in Weihnachtsstimmung." Ich täuschte großes Erstaunen vor, warf mir, wie in jedem schlechten Horror-Schocker, beide Hände vor den Mund und ließ meine Augen groß werden, dass es in einem CD-Player eng für sie geworden wäre. Wir lachten.

„Ich geh mal deine Mutter auffordern."

„Danke, für diesen Tanz", rief ich vergnügt.

„Last Christmas I gave you my heart", krakeelten und grölten wir im Kollektiv. Mutter hatte die Weihnachtsbeleuchtung auf „bunt" und „blinken" eingestellt.

Während ich die Gefühle rund um meine neuerliche Weihnachtsstimmung in einer Art Ausdruckstanz auszuleben versuchte, schlich mein Blick zu Lissy hinüber.

Augenblicklich bremste ich meine Bewegung ab. Gut getarnt, versteckt hinter wild durchbewegten Körpern, oberservierte ich sie. Lissy schaute gerade zu Kim. Quer über den Tisch trafen sich ihre Blicke. Ich sah genau, dass er ihr zuzwinkerte. *Was soll der Scheiß?*

„Hast du Bock zu tanzen?" Mit einem Mal stand Johannes in seinem schwarzen Anzug vor mir und lächelte schief.

„Warum nicht?!", lallte ich.

Spätestens mit dem nächsten Glühwein-Shot dachte ich nicht weiter über meine Beobachtungen nach.

„Hach, herrlich", schwärmte Torben auf dem Nachhauseweg. „Weiß nicht, wann ich mich zuletzt so gut amüsiert habe."

Wir brachten Romy zu ihrem Nurdachhaus. In der gesamten Siedlung, nicht nur im Wattwurmstieg, wuselten betrunkene Partypeople durch die Dunkelheit.

„Sti-hille Nacht", brüllte irgendwer. Irgendwo.

„Ich sollte meinem Opa danken, dass er mich überredet hat mitzukommen. Und das war erst der zweite Abend", fasste Torben die Fakten zusammen.

„Selbst ich hatte Spaß", gab ich zu. „Und ich bin normalerweise ein Grinch."

„Ja", mischte sich Fee ein. „Luise hasst Weihnachten."

„Und Hochzeiten", zählte ich ein weiteres No-Go auf.

„Hochzeiten?", hakte er nach. „Ich mag Hochzeiten und würde es immer wieder tun."

„Du bist verheiratet?"

„War! Ich habe mich vor drei Monaten scheiden lassen", erklärte er und gab sich gut gelaunt. Doch ich bemerkte, dass seine Stimme für einige Silben vom berühmten Trauerkloß untergehakt und begleitet wurde. Ich stupste Fee mit meinem Ellenbogen an.

„Und trotzdem magst du Hochzeiten?", fragte ich nach.

„Ja", bestätigte er. „Auf der Hochzeitsfeier ahnst du schließlich nicht, dass es nicht klappt." Er schluckte und schwieg für einen Augenblick. Dann klatschte er in die Hände und täuschte ein Kichern vor.

„Ich heirate so lange, bis ich die Richtige geheiratet habe", konterte er und pfiff Richard Wagners Hochzeitsmarsch.

„Du bist scheinbar ein vermögender Mann", schlussfolgerte ich und stolperte über eine Unebenheit im feuchten Straßenbelag.

„Reich an Liebe", stellte er amüsiert klar und breitete, wie ein caritativer Wohltäter auf einer Spendengala, seine Arme aus.

„Man sollte Liebe nicht mit Sprunghaftigkeit verwechseln", bemerkte ich frech.

„Verstehe, du denkst ich habe das Lothar Matthäus-Gen."

„Joan Collins", korrigierte ich ihn und gackerte.

Inzwischen standen wir vor seinem Haus. Die Sieben rechts der Eingangstür leuchtete durch die Nacht. Ebenso die flackernde Straßenlaterne über uns, unter deren Leuchtmittelabdeckung Moos wuchs.

„Du hast ja gar keinen Carport", stellte Fee fest.

„Dafür eine Scheidungsurkunde", frotzelte ich.

„Stört dich das?" Er blickte selbstsicher und schob sich ein souveränes Lächeln über die Lippen.

„Ich störe eure Neckereien nur ungern, aber ich habe arschkalte Füße und gehe jetzt rein." Fee gab mir einen Kuss auf die Wange und verabschiedete Torben mit einer Umarmung.

„Aua, scheiße", fluchte sie. „Meine Füße sind so kalt, jeder Schritt tut weh."

Dann stakste sie zur Nummer neun, deren Eingangsbereich man nur durch den Carport erreichte.

„Nachti", rief sie noch.

„Ich komme auch gleich", rief ich zurück.

„Du bist mir noch eine Antwort schuldig", behauptete Torben.

„Bin ich das?" Ich hob meine linke Augenbraue und schaute ahnungslos.

„Ja." Er nickte. „Ich fragte, ob es dich stört, dass ich geschieden bin."

„Quatsch." Ich winkte ab. „Das geht mich auch gar nichts an." Doch Torben hörte nicht auf mich.

„Meine Frau wurde schwanger", erklärte er mir.

„Schon klar." Ich glaubte zu verstehen. „Ich habe auch keinen Kinderwunsch."

„Was witzig ist, da ich hochoffiziell zeugungsunfähig bin", fuhr Torben zielgerichtet über meine Aussage hinweg.

Ich schaute bestürzt.

„Es ist nicht immer so, wie es auf den ersten Blick scheint", finishte er unseren Deeptalk.

„Na ja, bei Lothar Matthäus und Joan Collins schon", scherzte ich, um die Stimmung in eine andere, mir angenehmere Richtung zu lenken. Torben lachte.

„Na, komm her", meinte er, breitete seine Arme aus und umarmte mich. Ich lehnte mich gegen ihn, meine Hände hafteten an seinem Rücken.

„Gute Nacht", sagte er. Sein Parka roch nach Waschmittel und Aftershave. Ich schloss meine Augen und nahm einen Zug.

„Ich wollte dich nur ärgern. Ich bin die Letzte, die Vorurteile hat", flüsterte ich ihm ins Ohr. Nun spürte ich die feuchte Kälte auch.

„Bis morgen, schlaf gut."

Meine dicke Jacke wischte Fees Suzuki trocken, als ich mich durch den Carport quetschte. *Es ist nicht immer so, wie es auf den ersten Blick scheint*, wiederholte ich seine Worte still und dachte daran, wie Kim meiner Zwillingsschwester vorhin zugezwinkert hatte. *Es ist bestimmt alles ganz anders.* Ich weigerte mich zu glauben, dass Kim und Lissy den Fehler von damals ein zweites Mal wiederholen.

„Was für ein Abend." Angetrunken und zufrieden krabbelte ich zu Fee ins Doppelbett. Über uns die weißen Holzpaneele, die die Dachschrägen im nordischen Design verkleideten.

„Ich werde den Grinch in dir vermissen", scherzte Fee und gähnte.

„Es ist nicht gesagt, dass er nicht eines Tages wiederkommt", scherzte ich zurück. Einen Moment lang blieb es still, sodass ich trotz der gelborange leuchtenden Nachttischlampe fast schon einschlief.

„Wie findest du eigentlich Torben?", sprach Fee mich plötzlich an. Wie beim Color-Ball schossen meine Augenlider in die Höhe.

„Das wollte ich dich auch schon fragen", entgegnete ich nuschelnd, da meine Zunge auch schon ins Doppelbett gekrabbelt war.

„Ich?" Fee klang erstaunt. „Ich dachte, dass Torben vielleicht dein geheimer Flirtpartner ist."

„Nein, der doch nicht. Torben ist eher der Kumpeltyp. Du kannst dich an ihn ranmachen, wenn du willst."

„Will ich aber nicht", trug Fee entschlossen vor. „Ich hätte schwören können, dass du auf ihn stehst."

„Was? Nein! Ganz kalt!"

„Meine Füße auch."

„Igitt", kreischte ich, als Fee ihr Fuß-Parfait unter meine linke Wade schob.

„Mir ist so kalt", jammerte sie, zog am Bändchen der Lampe und ließ es dunkel unter dem Spitzdach werden.

Fröhliche Weihnacht überall

Ho, Ho, Ho ... Holy Shit es war der vierundzwanzigste Dezember. Ich erwachte, weil mein Handy toste.

„Küchendienst", krachte es mir dreisilbig in die Gedanken, die sich aufgrund der zeitgleich einsetzenden Kopfschmerzoffensive viel zu spät in Sicherheit bringen konnten. Mein erster Gedanke galt den Glühwein-Shots vom Vorabend. Fee schlief noch, zumindest ignorierte sie mein schmerzgeplagtes Ächzen und hielt ihre Augen fest verschlossen. Drei Espressi und eine trinkbare Schmerztablette später – the same procedure as yesterday – verließ ich unser gemütliches Nurdachhaus. Inzwischen sah ich es ein: Nurdachhäuser waren gemütlich! Jahrzehntelang hatte der Grinch meine Emotionen blockiert.

„Hallo", hörte ich jemanden sagen. Als liefe ich gegen eine straff gespannte Wäscheleine, bremsten mich die waagerecht verlaufenden Sonnenstrahlen aus. Ich legte meine Hand, wie die Krempe eines Caps, an die Stirn, spinkste durchs grelle Hell und entdeckte Torben.

„Guten Morgen."

„Hast du etwa auch Küchendienst?“, wollte er von mir wissen.

„Sonst wäre ich sicher noch nicht unterwegs“, antwortete ich nickend.

„Hast du gut geschlafen?“

„Wenn gut ausreichend bedeutet, dann nicht.“

Schweigend, eine verbale Konversation erschien mir als enorme Kraftanstrengung, trotteten wir nebeneinanderher durch den Wattwurmstieg. Hoch über uns spulten die Möwen die Choreo ihres Sonnentanzes ab. In der Luft hing der Dunst von Seelachsfilet und Salzstangen. Unter der Androhung von Gewalt zwang ich meinen aufsteigenden Brechreiz herab. Ich spiegelte mich in der Seitenscheibe eines geparkten Autos. *Ausgerechnet heute, wenn Kim und ich zusammen Küchendienst haben, sehe ich so fertig aus.*

„Weißt du, was dir helfen würde?“, sprach Torben mich an.

„Helfen, wobei?“

„Na, bei deinem Kater“, erwiderte er. „Was deine Lebensführung angeht, musst du selbst klarkommen“, scherzte er. „Ich bin kein Lebensberater.“ Er schaute smart. Ich grinste zart, mehr ließ mein schmerzender Schädel nicht zu.

„Was denn?“

„Ein Ingwer-Shot.“

„Wenn ich nur Shot höre …“ Ich warf mir die Hand vor den Mund.

„Ohne Alkohol“, flankte er verbal dazwischen. „Als Muntermacher. Ingwer, Apfelsaft, Zitrone und Honig. Können ja mal schauen, ob sowas im Kühlschrank rumliegt. Dann braue ich dir einen zusammen.“

„Okay, cool."

„Guten Morgen", trällerte mein Vater, der mich gut gelaunt mit einer Umarmung bedachte. Sofort begann Torben im Kühlschrank mit seiner Recherche.

„Habt ihr Ingwer?" Neugierig schaute er zu meiner Mutter, die irgendwie bedröppelt wirkte.

„Noch niemand anderes hier?", wollte ich wissen und schaute mich suchend nach Kim um.

„Onkel Robert ist im Speisesaal und deckt ein."

„Herrlich", tönte ich ironisch.

„Ingwer", rief Torben vom Kühlschrank aus.

„Das Küchenteam ist doch noch nicht komplett, oder?!", fragte ich so beiläufig wie möglich und schob meine Lippen hin und her.

„Kim fehlt noch", meinte mein Vater.

„Zitronen", hörte ich Torben im Hintergrund.

„Ach ja", erwiderte ich gespielt gleichgültig.

„Früher habt ihr Drei euch so gut verstanden", mischte sich meine Mutter ein.

„Mmh", antwortete ich.

„Trink", forderte Torben mich auf. Er lächelte, rieb sich seine Wange und stellte einen Espressobecher mit einer hellgelben, trüben Flüssigkeit vor mir auf der Kochinsel ab.

„Na gut." Ich exte den scharfen Saft und schnaufte ob meiner plötzlich wachgeküssten Sinne. *Bing, da bin ich wieder*, dachte ich und schaute großäugig.

„Vielen lieben Dank, Torben."

„Ist noch was übrig. Kannst nach dem Frühstück noch einen trinken."

„Oh sorry, verschlafen." Kim stürmte voll Eau de Parfum in die Küche. Torben und meinen Vater begrüßte er per Handschlag, meine Mutter und mich umarmte er. *Weil ein Mann einem anderen Mann gegenüber nicht zärtlich sein darf*, zitierte ich Romys Worte still.

Mir wurde von innen heraus heiß. Ich spekulierte, ob wegen des Ingwer-Shots oder wegen der Umarmung.

„Good Morning Ladys und Gentleman", toste Onkel Robert, der ebenfalls gerade die Küche enterte. Im Vorbeigehen spürte ich, wie er mich klapste.

„Sag mal, hast du mir gerade auf den Hintern geschlagen?", donnerte ich erschüttert, vergessen waren die Kopfschmerzen. Onkel Robert reagierte nicht.

„Ey", schnauzte ich ihn an.

„Sie redet mit dir." Torben verfolgte Robert und tippte ihm von hinten auf die Schulter. Dieser drehte seinen Kopf und auch den Rest seines schlanken Körpers herum und schmunzelte.

„Was sind wir heute nervös. Habt ihr eure Tage?" Er schaute unschuldig und lachte.

„Findest du das witzig?", fuhr Torben ihn an.

„Beruhige dich." Wie zum Morgenappell strammte Robert seinen Körper und wurde plötzlich ernst.

„Wenn du mir noch einmal auf den Hintern haust, dann hacke ich dir deinen Pimmel ab", erklärte ich, bewegte mich entschlossen auf ihn zu und sah ihm in die Augen. Ich blähte meine Nasenflügel auf.

„Nicht streiten", flehte mein Vater.

„Ist das dein Ernst?", powerte ich. „Dein Schwager begrabscht deine Tochter und mehr als ‚nicht streiten' fällt dir nicht ein?!"

„Ist ja gut, ist ja gut. Ich hab's nicht so gemeint", verharmloste Robert die Situation. Mit aufzeigenden Händen stellte er sich harmlos dar.

„Es reicht doch, dass die Männer nachher den Weihnachtsbaum schmücken, muss das denn auch noch sein?“, klagte meine Mutter. Verwundert, verblüfft, verdutzt schaute ich zu ihr herüber.

„Scheiß auf den Weihnachtsbaum, scheiß auf Robert und scheiß auf den Küchendienst“, meuterte ich, schnappte mir meinen Feigensenf und zwei dunkle Brötchen, die ich fahrig in der Mitte auseinanderriss und mit Schnittkäse stopfte. Dann verließ ich das Reetdachhaus und schlug die Tür so fest zu, dass die Lichterketten schepperten.

„Scheiß Weihnachten“, zischelte ich draußen auf der Straße. Ein Fremder, auf dem Weg zum Deich, glotzte amüsiert.

Mit Wut übergossen betrat ich schließlich unser Nurdachhaus.

„Hey du.“ Fee stand duftend und dampfend im Badezimmer. Dichter Nebel saß auf Fensterscheibe und Spiegel. Ihre Heiterkeit kollidierte mit meiner Unzufriedenheit.

„Was ist los?“, trällerte sie und grinste schief. Das Handtuch, welches sie sich um den Oberkörper gewickelt hatte, fiel schlapp zu Boden.

„Robert ist los“, bellte ich. Ich leerte meine Hände und legte die Brötchen und den Senf in die Küche.

„Der hat mir auf den Hintern gehauen“, erzählte ich und spülte meine Hände unter kaltem Wasser ab.

„Was für ein Sack“, raunte sie. Ihre Heiterkeit war verstummt. Sie bekleidete sich mit einem Shirt und schloss mich trostspendend in eine Umarmung.

„Du solltest zum Frühstück rüber gehen“, versuchte ich sie zu überreden, während wir die Brötchen verspeisten und Kaffee soffen.

„Mein Entschluss steht, ich bleibe bei dir.“

„Am liebsten würde ich heute Abend schwänzen“, verriet ich Fee, sank gegen die Rückenlehne des Sofas und verschränkte meine Arme vor der Brust.

„Och nö, jetzt bist du den Grinch gerade losgeworden. Ich freu mich doch so! Guck mal, sonst schmolle ich“, meinte Fee und schob ihre Unterlippe in meine Richtung. Ich musste kichern.

„Wir gehen da gemeinsam durch. Und weißt du was …?“ Fee rutschte auf der Sitzfläche hin und her, richtete sich aus und ihren Oberkörper auf. „Ich habe eine Idee …“ Sie zog ihre Lippen breit und rieb sich die Hände. „Jedes Mal, wenn wir an Robert vorbeikommen, klatschen wir ihm auf den Po.“

Ich schlug meine Handflächen auf die Oberschenkel und lachte hell auf. „Super“, quietschte ich.

„Wenn wir das Romy erzählen, macht sie sicher mit“, meinte Fee und schaute frohlockend. „Wetten, der wird danach nie wieder irgendwem auf den Hintern hauen?“

Knock, knock. Plötzlich klopfte es an der Tür. Fee erhob sich vom Sofa. Im Hintergrund knisterte das Feuer hinter der verschmutzten Ofenscheibe.

„Mach nicht auf“, sagte ich noch, doch sie ignorierte mich. Ich strich mir meine Haare glatt, die sich heute wie Sisal anfassten. *Kim*, dachte ich plötzlich, atmete nervös und schluckte mit überstrecktem Kopf.

„Torben“, hörte ich Fee sagen. Ihre Stimme drückte Freude aus. Ich seufzte enttäuscht und war auf der anderen Seite erleichtert.

„Hallo Fee. Ich wollte euch das hier vorbeibringen.“

„Komm doch rein.“

„Wenn ich nicht störe?!“

„Quatsch“, rief ich und legte ein Lächeln auf.

„Dann gerne.“ Torben verließ Stiefel und Jacke und betrat das Wohnzimmer wie eine Servicekraft, mit einem Teller und einem Becher in den Händen.

„Dein Ingwer-Shot“, meinte er und bückte sich zu mir hinunter.

„Wie lieb von dir!“ Ich streckte mich in die Höhe und umarmte ihn. Er duftete nach Zitrusfrüchten und Sandelholz.

„Setz dich.“

„Ich dachte, wir frühstücken zusammen.“ Er entfernte die Silikonhaube vom Teller.

„Von allem ein bisschen“, erklärte er das Sortiment und Fee und ich griffen zu.

Nach dem Frühstück lümmelten wir gemeinsam auf dem Sofa und streamten einen Film. Ein Film, so lang, dass du auf die Frage „Und, was hast du gestern so gemacht?“, ich habe den vierten Teil von John Wick gesehen, antworten kannst.

„Gut geschlafen?“, erkundigte sich Torben.

„Du hast es nur Torben zu verdanken, dass ich dich nicht angemalt habe“, scherzte Fee.

„Hä?“, machte ich, setzte mich auf und gähnte. „Ich muss wohl eingeschlafen sein“, gab ich zu. „Immerhin bin ich jetzt wieder fit.“

„Dann kann das Weihnachtsfest ja kommen", juchzte Fee.

„Übrigens ...", begann Torben. Er sah mir amüsiert in die Augen, die ich gerade rieb. „Fee hat mir von eurem Plan erzählt. Ich kann es kaum erwarten, Onkel Roberts Po zu tätscheln."

„Du machst mit?" Ich gickelte dass ich auf und nieder wippte. *Keine Spur vom Kopfschmerz mehr*, stellte ich fest.

„Und ob ich mitmache." Torben lächelte und ließ mich seine weißen Zähne betrachten. *Was das angeht, muss ich unbedingt noch nachfragen.*

„Schon so spät?", fiepte Fee mit einem Mal.

„Na ja, John Wick", benannte Torben den zeitfressenden Faktor.

„Dann sollten wir uns langsam fertig machen", entschied sie und tobte die gezwirbelte Treppe empor.

„Ihr Männer habt es gut. Hose, Hemd, fertig. Und wenn's richtig feierlich werden soll, wickelt ihr euch einen Schlips um den Hals", rief sie und wir hörten, wie sie oben in ihrer Reisetasche kramte.

„Könnt ihr Frauen doch auch machen", rief Torben. „Hose, Bluse, fertig." Auf der Suche nach Unterstützung schaute er mich mit einem erwartungsvollen Gesichtsausdruck an und schraubte seine dunklen Augenbrauen in die Höhe.

„Nichts anderes werde ich heute tragen, Hose und Bluse."

„Jaja, verschwört euch nur gegen mich", scherzte Fee von oben. Es war akustisch nicht misszuverstehen, noch immer schürfte sie in ihrer Tasche nach dem passenden Outfit.

„Ich gehe dann mal rüber. Wir sehen uns nachher." Torben erhob sich und griff sich das Geschirr.

Im Flur verabschiedeten wir uns mit einer Umarmung, dann trat er hinaus in die längst schon wieder dunkle Außenwelt.

„Bis später." Lach, lach, ein paar Möwen vergnügten sich beim Geier-Sturzflug.

Während ich in meine neue Lieblingshose schlüpfte, eine marineblaue Taillenhose mit weitem Bein, hantierte Fee im Badezimmer mit Glätteisen und Vergrößerungsspiegel.

„Was soll das Glätteisen, du hast eh glatte Haare", sprach ich sie an. Sie antwortete nonverbal, indem sie mir die Zunge rausstreckte. Ich schmunzelte und bekleidete mich obenrum mit einer verrückten Weihnachtsbluse. Sie war schrill rot. Unzählige grüne Grinchs tummelten sich auf ihr. Leger fasste ich meine wurstigen Haare mit einem breiten Haarband am Hinterkopf zusammen. *Eine Hochsteckfrisur für alle, die ausreichend fantasievoll sind.*

„Bist du so weit?", drängelte ich.

„Da bin ich", antwortete sie. Im Kleidchen und auf instabilem Schuhwerk stand sie vor mir. Sie trug Glitzerpuder auf dem Dekolletee und eine üppige Portion Makeup in ihrem Gesicht.

„Ui", machte ich, meine Augen sprangen auf. Fee sah aus wie eine Debütantin auf dem Wiener Opernball.

Auf dem vollbesetzten Parkplatz vor dem illuminierten Reetdachhaus, stellte Fee ihren Suzuki in die zweite Reihe.

„Bin gleich wieder da", sagte ich, lief über die feuchten Gehwegplatten zum Haus und stieß die Tür auf, die nur angelehnt war. „Wir brauchen bitte ein paar helfende Hände für die Geschenke“, rief ich durch den Türspalt ins Innere der Feierlocation. Mein Vater, Leander, Jule und Kim eilten uns zur Hilfe.

„Luise, hey“, flüsterte mir Kim zu.

„Hey“, säuselte ich und benetzte meine Lippen. Er rauschte an mir vorbei und stellte sich zu Fee an die geöffnete Kofferraumklappe.

"Jeder schnappt sich so viele Geschenke, wie er tragen kann", hörte ich ihn sagen. Unverkennbar, er trug die Verantwortung und eine schwarze Slim Hose. Sein enges weißes Oberhemd zierten eine Fliege und Hosenträger. Er sah aus wie ein Ehrengast bei der Oskar-Verleihung. *Unverschämt attraktiv.* Speichel floss in meinem Mund zusammen.

Auch, als ich wenig später die dampfende Küche betrat, floss der Speichel in meinem Mund zusammen. Ein Rotkohl-Aerosol umspann mich. Dieser süßsäuerliche Duft, im Abgang Nelke, Piment und Lorbeer, wehte mit tief in die Nase, dass ich meine Augen schloss und einfach nur sinneseindrücklich genoss.

„Meine Süße.“ Mutter baute sich neben mir auf. Erschrocken lupfte ich die Lider. „Wegen heute Morgen, weil ich dich vor Onkel Robert nicht verteidigt habe, habe ich ein furchtbar schlechtes Gewissen“, säuselte sie und streichelte mit zwei Fingern meine verrückte Bluse. „Es tut mir so leid, aber dein Vater und ich waren heute früh mit unserem eigenen Kram beschäftigt.“ Sie schaute betroffen und wurde anhänglich. So anhänglich, dass sie fast an mir hangelte.

„Schon gut.“ Ich ächzte und hoffte, dass sie ihren Klammergriff bald lockerte. In dem Moment schlich

Torben an mir vorbei. Er trug ein riesiges Tablett und ein hellblaues Hemd zu einer dunkelblauen Anzughose.

„Sektchen?"

„Wenn du mir morgen wieder einen Ingwer-Shot zusammenrührst?", scherzte ich.

„Na klar. Ist sogar noch was übrig." Er zwinkerte smart und ich griff zu.

In der Küche herrschte Hektik. Überall, wo Geschirr stehen konnte, stand Geschirr. Selbst auf der Fensterbank. Selbst auf dem Kühlschrank. Selbst auf dem Fußboden. Bartosz, Leander und Kim, für die Braten zuständig, glotzten nickend und selbstbewusst in die zwei Backöfen. Einmal kurz glotzte Kim auch zu mir.

„Vor dem Weihnachtsbaum sieht es aus wie nach einer Wundertütenexplosion", erklärte Fee seufzend, die sich mit einem Sektkelch neben mich stellte.

„Wie das duftet", schwärmte ich. Und während ich schwärmte, schaute ich einmal kurz zu Kim. Der lächelte keck.

„Übrigens habe ich Onkel Robert schon einmal geklapst", flüsterte sie. Ich verschluckte mich vor Lachen am Schaumwein und bekleckerte den Boden.

„Ich habe ihm auch schon seinen schlaffen Arsch getätschelt", meinte Romy, die sich gerade vor uns aufbaute und mit ihrem Glas grüßte. „Hat ihm nicht gefallen", gackerte sie. „Würg, ich verschwinde wieder", erklärte sie, als sie Bartosz entdeckte.

„Polenta statt Enta. Vegan statt Hahn. Soja-Schnetzel statt Schweineschnitzel", röhrte Wolfgang, der am äußersten Rand der Küchenzeile einen veganen Polenta-Braten im Wirsingmantel zubereitete. Daneben walkte

Gretchen den Kloß-Teig und trug ihren scheußlichen Strickrock, den ich noch von früher kannte.

„Wat du immer fürn Blödsinn schnackst", entgegnete sie heiser, rau, gequetscht.

„Das Beste an Oma Gretchen ist das Kloßrezept ihrer Mutter. Ich freue mich schon", verriet ich Fee, die mich bei der Hand nahm und hinter sich her lenkte. Ich blickte mich noch einmal um, betrachtete die fleißig Helfenden, über denen ein Dunst hing, wie in einer Dampfsauna. Mutter rührte in der freistehenden Gulaschkanone durch die Vorsuppe, mit einer Kelle, groß wie ein Schneeschieber, und mein Vater und seine Schwester Carola verteilten das Vanillemousse auf kleine Einweggläschen.

„Nicht so schnell", beklagte ich mich und stolperte hinter meiner besten Freundin her. Erst im Flur, in dem ich einen Kälteschock erlitt, schaute ich wieder geradeaus.

„Klimawandel", sagte ich. Im Vergleich zur Küche war es arschkalt. „Wie in einem Schockfroster", zeterte ich. Dann betraten wir den stimmungsvoll arrangierten Speisesaal.

„Wow", ergoss sich das Staunen über meine Lippen. Ich staunte mit offenem Mund. *So viel Arbeit, so viel Mühe. Und zwanzig Minuten später ist alles weggefressen,* hätte ich beinahe meine Oma zitiert. Aber Luise 2.0 bestimmte den Kurs.

Der Weihnachtsbaum dominierte den gesamten Raum. Er funkelte und glänzte. Neben den vielen kleinen Lichtlein waren goldene, silberne und bronzefarbene Christbaumkugeln dazugekommen, alle paar Zentimeter eine. Metallisch schimmernde Sterne, Glöckchen, Zapfen und Engelchen dichteten die noch dunkelgrünen Zwischenräume ab.

„Unglaublich", wisperte ich und ob des Glimmers wurden meine Augen feucht.

„Das waren die Männer." Fee nickte anerkennend.

„Sicher nicht Onkel Robert", frotzelte ich.

„Was ist denn heute los?", hörte ich diesen gerade sagen. „Mir hat schon wieder irgendwer auf den Arsch gehauen." Er sah sich angetrunken um.

„Tisch decken", rief mein Vater. Ich schreckte zusammen und drehte mich um. Er stand in der Tür, die Hände an die Mundwinkel gelegt und formte eine Art Sprachrohr. „Wer Küchendienst hat, bitte in die Küche", schmetterte er.

„Das bin dann wohl ich." Ich zuckte mit den Schultern, exte den Sekt und übergab Fee mein leeres Glas. Dann drängelte ich mich durch die Gäste Richtung Ausgang. Als Onkel Robert an mir vorbeitorkelte, klapste ich ihn.

„Was ist denn das heute?", beschwerte er sich und riss seinen Kopf herum. Ich pfiff, überholte ihn und passierte den arschkalten Flur. Ich kollidierte fast mit der Gulaschkanone meiner Mutter.

„Achtung!", rief sie wie ein Panzergrenadier und zwinkerte mir zu. Ich sprang zur Seite und sie rollte die bombige Vorsuppe an mir vorbei.

„Bin da", rief ich, als ich die Küche betrat. Auf der Kochinsel standen die befüllten Schüsseln und Servierteller.

„Dann wollen wir mal", wisperte ich. Kim stand neben mir und schmunzelte.

Ich schmunzelte zurück, fasste zwei mit Klößen bestückte Schüsseln und marschierte zurück in den Festsaal.

„Na du", meinte Kim zu mir, als er die Servierplatte mit der tranchierten Ente auf der Festtafel abstellte. Er lächelte. Wärme flutete mein Gesicht. *Das kommt bestimmt vom Sekt.*

„Na du." Für etwa zwei Sekunden erwiderte ich seinen Blick, dann schaute ich hinab. *Heute Abend bist du fällig*, nahm ich mir vor und benetzte meine Lippen.

„Wir dürfen den ‚Kindertisch' nicht vergessen", sagte er. Zoe saß schon dort, plapperte und ließ sich von Johannes und den anderen Jugendlichen bewundern.

„Habe ich im Blick", erwiderte ich, ohne ihn anzusehen. Kim beugte sich vor, drehte und verschob die Servierplatte noch einmal. Auch ich streckte mich über den Tisch. Mit ausgestreckten Armen tauchte ich unter ihm durch und versetzte eine Schüssel um einige Zentimeter nach hinten. Als ich mich wieder aufrichtete, etwas zu schwungvoll vielleicht, stießen unsere Köpfe gegeneinander. „Ups", machte ich und rieb mir den Hinterkopf. Er fasste sich ans Kinn. Wir lachten.

„Sorry." Kim legte mir seine Finger auf den Handrücken. *Hui!* „Wo hast du überhaupt deine bessere Hälfte gelassen?", scherzte er und grinste schief.

„Du meinst Onkel Robert?", konterte ich. Er lachte laut auf. Vom anderen Ende der Tafel bemerkte ich eine Regung. Ich blickte dieser hinterher und traf Lissy direkt in die Augen. Sie presste ihre Lippen aufeinander. Ich schüttelte den Kopf und wand mich wieder Kim zu. *Ausblenden, einfach ausblenden.*

„Nächste Fuhre?", fragte ich. Er nickte.

Schon flogen wir zurück in die Küche, wichen den anderen Servierenden des Küchendienstes aus und griffen uns die nächsten Schüsseln. Ich hatte die Hände voll, weshalb ich Onkel Robert, der schwankend vor uns her trödelte, leider nicht auf den Arsch klatschen konnte.

„Ich übernehme", flüsterte Torben, der sich just in time mit einem leeren Tablett neben mich schob, listig vor mir einscherte und seine Hand schwang. Klaps, machte es. Torben drehte sich um, zwinkerte mir zu und eilte davon.

„Mir reichts langsam", schimpfte Onkel Robert.

„Was war das denn?", hakte Kim nach. Er musterte mich.

„Rache", antworte ich und bog meine Lippen zu einem Halbmond. „War Fees Idee."

„Genial", staunte er. „Ich schätze, ich muss deine bessere Hälfte unbedingt kennenlernen." Er zwinkerte mir zu.

„Lässt sich arrangieren. Spätestens wenn wir heiraten", fügte ich hinzu.

„Sieh an, ich bin also eingeladen."

Ich rede von deiner und meiner Hochzeit, du Doofkopf. Ich lächelte. Doch gleich darauf rauschten meine Mundwinkel zu Boden. Ich war schockiert. Ist das der Sekt? Oder denke ich ernsthaft darüber nach, ihn zu heiraten?!

Heilige Nacht — Heiß tobt die Schlacht

„So, das war's", flüsterte ich. Die Festtafel quoll vor Schüsseln, Platten und Tellern fast über. Ich seufzte. *Wenn ich mir was wünschen dürfte, dann einen Moment der Stille, ehe der finale Trubel bei Tisch ausbricht.* Meine heißen Finger fuhren, wie ein Bügeleisen, über meine kraussitzende Stirn, während ich Richtung Toilette flüchtete.

Vor dem kleinen Badezimmerspiegel, nicht größer als einhundertzwanzig Quadratzentimeter, grinste ich. *Wenn man nur oft genug grinst, glaubt man am Ende, dass es ernst gemeint ist.* Ich fletschte meine Zähne. *Wenn ich nur oft genug fletsche, glaube ich am Ende, dass sie weißer geworden sind.* Ich schnaubte und wusste nicht warum. Ganz plötzlich hatte ich ein mulmiges Gefühl. Ich legte mir meine Hand auf den Bauch.

„Geh weg, du Grinch", zischelte ich. Für einen sehr kurzen Moment sah ich mich mit einem knallgrünen Gesicht.

Kim, der Kuss und seine ständigen Blicke schossen mir in die Gedanken. Irgendwie komisch, überlegte ich. Hätte sich Kim nicht längst zu dem Kuss bekennen müssen?! Aber er tut so, als wäre nichts passiert. Sollte ich ihn vielleicht ansprechen? Ich rätselte, war verunsichert und schob meine geschürzten Lippen von rechts nach links. Jetzt steht erst einmal das Weihnachtsfest an. Ein letztes Mal seufzte ich, dann verließ ich unverrichteter Dinge den Raum.

Gerade rechtzeitig, als meine Mutter die handballgroße Glocke schüttelte, erreichte ich meinen Platz. Wein statt Bier schwamm in meinem Glas. Ich begriff sofort. Der spröde Knigge hatte meinen Eltern zwei Gleichungen aufgetischt: Wein gleich Festtagstafel, Bier gleich Stammtisch.

„Ihr Lieben", begann meine Mutter mit zittriger Stimme. Lissy reagierte ultraempathisch und warf sich eine Hand vor die vibrierende Kinnpartie.

„Seit dem Sommer basteln wir daran, dass dieses Weihnachtsfest unvergesslich wird." *Und zwanzig Minuten später ist alles weggefressen*, kamen mir Gretchen Worte noch einmal in den Sinn. Ich schaute zu ihr hinüber. Ihrem Gesichtsausdruck nach zu urteilen, dachte sie exakt das gleiche wie ich.

„Danke, dass ihr alle gekommen seid." Das Kollektiv hob die Gläser gen Zimmerdecke.

„Fröhliche Weihnachten!", trällerte Mutter. Die A cappella Version von „Stille Nacht", mit der ich fest gerechnet hatte, sparte sie sich glücklicherweise auf.

„FRÖHLICHE WEIHNACHTEN!", grölten wir. Ich exte meinen Wein.

„Frohe Weihnachten“, zischelte Fee mir zu und hängte ihre Arme um meinen Hals. Sie küsste mich auf die Wange. Vor uns dampften Rosen- und Rotkohl aus ihren Schüsseln. Ich legte meinen Kopf schief und lehnte ihn bei ihr an.

„Frohe Weihnachten.“

„Liebespaar küsst euch ma“, röhrte Gretchen über den Tisch, spitze ihre spröden Lippen und lachte gellend.

„Kannst uns ja die Eheringe stricken“, flüsterte ich. Romy gackerte und Fee verschluckte sich, während Kim herüberschaute. Er lupfte seine Brauen und zuckte mit den Schultern.

„Tiere fühlen wie Menschen“, meinte Wolfgang. „Lesbische Liebe gibt es auch in der Tierwelt“, ergänzte er. Ich schnaubte und kniff meine Augen zu. Fee griff nach meiner Hand und drückte sie so fest, als wollte sie eine Blutung stoppen.

„Nun esst.“ Mutter klopfte mit ihrer zerknüllten Stoffservierte auf das weiße Tischtuch und zuckte mit den Mundwinkeln. „Bevor es kalt wird.“

„Ich habe übrigens noch keinen prächtigeren Weihnachtsbaum gesehen. Gut gemacht, Männer“, schob Kims Vater durch die Stille.

„Guten Appetit“, erwiderte Mutter und bog ihre Mundwinkel hinab. Lissy legte sich eine Hand auf die Brust und seufzte mitfühlend.

„Härter hätte er meine Mutter nicht treffen können“, flüsterte ich Fee ins Ohr und schirmte die Worte mit meiner Hand ab.

„Wenn du mir jetzt einen Heiratsantrag machst, ist sie wieder versöhnt." Sie kicherte. Ich kicherte auch, allerdings nur scheinbar. Mehr Schein als Sein. *Ich hab's dir noch nicht erzählt, aber ich heirate wohl Kim.*

So beiläufig wie möglich gabelte ich einen Kloß auf, beförderte ihn auf meinen Teller und schaufelte mir Blaukraut auf. *Blaukraut bleibt Blaukraut und Brautkleid bleibt Brautkleid.* Ich zwang meine Mundwinkel hinab. In dem Moment krachte es. Vor Schreck ließ ich den Löffel zurück in den Rotkohl fallen. Rote Sprenkel landeten in meinem Gesicht. Intuitiv schaute ich zur blauen Kerstin. Neben ihr stand ein röchelnder Robert, der sich auf seinem Teller abstützte und seinen Stuhl umgestoßen hatte. Er riss seinen Mund auf, schnappte nach Luft und griff sich mit der Hand voller Soße an den Hals. Im Hintergrund besangen die „No Angels" das Weihnachtsfest.

„Warum tut denn niemand was?", kreischte irgendwer. Ich erschrak. Souverän hatten die meisten von uns beim Erste-Hilfe-Kurs schon einmal einen Dummie wiederbelebt. Doch das hier war kein Dummie und die Hemmschwelle lag höher als jede Bremsschwelle. Also saßen wir alle einfach nur da, reglos, schockiert, handlungsunfähig. Zumindest so lange bis Kerstin sich erhob.

Sie tänzelte um Robert herum, ballte eine Faust und donnerte sie ihm auf den Rücken. Ein Geräusch, als hätte sie ein aufgeblasenes Tetra Pak zertreten.

„Heute kriegt er es aber richtig", flüsterte Fee und stupste mich an. Ihr fiel das Messer aus der Hand und Lissy warf sich beide Hände vor die Augen.

„Komm schon", toste Kerstin und holte zum Nachschlag aus. Klong. Robert fiel nach vorne. Eine Hand noch immer soßenverschmiert am Hals, die andere landete auf dem Tisch und schmiss sein Weinglas um. Er richtete sich wieder auf, die Farbe glitt aus seinen Gesichtszügen. In seinen tischtennisballgroßen Augen flammte Panik. Er röhrte und keuchte. Niemand außer Gretchen regte sich. Sie wirbelte ihre rechte Hand vor sich her und kreuzigte sich. Ihre Lippen bewegten sich stumm. Robert drehte eine Pirouette, rempelte Kerstin aus dem Weg und hastete zur Terrassentür. Mein Vater streckte sich in die Höhe. Robert fasste an den Griff und risss die Tür auf. Wind drängte herein. Die Kugeln und Gegenstände an der Nordmanntanne klingelten. Robert stolperte ins Freie, während Tante Carola ihr Besteck auf den Teller warf, ihrem Mann hinterherraste und ihm wie beim Huckepack auf den Rücken sprang. Ihre Beine und Arme schlangen sich um seinen Oberkörper. Ruckartig presste sie ihre verschränkten Hände gegen sein Brustbein. Es knackte. Etwas flog aus Roberts Mund, dann stürzte er. Carola stürzte hinterher. Robert hustete. Und hustete. Und hustete. Carola stand wieder. Sie richtete Bluse und Frisur und blickte sich auf die rechte Hand. Sie blutete am kleinen Finger und schob ihn sich in den Mund. Robert hustete. Und hustete. Langsam richtete er sich wieder auf. Mein Vater klatschte. Manch eine seufzte, manch anderer ächzte.

„Weil du immer so schlingst", fiepte Carola. In ihrem Blick hingen Tränen. Sie stöhnte und tupfte sich den Angstschweiß von der Stirn.

Onkel Robert atmete wieder. Er ließ seinen Kopf hängen und drehte uns den Rücken zu.

„Tür zu, es zieht“, rief Zoe vom „Kindertisch“.

„Zoe, bitte!“, ermahnte Cadenabbia-Kerstin ihre Tochter. Robert räusperte sich, fasste mit den Soßenfingern an den Griff und holte zum Schließvorgang aus, als ein Tier durch den Türspalt huschte. „Ah“, schrie Robert gurgelnd und hüpfte einen Schritt zurück. Das Tier, ein vierbeiniges mit hellrotem Fell, Ohren und Rute sauste durch den Raum. Robert schlug die Tür zu.

„Ein Fuchs“, brüllte irgendwer. „Bringt die Gans in Sicherheit.“

„Ente“, sagte ich leise. Niemand hörte mich.

„Ein Luchs“, keifte eine Frauenstimme.

Cadenabbia-Kerstin, auch bekannt als Biologielehrerin, schlug sich gegen die Stirn. „Genau, ein Deichluchs. Oder was?!“

Das Tier, es war eine ganz gewöhnliche Katze, sprang ohne Umwege auf die Festtafel und landete auf dem Braten. Ein „Oh“ ging durch die Menge. Ein „Oh“ wie im Zirkus, wenn ein Artist vom Trapez zu stürzen droht oder wenn Reinhold Messner seine Socken auszieht.

Die nasse, verdreckte Katze wirkte ausgehungert und nagte drauf los. Immer wieder unterbrach sie die Nahrungsaufnahme und schüttelte ihr kleines Köpfchen, weil das Fleisch von innen noch kochte.

„Tötet sie“, röhrte Onkel Robert, stieg auf Carolas Stuhl und schleuderte eine der Stoffservietten, wie ein Lasso. „Hau ab!“, brüllte er. Die Farbe hatte zurück in sein Gesicht gefunden. Seine Mimik strahlte rot wie ein Pavianarsch. „Weg! Weg!“ Er focht mit seinen Armen, doch die Katze ließ sich nicht stören.

„Miau", rief eine Vierjährige und gackerte, während eine Dreijährige weinte.

„Na, warte", krächzte Onkel Robert und zog sein Sakko aus. Wie eine Netzfalle warf er es über das Tier. „Hab ich dich." Er reckte seine Fäuste in die Luft. „Haha", toste er. Auch unter dem Kleidungsstück toste es. Das Sakko hüpfte auf und ab, wirbelte umher und kollidierte mit Schüsseln und Tellern. Inzwischen waren fast alle Gäste einen Meter von der Tafel abgerückt. Nur einer der Jugendlichen rückte noch näher heran. Mit seinem Telefon in der Hand zeichnete er die Szene auf. Er grimassierte wie ein Regisseur, während Robert auf den Tisch krabbelte. Die Schüsseln und Teller klirrten, die Gläser wackelten. Robert leckte sich seine Lippen, packte das bewegte Bündel und rang damit. Ein Fauchen drang aus dem Sakko und übertönte das Glockengeläut irgendeines Christmas-Popsongs.

„Es reicht jetzt", rief Kerstin.

„Wickele sie einfach in dein Sakko und bring sie her", forderte mein Vater ihn auf und breitete seine Hände aus.

„Nicht so einfach." Robert stöhnte. „Das Mistvieh hat sieben Leben. Ich will schließlich jedes davon erwischen." Er lachte.

„Du Monster", brüllte Lissy.

„Das war ein Spaß!", ächzte Robert, der mit der Katze im Sack, im Sakko, krabbelnd den Rückweg bestritt. Mehrere Gläser stürzten um. Er schnaufte und schwitzte und drückte das wehrhafte Beutel-Tier ganz dicht an seine Brust. Mein Vater eilte auf ihn zu. Als Robert einen Fuß auf den Boden setzte, verlor er das Gleichgewicht, rutschte aus und stürzte. Er stürzte auf die Katze und schlug auf dem Boden auf. Es knackte und das Tier schrie. Auch die Gäste schrien.

„Scheiße", fluchte Onkel Robert. Er rollte sich von der Katze und tastete das Bündel ab. Die Katze rührte sich nicht. „Scheiße", fluchte er noch einmal. „Das wollte ich nicht." Zögerlich schlug er das Sakko zur Seite, als er nach der schlappen Katze fasste, holte sie mit ihren Krallen aus. Robert wich zurück und das Tier flüchtete lahmend und schutzsuchend unter eine Kommode. Die Kinder weinten, die Jugendlichen filmten und die Erwachsenen exten Wein. Robert robbte zur Kommode und klopfte auf die Fliesen. „Komm raus, ich tu dir nichts", beteuerte er, hustete und griff beidhändig unter das Möbelstück. „Au!", keifte er und zog seine Finger zurück. Seine Unterarme zierten zwei gigantische Kratzer.

„Ich weiß, wie das geht", erklärte Torben laut vom anderen Ende des Raumes. Alle blickten sich nach ihm um. Er strich seine Hemdsärmel glatt, knöpfte sie zu und ging um die Festtafel herum, die zu einer Resttafel geworden war.

„Ich bin Schornsteinfeger", erklärte er. „Ich habe schon einige Katzen vom Dach oder aus dem Kaminschacht befreit." Er kniete sich vor die Kommode und legte sich dann flach auf den Boden. „Hey du", flüsterte er und reichte der Katze mundgerecht zerteilte Fleischstückchen. Die Katze zögerte nicht und fraß ihm aus der Hand.

Ich schnappte mir ein Sitzkissen und bewegte mich durch den Raum. Im Vorbeigehen streichelte ich meiner Mutter den Rücken. Sie starrte auf die Resttafel und hatte Tränen in den Augen. Eric Clapton sang im Hintergrund.

Vor dem Schutzraum der Katze hockte ich mich neben Torben auf die Fliesen.

„Hey", machte ich.

„Hey." Er nickte zackig und bot der Katze das nächste Leckerli an.

„Tja Wolfgang, mit einem veganen Braten würde das nicht funktionieren", hörte ich Robert sagen.

„Dann wäre die Katze erst gar nicht auf die Festtafel gesprungen", retournierte Wolfgang.

In dem Moment kam Fee zu uns und reichte mir eine Wolldecke.

„Danke." Ich zwinkerte ihr beidäugig zu.

„So ist es gut", hauchte Torben, der die Katze Stück für Stück aus ihrem Versteck lockte. Ihr Miauen klang seltsam. Um nicht zu sagen besorgniserregend. „Sie ist schwer verletzt. Sie hat Schmerzen", diagnostizierte Torben. Ich presste meine Lippen aufeinander. Ich hörte Lissys Schluchzen im Hintergrund.

„Komm her." Torben fasste das Tier behutsam mit beiden Händen, während ich das Sitzkissen unter sie schob und die Wolldecke über sie schlug. Ich lehnte mich an die Kommode und setzte mir die improvisierte Katzenhöhle auf den Schoß. Ich hörte sie unter der Decke atmen und maunzen, darüber hinaus verhielt sie sich ruhig.

„Katzenflüsterin", wisperte Kim, der neben Fee auftauchte und Anerkennung in seine Mimik legte. Bescheiden winkte ich seine Äußerung weg und krauste meine Nase.

„Und jetzt ab in den Ofen mit ihr", röhrte Robert. „Sie schuldet uns einen Braten." Er lachte.

„Halt die Fresse", brüllte Carola, räusperte sich, richtete sofort ihre Frisur und blickte auf den Boden. „Tschuldigung", zischelte sie. Groß wie Untertassen waren die Augenpaare, die in ihre Richtung starrten.

„Wir müssen die Katze in eine Klinik bringen", meinte Fee.

„Ich schau grad, wo eine ist." Torben, der neben mir hockte, hielt sein Telefon in der Hand und scrollte und tippte. „Hab eine", verkündete er und sah mich an.

„Ich kann nicht mehr fahren", erklärte ich. Ich dachte an Sekt und Wein, nicht daran, dass ich keinen Führerschein besaß.

„Ich fahre, ich habe noch nichts getrunken", erwiderte Torben. Er half mir, aufzustehen. Vorsichtig trug ich die Katze vor meiner Brust.

„Ich komme mit." Fee streichelte meinen Rücken.

„Ich auch", erklärte Kim. *Hui.* Ich grinste auf völlig unangemessene Weise, als trüge ich eine olympische Goldmedaille vor meiner Brust und keine gequetschte verletzte Katze. Kerstin zog ihre Brauen zusammen, als ich an ihr vorbeischlurfte.

„Lasst uns sauber machen und das Drama so schnell wie möglich vergessen", hörte ich meine Mutter noch sagen, dann drehte sie ihre Playlist auf.

„Alles Gute, fahrt vorsichtig", rief mein Vater hinter uns her.

Es ist ein Ros' entsprungen

„Vorsichtig, langsam", Fee tänzelte um mich herum und leuchtete den dunkeln Weg mit einer Taschenlampe aus. Sie schlitterte und stolperte mit ihren hohen Hacken über die nassen Pflastersteine. Kim legte mir eine Jacke über die Schultern, keine Ahnung wessen. *Hui.* Für einen sehr kurzen Augenblick stellte ich mir vor, einen Säugling zu tragen. *Vielleicht Kims und meinen Säugling?* Ich stoppte, Fee rammte mich, ich stolperte. Beinahe verlor ich die Katze aus meiner Obhut.

„Sorry!", lautierte ich. *Holy Shit, woher kommt dieser Gedanke plötzlich?* Ich legte einen Gesichtsausdruck auf, als hätte ich Schmerzen und schüttelte meinen Kopf. *Bis vor wenigen Stunden wollte ich weder heiraten noch Kinder kriegen.* Ich schluckte.

Torben, der vorgelaufen war, parkte aus. Er fuhr einen Bulli von VW.

„Hierher", rief er, winkte und öffnete die Beifahrertür. Ich eilte durch den Wind.

„Setz dich." Er reichte mir seine Hand, half mir auf den hohen Sitz und startete den Motor. Fee und Kim nahmen in zweiter Reihe Platz.

„Du bist also Fee, Luises bessere Hälfte“, hörte ich Kim hinter mir sagen.

„Äh“, machte Fee. Sie beugte sich vor, legte ihre Hand auf meine Schulter und kniff mich zart. Sie wirkte hilflos.

„War nur Spaß“, meinte Kim.

„Wie geht's der Katze?“, fragte Torben. Ich blickte auf sein Navi. *Zwanzig Minuten Fahrzeit.*

„Sie ist ganz ruhig.“

Torben dirigierte seinen Kleinbus über die autofreie Straße. Die Scheinwerfer malten Streifen auf die nasse Fahrbahn.

„Frohe Weihnachten, Leute“, sagte er mit einem Mal.

„Frohe Weihnachten“, antworteten wir, unterschiedlich enthusiastisch.

„Wir haben hier einen Notfall“, rief Torben und schubste die schwere Glastür auf. Bimbam, es klingelte. Ich eilte hinter ihm her. Im Inneren der Tierklinik stieg mir der Geruch von Desinfektionsmittel in die Nase. Unter der Decke hingen leuchtende Schneeflocken. Unter meiner Decke hing das Leben der schwer atmenden Katze am seidenen Faden.

„Was haben wir hier?“, fragte eine Frau in blauem Kasak und riss sich das gefilzte Elchgeweih vom Kopf.

„Eine Katze“, verriet ich. Sie touchierte den Weihnachtsbaum, der links des Empfangstresens stand. Tierische Salzgebäckfiguren hingen in seinem Grün.

„Was ist passiert?“ Sie schlitzte ihre Augen und linste unter die Decke.

„Mein besoffener Onkel ist gestürzt und auf sie gefallen.“ Ich zog meine Lippen breit.

„Wem gehört das Tier?“ Die Dame in Blau lupfte eine Augenbraue.

„Sie ist uns zugelaufen“, gab ich wahrheitsgemäß an. In dem Moment stolperten Fee und Kim in die Klinik. Sie lachten, als wenn sie auf dem Parkplatz Tahnee getroffen hätten. Mir fiel die fremde Jacke von den Schultern und meine Mimik erstarrte.

„Sorry“, meinte Fee und legte sich die Hand vor den Mund. *What the fuck?!* Falten bildeten sich auf meiner Stirn.

„Ist irgendwer bereit, die Rechnung für dieses Tier zu bezahlen?“, erkundigte sich die Tiermedizinische Fachangestellte, zumindest stand diese Bezeichnung auf ihrem Revers.

„Äh“, machte ich.

Fee betrachtete ihre Fingernägel.

Kim kniff die Augen zu.

„Ja, ich“, meinte Torben.

„Sehr gut, dann geben Sie mal her.“ Die Frau in Blau - nein, nicht Cadenabbia-Kerstin - streckte ihre Arme aus. Während der Übergabe fauchte das Tier wie ein gewaltbereiter Schwan. Es wehrte sich.

„Sag ich doch, Katzenflüsterin“, behauptete Kim, plinkerte und reichte mir die Jacke, die er vom Boden aufgelesen hatte. *Hui, wie galant.* Ich spitzte meine Lippen.

„Bin gleich wieder da“, erklärte die Frau und eilte mit dem hüpfenden Bündel durch eine Schiebetür in eines der Hinterzimmer.

„Du weißt schon, wie teuer das werden kann, oder?“ Mit Pupillen, als hätte ich gekokst, musterte ich Torben.

„Weiß ich. Ich hatte mal einen Hund.“ Er nickte und lächelte schief.

„Wir setzen uns mal“, warf Kim dazwischen und verschwand mit Fee in der Wartezone. Ich schaute ihnen hinterher. Sie tuschelten. Sie alberten. Vor einem Napf ging Kim auf die Knie und täuschte an, trinken zu wollen. Fee lachte auf. *What the fuck?!* Ich presste meine oberen und unteren Schneidezähne aufeinander und drängte meine Augenbrauen herab.

„Alles okay?“, fragte Torben.

„Mmh.“ Ich zuckte zusammen, nickte aber. „Mache mir nur Sorgen um die Katze“, log ich.

„Vielleicht sollten wir ihr einen Namen geben“, schlug Torben vor.

„Da bin ich wieder.“ Die Frau in Blau pflügte durch unseren Smalltalk und setzte sich hinter den Tresen. Sie überreichte Torben ein Klemmbrett. „Sie müssen bitte diese Bögen ausfüllen.“

„Sie bluten“, meinte ich und deutete auf ihren Unterarm.

„Ja, recht wehrhaft der Bursche“, erklärte sie und zuckte mit den Schultern.

„Ein Kater?“, fragte Torben nach.

„Ja.“

„Ist er schwer verletzt?“ Während ich auf ihre Antwort wartete, sah ich mich kurz nach Kim und meiner besten Freundin um. Sie alberten. *What the fuck?!*

„Unsere Tierärztin schaut ihn sich gerade an“, hörte ich sie sagen.

„Sie können die Bögen ganz in Ruhe im Wartebereich ausfüllen.“

„Danke. Und frohe Weihnachten“, sagte Torben.

„Frohe Weihnachten.“

Torben und ich saßen nebeneinander auf einer Bank Nahe der Schiebetür und Nahe des Tresens. Der Kugelschreiber kratzte über das Papier, während Fee und Kim im Hintergrund feixten. Sie lümmelten auf der letzten von insgesamt fünf Bänken in der Ecke, direkt an der vollverglasten Fassade. In einem stillen Moment, abgesehen vom Praxisradio, das Weihnachtslieder spielte, blickte ich mich nach ihnen um und Fee direkt in die Augen. Sofort erlosch die Freude in ihrem Gesicht. Ich zwang meine Augenbrauen eine Schnittmenge zu finden und zuckte einmal zackig mit dem Kopf. Fee lächelte schüchtern, schob ihre Unterlippe vor und blickte plötzlich auf den Boden. Kim winkte mir. Er hob seinen Daumen. Dann flüsterte er Fee etwas zu. Sofort lachte sie wieder, schrecklich laut, auch wenn sie sich eine Hand vor das Gellen warf.

„Haben die was eingeworfen?“, meinte Torben. Ich erschrak und lenkte meine Aufmerksam wieder nach vorn.

„Frag mich nicht.“ Ich schnaubte. „Weiß auch nicht, was mit denen los ist.“ Torben hämmerte den Kugelschreiber ins Papier.

„Fertig!“, resümierte er. „Ich bring das grad zum Tresen zurück.“ Er erhob sich und ich glotzte noch einmal hinter mich zu Fee und Kim. Ich winkte. Doch die zwei bemerkten mich nicht.

„Wie soll er denn jetzt heißen?“ Torben ließ sich wieder neben mich plumpsen, die Bank schüttelte sich und ich biss mir auf die Wange. *Autsch!*

„Wer?“, fragte ich nuschelnd nach.

„Der Kater.“

„Ach so." Ich griff mir an den Kopf.

„Voldemort", schlug Torben vor.

„Onkel Robert", scherzte ich. Torben kicherte.

„Heino", konterte er.

„Lassie."

„Perfekt." Er nickte und hob seine Hand. Ich klatschte ab. „Wenn er einen Namen hat, musst du ihn behalten", behauptete ich.

„Vielleicht gehört er ja jemandem."

„Hoffentlich. Dann kannst du dir das Geld zurückholen", riet ich ihm. Die Schiebetür öffnete sich.

„Haben Sie den Kater gebracht?", rief eine Frauenstimme.

„Ja." Torben zeigte auf und erhob sich.

„Fleischer mein Name, ich bin die Tierärztin." Eine Frau mit Operationshaube schritt auf uns zu. Ihre Hände steckten in Latexhandschuhen.

„Er heißt jetzt Lassie", erklärte Torben.

„Sie wissen schon, dass Lassie eine Hündin war?!" Die Tierärztin reckte ihr Kinn vor und hob die Brauen.

„Er muss es ja nicht erfahren", entgegnete Torben und schmunzelte. Frau Fleischer fuhr sich mit Daumen und Zeigefinger über die Lippen, als wollte sie einen Reißverschluss zuziehen. Sie zwinkerte.

„Nun gut ...", fuhr sie fort. „Lassie ist nicht gechipt. Vermutlich ist er ein Streuner. Herzlichen Glückwunsch zu ihrem neuen Kater", scherzte sie und zwinkerte Torben zu. Im Hintergrund scherzten Fee und Kim. *Langsam gehen die mir auf die Nerven.* Ich verlor den neugewonnenen Spaß am Weihnachtsfest und zog einen Flunsch.

„Okay, soll ich ihn gleich mitnehmen?", erkundigte sich Torben.

„Was?", drosch ich dazwischen. „Du willst ihn wirklich behalten?"

„Irgendwer muss doch für ihn sorgen", antwortete er, als ob es um ein Tamagotchi ging, nicht aber um ein Haustier, das für immer blieb.

„Katzen können über zwanzig Jahre alt werden", warf ich ein. *Und sollte er deine neue Partnerin nicht riechen können, pinkelt er ihr aus Eifersucht regelmäßig aufs Kopfkissen*, hätte ich am liebsten noch hinzugefügt. Ich wippte mit dem Bein und nagte im Inneren an der Bisswunde meiner Wange.

„Ihr Enthusiasmus in allen Ehren …", sagte die Tierärztin. „Aber Lassie ist nicht transportfähig. Sein rechter Hinterlauf ist gebrochen. Wir müssen operieren. Er muss in der Klinik bleiben."

„Ritsch ratsch", machte ich und stellte mir Torbens Kreditkarte vor, die gerade durchs Kartenlesegerät gezogen wird.

„Oh", machte Torben.

„Ich rufe Sie an, wenn er stabil ist", beteuerte die Tierärztin und verabschiedete sich. „Vielen Dank Herr …" Sie schaute auf das Klemmbrett. „… Michalke. Wir bräuchten mehr selbstlose Tierschützer wie Sie."

Torben machte eine wegwischende Handbewegung. „Nicht der Rede wert."

„Was hab ich gehört, du behältst die Katze?", meinte Kim, der mit Fee aus ihrer Kuschel- und Nuschelecke kam.

„Lassie", erklärte Torben. „Ja, ich behalte ihn."

„Da wird dein Vater aber stolz auf dich sein", mut-maßte Fee.

„Tierleben vor Bier heben", scherzte Torben und zwinkerte. Ich lachte auf.

„Na kommt, lasst uns noch ein bisschen Weihnachten feiern", schlug er vor und wenig später die Fahrertür von seinem Bulli zu.

„Abfahrt."

Vom Himmel hoch, da komm ich her

Ich legte die dicke Winterjacke neben mich, während Kim neben Fee auf der Rücksitzbank saß.

„Ist das kalt", stellte Fee fest. Ich hörte, dass sie ihre Hände rieb.

„Die Heizung läuft schon", erklärte Torben und lenkte sein Auto vom Parkplatz. Nick Nack, Nick Nack, der Blinker deutete nach links.

„Ich gebe dir meine Jacke", säuselte Kim, doch dazu ließ ich es nicht kommen. Ich packte den fremden Parka, drehte mich um und reichte ihn meiner besten Freundin über die Lehne. Bei der Übergabe berührten sich unsere Finger und Blicke. Ich zuckte mit den Mundwinkeln. Fee krauste ihre Nase und sah sofort wieder weg. *Sie benimmt sich seltsam. Beide benehmen sich seltsam.*

„Danke." Fee legte sich die Jacke um.

„Bin gespannt, was die Operation kosten wird", meinte Torben. Ich setzte mich wieder in Fahrtrichtung und nickte.

„Bereust du deine Entscheidung schon?"

„Was? Nein! Gar nicht", erwiderte er und blickte mich von der Seite her an. Sein Gesicht erhellte sich bei jeder Straßenlaterne, unter der wir hindurchfuhren. „Ich bin mir sicher, dass es vierstellig wird", schätzte ich.

„Wenn Lassie wieder ganz gesund wird, ist es das doch wert", behauptete er.

Ich betrieb unsere Unterhaltung mit gedrosselter Aufmerksamkeit, weil ich zugleich das Treiben auf der Rücksitzbank verfolgte. Fee und Kims Gackern erinnerte mich an den juvenilen Kindertisch in unserer Weihnachtslocation. Ich rechnete Fees Verhalten in Promille um. *Ein Glas Sekt und ein Glas Wein*, rechnete ich ihren Konsum nach. *Zu wenig Input, um ihren Zustand rechtfertigen zu können.* Ich rätselte, hob eine Braue und schürzte meine Lippen. *Was ist nur los mit ihr? Was ist nur los mit Kim?*

Vollkommen unerwartet blitzte das Jahresgespräch in meinen Gedanken auf. Wo siehst du dich in fünf Jahren, hatte Andrea mich gefragt. *Mit Kim im Schlafzimmer meiner Doppelhaushälfte*, antwortete ich still. Starker Speichelfluss setzte ein. *Wie es wohl ist, mit ihm zu schlafen?* Ich verschluckte und räusperte mich. Damals waren er und ich nicht übers Knutschen und Fummeln hinausgekommen. *Ich könnte Lissy fragen.* Ich kniff meine Lippen zusammen und schnaubte, während mir ein paar gendergerechte Beleidigungen durch das Sprachzentrum flogen.

„Alles okay bei dir?", flüsterte Torben. Ich erschrak.

„Äh …", begann ich. „Mache mir Sorgen um Lassie." In dem Moment bimmelte es. *Fees Uhr.* Ich schob meine Augäpfel Richtung Stirn.

„Nicht schon wieder“, nölte sie und raschelte auf der Rücksitzbank herum. „Wie geht denn …“, haspelte sie. „Hä? Ich verstehe das nicht.“ Hektik lag in ihrer Stimme.

Torben schaute durch den Rückspiegel nach hinten. „Kann mal jemand das Bimmeln abstellen?“

Ich drehte mich um, bereit, die geforderte Tastenkombination einzugeben, doch Kim war schneller. Im Halbdunkeln sah ich wie er zärtlich nach ihrem Handgelenk griff. *Warum so zärtlich*, fragte ich mich. Die blinkende Uhr erhellte sein Gesicht im Interwall. Er tippte auf das Display ein.

„Peinlich“, säuselte Fee. „Das passiert ständig.“ Das Schrillen verstummte. Kim lächelte. Der Schein der Straßenbeleuchtung streifte sein hübsches, sein perfektes Gesicht. Er strich sich die gegelte Frisur zurecht.

„Ich hätte mir das Handbuch durchlesen sollen.“ Fee kniff die Augen zusammen, während ich meine aufriss. *Woher plötzlich diese Einsicht?* Fee brachte die große Brille mit ihrem Zeigefinger in Position und schaute devot, wie eine Fahranfängerin, die ihren Eltern eine Beule am neuen Benz beichten muss.

„Soll ich es dir erklären?“, fragte Kim.

„Gerne.“ Fee nickte. *Tausendfach schon habe ich sie genau dasselbe gefragt. Tausendfach schon lehnte sie meine Hilfe ab.* Ich rätselte, wie ich mich fühlen sollte. Ich wusste es nicht. Ich wusste nur, dass irgendetwas Seltsames vor sich ging.

„Guck mal …“, begann Kim. „Du musst hier und hier tippen …“ *Ich kotze gleich.* Bevor das passieren und mir der Nacken steif werden konnte, drehte ich mich wieder zu Torben. Ich fuhr mir von innen mit der Zunge

über die Wange und nagte an meiner kleinen Bisswunde. *Blablabla, Blablabla*, begleitete ich Kims Hand-
buch-Zusammenfassung, ohne mir etwas anmerken zu
lassen.

„Erzähl mal ...“, begann Torben leise. „Was machst du
so?“, fragte er, als ob er spürte, dass ich nach Ablenkung
lechzte und schaltete einen Gang höher. Wir brausten
über die nasse Landstraße. Noch dreizehn Minuten bis
zur Zieleinfahrt, verriet sein Navigationsgerät.

„Ich bin Kauffrau“, antwortete ich. „Kauffrau für ...“
Ich wischte durchs Halbdunkel. „Einfach Kauffrau. Ich
möchte dich nicht langweilen.“

Torben lachte. „Keine weiteren Fragen“, scherzte er.
Auf der Rücksitzbank herrschte endlich einmal Stille.
Nicht tatsächlich Stille, doch immerhin war das Lachen
weniger laut. Ich atmete durch – durch die Nase in den
Bauch.

„Und du bist Schornsteinfeger?“ Ich entschied meine
Aufmerksamkeit ungeteilt ihm zu widmen.

„Genau, Schornsteinfeger.“ Er nickte, blickte geradeaus durch die Windschutzscheibe. „Ich bin auch Industriekletterer. Erst danach habe ich die Ausbildung
zum Schornsteinfeger gemacht.“

„Wo siehst du dich in fünf Jahren?“, fragte ich über-
zeichnet und verstellte meine Stimme wie eine Chefin.
Torben kicherte.

„Stellt man einer Kauffrau solche Fragen?“, wollte er
wissen.

„Ja. Ich hatte gerade erst mein Jahresgespräch.“

„Jahresgespräch“, wiederholte er. „Klingt schrecklich.“

„Klingt nicht nur so.“ Ich seufzte.

„Bist du zufrieden mit deinem Job?", erkundigte er sich und betrachtete mich kurz mit schräg gestelltem Kopf. Dann widmete er seine Aufmerksamkeit sofort wieder der Straße. „Zufrieden, solange meine Chefin mich in Ruhe lässt und nicht erwartet, dass ich aufsteige oder Karriere mache. Ich liebe meinen Dienst nach Vorschrift. Das reicht mir."

„Verstehe", sagte Torben. „Arbeiten, um zu leben, nicht umgekehrt."

„Ganz genau." Ich betonte meine Antwort mit Nachdruck. Hinter uns hörte ich kein Gegacker mehr. Es herrschte tatsächlich Stille. *Stille Nacht, heilige Nacht*, dachte ich. Doch nicht für lange. Ich blickte in den Rückspiegel und spinkste nach hinten.

Ich erschrak.

Nicht in der Art, dass ich kurz zusammenzuckte und „huch" rufen wollte, sondern in der Art, als ob mir jemand eine Kopfnuss gegeben hätte. Mein Schädel dröhnte. Mein Puls raste, als wäre ich auf der Flucht. Fee und Kim knutschten. Mein Unterkiefer verabschiedete sich Richtung Brustbein, ich stoppte meine Atmung. Ich sah ihre zusammengesteckten Köpfe im Halbdunkeln, ihre leidenschaftlichen Bewegungen. Und als ich genau hinhörte, hörte ich ihr Schmatzen. Ich schloss meine Zahnreihen und biss zu.

Mir war nach Schreien zumute, doch ich war wie betäubt.

Mir war nach weinen zumute, doch ich war wie paralysiert.

Ein stechender Schmerz, begleitet von einer unangenehmen Hitze, donnerte mir bauchaufwärts in die Schläfen. *Was soll ich jetzt tun?* Letztlich tat ich nichts, außer in den Rückspiegel zu glotzen und meine beste Freundin und meinen Exfreund beim Zungensex zu beobachten. Gierig wie zwei Wölfe leckten sie sich die Schnauzen. Diebisch wie eine Elster stahl Fee all die Küsse, die mir zugestanden hätten. Eine brunnentiefe, bleischwere, fußballfeldgroße Enttäuschung überschwemmte mich. Sie verteilte sich über meine Venen, setzte sich in mein Herz und pumpte Traurigkeit in meinen Gefühlswald, in dem ich mich offensichtlich verlaufen hatte. Mir wurde klar, dass ich mich verrannt hatte. Vielleicht das, doch vielleicht bin ich auch verarscht worden. *Es passiert also schon wieder.*

„Alles okay?“ Torben stupste mich mit seinem Ellenbogen an.

„Hä? Was?“, fragte ich nach, meine Stimme klang so gebrochen, wie sich mein Herz anfühlte.

„Du warst plötzlich irgendwie weg“, meinte er. Er sprach sehr leise. Ich schaute ihn nicht an. Ich wollte vermeiden, dass er meine feuchten Augen sah.

„Ach“, seufzte ich und deutete mit dem Kopf zum Rückspiegel.

Er sah hinein und machte „Oh“. Kein „Oh“, als hätte Reinold Messner seine Socken ausgezogen. Kein „Oh“, als wäre ein verdreckter Kater auf den Weihnachtsbraten gesprungen. Sondern, ein „Oh“, als hätte er jemanden beim Fremdgehen erwischt. Und so war es letzten Endes auch. Punkt. Ich verschränkte meine Arme vor der Brust, legte meinen Kopf in den Nacken, schloss die Augen, atmete tief ein und ließ meinen Kopf wieder fallen.

„Kann ich …“, flüsterte Torben, doch ich ließ ihn nicht weitersprechen.

„Nicht“, erwiderte ich. „Nicht sprechen. Ich will jetzt nicht“, hauchte ich.

„Ich hoffe sie haben mit der Bescherung auf uns gewartet“, toste Kim mit einem Mal. Ich zuckte zusammen. Er beugte sich vor und stützte sich mit den Ellenbogen auf unseren Rückenlehnen ab. Ich bildete mir ein, Fees Parfum in seinem Atem zu riechen. *Pfui*. Weder Torben noch ich reagierten. Wir schwiegen.

„Okay“, meinte Kim, dass es hybrid nach einer Frage und nach großer Verwunderung klang. Er lehnte sich wieder zurück. In dem Moment spürte ich Fees Hand auf meiner Schulter. Zackig schüttelte ich sie ab, ohne mich nach ihr umzusehen. *Stille Nacht, scheinheilige Nacht*, dachte ich. Niemand sagte noch ein Wort. Nichts außer dem Motor war zu hören. Torben stellte das Radio ein und drehte es laut. „All I want for Christmas is you“. *Storno*, dachte ich.

Dann verringerte Torben die Geschwindigkeit und bog in die Ferienhaussiedlung ein. Im Vorbeifahren schaute ich in die weihnachtlich dekorierten Fenster. Ich sah Menschen, die lachten und aßen und schenkten. *Ich hasse Weihnachten.* In Schrittgeschwindigkeit schlichen wir durch den Wattwurmstieg und steuerten auf den großen Parkplatz zu.

Ich wartete nicht ab, bis das Auto endgültig stand, sondern öffnete die Tür noch während der Fahrt. Ich sprang hinaus und flüchtete ins Haus.

Mit beiden Fäusten donnerte ich gegen die Tür. Mein Atem galoppierte.

„Wo hast du den Rest gelassen?“ Mein Vater öffnete und lächelte. Doch als er mir ins Gesicht blickte, verrutschte seine Freude. Er sperrte seine Augen auf und hob die Augenbrauen an. „Was ist passiert?" Er klang besorgt. Seine Stimme wurde rau. Ich ließ mich fallen, landete an seiner Brust und krallte mich an seinem Rücken fest. Er küsste meinen Kopf. „Was ist passiert?", fragte er noch einmal nach. Oberhalb meiner Speiseröhre wurde es eng, vor meinem Blick wurde es nass. *Ich werde nicht wegen euch weinen*, nahm ich mir vor und zwang meinen Schmerz hinunter.

„Der Kater lebt", stammelte ich. „Es ist alles in Ordnung." Dann löste ich die Umarmung, eilte durch Küche und Flur und navigierte Richtung Toilette. Ausnahmsweise gab es keine Warteschlange davor.

Aus der Ferne, genauer gesagt aus dem Speisesaal, vernahm ich Mutters Playlist und vergnügtes Stimmengewirr. Ich stützte mich auf dem Waschbecken ab, schnaufte wie nach einem Halbmarathon und fletschte die Zähne. *Nicht weinen! Nicht weinen!* Ich atmete wild, dass ich nach einem Dampfbügeleisen klang und schaute auf, mir direkt in die Augen. *Helle Zähne an hochrotem Kopf sehen gelb aus. Ich sehe einfach nur schrecklich aus*, stellte ich fest. Schrecklich, wie eine betrogene Frau, die ich auch war. Ich hatte nur noch einen einzigen Gedanken: Wein. Wein von Alkohol, nicht der Imperativ von weinen. *Bleib stark. Sie sind es nicht wert.*

Leise rieselt der Schnee

Ich strauchelte durch den Flur und betrat den Speisesaal. Ich war nervös, als wäre ich auf dem Weg zu einem öffentlichen Auftritt. Der Duft von Rotkohl sauste mir in die Nase, obwohl die Schüsseln und Teller schon abgeräumt waren. Wenngleich ich Rotkohl gut riechen konnte, hätte der Saal eine Stoßlüftung vertragen können. Ich schnaubte.

Stimmen dominierten unsortiert den Raum und Mutters Playlist plätscherte leise im Hintergrund. Mit gesenktem Kopf umlief ich die Tische und ließ mich auf meinen Platz plumpsen.

Romy erschrak und zuckte zusammen. „Da bist du ja wieder."

Zu ihrer Linken saß Lissy, mit der sie sich zu unterhalten schien. *Ausgerechnet.*

„Scheiße, wie siehst du denn aus? Ist die Katze tot?" Romy musterte mich, schlug sich ihre Hand vor den Mund und blickte vorwurfsvoll zu meinem Onkel Robert hinüber.

„Nein, der Kater lebt. Er wird gerade operiert und heißt jetzt Lassie. Torben möchte ihn nach der Genesung behalten", spulte ich das Erlebte ab, etwas monoton vielleicht.

„Lassie", wiederholte Romy und gackerte. „Und warum siehst du so mitgenommen aus?"

„Ach …", begann ich, meine Hand rauschte hinab, als wollte ich irgendwen klapsen. „Ich hatte mir für den Weihnachtsabend ein schöneres Erlebnis gewünscht", erklärte ich. Und das war nicht einmal gelogen.

„Nun bist du ja wieder da." Romy lehnte sich bei mir an und tätschelte meinen Oberarm. „Wir machen uns den restlichen Abend schon schön. Wir haben extra mit der Bescherung gewartet." Sie warf ihren Kopf hin und her. „Sag mal, wo hast du Fee gelassen?" In meinen Gedanken blitzte eine FSK 18 Szene auf. Ich stellte mir vor, wie Fee und Kim auf der Toilette vögelten. *Dabei wollte ich diejenige sein, die mit ihm auf der Toilette vögelt.* Ich zuckte mit den Schultern.

„Keine Ahnung, wo Fee und Kim sich rumtreiben." Mir selbst fiel die Verbitterung in meiner Stimme auf und Lissy reckte augenblicklich ihren Kopf in meine Richtung. Sie legte ein „O nein" in ihren Blick. Oder war es ein „Ich hab es dir doch gesagt"?

„Ich brauche jetzt erst einmal Wein, wenn schon kein Bier zu kriegen ist", erklärte ich und löste den Blickkontakt zu meiner Zwillingsschwester. Sofort streckte ich mich über das weiße Tischtuch, griff nach der grünen Flasche und befüllte mein Weinglas bis zum Rand.

„Krass", meinte Romy. Ich beugte mich vor, hielt meine flatternde Grinch-Bluse zurück, damit ich nichts umstieß, und näherte mich dem Wein von oben. Meine

Lippen umschlossen den dünnen Glasrand. Vorsichtig trank ich die ersten zwei Schlucke ab, bis ich schließlich das Gefäß mit beiden Händen fasste und es leer trank.

„Puh", machte ich.

„Möchtest du noch was essen, meine Süße?" Ich erschrak. *Hä? Woher kam das jetzt?* Ich wand mich um. Meine Mutter legte ihren Arm um mich und küsste meine Wange. „Wir können euch etwas aufwärmen. Ihr habt ja noch gar nicht richtig gegessen."

Ich winkte ab.

„Nein, danke." Ich zwang mich zu einem Grinsen, was mir aber leider nicht so gut gelang. Ich musste an den Joker aus Batman denken.

„Wo ist Fee eigentlich?", fragte Mutter nach. Ich zuckte mit den Schultern. Von der Seite her spürte ich Lissys Blicke in meinem Gesicht.

„Ich gehe sie mal suchen", erklärte meine Mutter. *Du findest sie vögelnd auf dem Klo.* „Vielleicht möchte sie noch etwas essen." Dann stöckelte sie davon.

„Hey." Kaum war die eine verhallt, sprach mich die nächste Stimme an. Ich blickte nach rechts. *Wow*, dachte ich. Nicht wegen Torben, der sich neben mich setzte, sondern wegen des Alkohols, der gerade seine Wirkung entfaltete. „Hab dich schon gesucht. Alles gut bei dir?", flüsterte er.

„Ich hasse Wein", antwortete ich.

„Äh", Torben stutzte. „In Ordnung." Schließlich griente er. „Soll ich dir ein Bier besorgen?"

„Das wäre traumhaft", flunkerte ich, weil seit Fee und Kims Geknutsche gar nichts mehr traumhaft war. *Ich scheiße auf das Funkeln, was sich im Flunkern versteckt.*

Eine Smartwatch. Ich verschob meine Augen, blickte Richtung Stirn. Fee hatte mir eine Smartwatch geschenkt. *Grässlich*, dachte ich und schob das Gerät über das Tischtuch nach rechts, dorthin, wo Torben saß.

„Schenke ich dir", meinte ich. Die Uhr landete am Fuße des kleinen Geschenkeberges, den er vor sich aufgebaut hatte. Etwas Selbstgestricktes von Gretchen war auch dabei.

„Was? Nein!", erwiderte er und schob das Teil wieder zurück. Einige Male ging die Uhr hin und her. Bis ich sie schließlich nahm und den Tisch verließ. Die Bescherung war Geschichte. Eine Stunde hatte die Verteilaktion in Anspruch genommen.

Ich stakste über zerrissenes Geschenkpapier und verhedderte mich in glänzendem Schleifenband, es raschelte und knisterte.

„Hat irgendwer Interesse an dieser Smartwatch hier?", erkundigte ich mich, als ich vor dem „Kindertisch" zum Stehen kam. Ich federte etwas nach. Ich räume die Möglichkeit ein, dass ich vielleicht sogar wankte. Mein Auftritt sorgte dafür, dass die Jugendlichen von ihren Telefonen aufblickten. *Da sag nochmal jemand, die Jugend von heute interessiert sich für nichts, außer ihre Smartphones.* Zoes Augen sperrten sich auf. „Dein Ernst?", fragte sie nach. Ich nickte. In ihren Augen erschien das Funkeln, das sich im Flunkern versteckt hielt. Ihre Mundwinkel trieben voneinander weg und stoppten erst, als die Elastizität ihrer Lippen erschöpft war. Die Jungs checkten, dass sie keine Chance mehr auf die Smartwatch hatten. Sie zuckten mit ihren Schultern und zwangen ihre Mundwinkel ins Tal der

Tränen. Doch sobald sie wieder auf ihre Telefone starrten, lächelten sie. Happy End.

Zoe fixierte mich aus kugelrunden Augen. „Dein Ernst?", fragte sie noch einmal.

Noch einmal nickte ich. „Nimm." Ich streckte ihr meinen Arm entgegen.

„Meine Mom bringt mich um." Sie bewegte ihre Unterlippe hin und her. Das Leuchten stand in ihren Augen wie stichfester Joghurt. „Lass uns tauschen", schlug sie mit einem Mal vor und scannte ihre Geschenke ab. „Hier …" Zoe griff nach einem sehr großen Karton und reichte ihn mir. *NABU*, las ich still von ihm ab. „Nur symbolisch, damit Mom nicht ausflippt und auf die Idee kommt, dass ich die Watch zurückgeben muss."

Ich legte meinen Kopf schief. „Was ist das?"

Zoe spitzte ihre Lippen und schaute, als ob sie „voll peinlich" sagen wollte. „Ein Package vom Naturschutzbund. Ein Eichhörnchenfutterautomat." Sie schob ihre Augen in die Höhe. „Eine NABU-Mütze ist auch noch dabei. Und ein Halstuch. Was weiß ich, was sonst noch alles. Hab mir nichts davon gewünscht", erklärte sie.

„Gib her." Ich legte die Smartwatch auf den Tisch und machte eine einholende Geste. „Ist das von Oma Gretchen?" Ich trug den sehr großen NABU-Karton vor meiner Brust und deutete mit dem Kopf auf etwas Selbstgestricktes.

„Ja, voll cute", schwärmte sie und hob eine kunterbunte Ringelmütze in die Höhe. „Gretchen hat jedem eine gestrickt", verriet Zoe und krauste ihre Nase, als lutschte sie einen köstlichen Karamellbonbon. *Mir auch?*, fragte ich mich und runzelte die Stirn. Ich wusste es nicht. Schließlich hatte ich Lissys und Gretchens Geschenke bewusst noch nicht geöffnet.

„Viel Spaß mit der Uhr", meinte ich und machte mit dem sehr großen Karton kehrt.

„Wenn du mal wieder was tauschen möchtest …", rief Zoe hinter mir her. Ich stiefelte über das Geschenkpapier und das Schleifenband zurück zu meinem Platz.

Dort angekommen, staunte ich. Torben trug seine kunterbunte Pudelmütze und grinste mit aufgestelltem Daumen zu Gretchen und seinem veganen Großvater ans andere Ende der Tafel hinüber. Dort stand Wolfgang mit einem Ritschratsch-Fotoapparat und gab Anweisungen.

„Bleib so! Schön lächeln", rief er.

„Den Apparat hat er von deiner Oma geschenkt bekommen", erklärte Torben mit eingefrorenem Grinsen. Er klang, als hätte ihm eine Zahnärztin eine Betäubungsspritze verabreicht. „Mein Opa sammelt alte Fotoapparate." Der aufgesteckte Blitz, der gerade auslöste, ließ die Gäste zusammenzucken. Dann war die Fotosession beendet und Torbens Gesichtszüge entspannten sich wieder. Er ließ seinen Unterkiefer kreisen.

„Was ist das denn?", fragte er, als er meinen Karton entdeckte. Ich hatte ihn hinter meinem Stuhl auf den Boden gestellt.

„Habe ich gegen die Smartwatch getauscht", antwortete ich, ohne ihn anzusehen. Stattdessen spähte ich durch den Raum, schmälte die Augen und scannte die Umgebung ab. Fee und Kim waren nicht zu sehen. Immer noch nicht. Ich erblickte das verpackte Flipchart vor dem Weihnachtsbaum. Unberührt lag es auf dem

Boden und leistete Fees anderen Geschenken Gesellschaft.

„Fee und Kim sind immer noch nicht da", wisperte ich.

„Was ist da vorhin im Auto passiert?", flüsterte er und schob sich ganz dicht an mein Ohr.

„Frag nicht." Ich griff zum Wein, da mir das Bier ausgegangen war. „Auch leer", stellte ich fest und stellte die Flasche fest auf den Tisch. „Fuck!"

„Leute, hallo!", rief mein Vater in diesem Augenblick. Ich riss meinen Kopf herum und schaute dorthin, wo er sich gerade neben dem Weihnachtsbaum aufbaute und winkte. Meine Mutter drosselte die Lautstärke ihrer Playlist. Sie schunkelte vor sich hin.

„Eigentlich wollten wir noch das Pudelmützen-Foto machen, aber da einige von uns nicht da sind, sollten wir das vielleicht auf morgen verschieben, was meint ihr?", erkundigte er sich und ging auf Meinungsfang. Sofort scholl ein verbaler Protest durch den Saal.

„Das ist eine eindeutige Mehrheit", kommentierte er die lautstarke Reaktion. „Also machen wir das Foto." Er lächelte smart.

„Hä? Pudelmützen-Foto?", rätselte ich und blickte zu Torben.

„Hast du das nicht mitbekommen?" Er kniff ein Auge zu.

„Was denn?", hakte ich nach.

„Der vegane Wolfgang möchte ein Gruppenfoto machen", mischte sich Romy ein. Ich schaute zu ihr nach links. „Und wir sollen auf dem Bild die selbstgestrickten Mützen tragen." Sie lallte und amüsierte sich.

„Davon weiß ich nichts", gab ich zu.

„Hat Wolfgang doch vorhin erklärt“, tönte Kims Vater laut und bollernd, wie er eben war. Ich zuckte zusammen und bemerkte erst jetzt, dass er hinter mir stand. Er roch nach Weichspüler und Old Spice. *Ich weiß von nichts.* Ich überlegte, rätselte, wunderte mich.

„Geht es dir gut?“, meinte er und musterte mich.

„Ja“, log ich. „Wieso?“ Ich klang angriffslustig.

„Du bist so blass um die Nase. Nicht, dass du dir auch den Magen verdorben hast“, antwortete er.

„Was? Hä? Wieso auch?“ Ich legte meine Stirn in Falten und kniff meine Augen zu.

„Na, wie Fee und Kim natürlich.“ Er sah mich an, wie meine Philosophielehrerin damals. „Magen verdorben“, wiederholte ich. „Das haben sie gesagt?“, fragte ich hauchend nach. *Arschgeigen.*

„Ja, was sonst?“ Der alte Arendt schaute mehr denn je wie meine Philosophielehrerin. „Sicher, dass es dir gut geht?“ Er krauste die Stirn.

„Die ist voll“, röhrte Romy, stupste mich an und gackerte.

„Ja, ich bin voll“, bestätigte ich, blickte steril, als hätte ich meine Mimik, vielleicht mit Zoe, gegen ein Flächendesinfektionsmittel getauscht und legte eine bissige Note der Unzufriedenheit in meine Stimme.

„Wundert mich eigentlich, dass du nicht bei Fee bist“, sagte Kims Vater und zuckte mit den Schultern.

„Du bist doch auch nicht bei Kim“, konterte ich. Langsam geriet ich in Streitlaune.

„Ich bin Kims Vater, nicht sein Partner“, teilte er mit und schüttete den Kopf. „Der Große schafft das auch allein.“ Für gewöhnlich hätte Fee in so einem Augenblick meine Hand gedrückt und „Scht“ geflüstert, doch Fee vergnügte sich gerade mit dem Großen, der sich angeblich den Magen verdorben hatte.

„Ich bin auch nicht Fees Partnerin“, zischelte ich.

„Natürlich nicht.“ Der alte Arend lachte und zwinkerte mir zu, was mich noch wütender machte. *Hä? Wessen Hand ist das?* Sie legte sich gerade auf meinen Handrücken. Ich verfolgte ihren Arm und erkannte Torbens hochgekrempeltes Oberhemd.

„Scht“, machte er, ganz leise und tätschelte meine Finger.

„Weißt du was? Glaub doch, was du willst“, schloss ich meine Verteidigung und nickte.

„Nicht streiten“, flehte mein Vater, der sich neben seinem besten Freund aufbaute und ihm seinen Ellenbogen in die Rippen stieß. „Heute ist doch Weihnachten, das Fest der Liebe.“ *Fee und Kim leben den Geist der Weihnacht gerade aus*, dachte ich und schnaubte.

„Foto, Foto“, röhrte Gretchen vom anderen Ende der Tafel. Sie hustete blechern. Ihr Husten erkannte ich unter tausenden. „Foto, Foto“, riefen auch Romy und all die anderen, die sich Gretchens Strickwerk über die Häupter streiften und klatschten.

Die Gäste erhoben sich. Ich stand ebenfalls auf, eigentlich, um die Veranstaltung zu verlassen, doch Torben hielt mich auf. Seine Hand fasste nach meinen Fingern.

„Komm schon, das wird ein legendäres Foto. Wir zeigen ihnen unsere Stinkefinger“, scherzte er und setzte sich nun auch die knallbunte Mütze auf. Ich überlegte einen Augenblick und schürzte meine Lippen.

„Okay“, willigte ich ein, beugte mich hinunter zu meinem sehr großen NABU-Karton und fummelte darin herum. Die Gäste setzten sich in Bewegung. Wie bei einer Polonaise fädelte ich mich ein und schloss auf. Shakin` Stevens` „Merry Christmas everyone" dudelte durch den Saal.

„Hierher Leute." Mein Vater rotierte mit den Armen, während wir uns nach und nach vor dem Weihnachtsbaum in Position brachten.

Ganz vorne hockten sich die Kinder nebst ihren Elternteilen hin. In zweiter Reihe nahmen die betagteren Gäste auf Stühlen Platz. In dritter Reihe baute ich mich zwischen Torben und Romy auf. Und ganz hinten stellten sich die Jugendlichen auf Stühle, um uns alle zu überragen.

„Cheese", riefen meine Eltern.

„Nein, nein, nein", protestierte Wolfgang und schüttelte den Kopf. „Kein Cheese. Wir brauchen eine vegane Alternative." Er hob den Zeigefinger und seinen neuen alten Fotoapparat in die Höhe. „Grieß", rief er.

„Grieß", antworteten wir im Kollektiv. Dann löste sein aufgesteckter Blitz aus und alle kniffen ihre Augen zu.

Ich war die Einzige, die nicht Gretchens Mütze trug, sondern eine einfarbig blaue mit dem Schriftzug NABU auf der Stirn. Ich zog sie mir bis weit über die Augen. Leider verdeckte Lissy, die aufrecht und unrechtmäßig vor mir in der Reihe der Betagten saß, meine Stinkefinger.

„Jetzt gehe ich aber", erklärte ich Torben rasch, dann schob ich mich durch die aufgelöste Formation, die zur Stehparty geworden war.

„Tschuldigung, darf ich mal?", „Lässt du mich mal durch?", „Ich würde gerne …", begleitete ich meine

Schritte durch das Menschenknäuel. Immer wieder kollidierte ich. Durch das Spiegellabyrinth auf der Kirmes wäre ich schneller gehuscht. Ich zog einiges an Schleifenband hinter mir her.

„Mist, nun geh ab", flüsterte ich, als ich, zurück am Esstisch, die Verwickelungen zu lösen versuchte. Ich kickte durch die Luft und hüpfte einbeinig. „So eine Kacke", fluchte ich. Mir flog die blaue Mütze vom Schädeldach. *Komm schon.* Ich bückte mich und riss das glitzernde Geschenkband schließlich ab. Dann stapelte ich meine Geschenke auf dem sehr großen NABU-Karton und hob ihn an. *Ich erkläre das Weihnachtsfest für beendet. Nichts wie weg!*

Eilig, fast fluchtartig, verließ ich den Speisesaal. Ich tobte in den Flur, während der Geschenkturm wankte und wackelte, und trat vor das Jacken-Wirrwarr.

„Du willst wirklich schon gehen?", hörte ich Torbens Stimme. Er war mir gefolgt.

„Halt mal, bitte", meinte ich zu ihm, reichte ihm meine Geschenke und buddelte nach meiner Winterjacke. Ich schlüpfte hinein und nickte. „Reicht für heute", erklärte ich und nahm all die Präsente wieder an mich.

„Schade", erwiderte Torben. Er legte den Kopf schief und presste seine Lippen aufeinander.

„Sorry", meinte ich und betrat, ohne mich noch einmal umzusehen, die Küche.

„Woher hast du das?", keifte Kerstin plötzlich. Ich riss meine Augen auf, fühlte mich ertappt, als hätte mich eine Kontrolleurin beim Fahren ohne Fahrtausweis erwischt.

„Äh", antwortete ich und bremste abrupt. Kerstin stand vor der Kochinsel, löste ihre Arme aus der Verschränkung und deutete auf das sehr große Paket.

„Äh", wiederholte ich. Der Turm mit den Geschenken wackelte und wirkte sturzgefährdet. „Habe ich geschenkt bekommen", antwortete ich. Kerstin schüttelte den Kopf und stemmte ihre Arme in die Taille. Gerade wie eine Rankhilfe stand sie da.

„Glaube ich dir nicht. Dieses Paket ..." Ihr Zeigefinger stupste gegen den sehr großen Karton. „Dieses Paket habe ich meiner Zoe geschenkt. Erwische ich dich gerade beim Stehlen?" Ihre cadenabbia-blau schimmernde Stirn legte sich in Falten.

„Spinnst du?", herrschte ich sie an. „Als ob ..."
Ich schüttelte meinen Kopf.

„Gib es wieder her", forderte Kerstin, streckte ihre Hand nach mir aus und berührte meinen Oberarm.

„Es gehört mir." Ich drehte mich weg.

„Du gibst mir jetzt diesen Karton zurück", forderte sie und strammte ihre Schultern, als würde sie sich in der Schule gegen die Klassenrebellin durchsetzen müssen.

„Was sonst? Bekomme ich einen Eintrag ins Klassenbuch?", nölte ich.

„Frechheit", schimpfte sie.

„Nicht streiten", flehte mein Vater, die Hände übereinander auf die Brust gelegt. Er stellte vier leere Weinflaschen auf der Küchenarbeitsplatte ab. *Hat der einen Streitradar, oder was,* fragte ich mich und schob meinen Kopf in den Nacken.

„Ich bin jetzt eh weg", teilte ich ihm mit, ging zur Haustür und drückte die Türklinke mit meinem Schuh herunter. Ich sah aus wie Karate Kid, während er den Kranich probte.

Der Wind wehte so kräftig, dass er die Tür aufstieß. Ich stolperte und tippelte rückwärts. Mein Dad stabilisierte mich, indem er mir seine Hände an den Rücken legte. Ich tarierte mich aus.

„Wie, du bist weg?", hinterfragte er und ächzte.

„Viel Spaß noch", erwiderte ich nur und zwängte mich durch den Türspalt. „Machst du hinter mir zu?", rief ich.

Still, still, still

Ich hetzte über die nassen Gehwegplatten und schaffte es bis zum Parkplatz, ehe mir der Wind die Geschenke aus den Händen riss. Radong, sie landeten auf dem Boden.

„Scheiße", brüllte ich. Die Böen schoben meine Weihnachtsgaben nach links, quer über den Parkplatz und unter einige der stehenden Autos. Nur das sehr große NABU-Paket bewies Rückgrat und ließ sich nicht vertreiben. Ich ging zunächst in die Hocke. Dann, als würde ich eine Krabbelgruppe besuchen, bewegte ich mich auf allen Vieren über den nassen Asphalt und robbte schließlich wie eine KFZ-Mechatronikerin unter Torbens VW-Bus, um drei der Geschenke zurück zu erobern.

Unter Lissys Mini, ein Auto, dass seinem Namen alle Ehre macht, passten nur meine Arme.

„Komm her", maulte ich, weil ich um etwa fünf Zentimeter danebengriff. Mit zusammengekniffenen Augen spähte ich durch den Wind, dass sie tränten. *Wenn ich jetzt ein kleines bisschen weine, fällt es nicht auf.*

„Ich helfe dir", hörte ich eine Männerstimme hinter mir. *Kim*, dachte ich. Ein Lächeln gesellte sich zu meinen mürrischen Gesichtszügen. *Jetzt klärt sich sicher alles auf.* Ich wischte mir mit dem Handrücken über die Augen, krabbelte rückwärts und drehte mich um.

„Torben", stellte ich ernüchtert fest. Nicht ernüchtert in Bezug auf Alkohol, sondern ernüchtert in Bezug auf meine Erwartungen.

„Ja, ich bin es nur", entgegnete er. Es war offensichtlich, dass er meine Enttäuschung lesen konnte. Er zuckte mit den Schultern und stand hinter mir mit einem Besen in der Hand.

„Hier", sagte er und reichte mir das Kehrwerkzeug.

„Danke", erwiderte ich, doch der Wind riss mein „Danke" fort.

Sofort legte ich mich wieder flach auf den nassen Asphalt, fädelte den Besen ein und angelte unter Lissys Mini nach zwei Päckchen.

„Hab ich euch", keuchte ich und erhob mich. Ich wischte mir durch das Gesicht, fegte schließlich die restlichen Geschenke zusammen und stapelte sie auf. Radong, doch das ließ der Wind nicht zu. Er verteilte sie im Zickzack über den Boden, wie ich als Fünfjährige die Samen von Sonnenblumen.

„Scheiße", fluchte ich und stampfte auf.

„Ich kann dir tragen helfen", beteuerte Torben.

„Brauchst du nicht", behauptete ich und machte eine wegwerfende Handbewegung. Doch Torben raffte einige Pakete zusammen und hob sie an.

„Ich kann das allein", donnerte ich. Ich brauche keinen Mann! Ich brauche auch keine beste Freundin.

„Jetzt lass dir doch helfen", beharrte er.

„Ich sagte, ich kann das allein", fuhr ich ihn an und riss ihm die Kartons aus den Händen. So ungeschickt und ungestüm, dass sie abermals zu Boden fielen.

„Warum bist du so ätzend?", wehrte sich Torben. Er drängte seine Brauen in die Höhe und musterte mich. Auch seine Augen tränten vom Wind.

„Weil ich dir sagte, dass ich das allein kann." Noch einmal stampfte ich mit dem Fuß auf und warf meine Fäuste zu Boden. „Gut, okay." Er hob seine Hände, kniff eines seiner Augen zu und bewegte sich rückwärts. „Ich wollte nur freundlich sein."

„Nicht nötig", drosch ich. Doch warum drosch ich eigentlich? *Ich brauche keinen Mann. Keinen, der mir meine Pakete schleppt. Und keinen, der mich verarscht.* Auch den Grinch brauchte ich nicht, der gerade Besitz von mir ergriff und um sich schlug, um des Schlagen Willens. Ich war angepisst und fürchterlich wütend. *Doch nicht auf Torben*, musste ich einsehen. Er hatte meine fürchterliche Wut nicht verdient. Kim und Fee hätte sie treffen sollen. Und mich, weil ich so blöd war, einmal mehr auf Kim hereinzufallen. Lissy hatte recht, Kim war ein Arsch. Was sie mir nur leider verschwiegen hatte, auch Fee war ein Arsch.

„Hey", brüllte ich. „Hey!" Doch Torben sah sich nicht um. Ich rannte hinter ihm her, meine verwehten Geschenke folgten mir. Ich holte ihn ein und klopfte ihm von hinten auf die Schulter.

„Hey", meinte ich noch einmal. „Es tut mir leid", sagte ich, während ich zackig um ihn herum eilte und mich vor ihm aufstellte. Ich legte meine Hände an seine Oberarme.

„Es tut mir leid“, wiederholte ich, seufzte und wartete seine Reaktion ab.

Er stützte sich auf dem Besen ab, kniff seine Augen zu, schüttelte den Kopf. „Du bist echt schräg.“ Dann bewegten sich seine Mundwinkel in die Höhe.

„Ich weiß“, gab ich zu und blickte zu Boden. „Ich entspreche keinem Klischee.“ Schon schaute ich wieder auf, um ihn zu beobachten.

Er lächelte immer noch. „Das finde ich ja eigentlich gut.“

„Kannst du mir bitte helfen?“, fragte ich ihn.

„Ich glaube, wir haben alle“, sagte ich kurze Zeit später. Torben und ich pressten die eingesammelten Weihnachtsgeschenke an unsere Oberkörper.

„Mir ist arschkalt. Ich muss mich dringend aufwärmen“, ließ ich ihn wissen. Wir schritten durch den Wattwurmsteig und lehnten uns gegen den Wind, der ohne Unterlass prustete und uns zurück zu drängen versuchte. Er war harsch wie Oma Gretchen, der Zyklon. Je näher wir meinem Nurdachhaus kamen, desto unwohler fühlte ich mich. *Was, wenn Fee und Kim dort rummachen*, überlegte ich. *Nein, das würde sie nicht tun! Oder doch?* Ich war mich unsicher und blieb stehen.

„Was ist los?“ Torben schaute von der Seite. Der Wind hielt auf ihn zu, dass seine Jacke sich an den Flanken bewegte, als hätte sie Wellengang.

„Kann ich die Geschenke bei dir zwischenlagern?“ Ich wand ihm mein Gesicht zu, drei meiner Dreadlocks befreiten sich aus dem Haarband und peitschten meine Wange.

„Klar", erwiderte er. Es imponierte mir, dass er nicht nachfragte, sondern einfach nur akzeptierte. *Vielleicht entspricht auch er keinem Klischee.*

„Komm." Mit einer zackigen Kopfbewegung lud er mich ein, ihm zu seiner Haustür zu folgen.

Er stellte die Geschenke vor der Tür ab, fädelte den Schlüssel aus seiner Jackentasche, einem marineblauen Parka, dessen Kapuze luftgefüllt von seinem Rücken abstand, und schloss auf.

„Komm", meinte er noch einmal.

Ich huschte an ihm vorbei, legte die Pakete ab, mitten im winzigen Flur, und ließ die Arme hängen. Ich wartete.

„Wohin mit denen?", wollte ich wissen.

„Lass sie doch erst einmal liegen." Er schaufelte die noch draußen wartenden Präsente einfach dazu, stakste mit einem Riesenschritt an mir vorbei und über die Schachteln hinweg.

„Magst du noch was trinken?" Er drehte sich über seine linke Schulter nach mir um und öffnete den Reißverschluss des Parkas. Ritsch. Ich sagte kein Wort, ich nickte nur und war unglaublich dankbar, dass er mir ersparte nach Hause zu müssen.

„Na dann ..." Er zwinkerte mir zu. „Zieh deine Jacke aus und setz dich. Ich mach grad den Ofen an."

„Willst du nicht wieder zurück und noch ein bisschen Weihnachten feiern?", erkundigte ich mich. *Bitte sag nein, bitte sag nein.*

„Ne, reicht für dieses Jahr." Er kicherte. *Danke!* „Was die Geschenke angeht, ist das eh nicht mehr zu toppen. Ich rede nicht von der selbstgestrickten Pudelmütze deiner Oma, sondern von meinem Kater Lassie."

Ich schmunzelte und ritsch, zwängte meinen Reißverschluss ebenfalls herunter.

Ich blickte mich um, scannte das Interior, die Möbel und die Deko ab. „Würde man mich betrunken hier aussetzen, ich würde am nächsten Morgen denken, dass ich in der Nummer neun bin", verriet ich ihm. „Es sieht exakt so aus, wie nebenan."

„Das habe ich auch schon festgestellt", entgegnete Torben, der vor dem Ofen hockte und vier Holzscheite stapelte. Seinen Parka hatte er abgelegt und seine Schuhe nebst Strümpfen ebenfalls. Oberhalb seines Gürtels blitzte der Bund seiner Unterhose hervor. „Puma" las ich. Dann entfachte er einen Anzünder aus Holzwolle und verriegelte die Ofentür. Sofort begann die Flamme hinter der Scheibe zu tanzen.

„Bier?", fragte er mich und reckte seinen schlanken Körper in die Höhe. Er ging einmal kurz auf die Zehenspitzen und streckte seine Finger bis ins letzte Glied. Es sah aus, als beabsichtigte er bis zur Spitze des Spitzdaches zu greifen.

„Peinlich", nuschelte ich und begrub mein Gesicht hinter meinen Händen. „Voll versoffen."

„Ach Quatsch", behauptete er und schlich durch den Flur, machte einen Ausfallschritt über die Päckchen und verschwand in die Küche.

„Du hast Glück, dass mein Opa seinen Biervorrat vor Gretchen versteckt halten muss, sonst säßen wir jetzt auf dem Trockenen", rief er. Ich hörte, wie Glaskörper aneinanderstießen und die Kühlschranktür geschlossen wurde.

„Wolfgang lagert sein Bier in deinem Kühlschrank ein?", fragte ich nach.

„Ja." Torben kehrte mit langen Schritten zurück und reichte mir eine braune Flasche.

„Meine Oma ist unmöglich." Ich schüttelte den Kopf.

„Ich glaube, mein Opa fährt auf ihre dominante Art ziemlich ab", mutmaßte er.

„Ich wette er hat nur Angst."

„Weiß nicht", erwiderte er und zuckte mit den Schultern. „Jetzt setz dich doch endlich."

„Warte, ich zieh noch meine Schuhe aus." Kalt und nass hing mir das Schuhwerk an den Füßen.

Ich flitzte in den Flur, streifte es auf der Fußmatte ab und schlurfte die wenigen Meter zum Sofa zurück. Meine Füße schmerzten bei jedem Schritt.

Dann setzte ich mich hin, langsam und mit Bedacht. Schließlich wusste ich um die Wirkung des Federkerns.

„Jetzt erzähl mir doch mal, was los ist", forderte Torben mich auf, setzte sich auf das andere Ede des L-förmigen Sofas und lehnte sich lässig mit dem Rücken an.

„Prost", erwiderte ich, um das Thema zu wechseln.

„Danke, ich trinke kein Bier." Er winkte ab.

„Warum?" Kritisch hob ich eine Augenbraue an.

„Es schmeckt mir nicht. Bier ist bitter und herb." Er verzog seinen Mund, als müsse er Gretchen küssen.

„Ich kenne keinen Mann, der kein Bier mag", stellte ich fest. *Der entspricht echt keinem Klischee.*

„Ta-da", machte er und breitete seine Arme aus. „Jetzt schon." Ich nippte. Torben stellte ein Bein auf die Sitzfläche und umschloss es mit seinen Armen.

„Du möchtest es mir nicht erzählen, oder?" Er legte den Kopf schief.

„Ich kenne dich ja kaum", konterte ich und blickte auf den Boden.

„Ist doch gerade gut", behauptete er und lächelte mit nur einem Mundwinkel.

„Hä? Wieso? Versteh ich nicht." Ich rümpfte meine Nase und sortierte eine dicke Haarsträhne in das Haarband zurück.

„Dann fällt es vielleicht leichter über Gefühle zu sprechen", antwortete der Schornsteinfeger und Industriekletterer.

„Blödsinn", gickste ich. „Das gaukeln die einem in Filmen vor. In Roadmovies." Meine Augen tanzten Richtung Haaransatz. „Eine scheinbar zufällige Begegnung zweier Menschen, die sich für diese eine Nacht verbunden fühlen, ihren Kummer und ihre tiefsten Geheimnisse teilen und sich danach nie wieder sehen." Ich gestikulierte wie eine ehrenamtliche Schauspielerin und schwenkte meine Hände wie Äste im Wind durch den Raum.

Einhändig verdeckte Torben seine Augen und lachte. „Also wenn ich jemals einen Menschen treffen sollte, dem ich all meine Geheimnisse und Sorgen anvertrauen möchte, dann würde ich ihn sicher nicht wieder gehen lassen und vermutlich sofort heiraten", fuhr ich fort und setzte mir den schlanken Flaschenhals an die Lippen.

„Vergiss, was ich gesagt habe", frotzelte Torben mit verstellter Stimme.

Ich seufzte, darüber hinaus blieb ich still und lauschte dem Knacken des flammenschlagenden Holzes.

Torben schürzte seine Lippen, als könne er sich nicht entscheiden, wo er die Kreuze auf seinem Lottoschein setzen soll. In seinem Gesicht bemerkte ich einen Ausdruck, der mich plötzlich umdenken ließ. Aus den Fältchen, die seine Augen umspielten und bis in die Schläfen wuchsen, las ich eine Gutmütigkeit ab, die ich lange nicht bei einem Menschen gesehen hatte. Mir kannst du vertrauen, stand da in Großbuchstaben.

„Warum nicht", sagte ich plötzlich. Torben erschrak. „Spielen wir Roadmovie", scherzte ich. „Ich erzähle dir alles."

Torben lächelte schief und kniff seine Augen zusammen. „Gerne", meinte er. „Fang an." Er musterte mich.

Und ich fühlte mich ertappt oder unter Druck. „So geht das nicht." Ich warf mir eine Hand vor das Gesicht. „Ich muss erst noch betrunkener werden", gackerte ich. „Sonst geht da gar nichts."

„Na gut." Wolfgangs Enkel erhob sich. „Ich helfe dir."

Er eilte in die Küche und kam nach wenigen Sekunden mit zwei Schnapsgläsern und einer schlanken Flasche zurück, in der es grellgelb auf und ab schwappte.

„Limoncello. Von deiner Oma", erklärte er.

„Sag nicht, dass sie ihre Alkoholvorräte ebenfalls bei dir versteckt." Ich schüttelte meinen Kopf.

„Doch." Torben nickte.

„Die zwei sollten dringend miteinander sprechen", meinte ich, während Torben die Stamperl befüllte.

„Limoncello trinkst du also?!"

„Weil Weihnachten ist." Er zwinkerte mir zu. „Und, weil ich Angst habe, dass du sonst die komplette Flasche killst." Er griente.

„Du Arsch", scherzte ich.

„Prost." Torben hob das Glas in die Höhe.

„Gretchen wird uns töten", erwiderte ich, exte, knallte das Gläschen zurück auf den Tisch und grimassierte, wie eine Feuerspuckerin hinter der Bühne.

„Im Abgang eine Note von Terpentin und Bioentkalker", fasste Torben zusammen. Ich lachte.

„Noch einen?", fragte ich.

„Klar", antwortete er.

Wieder knallte ich das Glas auf den Wohnzimmertisch. „Uh", machte ich.

„Ich nehme den Bioentkalker zurück. Ameisensäure trifft es eher", fiepste Torben und wir lachten. In dem Moment, in dem wir mit zusammengekniffenen Augen und Gesichtszügen gellten, begriff ich, dass ich diesem Mann einfach alles anvertrauen könnte.

„Es ist so", begann ich, drängte mein Lachen zurück und blickte mit gestraffter Mimik auf den Fußboden. Knack knack, im Hintergrund tönte das Feuer. „Kim ist mein Exfreund."

Torben spitzte die Lippen, als schaute er das Heute-Journal mit Christian Sievers. „Er hat mich damals mit Lissy betrogen."

„Wow", hörte ich Torben sagen. Nicht „wow" wie bei Halle Berry, sondern „wow" wie bei Gina-Lisa Lohfink, als wäre er geschockt.

„Das ist fast zwanzig Jahre her. Ich habe nie wieder mit ihm gesprochen. Bis der Vollarsch mich plötzlich küsst. Zack." Ich klatschte in die Hände, Torben zuckte zusammen.

„Er hat dich geküsst?" Ihm traten die Augäpfel über den Rand.

„Ja." Ich nickte und blickte auf. „Vorgestern Abend. Ohne Vorwarnung. Draußen im Dunkeln. Es war so dunkel, ich konnte ihn nicht einmal sehen. Gesprochen hat er auch nicht."

„Äh." Wolfgangs Enkel stutzte. „Der hat dich einfach so gepackt?"

„Nein! Nichts, was ich bei der Polizei angeben müsste. Er war ganz zärtlich. Ich habe es schließlich zugelassen."

„Zärtlich?", wiederholte Torben. Noch immer verharrten seine Augen in Habachtstellung. „Du konntest ihn nicht sehen?"

Ich schüttelte meinen Kopf.

„Er hat kein Wort gesagt?"

Wieder schüttelte ich meinen Kopf.

„Wie kannst du dir sicher sein, dass er es war?"

„Typisch Mann", entgegnete ich. „Ich werde wohl gerade noch wissen, wie mein Exfreund küsst."

„Mit Verlaub …", setzte Torben an und verstellte seine Stimme, wie ein näselnder Berater bei Hofe. „Der letzte Kuss ist fast zwanzig Jahre her. Ich hörte davon, dass man sein Kussverhalten verändern kann."

„Doofmann." Ich schmunzelte, um gleich darauf wieder ernst zu werden. „Er war es! Wer soll es sonst gewesen sein? Ist jetzt nicht so, dass die Küsser bei mir Schlange stehen."

„Schon gut", meinte Torben und lud die Gläschen bis zur vollen Power auf.

„Hey und echt mal", sagte ich. „Stell dir vor, es war ein Fremder. Wie dreist! So etwas macht doch niemand."

„Schon gut", meinte Torben erneut und schaute sich plötzlich nach dem Feuer um. „Brennt", erklärte er, wand seinen Kopf zurück und fixierte den Wohnzimmertisch. „Was das Brennen angeht …“, setzte er nach. „… Schnäpschen?“

„Schnäpschen!“ Ich nickte und prostete ihm zu.

„Uh.“ Ich litt kurz, legte mir die Hand an den Brustkorb und fuhr fort. „Na ja, Kim hatte sowieso schon von Anfang an rüber geguckt. Und gestern beim Color-Ball haben wir sogar miteinander gesprochen. Das erste Mal nach fast zwanzig Jahren.“ Ich hickste. Torben lag ein gut lesbarer Blick in den Augen. Ich hob meine Hand. „Sag nichts über unsere Reihenfolge.“

„Schon gut.“ Er presste die Lippen aufeinander.

„Ich gebe zu, dass das alles etwas merkwürdig klingt, aber …“, Ich hob noch einmal meine Hand. „… darum geht es gar nicht. Es geht darum, dass er erst mich küsst und zwei Tage später eine andere. Wie damals. Nur, dass es dieses Mal nicht meine Zwillingsschwester, sondern meine beste Freundin war.“ Ich schnaubte und warf mich wütend gegen die Rückenlehne. Achtung Federkern. Zackig preschte ich zurück. Erst nach dem dritten Rückstoß saß ich wieder still.

„Du bist also immer noch in ihn verknallt?“, wollte Torben wissen.

„Nein“, wehrte ich mich. „Ich weiß nicht“, relativierte ich meine Aussage. „Bis vorgestern habe ich ihn gehasst.“ Ich schüttelte meinen Kopf. „Aber so ein Kuss …“, Ich zog die Lippen breit. „Ein guter Kuss kann vieles verändern“, hörte ich mich sagen. Es schauderte mich. Es klang wie eine Floskel aus einem Groschenroman. *Wie ist das eigentlich, hat der Groschenroman die Währungsumstellung geschwänzt*, fragte ich mich und krauste die Nase.

„Ich habe ihn gehasst“, wiederholte ich. „Aber es fühlt sich an, als hätte dieser Kuss irgendetwas freigesetzt oder wiederbelebt. Ich weiß doch auch nicht.“ Ich machte eine wegwischende Handbewegung.

„Kim ist ein Arsch“, raunte Torben. Er hob seine Hände. „Ich kenne ihn nicht, aber er ist ein Arsch.“

„Das habe ich schon häufiger gehört, allerdings meist von Frauen.“ Ich schnaubte.

„Was ist mit Fee?“, überlegte Torben laut und legte sich eine Hand ans Kinn.

„Sie ist auch ein Arsch“, entschied ich.

„Hm“, machte mein Gegenüber. „Hast du schon mit ihr geredet?“ „Wie denn?! Die Zwei sind nach der Tierklinik nicht einmal mit ins Haus gekommen.“ *Vermutlich kommen die gerade ganz woanders.* Meine Nasenflügel blähten sich auf.

„Ihr müsst das klären.“

„Was gibt es da zu klären?“, gickste ich. Meine Stimme klang wie nach einer Heliumbehandlung.

„Hast du ihr von eurem Kuss erzählt?“ Torben nagte an seiner Unterlippe.

„Ne.“ Ich schüttelte den Kopf.

„Kann es sein, dass ihr nicht klar war, wie sehr es dich verletzt, wenn sie mit ihm rummacht?“ Torben bewegte seine Augenbrauen in die Höhe und legte sich die linke Hand ans Kinn.

„Ich weiß, was du versuchst“, behauptete ich barsch.

„Was versuche ich denn?“

„Die ganze Sache runterzuspielen, mich aus einem anderen Blickwinkel draufschauen zu lassen, so was in der Art“, antwortete ich.

„Und? Funktioniert es?“ Er griente.

„Nö! Gar nicht!" Ich verschränkte meine Arme vor dem Brustbein. „Sie wusste immer, dass er meine Red Flag ist. Es gibt keine Entschuldigung. Keine."

„Ihr müsst dringend reden", empfahl er und nickte.

„Und weißt du, was wir jetzt müssen?!"

„Trinken?", fragte er zögerlich nach und rümpfte die Nase. Ich nickte und schenkte nach.

„Ich trinke auf Fee und dich, darauf, dass sich alles ordnet." Er fuhr mit seinem Stamperl in die Höhe.

„Prost", sagte ich. *Wer's glaubt*, dachte ich.

„Und jetzt machen wir Folgendes …", begann Torben.

„Bierpong?", unterbrach ich ihn.

„Nein!"

„'Ich habe noch nie' spielen?"

„Bloß nicht!"

„Flaschendrehen?"

„Was stimmt denn nicht mit dir?" Torben lachte, seine Schultern hüpften. „Wir machen Folgendes: Wir werden dieses Thema jetzt ausklammern und für den Rest des Abends nur noch über schöne Dinge sprechen", schlug er vor.

„Schöne Dinge", flüsterte ich und benetzte meine Lippen. „Also gut!" Ich nickte. „Dann verrat mir doch mal, wie du deine Zähne so weiß bekommst."

„Was?" Torben staunte.

„Also ich habe diese eine Zahncreme ausprobiert", verriet ich und fletschte meine Zähne. „Guck! Bringt nichts", zischelte ich mit geöffnetem Mund.

„Deine Zähne sind doch schön."

„Schön vielleicht, aber nicht schön weiß. Sie sind nur hell", widersprach ich.

„Und wo genau ist da der Unterschied?" Er krauste seine Stirn.

„Komm mit", forderte ich ihn auf und stemmte mich in die Höhe.

„Wohin?"

„Komm mit!" Ich lockte ihn mit einer schaufelnden Handbewegung hinter mir her und tippelte durch das Wohnzimmer.

„Komm", sagte ich noch einmal.

Er folgte mir.

Ich betrat das Badezimmer. Torben stoppte vor der Tür. „Ehm", macht er.

Klaps, ich schlug auf den Lichtschalter und brachte mich vor dem runden Spiegel, er war etwa zweimal so groß wie eine Langspielplatte, in Position. Das gleiche Modell hing auch im Wattwurmstieg Nummer neun.

„Komm!" Ich fletschte die Zähne.

„Na gut." Amüsiert und zögernd stellte sich Torben neben mich vor das Waschbecken. Er schmunzelte, bis er schließlich ebenfalls seine Zähne zeigte.

„Siehst du den Unterschied?" Meine Zahnreihen standen fest aufeinander wie ein Mauerwerk. Dabei klang ich wie Inge Meysel. „Ich hell, du weiß", ergänzte ich und tippte erst mir, dann ihm auf die Brust.

„Minzöl und Natron", sagte er schließlich. Wir hielten Blickkontakt über den Spiegel. Eine wohlige Wärme streichelte meine Wangen.

„Hä?", hakte ich nach. Er griff sich ein kleines Fläschchen von der Konsole, die unterhalb des Spiegels an der Wand befestigt war und reichte es mir. Unsere Hände berührten sich. Vor Schreck ließ ich das Fläschchen fallen. Es schepperte.

„O scheiße", fluchte ich und warf mir die Hand vor den Mund.

„Ach", machte Torben und gestikulierte beschwichtigend. Er griff nach der Flasche und inspizierte das Becken. „Nichts passiert", resümierte er.

„Zu Hause ist mir mal ein Mörser ins Waschbecken gefallen."

Torben lachte laut auf. „Ein Mörser?", wiederholte er. Er musterte mich durch den Spiegel.

„Zehn Kilo schwer", erklärte ich.

Er legte seinen Kopf in den Nacken. „Warum um alles in der Welt hast du einen Mörser im Badezimmer?"

„Ich habe Kaffeepulver gemörsert. Wollte mir ein Peeling machen."

„Und?", fragte er nach.

„Ist toll geworden, hat meine Haut schön weich gemacht." Ich nickte.

„Das meine ich nicht. Was ist aus dem Waschbecken geworden?"

„Totalschaden, wie beim Polterabend. Ich brauchte ein neues Becken." Ich betrachtete seine sympathischen Lachfältchen um die Augen herum, sein schlankes Gesicht, seine gradlinige Nase. Er stupste meinen Oberarm, zumindest nahm ich das an. In Wirklichkeit wankte er und wir kollidierten.

„Ich glaube, ich bin betrunken." Er gackerte.

„Ich schon lange", gab ich zu. Wir glotzten unseren hochroten Gesichtern entgegen und gackerten wie zwei Red Bull-gedopte Teenager, die Jackass guckten. *Torben ist cool. Jetzt, da Fee andere Pläne verfolgt, kann ich auch eine männliche beste Freundin haben.*

„Zurück zum Thema", meinte er schließlich und reichte mir noch einmal das Fläschchen. Diesmal ließ ich es nicht fallen. „Das ist Minzöl", erklärte er. Ich scannte das Behältnis ab. „Und das hier …", er griff nach einem Gläschen mit weißem Pulver. „Das ist Natron."

„Aha", sagte ich.

„Jeden Morgen nehme ich einen Schluck Öl und bewege ihn durch den Mund, ziehe ihn durch die Zähne. Ein bis zwei Minuten."

Igitt! „Interessant", sagte ich.

„Dann spucke ich es aus und mache das gleiche mit einem halben Teelöffel Natron. Auch ein bis zwei Minuten", erklärte er und fletschte seine weißen Zähne. „Mehr nicht. Das wars", fasste er zusammen.

„Was ist mit Zahncreme?"

„Brauchst du dann nicht mehr. Nehme ich nur abends." Er zuckte mit den Schultern.

„Es klingt ekelig, aber irgendwie auch cool", befand ich und nickte. „Das probiere ich aus."

„Schnäpschen?", erkundigte er sich.

„Ich dachte, du bist betrunken."

„Genau." Er zwinkerte. „Ich bin be-, aber nicht volltrunken."

Kommet ihr Hirten

„Noch einen vertrage ich nicht." Ich winkte ab mit schwerem Arm und bemerkte, dass auch meine Zunge an Gewicht zugenommen hatte. Ich klang verwaschen.

„Puh", machte ich und lehnte mich zurück. Auch das Feuer im Ofen hatte sich zurückgelehnt und war zu einer Glut geworden. „Ich habe Hunger", maulte ich und hielt mir meinen Bauch.

„Ich auch", sagte Torben. Er hatte sich der Länge nach auf seiner Sofaseite ausgebreitet.

„Ich würde alles geben für ein Stück von Wolfgangs veganem Braten." Mein Finger focht durch die zurückhaltende Beleuchtung.

„Wir könnten uns ins Haupthaus schleichen und den Kühlschrank plündern", nuschelte Torben. Ich lachte schrill. Er reckte sein Kinn in meine Richtung.

„Ich meine das ernst", erklärte er.

„Hm", machte ich. „Warum eigentlich nicht?" Mein Magen machte Geräusche, die ich schon Ferkeln oder Katzenwelpen zuordnen wollte.

„Lass uns gehen." Torben stand auf. „Ehm", machte er, weil er wankte. Ich lachte.

„Perfekt", zischelte ich, meine Schuhe waren durchgetrocknet. Wir schlüpften in unsere Jacken, dann verließen wir das Haus. Auf der Straße schaute ich mich um. Haus Nummer neun war dunkel. Der Wind peitschte durch den Wattwurmstieg. Eine Gießkanne aus Plastik jagte über den Asphalt – keine Ahnung wen und keine Ahnung warum. Die Fensterläden der Nurdachhäuser schepperten und klapperten. In kaum einem der Häuser brannte noch Licht. *Wenn ich nur wüsste, wo Kim wohnt.* Ich spähte und linste durch die Nacht, durch die heilige.

„Wollen wir was singen?", fragte Torben und kicherte.

„Nein!", entschied ich.

„Doch", widersprach er.

„Sing du doch." Ich winkte läppisch durch den Sturm.

„Kommet ihr Hirten, ihr Männer und Frau'n", grölte Torben und tanzte mit ausgebreiteten Armen über die Straße. Seine Choreografie erinnerte an einen Sirtaki.

„Nicht so laut", brüllte ich.

„Hört doch niemand. Der Wind ist so laut", rief er. „Kommet ihr Hirten ..." Ich lachte.

Wir trödelten über den Parkplatz. Torben klapste seinen Bulli, dann schritten wir über die Gehwegplatten Richtung Reetdachhaus.

„Alles dunkel", stellte ich fest. „Wie spät ist es eigentlich?"

„Keine Ahnung", antwortete er.

Direkt vor der Haustür legte er sich seinen Zeigefinger vor die Lippen. „Wir müssen leise sein. Ich glaube, deine Eltern schlafen schon." Ich nickte.

„Wie kommen wir jetzt rein?", flüsterte ich.

„Ich habe einen Plan", verriet Torben, spitzte seine Lippen und legte die Hand an den Türknauf.

„Das habe ich auch schon probiert. Ich habe geruckelt und gestoßen, doch nichts bewegte sich", flüsterte ich und schüttelte den Kopf. Die weihnachtliche Vollverkleidung des Hauses strahlte durch die Nacht und funkelte, dass ich blinzeln musste.

„Ich probiere das mal", wisperte er und drehte am Knauf, ganz sanft, ohne Kraftanstrengung. Die Tür öffnete sich mit einem Geräusch das Springmesser für gewöhnlich machen. Woher ich weiß, welche Geräusche Springmesser machen? Ich habe als Kind geschnitzt. Zumindest glaubte ich, dass meine eckigen Werke Schnitzarbeiten waren.

„Sieh an", wisperte er.

„Ganz leise", hauchte ich, dann betraten wir die Küche.

Die geschlossenen Fensterläden verhinderten das Eindringen von Licht. „Ich sehe nichts", gab ich zu. Nachdem ich draußen so lange ins Funkeln gestarrt hatte, zuckten mir Blitzwürmer und Sternwesen durch den Blick. Ich schaute mich nach einer Lichtquelle um, nach der Digitalanzeige irgendeines Elektrogerätes. Nichts. Also streckte ich meine Hand aus und fasste nach Torbens Arm.

„Komm", meinte er und umschloss meine Finger mit seinen. Er lotste mich, ich folgte ihm. Schließlich öffnete er die Kühlschranktür. Es ward Licht. Ich schaute mich um. Die Küche war aufgeräumt und sauber.

„Jetzt habe ich ein schlechtes Gewissen", wisperte ich.

„Ach, es ist so viel vom Essen übriggeblieben", meinte er.

„Nicht deshalb. Ich hatte eigentlich Küchendienst", flüsterte ich.

„Scheint auch ohne dich geklappt zu haben", schlussfolgerte er. Ich schaute auf die Bodenfliesen. „Sag mal, bist du barfuß?" „Oh! Tatsächlich", erwiderte er und gluckste. Ich schüttelte den Kopf. „Hast du keine kalten Füße?"

„Doch, jetzt da du danach fragst", alberte er.

„Da ist noch der Rest von dem Ingwershot", teilte er mit und griff nach der kleinen Karaffe, in der die trübe Flüssigkeit Wellen schlug. Ich spinkste an ihm vorbei, inspizierte die unzähligen Vorratsdosen. *Wer so stapeln kann, braucht keinen Dachgepäckträger.* Diese akkurate Stapelkunst rechtfertigte ein neues Level beim Tetris.

„Da ...", sagte ich leise. „... der vegane Braten."

„Fleisch ist sowieso nicht mehr da, soweit ich sehen kann." Torben bewegte seinen Kopf auf und ab und hin und her.

„Nimm noch den Rotkohl. Und Klöße. Sind noch Klöße übrig?" Torben stellte alle infrage kommenden Dosen neben sich auf die Küchenarbeitsplatte.

„Nachtisch?", fragte er.

„Warum nicht?!" Auf einmal hörte ich Schritte im Flur. „Pscht", zischelte ich.

„Was?" Torben drehte sich nach mir um, seine Augen waren dunkel wie geröstete Maronen. Sie glänzten auch auf die gleiche Weise.

„Pscht", zischelte ich noch einmal und presste ihm meine Hand vor den Mund.

„Hast du die Haustür abgeschlossen?", hörte ich die Stimme meines Vaters hinter der Küchentür im Flur.

Torben und ich rissen unsere Augenbrauen in die Höhe, gleichzeitig, als ob wir uns abgesprochen hätten.

„Ja, natürlich", erwiderte meine Mutter.

Kälte und Licht drangen aus dem Kühlschrank. Torben und ich blickten uns gebannt in die Augen. Mein Herz donnerte. *Chill mal! Ist doch nichts Verbotenes, was wir hier tun.* Ich lächelte und spürte, dass auch Torben unter meiner Hand seine Lippen in Richtung Fröhlichkeit formte.

„Nun komm schon", hörte ich meinen Vater. „Reiß dich von dem blöden Weihnachtsbaum los. Du starrst ihn schon eine halbe Ewigkeit an. Nächstes Jahr schmückst du ihn wieder."

„Nächstes Jahr, nächstes Jahr", nörgelte meine Mutter. „Wer weiß, was bis dahin ist."

„Meine Mutter ist melodramatisch", zischelte ich so leise wie möglich und schob meine Augen aufwärts. Dann endlich entfernten sich die Schritte meines Vaters und zwei Personen stiegen die Treppe empor, die links hinten, am Ende des kühlen Flures in die obere Etage führte.

„Puh", machte ich und löste meine Hand von Torbens Lippen. Wir schmunzelten.

„Nichts wie weg hier", flüsterte er. Ich schloss die Kühlschranktür, dann rafften wir die Dosen zusammen und schlichen aus dem Haus. Mit dem Geräusch eines Klappmessers zog ich die Tür ins Schloss.

„Aber nicht fallen lassen", scherzte Torben und balancierte mit den blickdurchlässigen Vorratsgefäßen. Ich kicherte. Der Wind triezte uns. Wir wankten umher und gackerten albern.

„Köstlich", vertonte ich mein Genusserlebnis und stellte den leeren Teller auf Torbens Wohnzimmertisch. „Ich glaube, ich werde auch vegan."

„Das sagst du nur, weil du betrunken bist." Torben gähnte und ich zeigte ihm meinen Mittelfinger. „Ehm", machte er und legte seinen Kopf schief. Er spielte beleidigt, indem er einen Flunsch zog und seine Arme sehr weit oben vor der Brust verschränkte.

„Müde", sagte ich, gähnte ebenfalls und legte mir eine Hand vor den Mund.

„Möchtest du hier schlafen?", fragte er. *Du bist ein Heiliger!* Ich nickte erleichtert. „Du bekommst das Sofa." Torben erhob sich, erklomm mit wenigen Schritten die gezwirbelte Treppe und rührte im Obergeschoss in seinem Koffer herum. *Danke!* Ich ließ mich zurücksinken, schloss die Augen und schnaufte.

Trapp, Trapp, Trapp. Torben hüpfte die Stufen herunter.

„Pass bloß auf, du bist betrunken", warnte ich ihn, setzte mich wieder und sperrte meine Augen auf.

„So", sprach er. „Decke, Laken und Kissen. Einen Pyjama habe ich auch noch für dich. Na ja, zumindest ein Shirt und eine Schlafhose." Er plinkerte mit den Augen und überreichte mir seine Habseligkeiten.

„Dankeschön", säuselte ich, krauste meine Nase und genierte mich ein bisschen. Weiß nicht wieso, aber ich steckte meine Nase in das Wäschehäufchen und roch. Meine Augen fielen zu. *Halleluja, riecht das gut.*

„Was benutzt du für ein Waschmittel?", nuschelte ich.

„Verrate ich dir morgen. Jetzt sollten wir schlafen gehen. Sonst quatschen wir noch durch bis zum zweiten Weihnachtstag." Er grinste.

In dieser Nacht musste ich zweimal austreten. Nicht Kim zwischen die Beine, sondern auf der Toilette. Darüber hinaus schlief ich durch.

Ich erwachte durch ein Knarzen. Ein Knarzen von Holz. Meine Augenlider klappten in die Höhe. Hinter mir nahm ich eine Bewegung wahr. Ich lag mit dem Gesicht zur Rückenlehne und war zu müde, als dass ich mich nach Torben umdrehen konnte. Gedrosselte Helligkeit drang durch die große Terrassentür ins Wohnzimmer. Torben verschwand im Badezimmer. Ich hörte die Toilettenspülung. Dann knarzten die Treppenstufen. *Fee*, dachte ich plötzlich. Ihr gehörte der erste Gedanke dieses Tages. Doch sie musste ihn sich mit Kim teilen. Wie ich neuerdings wusste, teilte sie gern. Ich spürte Wut, doch ich schlief wieder ein.

Wieder weckte mich ein Knarzen. Mit Blick zum Flur sah ich gerade noch, wie Torben im Bad verschwand. Wieder dachte ich an Fee. Die Leichtigkeit, die ich während meines Brausebrandes letzte Nacht gespürt hatte, war verflogen. Ich war wieder der Grinch mit dem Flunsch und spürte, wie sich meine Gesichtszüge strammten. Meine Lider kämpften und flatterten. Im Staccato lief Torben, wie der Hauptprotagonist eines Daumenkinos, an mir vorbei. Er trug nichts weiter als ein Handtuch um die Hüften. *Warte mal, der hat voll den krassen Körper.* Doch meine Lider gehorchten mir nicht und machten dicht.

„Luise", sagte Torben.

„Hä?", antwortete ich. Dieses Mal gelang meinen Lidern der Aufstieg. „Guten Morgen", nuschelte ich. Ich rümpfte meine Nase, was mir mit dem „Guten Morgen" aus dem Mund strömte, roch nach Aquarium-Wasser. Torben im Gegensatz zu meinem Atem roch fantastisch.

„Gut geschlafen?", erkundigte er sich.

„Ja. Wie spät ist es?" Ich versuchte, meine Ausdünstung hinter meinem Handrücken zu verstecken.

„Halb elf", sagte Torben.

„So spät?" Ich staunte und setzte mich auf. Torben
hockte barfuß vor dem Wohnzimmertisch. Er trug eine
graue Jogginghose und ein Shirt mit V-Ausschnitt.
Seine Ellenbogen ruhten auf den Oberschenkeln.

„Ich habe Kopfschmerzen", maulte ich.

„Dann mach mal richtig deine Augen auf." Ich gehorchte und staunte. Vor mir auf dem Tisch standen
ein Ingwershot, ein Wasserglas, in dem eine Kopfschmerztablette schäumte, ein Kaffeebecher und ein
kleines Reststück des veganen Bratens.

„Wie lieb von dir", trällerte ich und hielt mir ob des
eigenen Trällerns den Kopf. Er strahlte. Unsere Blicke
trafen sich und ich exte den Ingwershot.

„Genauso scharf wie der Limoncello", stellte ich fest
und schnaufte. Torben betrachtete mich und schaute
mir gutmütig in die Augen. Mein Blick flüchtete auf
den Boden. Er räusperte sich. Ich seufzte.

„Sag mal, habe ich Weihnachtslieder gesungen?" Jetzt
wand auch er seinen Blick ab. Er massierte seine Stirn
und presste die Lippen aufeinander.

„Hast du", bestätigte ich. „Du hast sogar getanzt."

Er schüttelte den Kopf und gluckste vor Lachen. „Tut
mir sehr leid, dass du das mitansehen musstest."

„Hab schon Schlimmeres gesehen", hörte ich mich sagen. Und sofort, obwohl ich das gar nicht beabsichtigte,
waren die Bilder von Fees und Kims Knutscherei wieder präsent. Ich biss mir auf die Wange. Eine alte
Wunde klaffte auf.

„Ich glaube, wir haben das Frühstück verpasst." Torben erhob sich. Sein schlanker Körper zeichnete sich durch das T-Shirt ab. Aus dem V-Ausschnitt lugte die getrimmte Brustbehaarung hervor. *Was ist denn los? Warum interessiert mich das plötzlich?* Ich schnaubte und schüttelte den Kopf. „Nicht schlimm." Ich nahm einen Bissen des veganen Bratens.

„Ich geh dann mal", sagte ich. Ich steckte noch in Torbens Leihkleidung und schlüpfte gerade in meine Schuhe.

„Ich kann dir gerne tragen helfen", sagte er und hielt mein zusammengelegtes Weihnachtsoutfit in den Händen. Meine Arme schoben sich in die Winterjacke. „Nein, danke." Ich schüttelte den Kopf. Torben reichte mir die Kleidung, hob den sehr großen NABU-Karton an und stapelte die Geschenke dazu.

„Hey", meinte er und legte seine Hand an meinen Oberarm. „Fee und du könnt das ganz bestimmt klären." Er nickte. Seine weißen Zähne strahlten.

„Danke", entgegnete ich. Ich klang sehr weich. „Danke, für alles." Ich blinzelte. Torben öffnete mir die Tür und ich setzte meinen Fuß in den Wind. Chu, machte er, wie ein Schnellkochtopf oder eine abwärts sausende Achterbahn.

Mir kippte die Kapuze vom Kopf, als ich den Weg Richtung Carport ging.

„Das war übrigens der coolste Weihnachtsabend, den ich je hatte", rief Torben mir hinterher. Doch ich drehte mich nicht mehr um. Ich richtete meine Aufmerksam nach vorne, auf das, was mir bevorstand. Ich schlurfte auf den Wattwurmstieg und sah zwei Möglichkeiten: Vermeidung oder Angriff. Vermeidung hätte bedeutet, dass ich bis zu meinem Erfrierungstod draußen herumgetrödelt hätte, nur um Fee nicht begegnen zu müssen. Also entschied ich mich für Angriff und gestattete mir keine Ausflüchte, nicht für den Weg und nicht für die Entfaltung meiner Nervosität. *Aufschub schützt vor Auseinandersetzung nicht*, kam mir in den Sinn.

„Fee!", brüllte ich. In meiner Stimme lag das Gegenteil von Güte. Kein Mensch hätte ahnen können, dass ich nach meiner besten Freundin rief. „Fee-he!", brüllte ich noch einmal, nachdem ich sie im Untergeschoss nicht antraf.

Im Gehen kämpfte ich mich aus meiner Jacke. Sie fiel zu Boden, ich nahm drei Treppenstufen gleichzeitig. *Scheiß drauf, wenn sie da oben liegt und bumst.* Ohne zu klopfen, stieß ich die Schlafzimmertür auf. Mein Zeigefinger machte sich kampfbereit. Steil stand er vor meinem Gesicht.

„Oh", entfuhr es mir. Das Schlafzimmer war leer. Das Bett wirkte unberührt. „Das ist ein Ding", flüsterte ich, machte einen Twist und setzte mich. Mein Bein wippte, ich nagte an meiner Wange. Dann streckte ich mich wieder in die Höhe und stakste die Treppe hinab ins Wohnzimmer.

Ich stemmte mir die Arme in die Taille, schaute mich um wie ein Leuchtturm. *Was ist das?* Ich stellte meine Augen eng. Auf dem Esstisch unter der Dachschräge lag ein Zettel. *Wer schreibt denn heutzutage noch Zettel?!* Ohne auf den Weg zu achten, sauste ich drauf zu. Ich trat auf meine Jacke, rutschte aus und landete beinahe im Spagat. Ich stoppte dreißig Zentimeter über dem Boden und zog mich mit beiden Händen an der Tischecke hoch. Ich ächzte und schnappte mir augenblicklich den

Zettel. So dicht, als wollte ich eine spontane Kurzsichtigkeit hervorrufen, schob ich mir das Stück Papier vor das Gesicht.

Liebe Lu, habe dich auf dem Telefon nicht erreicht. Ich bin mit Kim unterwegs. Ich weiß nicht, wie spät es wird und ich weiß nicht, was hier gerade passiert. Hoffentlich bist du nicht böse. Ich hab dich so lieb! Fee

Ich seufzte, drehte mich nach meiner Jacke um, hob sie auf und kramte nach meinem Telefon. Es ruhte in einer reißverschlussgesicherten Innentasche. Ritsch, ich griff herein, umfasste es. „Komm schon her", maulte ich, doch das sperrige Ding weigerte sich zu schlüpfen. Mit dem Telefon in der Hand streckte ich meinen Arm aus und schüttelte und ruckelte so lange und so heftig, bis die Jacke durch den Raum flog und ich nur noch das Smartphone in der Hand hielt. „Puh", machte ich, schob mir das Gerät vor die Augen und erkannte, dass mir Fee gestern Abend vier Sprachnachrichten geschickt hatte. Ich weigerte mich, sie abzuhören und donnerte das Telefon auf den Esstisch.

„Scheiße", fluchte ich, presste meine Augen zu, ballte meine Finger zu Fäusten und spürte, wie mir ein Kloß im Rachen wuchs. Gerade, als ich mich ergeben und meine Tränen laufen lassen wollte, klopfte es an der Tür. *Torben*, dachte ich. Ürg, ich schluckte den Kloß hinunter, strammte meine Schultern und trat in seiner Pyjamahose vor die Türklinke, die ich zu Boden zwang. Ich öffnete die Tür.

„Guten Morgen", sagte mein Vater mit Singsang in der Stimme. Er lächelte. „Habe dich beim Frühstück vermisst."

„Ich ...", setzte ich an. Er machte eine wegwerfende Handbewegung. „Ich war doch auch mal jung", erklärte er und zwinkerte. Seine Stimmung war das komplette Gegenteil von meiner. „Ist meine Süße denn bereit für unsere Bollerwagen-Wanderung?" Gretchens dicke Pudelmütze bedeckte seinen Kopf, er strahlte.

„Für was?" Ich stutzte.

„Guck", sagte er, ging einen Schritt zurück und deutete mit dem Arm in Richtung Straße. Dort standen alle Verwandten, Bekannten, Angeheirateten und Geschiedenen mit Gretchens Strickwerk auf dem Kopf. Die zwei Bollerwagen entdeckte ich schließlich auch noch und Torben. Er winkte mir, was mir ein sanftes Grinsen entlockte.

Stern über Bethlehem

„Zieh dich schnell um, meine Kleine. Ich gebe die drei Minuten", diktierte mein Vater.

„Wir frieren uns hier draußen den Arsch ab", blökte Oma Gretchen von der Straße aus.

„Ja doch", blökte ich zurück, knallte die Tür zu und rannte ins Obergeschoss.

„Drei Minuten, wie soll das bitte gehen?!", ächzte ich und suchte im Schlafzimmer nach meinen dicken Socken.

„Da seid ihr ja", schnaufte ich, griff nach der Thermohose und schnappte mir den Wollpulli mit Rollkragen. Beide Teile zog ich über Torbens karierten Pyjama und polterte die Treppe hinab, klack, klack, klack, meine Zähne schlugen aufeinander. „Nur noch meine Dreads unter die NABU-Mütze klemmen, damit Gretchen sich ärgert und die Stiefel", kommentierte ich.

Ich trat ins Freie, hatte weder geduscht noch meine Zähne geputzt. Mein physischer Zustand passte zu meinem psychischen.

„Bin da", keuchte ich.

„Na endlich", nölte Gretchen und rieb sich die Hände. „Wat haste denn da auf dem Kopp?", fragte sie, doch ich antwortete nicht und ordnete mich zielsicher neben Torben ein.

„Hey", meinte er und grinste.

„Ich hab noch nicht mal geduscht", verriet ich ihm.

„Das Ganze läuft so …" Mein Vater unterbrach unseren Smalltalk. Er winkte, ich schaute zu ihm hinüber. „Hallo! Bitte einmal zuhören", rief er. Augenblicklich verstummten auch die anderen Unterhaltungen.

Bis auf den Wind wurde es still. Chu, fauchte er und schüttelte alle Verwandten, Bekannten, Angeheirateten und Geschiedenen kräftig durch. Nur Kim und Fee nicht, weil sie durch Abwesenheit glänzten.

„Bevor wir uns aufteilen, gehen wir erst einmal gemeinsam zum Deich", erklärte mein Dad. Er hob den Arm, streckte seinen Zeigefinger in die Höhe und ließ ihn über seinem Kopf Pirouetten drehen. „Abmarsch", rief er und bildete mit meiner Mutter die Vorhut.

Wir anderen folgten. Fußgetrappel, Stimmgewirr und Lachen breiteten sich in der Ferienhaussiedlung aus. Die Rollen der beiden Bollerwagen schrubbten über den nassen Asphalt. Als wir den Wattwurmstieg verließen und rechts in die Seeigelgasse abbogen, stoppte die Gruppe auf einmal. Ich trat dem Vater vor mir, der ein etwa vierjähriges Kind auf dem Arm trug, in die Hacken.

„Was ist denn jetzt los?", fragte ich Torben. Er streckte sich, reckte seinen Hals und blickte geradeaus. Er war groß genug, um über die selbstgestrickten Mützen hinweg schauen zu können.

„Da stehen seltsame Menschen und quatschen mit deinen Eltern." Er sah mich kurz an. „AfD", meinte er und rümpfte die Nase. „Es könnten aber auch Leute von der Kirche sein", fuhr er fort. Ich verlagerte mein Gewicht auf die Zehenspitzen und versuchte ein paar Zentimeter gut zu machen, doch ich sah nichts als Hinterköpfe.

„Ist da eine Frau mit Regenhut? Und ein Typ im Regenponcho?", erkundigte ich mich.

„Ja." Torben nickte. „Woher weißt du das?"

„Die sind mir neulich auch schon begegnet."

„Die sehen unheimlich aus", meinte Torben und zwinkerte mir zu.

„Nein, kein Interesse", hörte ich meinen Vater sagen. In seiner Stimme lag die Klarheit, die mir vor ein paar Tagen gefehlt hatte.

„Sag denen, dat wir Autisten sind", röhrte Gretchen, die hinter meinen Eltern stand und rauchte. Ich schlug mir eine Hand vor das Gesicht.

„Autisten", wiederholte ich und schüttelte den Kopf. Torben lachte. In dem Moment, ich blickte durch das Dickicht aus Verwandten, Bekannten, Angeheirateten und Geschiedenen, liefen die Kirchgänger links an uns vorbei. Die Frau mit Regenhut wirkte angepisst. Ihre Lippen bewegten sich hektisch.

„Jede Wette, dass sie am liebsten ‚fickt euch' brüllen würde", scherzte Torben.

Ich lachte auf. „Fickt euch und scheiße und Bastarde und Huren", vervollständigte ich seine Aussage.

„Bitte!" Der Vater vor mir drehte sich um. „Hier sind Kinder anwesend."

„Entschuldigung." Ich räusperte mich und warf mir beide Hände vor den Mund.

„Weiter geht's", rief meine Mutter und der Pulk setzte sich wieder in Bewegung.

Die Seeigelgasse mündete in einem Wendehammer. Rechts und links standen Nurdachhäuser, mit und ohne Fensterläden. Chu, machte der Wind. Ich krauste meine Nase. Torben und ich folgten der Gruppe geradeaus auf den schmalen Fußweg, der in Richtung Deich führte.

„Vier Leute, vier Ecken", meinte Leander vor den breiten Stufen aus Beton, die auf beiden Seiten von Geländern begleitet wurden, und auf den Deich führten.

„Was führt sich dieser dröge Kerl plötzlich wie ein Macher auf?", zischelte ich und schaute zu Torben. Er zuckte mit den Schultern, während acht Leute die beiden Bollerwagen anhoben.

Schu, Chu und Hu, machte der Wind oben auf dem Deich, als würde er ein Medley singen. Er toste, als hätte irgendwer die Lautstärke aufgedreht.

„Wir müssen runter", brüllte mein Vater und hielt seine Kapuze fest. Knapp über seinem Kopf machte eine Möwe Loopings. Unfreiwillig, schätzte ich. Er deutete mit dem Zeigefinger in Richtung Watt. Von der Nordsee war wegen Ebbe gerade nichts zu sehen.

„Runter", rief er noch einmal. Wir folgten ihm über den steilen Wall aus Gras, bis wir unten im Gras zum Stehen kamen. Das Watt zu unserer Rechten, war vielleicht fünf sechs Meter entfernt.

„Viel besser", sagte meine Mutter. Sie schüttelte sich die Böen vom Leib. Chu, machte der Wind nun sehr viel leiser als zuvor.

„Wir wandern in zwei Gruppen. Immer hier unten am Deich entlang“, erklärte mein Vater, der im Windschatten sehr viel deutlicher zu verstehen war. „Die eine Gruppe, in diese Richtung ...“ Sein Arm sauste durch die Luft, dann drehte er sich um. „Die andere Gruppe in diese Richtung.“ Wieder sauste sein Arm durch die Luft. „Auf dem Weg sind Hinweise versteckt. Diesen Hinweisen müsst ihr folgen und am Ende ein Lösungswort zusammensetzen. Gewonnen hat, wer zuerst zurück am Haus ist und das korrekte Lösungswort vorlegen kann.“

„Schnitzeljagd, echt jetzt?“, moserte Zoe. Sie schaute einmal kurz von ihrer neuen Smartwatch auf.

„Muss das sein?“, hörte ich Johannes. Seine Eltern nickten mit Nachdruck und fixierten ihn mit mahnender Mimik.

„Toll, einfach toll“, juchzte Wolfgang und klatschte.

„Wo haste eigentlich deine bessere Hälfte gelassen?“, röhrte Gretchen, die mit einem Mal neben mir stand. Sie schmökte und stieß mir ihren Ellenbogen in die Rippen. *Au!*

„Fee und ich haben Schluss gemacht“, antwortete ich, ohne meine Mimik entgleisen zu lassen. Ich hatte ihre Provokationen so satt! Ich reckte mein Riechorgan in die Höhe, gab mich hochnäsig, und spitze die Lippen.

„Ach wat?!“, staunte meine Oma und hustete blechern.

„Toll, dass ihr auch noch kommt“, hörte ich meine Mutter im Hintergrund rufen. Ich erschrak. Der Wind trug die Freude in ihrer Stimme zu mir herüber.

„Geht’s euch wieder besser?“, erkundigte sie sich – und ich wusste auch bei wem. *Scheiße*, dachte ich, schloss die Augen und atmete geräuschvoll aus. Mein Puls übte Hochsprung. Torben legte mir seine Hand auf den Rücken.

„Guten Morgen, frohe Weihnachten", hörte ich Kim sagen. Ich linste zu ihm hinüber, sah wie er Schultern klopfte und Verwandte, Bekannte, Angeheiratete und Geschiedene tätschelte. Leander und er klatschten sich mit hohlen Händen ab. Lissys und meine Blicke trafen sich. *Hoppla.* Es kam mir vor, als blickte ich in einen Spiegel. Wir hatten uns einen identischen Gesichtsausdruck aufgelegt. Ihre wie meine Augen blickten entgleist nach oben, unsere Lippen waren schmal und spitz.

„Frohe Weihnachten", rief Kim mir zu und zwinkerte. Ich schnaubte und blickte zu Boden. Als ich wieder aufblickte, streifte ich Fee. Sie starrte in meine Richtung. Mein Puls, eine Zehnkämpferin, übte gerade Speerwurf. Verdrängung oder Angriff? Ich entschied mich für Angriff und hielt Blickkontakt. In ihren Augen lag Verunsicherung. In meinen, lagen Vor- und Speerwürfe. Sie probte ein Grinsen. Meine Mimik regte sich nicht. Sofort zog sie ihr Grinsen zurück. Dem Impuls, ihr meine Zunge rauszustrecken, ging ich nur teilweise nach. Ich schob sie nur so weit voraus, dass sich Ober- und Unterlippen nicht trennten. Fee nestelte mit den Fingern an ihrer Brille herum.

„So!", tönte mein Vater und klatschte. Ich erschrak und zuckte zusammen. „Ich teile jetzt die Teams ein", verkündete er.

„Eins, zwei, eins, zwei." Mein Dad marschierte durch das Menschenknäuel, zu dem wir geworden waren.

„Eins", meinte er und tippte mich an. Ich blickte zu Torben, der sofort reagierte, aus der Formation trat und sich an anderer Stelle wieder einordnete. „Eins", sagte mein Vater auch zu ihm. Unsere Blicke trafen sich. Torben hob den Daumen, lächelte und zwinkerte mir zu. Ich lächelte zurück. Doch nur so lange, bis ich hörte, dass Fee auch zu einer Eins geworden war. *Auch das noch. Hab ich ein Glück*, dachte ich ironisch. Dann landeten auch noch Lissy und Gretchen in meinem Team.

„Immerhin ist Kim Team zwei", flüsterte Torben hinter mir, als konnte er meine Gedanken lesen und legte seine Hände auf meinen Schultern ab. Ich nickte und bemühte mich darum, meinen Ärger herunterzuschlucken. Ürg, mein Kehlkopf zog herauf und hüpfte wieder runter.

„Abmarsch", rief Leander. „Wir müssen uns beeilen. Das Verliererteam hat Küchendienst und muss das Gewinnerteam den ganzen Abend bedienen."

„Wer genau hat dich zum Chef gemacht?", hinterfragte Kerstin. Ihre Gesichtszüge hatten sich vom Cadenabbia-Blau reingewaschen.

„Wartet", röhrte Gretchen, die sich gerade einen Zigarillo ansteckte. „Dat glaubt mir kein Schwein, dat ick an Weihnachten im Sturm spazieren gehen muss", teilte sie Torben mit, bei dem sie sich gerade unterhakte.

„Im Bollerwagen ist Schnaps", erwiderte er. Einerseits vielleicht, um sie loszuwerden, andererseits vielleicht, um Hoffnung auf bessere Laune zu machen.

„Ick sauf den Schnaps wech und setz mich rein. Dann können die jungen Burschen da vorne mich ziehen", röhrte sie und lachte. Ihre Lunge rasselte lauter als der Wind.

„So Fräulein …" Sie drehte ihren Kopf, schaute mich an und schnipste mit den Fingern. In dem Moment wehte ihr eine Böe den Zigarillo aus dem Mund. Ich blickte hinterher. Funken flogen durch die Luft. „Wat ne scheiße", bölkte sie. „Jetzt erzähl deiner alten Oma mal, wat los ist zwischen deiner Perle und dir." Ich schnaubte, während sie sich eine neue Tabakrolle aus der Jackentasche zog und zwischen ihre Zahnreihen schob.

„Haben uns getrennt", antwortete ich fünfsilbig und möglichst energiesparend.

„Bestimmt, weil du nicht zu ihr stehen konntest", mutmaßte sie. „Hat mal irgendwer Feuer?", keifte sie. Ein Freund meiner Eltern, er trug eine gelbe Öljacke, drehte sich um und reichte ihr sein Benzinfeuerzeug.

„Wann kommt denn der erste Hinweis?", nörgelte Zoe.

„Öde", nörgelte Johannes.

Eine Dreijährige auf dem Arm ihrer Mutter weinte.

„Kommt schon. Beim ersten Hinweis gibt es den ersten Schnaps", johlte Lukas.

„Kommt schon", wiederholte Leander.

Wo nimmt dieser spröde Typ plötzlich diese Lockerheit her? Ich schaute zu Lissy hinüber, die im Pulk schräg vor mir ging. Sie unterhielt sich mit Kerstin und Tante Carola. Direkt dahinter bewegte sich Fee.

„Getrennt soso", meinte Gretchen und blies wie ein Wal, nur mit Qualm und an Land.

„Wer ist getrennt?", hörte ich Fees Stimme neben mir. Ich zuckte zusammen. *Huch, die ging doch gerade noch schräg vor mir.* Ich biss mir vor Schreck auf eine alte Wunde.

„Wir", antwortete ich, ohne sie anzusehen. Ich legte meine Wut in dieses eine Wort. Es passte nur leider nicht so viel hinein, wie ich gerne losgeworden wäre. Ich kniff meine Lippen zusammen und ballte meine Finger zu einer Faust.

„Wir sind getrennt?", fragte Fee nach. Sie sprach leise. Ihre Stimme klang dünn.

„Ick glaub ihr Mädchen solltet dat mal klären." Gretchen hustete und eilte mit krummem Rücken davon.

„Da gibt es nichts zu klären", entgegnete ich.

„Lu, bitte!" Fee fasste nach meinem Arm. Ich riss mich los. „Lass mich", donnerte ich. Lissy sah sich nach mir um. Unsere Blicke nahmen eine Verbindung auf. Sie schaute, als ob sie Schmerzen hätte. Ihre Augen schlitzten und ihre Lippen schmälten sich.

„Ich schwör, es gibt hier keine Hinweise", mäkelte Zoe von irgendwoher aus dem Pulk. Lissys und meine Verbindung riss ab.

„Schnaps", rief Gretchen. „Ohne wat zu saufen, gehe ich keinen Schritt weiter", blökte sie, stoppte und stampfte mit dem Fuß auf. Ich betrachtete sie mit großen Augen und spürte, dass Torben mich musterte. Ich musterte zurück, ein Lächeln trieb meine Mundwinkel auseinander. Er lupfte seine Brauen und nickte in Fees Richtung. Brüsk strammten sich meine Lippen wieder. Abwägend bewegte ich meinen Kopf von Seite zu Seite und legte mir einen Zeigefinger ans Kinn.

„Also gut", rief Lukas und sortierte die Schnapsgläser, an dessen Henkeln eine Kette befestigt war, aus dem Bollerwagen. Leander hängte jedem, außer der Drei-

und der Vierjährigen, ein Stamperl um den Hals. Danach schnappten sich Britta und Jule die Schnapsflaschen und schenkten uns ein.

„Nicht schon wieder Alkohol", quengelte ich und schaute zu Torben. Er zwinkerte mir zu und kippte die durchsichtige Flüssigkeit mit einer zackigen Handbewegung auf den Boden.

„Gute Idee", flüsterte ich.

„Weiter", brüllte Lukas und zog an der Geißel. Der Bollerwagen setzte sich in Bewegung. Das nasse Gras schmatzte.

Währenddessen joggte Leander um uns herum und klatschte in die Hände. „Kommt schon. Kommt schon." *Was für ein Spaten.* Ich schüttelte den Kopf. Bevor ich einen kalt gefrorenen Fuß vor den anderen kalt gefrorenen Fuß setzen konnte, hielt Fee mich am Arm zurück. Ich entriss ihn ihr, doch sie stellte sich mir in den Weg. „Wir müssen reden", flehte sie. Tränen linsten aus ihren Augen. Augenblicklich schob sich die Nässe auch vor meinen Blick. *Nicht weinen. Nicht weinen.* Ich starrte in den Wind. „Dann rede", forderte ich sie auf und schluckte, um das Gurgeln loszuwerden, das in meiner Stimme lag.

Chu, machte der Wind, Chu, Chu, Chu. Er zerrte an meiner Kapuze. Es roch nach Seetang, Salzwasser und feuchtem Stroh.

„Bist du böse auf mich?", fragte Fee. Der Wind zerrte an ihrer Brille. Sie wackelte auf ihrer Nase hin und her. Möwen lachten im Hintergrund. Am liebsten hätte ich auch gelacht. *Was für eine dämliche Frage.* Natürlich war ich böse auf sie.

„Ich bin enttäuscht", entschärfte ich meine Emotionen verbal. Die Entfernung zu den anderen wuchs.

„Ich glaube, ich bin verliebt", sagte Fee und warf ihren Blick zu Boden. Sie spielte Keyboard mit ihren Fingern.

„Ach du Schande", antwortete ich abfällig und warf mir eine Hand gegen die Stirn, dass es klatschte.

„Ich meine er ernst", erklärte sie.

„Du kennst ihn doch gar nicht, du weißt gar nichts über ihn", donnerte ich und gestikulierte wild wie eine Dirigentin.

„Ich fühle mich so verbunden mit ihm. Es ist, als kenne ich ihn schon lange." Fee warf ihre Hände in Richtung Boden.

„Und das weißt du seit wann?" Ich begrub meine Unter- mit meiner Oberlippe und bereute, dass ich den Schnaps verkippt hatte.

„Ich wusste es, seit unserem ersten Blick."

„Hörst du dir gerade selbst zu?", schmetterte ich. „Du weißt es seit eurem ersten Blick?" Ich schüttelte den Kopf, krauste meine Stirn. „Das bist doch nicht du. Du klingst wie gedopt, wie auf einer Überdosis Schwester Stefanie."

„Ich weiß", entgegnete sie. Tränen tropften unter ihrem Brillenrand über ihre Wangen. „Du bist meine beste Freundin", schluchzte sie. Ihr Kopf kippte vornüber.

„Du hättest mich warnen können", drosch ich. Mein Zeigefinger drosch hinterher und focht durch den Sturm.

„Ich hab mich nicht getraut", gab sie zu. Sie schniefte.

„Du hast in Kauf genommen, dass ich ins offene Messer laufe. Kannst du dir vorstellen, wie ich mich gefühlt habe? Oder bist du davon ausgegangen, dass ich nicht bemerke, wenn ihr auf der Rücksitzbank vögelt?", schimpfte ich.

„Wir haben nicht gevögelt", widersprach sie.

„Ne, na gut. Zumindest nicht auf der Rücksitzbank", relativierte ich meine Aussage. Ich fixierte sie. „Trotzdem, du hast nur mit deiner Vanessa gedacht", krakeelte ich und deutete mit dem Finger auf ihren Schritt. „Aber an mich hast du nicht gedacht."

„Ich weiß. Ich weiß. Du hast recht, du hast recht", fiepte sie. „Es ist einfach passiert." Sie schüttelte ihren Kopf, nestelte mit ihren Fingern, schob sich die Daumen zwischen Zeige- und Mittefinger, was sie immer dann tat, wenn sie nervös war. Ich kannte sie in- und auswendig.

„Aber ...", fuhr sie fort. „Es war so mächtig. Meine Vanessa war machtlos."

„Machst du hier auf gefährliche Liebschaften, oder was?", fauchte ich. „Dagegen bin ich machtlos", spottete ich mit verstellter Stimme, um nach John Malkovich zu klingen.

„Es tut mir so leid." Ihre Hände fassten nach mir, doch eine Berührung ließ ich nicht zu. Ich wand mich ab.

„Na ja ...", fuhr ich bissig fort. „Du hast es weiter geschafft als ich damals. Mich hat er schon vor dem ersten Scx abserviert." Ich schnaubte.

„Das ist doch kein Wettbewerb", konterte sie.

„Für Kim schon." Ich schaute an ihr vorbei, in den Sturm. *Wenn ich jetzt weine, kann ich sagen, dass der Wind schuld ist.* Der Kloß in meinem Rachen erwuchs zu einem Koloss.

„Bist du noch meine beste Freundin?“, fragte Fee und schniefte. Sie senkte den Kopf und blickte über ihren Brillenrand hinweg.

„Ich werde für den restlichen Aufenthalt zu Torben ziehen. Ich frag ihn auch, ob er mich nach Hause fährt“, antwortete ich und Fee entwich ein so lautes Schluchzen, dass es für eine komplette Trauergemeinschaft gereicht hätte.

„Ich will dich nicht verlieren“, flüsterte sie so leise, dass ich es durch das Chu-Chu des Windes kaum hören konnte.

„Im Übrigen, nur für deine Notizen, vor drei Tagen hat Kim noch mich geküsst“, polterte ich und bereute es sofort. Nicht das Poltern, sondern meine Auskunftsfreude. *Mist*, dachte ich.

„Hä?“, fragte Fee nach. Sie schaute wie nach einer Unterhaltung mit Stephen Hawking.

„Gespräch beendet“, behauptete ich und stapfte los, um die anderen einzuholen. Doch meine Behauptung kollidierte mit Fees Neugierde. Sie legte mir ihre Hand an den Thorax und hielt mich auf. „Was redest du denn da?“ Sie klang wütend.

„Besprich das am besten mit ihm“, riet ich.

„Ich spreche aber mit dir“, entgegnete sie. „Wie geküsst? Kim hat dich geküsst?“ Sie schüttelte den Kopf, rümpfte ihre Nase , ihre Hand benahm sich wie ein Stoppschild.

„Ja, er hat mich geküsst.“ Ich nickte.

„Wann?“

„Am Abend des Zweiundzwanzigsten“, gab ich Auskunft. Ihre Hand rutschte von meinem Brustkorb. Sie blickte zu Boden. „Warum hast du mir das nicht erzählt?“ In ihrer Stimme steckte ein Vorwurf.

„Äh, weil“, haspelte ich.

„Warum?“, hakte sie nach.

„Ich wollte es noch erzählen. Es gab noch keinen passenden Zeitpunkt.“ Sie lupfte eine Augenbraue und schaute wie ein unwissender Telefonjoker.

„Kim und ich haben über dich geredet. Er sagte, dass er sich sehr freut, dass ihr wieder miteinander sprecht, dass er dich cool findet, immer cool fand, aber dass ihr nicht zusammengepasst habt.“

„Wie schön, dass ich Thema war und euch die gemeinsame Zeit versüßen konnte“, donnerte ich sarkastisch.

„Wir haben nur gut über dich gesprochen. Was denkst du denn über mich?“

„Na ja“, antwortete ich und schob mir eine Grimasse ins Gesicht, die Fee an ihre Küsse mit meinem Exfreund erinnern sollte.

„Ich hab sowas von keinen Bock mehr“, nörgelte irgendwer durch den Wind. Fee drehte sich abrupt um. Ich schaute an ihr vorbei und sah, dass Zoe in unsere Richtung stapfte. Mit gebeugter Körperhaltung, die Arme vor der Brust verschränkt und mit einer zugeschnürten Kapuze über Gretchens Ringelmütze, tobte sie auf uns zu.

„Was ist denn los?“ rief ich. Ein paar Möwen lachten im Hintergrund.

„Es gibt keine Hinweise, das ist los. Und dann darf ich noch nicht einmal Schnaps trinken“, beklagte sie sich. „Ich gehe zurück zum Haus.“ Schon zog sie energisch an uns vorbei, das Gras unter ihren Füßen schmatzte saftig. „Toll, nasse Füße habe ich jetzt auch noch."

„Warte", brüllte Kerstin. „Du kommst gefälligst zurück", forderte sie und eilte hinter ihrer Tochter her. Doch die Tochter reagierte nicht.

„Und wir zwei unterhalten uns noch über die Smartwatch", raunte sie mir im Vorbeigehen zu. Sie wedelte mit ihrem Zeigefinger. „Du kannst Zoe nicht einfach so teure Geschenke machen." Schmatz, schmatz, machte das Gras unter ihren Stiefeln.

„Das war kein Geschenk, wir haben getauscht", rief ich ihr hinterher. „Getauscht, hörst du?!" Ich brüllte und spuckte meine Emotionen aus. Für zwei drei Schritte verfolgte ich sie. Dann blieb ich stehen. „Gestern Abend hast du sogar behauptet, dass ich Zoe beklaut hätte", echauffierte ich mich. Mein Herzrhythmus hämmerte aufbrausender, als der Lord of the Dance je steppen könnte. „Ich habe noch niemals geklaut", platzte es aus mir heraus. Ich schüttelte meinen Kopf und mit ihm beinahe meine Mütze zu Boden. „Ich habe Zoe nicht beklaut. Ich habe auch meine Schwester und meine beste Freundin nicht beklaut. Sie waren es, die mir den Mann geklaut haben." Ich tippte mir mit dem spitzen Zeigefinger gegen das Brustbein. *Autsch!* Doch Kerstin hörte mich schon längst nicht mehr. Ich pumpte, mein Brustkorb schwoll an und flachte wieder ab, zweimal im Takt einer einzigen Sekunde. Ich senkte meinen Kopf und blickte zu Boden. Tränen klatschten auf das nasse Gras.

„Lu, hey Süße", säuselte Fee und berührte meine Schulter.

„Lass", flüsterte ich, schniefte und wischte meine Augen trocken. Als ich mich umdrehte und umblickte, sah ich, dass der gesamte Pulk, alle Verwandten, Bekannten, Angeheirateten und Geschiedenen aus Team eins in unsere Richtung trotteten. Sie palaverten und tosten. Sie machten hektische Sprechbewegungen.

„Die haben mir gerade noch gefehlt", maulte ich.

„Lu, ich will dich nicht verlieren", wisperte Fee.

„Wat für ein Mist", röhrte Gretchen aus der Entfernung. Sie saß im Bollerwagen, trank Schnaps und ließ sich von Lukas und Leander ziehen. Die zwei ächzten.

„Was ist denn jetzt los?", fragte ich, strammte meine Schultern und streifte meinen grinchmäßigen Wutanfall ab. Meine rechte Hand wischte über meine linke Seite, von der Schulter über meinen Arm bis zu den Fingerspitzen. Dann vollzog ich einen Seitenwechsel.

„Es gibt keine Hinweise", verriet Torben. Erst kicherte er, dann musterte er mich sorgenvoll, schmälte seine Augen und blickte ernst.

„Was?", fragte Fee. Sie baute sich neben mir auf und rückte ihre Brille zurecht.

„Keine Hinweise." Gretchen hustete und ließ die Beine über die Reling des Bollerwagens baumeln.

„Weg", ergänzte Wolfgang und zuckte mit den Schultern.

„Dein Vater hat mich gerade angerufen. Team zwei konnte auch keine Hinweise finden. Er meinte, der Wind hätte sie wohl weggeweht", erklärte Tante Carola und schmunzelte.

„Geht es dir gut?“, meinte Lissy plötzlich von schräg links. „Ja.“ Ich nickte. „Alles gut.“ Ich machte eine wegwerfende Armbewegung und zwang mich zu einem Grinsen. „Und jetzt?“, informierte ich mich.

„Jetzt gehen wir alle zurück zum Haus“, erwiderte Jule. Sie zog einen Mundwinkel hoch.

„Die Schnitzeljagd ist beendet“, ergänzte Britta. „Zum Glück“, nölte Johannes.

All I want for Christmas is you

Wir latschten über das sumpfige Gras. Ich war nur froh, dass niemand außer Fee meine Gefühlsentgleisung beobachtet hatte. Alle drei Meter schnaubte ich. Torben, der neben mir ging, legte seine Hand auf meinen Rücken. Auf der anderen Seite stiefelte Fee neben mir her. Fast wortlos marschierten wir über die Salzwiese.

„Es schneit", juchzte irgendwer. Ich blickte mich um. *Wolfgang.* Mein Blick stieg zu den Wolken auf.

„Das ist Regen", ätzte ich.

„Schnee", widersprach Wolfgang, der sich neben seinen Enkel schob, die Arme ausbreitete und sich bewegte, als wäre er ein Eiskunstläufer.

„Maximal Schneeregen", justierte ich mein Veto nach.

„Dat du immer so negativ sein musst", schnauzte Gretchen aus dem Bollerwagen. Ich blieb stehen, drehte mich nach ihr um, rammte meine Arme in die Taille.

„Ich und negativ?", donnerte ich. Mein Arm fuhr in ihre Richtung, als wollte ich eine Fliege fangen – oder ihr Ohrläppchen schnappen, um es zwanzig Zentimeter in die Länge zu ziehen. „Du bist doch diejenige, die immer nur motzt. Das hast du früher schon immer getan.“

„Sie sagt doch gar nichts“, behauptete irgendwer, dessen Stimme ich spontan nicht zuordnen konnte.

„Sie sagt doch gar nichts?“, echauffierte ich mich. „Sie hat gesagt, ich sei negativ“, polterte ich. Ein Kleinkind weinte und eine Möwe lachte.

„Wir beruhigen uns jetzt alle wieder“, schlichtete Tante Carola, die sich aufgrund ihres Gatten gut mit Schadensbegrenzung auskannte.

„Dat Fräulein hat Liebeskummer“, trötete meine Oma, dass es alle anderen hören konnten.

„Boah“, schoss es aus mir heraus. Es schoss heraus, wie eine Faust, die eine Boxbirne erschlagen wollte – oder Gretchen. Ich spürte, wie mir die Hitze unter die Mütze fuhr. „Du bist so unverschämt. Du hast doch keine Ahnung. Weder davon, ob ich Liebeskummer habe, noch über sonst was aus meinem Leben.“ Ich gestikulierte wie ein gefeuertes Supermodel. „Du interessierst dich doch nur für dich.“

„Wat ist denn nun los?“ Gretchen schaute sich um, bog ihre Mundwinkel herab und legte eine gespielte Verwunderung über ihre Falten. Bevor ich antworten konnte, ich wollte gerade ausholen, hakte sich Torben bei mir unter, kam meinem Ohr ganz nah und machte: „Scht.“ Er hielt meinen Oberarm in seinem Griff.

„Das ist es nicht wert. Komm, wir gehen“, flüsterte er. Ich nickte, schnaubte und ließ mich abführen.

„Okay, okay“, wisperte ich.

Torben und ich stapften den Wall empor, kreuzten den asphaltierten Weg, wo uns die Böen heftig schubsten, und stiegen die breiten Stufen herunter, bis wir über den schmalen Fußweg schließlich wieder den Wendehammer der Seeigelgasse erreichten. Lissy und Fee eilten hinter uns her. Drei vier Schritte trennten uns.

„Sie ist so unverschämt", nölte ich.

„Ich weiß", antwortete Torben.

„Warum muss sie solche Sachen raushauen?"

„Ich weiß es nicht."

„Das macht sie mit Absicht, um mich bloßzustellen. Sowas hat sie früher schon gemacht", toste ich. Chu, machte der Wind.

„Mmh", machte Torben. Ich hatte das Gefühl, dass er mir nicht glaubte. Das Gefühl gefiel mir nicht. Also schaute ich mich aus der Not heraus nach meiner Zwillingsschwester um. „Das macht sie doch mit Absicht." Mit angewinkelten Armen hob ich meine Handflächen in die Höhe. Lissy nickte. Ihre Augen weiteten sich, sie täuschte ein Lächeln an, das ich nicht erwiderte.

„Gretchen ist eine Unruhestifterin. Sie hat Spaß daran, kleine Feuer zu legen", erklärte Lissy und schaute direkt zu Torben. Als ob sie wusste, dass ihre Antwort nur für ihn gedacht war.

„Siehst du?", meinte ich zu ihm.

„Ich glaube euch. Selbstverständlich glaube ich euch." Wortlos schritten wir durch den Wattwurmstieg und querten gerade den Parkplatz. Noch wenige Schritte bis zum Haus.

„Team zwei ist schon da", sagte Torben und zeigte auf den Bollerwagen, der leergeräubert und einsam vor dem prächtigen Reetdachhaus parkte. Torben nahm den Knauf in die Hand. Seit letzter Nacht wussten wir, dass man ihn nur drehen musste.

„Warte mal", zischelte Fee. Sie berührte meinen Arm. Ich drehte mich nach ihr um, während Torben die Tür öffnete und Lissy durch den Spalt huschen ließ. Aus der Küche drangen Stimmen, Wärme und Gerüche.

Torben schaute mir noch einmal ins Gesicht, dann betrat auch er das Haus. Die Tür fiel ins Schloss. Fee und ich waren allein.

„Was hat Kerstin gemeint? Sie sagte, du hättest Zoe eine Smartwatch geschenkt", interviewte sie mich.

„Getauscht", erwiderte ich gereizt.

„Ist das meine Smartwatch?"

„Wieso deine? Du hast sie mir doch geschenkt", konterte ich. „Lu, bitte", ermahnte mich Fee. „Du weißt, was ich meine." Sie blickte mir in die Augen.

„Ich habe sie getauscht", gab ich zu.

„Aber sie war für dich." Fees Stimme klang nach einem Kloß, der sich in ihrem Rachen bildete.

„Ich habe sie getauscht und fertig." Ich zuckte mit den Schultern. „Du hast dein Geschenk noch nicht einmal geöffnet", warf ich ihr vor. „Weil du zu beschäftigt gewesen bist und ausgerechnet mit meinem Exfreund vögeln musstest." Ich schaute an ihr vorbei, ins Leere zwar, aber in Richtung Parkplatz.

„Wer hat gevögelt?" Ich erschrak. Ich erkannte Kims Stimme sofort. Er klang amüsiert. Mein Kopf fuhr herum. Dort in einem neu entstandenen Türspalt stand der Schönling und lächelte schief. Und wie schön er war.

„Hey", hauchte er Fee zu, trat heraus ins Freie und ließ die Tür zufallen. Er bewegte sich auf uns zu und streifte mit seinem Handrücken Fees Unterarm. Sie gickste und ich hätte kotzen können. „Na ihr zwei", als ob nichts gewesen wäre, zwinkerte er mir zu und lächelte. *Torben hat weißere Zähne*, stellte ich fest.

„Wollt ihr nicht reinkommen?" Kim krauste seine Stirn. „Ihr seid so still." Sein Lächeln wich.

„Wir müssen mal mit dir reden", begann Fee und schnaubte. Ich erschrak, meine Brauen sprangen in die Höhe, ich winkte durch die Luft.

„Also, äh, ich nicht", stammelte ich. „Ich bin raus. Klärt das unter euch." Ich blickte mich zackig nach einer Fluchtmöglichkeit um. In dem Moment trat mir Fee auf den Fuß. „Au", protestierte ich.

„Jetzt mach keinen Rückzieher", fuhr sie mich an. Meine Blicke fielen zu Boden.

„Okay?", erwiderte Kim. Sein „Okay" klang nach einer Frage. Er lupfte die Brauen. „Muss das hier sein?" Er rieb sich die Arme. „Können wir nicht drinnen sprechen?" Er deutete mit seinem Daumen hinter sich. Chu, machte der Wind und peitschte meine Jacke.

„Nein", bestimmte Fee und stampfte mit dem Fuß auf. „Jetzt, hier und alle drei."

„Jetzt habe ich Angst", meinte Kim und zwang seine Mundwinkel herab. Auch mir rutschte die Mimik aus dem Gesicht, während mein Bein wippte, wie ich damals auf dem Kinderspielplatz.

„Luise hat mir von eurem Kuss erzählt", fiepte Fee. Kim lachte laut auf. Ich linste heimlich zu ihm herüber. Weder Fee noch ich erwiderten sein Lachen. Plötzlich schaute er konsterniert.

„Moment mal", meinte er. „Kuss?", fragte er einsilbig nach. *Steh zu deinem Scheiß*, dachte ich. *Angriff!* Meine Augen hielten auf sein Gesicht. „

Ja, Kuss", blökte ich und drängte mich in seinen Blick.

„Damals, oder was? Geht 's um Lissy?" Er schaute zwischen Fee und mir hin und her. Aus der Ferne vernahm ich Palaver und Stimmenwirrwarr.

Team eins näherte sich dem Haus. *Nicht jetzt!* Meine Mundwinkel bogen sich herab. „Ich spreche von neulich Abend", flüsterte ich und blickte über meine Schulter, um die ungestörte Zeit, die uns noch blieb, abzuschätzen.

„Neulich Abend?", röhrte Kim. Er klang heiser.

„War doch klar, dass er alles abstreitet", behauptete ich, sah zu Fee hinüber und deutete mit der leeren Hand in Kims Richtung. „Du bist so ein Schauspieler", spie ich.

„Du willst mich doch verarschen", donnerte er. „Fee, bitte glaub ihr nicht." Er fasste nach ihrem Arm, um sich sogleich wieder mir zuzuwenden. „Ist das die Rache für damals? Oder hat Lissy dich angestachelt?" Er musterte mich. Ich sah, dass er mit dem Bein wippte.

„Lissy? Was?" Ich verstand gar nichts und drängte meine Augenbrauen herab. „Gib es einfach zu", forderte ich.

„Ja hallo, wat steht ihr denn in der Kälte rum?", krächzte Oma Gretchen. Sie hatte ihre Arme hinter dem Kopf verschränkt und lag im Bollerwagen, den Lukas und Leander gerade neben den zweiten Karren schoben. „Puh", machte Lukas und wischte sich über die Stirn.

„Und jetzt einen Schnaps."

„Da bin ick dabei", gackerte Gretchen.

„Dürfen wir mal?!", flötete Wolfgang vergnügt, schob Kim zur Seite und drängelte sich an ihm vorbei. Er klopfte gegen die Tür.

„Brauchst nur den Knauf zu drehen", erklärte ich, während ich ebenfalls zur Seite geschoben wurde, von wem, weiß ich nicht. „Hey", meuterte ich.

„Schnell ins Warme", meinte Bartosz und stampfte auf, um den nassen Schmutz von den Stiefeln zu lösen.

„Kommt alle rein!", rief Wolfgang, der schon zur Hälfte in der Küche stand und sein Gretchen mit ausgebreiteten Armen in Empfang nahm. Als sie ihn küsste, gierig auf den Mund und ihre Zunge hervorblitzte, schüttelte ich mich.

„Wie süß", schwärmte Leander. *Ekelhaft*, dachte ich.

Gruschel, raschel, schubs, drängel, stampf, stampf, schließlich huschte auch das letzte Teammitglied ins Haus. Klack, die Tür fiel ins Schloss. Uns drei hatten sie von den Gehwegplatten verdrängt.

Wir standen auf dem Gras, das inzwischen von einer dünnen Schneeschicht überzogen war. Schneeregen. Wir standen auf dem Gras, das inzwischen von einer dünnen Schneeregenschicht überzogen war. Wir froren, Kims Unterkiefer vibrierte, ich hörte das Klappern seiner Zähne.

„Also was jetzt?", fauchte er. „Was soll das alles?"

„Das frage ich dich", entgegnete ich. „Erst knutschst du mit mir und dann willst du dich plötzlich an nichts mehr erinnern." Ich schüttelte den Kopf, meine Stirn, die sich unter dem NABU-Schriftzug versteckte, krauste sich. „Wie damals, du hast dich kein Stück verändert", spottete ich.

„Wann soll ich dich bitte schön geküsst haben?" Er wischte mit seinen Armen durch den Wind. So schnell, dass nicht nur der Wind Chu machte.

Ich musste an Jackie Chan denken. „Am Abend des zweiundzwanzigsten", erklärte ich mit Nachdruck.

„Du lügst", behauptete Kim und schaute zu Fee.

„Ich weiß wohl noch, wen ich geküsst habe."

„Du bist doch besoffen." Kim schlug sich gegen die Stirn.

„Fee, ich schwöre dir …", ich betrachtete sie. „… Kim hat mich geküsst. Am zweiundzwanzigsten Dezember. Ich wollte zur Toilette und sah, dass Lissy dort stand …"

„Komm zum Punkt", unterbrach mich Kim.

Ich schnaubte und legte den Kopf in den Nacken. „Also ging ich rüber zu unserem Häuschen. Als ich draußen war, kam jemand aus der Dunkelheit auf mich zu und küsste mich. Kim", beteuerte ich und zeigte in seine Richtung.

„Du hast ihn also gar nicht gesehen?" Fee kniff ihre Augen zusammen und legte den Kopf schief.

„Das kann ja jeder gewesen sein", sagte Kim und klatschte in die Hände.

„Jeder", wiederholte ich und schnaubte. „Als ob ich nicht wissen würde, wie Kim küsst."

„Der letzte Kuss ist fast zwanzig Jahre her", bellte er.

„Ich weiß, dass du es warst", behauptete ich, auch wenn sich langsam Zweifel in mir auftürmten. *Was, wenn's doch nicht Kim gewesen ist?* Ich nagte an meiner Unterlippe.

„Hör mir gut zu …", Kim faltete seine Hände vor der Brust. „… wen auch immer du in der Dunkelheit geküsst haben magst, ich war es nicht." Etwas in seinem Blick, er schaute mir stechend und eindringlich in die Augen, sagte mir, dass er nicht log. Ich schluckte geräuschvoll, meine Wangen brannten vor Hitze, auch wenn der

arschkalte Wind sie permanent versuchte, herunterzu-
kühlen.

„Ich dachte …“, begann ich und sprach nicht weiter.

„Wie kannst du nur so einen Wind machen?“ Fee
schüttelte den Kopf. *Bin ich ein Hurricane wie Oma Gret-*
chen? „Für nichts!“, fügte sie noch hinzu.

„Ich dachte. Ich hätte schwören können. Weil du doch
die ganze Zeit rüber geschaut hast“, erklärte ich und
traute mich kaum Kim anzusehen.

„Doch nicht zu dir, du dämliche Kuh“, polterte er. Vor
Schreck wurden mir die Augen groß wie Mutters
Christbaumkugeln. *Hat der gerade dämliche Kuh zu mir*
gesagt?

„Zu Fee!“, blökte er. „Ich habe die ganze Zeit zu Fee geguckt. Mit dir würde ich nie wieder etwas anfangen“,
spie er. *Boah, der saß.* Ich presste meine Lippen aufeinander, so fest, dass ich befürchtete sie starben ab, wie
mein gebrochenes Herz oder der zersprungene Stolz.
Ich schloss die Augen und schnaubte. „Komm, Süße“,
meinte Kim zu Fee. Ich hörte, wie sich ihre Schritte entfernten. Schließlich hörte ich sie gar nicht mehr. Was
ich stattdessen hörte, war das „Chu“ des Windes. Als ich
die Augen wieder öffnete, stand ich allein da. *So fühlt es*
sich also an, wenn man allein im Regen stehen gelassen
wird. Na ja Regen, dachte ich, drehte meine Hände um
und hielt sie in den Niederschlag. Kein Zweifel, das, was
auf meinen Handflächen landete, war kein Regen oder
Schneeregen. Ich musste zugeben, dass es tatsächlich
schneite. Wolfgang hatte recht und Fee und Kim hatten
tiefe Fußabdrücke ins Weiß getreten. Ich blickte ihren
Spuren hinterher …

Ihr Kinderlein kommet

Ich weiß nicht, wie lange ich allein im Schnee gestanden hatte. Es hätten drei oder auch dreißig Minuten gewesen sein können.

„Die Einbildung ist die Mutter meiner Hoffnungen", flüsterte ich plötzlich, legte meinen Kopf in den Nacken und blickte in die Wolken. Die Schneeflocken waren inzwischen so groß, dass sie sich kaum mehr von den gehässigen Möwen unterschieden, die mich auslachten. Lach, lach, guckt euch mal die dämliche Kuh an. *Kim wollte mich schon vor sechzehn Jahren nicht behalten*, kam mir in den Sinn. Lach, lach. Ich plinkerte dem vertikal stechenden Weiß entgegen und schob mir ununterbrochen diese eine Frage durch die Gedanken. *Wenn nicht Kim der Küsser war, wer war es dann? War es der Kirchen-Typ im Regenponcho?* Ich pfefferte mir eine Hand vor den Mund und musste aufstoßen. „Die Einbildung ist die Mutter meiner Hoffnungen", wiederholte ich. Meine Gedanken waren mindestens so aufgewühlt wie der Wind. „Bin ich nach all den Jahren immer noch so besessen von ihm, dass ich mir seine Blicke und Küsse schon einbildete?", zischelte ich. *Dämliche*

Kuh, urteilte ich über mich selbst. Mir flog der Zacken einer Flocke in die Nase und ich nieste. „Brr", machte ich. „Ich brauche jetzt erst einmal drei Schnäpse." Ich wand mich um, stapfte die wenigen Schritte bis zur Haustür, drehte den Knauf und betrat die Küche. Sie war leer.

All die Stimmen, die ich hörte, stammten aus dem Speisesaal. Ich öffnete den Reißverschluss meiner Jacke, zog mir die Mütze vom Kopf und mit ihr mein Haarband. Meine wurstigen Strähnen fielen Richtung Boden, während ich zum Wasserkocher schlurfte. *Vielleicht starte ich erst einmal mit einem Entspannungstee und spare mir die Schnäpse für später auf,* überlegte ich. Ich fror und startete den Kochvorgang.

Mein Oberkörper hing zur Hälfte auf der Küchenarbeitsplatte. Mit offenem Mund betrachtete ich das sprudelnde Wasser, was das blaue Licht des Kochers zu einem bewusstseinserweiternden Ereignis machte. Ich grinste. Flupp, der Schalter sprang in den Ruhemodus. Sofort zwang ich ihn wieder herunter. Ich spürte, wie mich das wild bewegte Blau beruhigte. *Delfin müsste man sein.*

„Luise!" Ich erkannte Torbens Stimme sofort.

„Komm her", antwortete ich und winkte ihn heran, ohne mich nach ihm umzudrehen. „Guck dir dieses Blau an", schwärmte ich. „Hä?", machte er und lümmelte sich neben mich. Ich drängte den Schalter in die Knie. Sofort sprudelte es wieder blau.

„Beruhigend, oder?"

„Voll", erwiderte er.

Mindestens fünf Minuten schon fläzten wir vor dem Kocher, beobachteten die sprudelnden Blautöne und redeten kaum.

„Was macht ihr denn da?“, hörte ich meinen Vater im Hintergrund. Wie von einer Sicherheitsnadel gepikst – so sicher sind die nämlich gar nicht – drehten wir uns synchron nach ihm um. „Tee“, antwortete ich einsilbig, obwohl das nicht stimmte.

„Kommt doch zu uns rüber. Wir haben es sehr nett“, behauptete er und zeigte mit dem Daumen hinter sich, in die Richtung, aus der die Gäste brabbelten, das Lachen hallte und Mutters Playlist dudelte.

„Kommen gleich“, log ich.

Mein Vater kam zu mir, drückte mich einmal, küsste mich auf meine Dreadlocks und streichelte meine Wange. „Hab dich lieb“, flüsterte er mir ins Ohr. Ich lächelte.

„Ich schnappe mir nur kurz den bunten Teller“, erklärte er, wuchtete die schwere Holzschale mit Nüssen, Orangen und Mandarinen in die Höhe und wand sich ab. „Uh“, ächzte er. „Bis gleich.“ Dann verließ er die Küche wieder.

„Wollen wir da wirklich hin?“, fragte Torben mich und plinkerte von der Seite.

„Ne, glaube nicht“, antwortete ich und krauste meine Nase. „Wollen wir rodeln?“ Er lupfte seine Augenbrauen und schob sich ein Grienen über die Lippen. „Rodeln?“, wiederholte ich. Er nickte.

„Es schneit und ich habe einen Schlitten in meinem Auto.“ „Freak“, konterte ich.

„Wieso Freak?“ Er reckte sein Kinn und hob einen Mundwinkel. „Weil du einen Schlitten im Auto hast“, gab ich Auskunft. „Find ich nicht so ungewöhnlich. Es ist Winter.“

„Aber, wir sind am Deich“, gab ich zu Bedenken.

„Deshalb ja“, meinte er und zwinkerte mir zu.

„Komm!“ Er fasste nach meinem Arm, griff sich mein Handgelenk und lenkte mich hinter sich her, einmal quer durch die Küche, durch die Haustür, über die Gehwegplatten und den knirschenden Schnee, zum Parkplatz.

Vor seinem Bulli ließ er meinen Arm wieder los und irgendwie bedauerte ich das. Seine Berührung hatte mich beruhigt, wie das Blau des Wasserkochers. Obwohl der Streit mit Fee und Kim kaum eine halbe Stunde her war, fühlte ich mich wohl. Mich traf eine Schneeflocke im Gesicht. Auf meinen heißen Wangen überlebte sie nur kurz und schmolz dahin. Beep beep, Torben drückte auf seinen Autoschlüssel, die Blinker leuchteten auf, dann öffnete er die Kofferraumklappe.

„Hier“, meinte er. Ich zwang meine Stirn in Falten. „Das ist doch kein Schlitten“, beteuerte ich. Mein Zeigefinger stach in Richtung des Hartplastikteils, was er mir gerade präsentierte. Es sah aus wie ein riesiger Pizzateller. Ein Pizzateller für sechs bis acht Personen. Er schlug die Kofferraumklappe zu, Schnee fiel zu Boden, beep, beep, und eilte mit dem Teil über den Parkplatz.

„Komm“, rief er.

„Warte.“ Ich stapfte hinter ihm her.

Der Schnee, in dem meine Stiefel versackten, knirschte. Ein Geräusch wie beim Porreeschneiden. Vor dem Deich scharwenzelte die Bibelgruppe an uns vorbei. Die Frau mit Regenhut öffnete ihren Mund, doch ich unterbrach sie noch vor der ersten Silbe.

„Nein", donnerte ich harsch und stellte meine Hand in die Luft. Mundoffen fixierte sie mich. Torben und ich zogen an ihr vorbei.

„Gut gemacht", meinte er zu mir und tobte die breiten Stufen empor, die aufgrund der dicken Schneeschicht kaum mehr zu sehen waren und hinauf auf den Deich führten.

Ich eilte hinter ihm her und betrachtete seine schlanken langen Beine, die in dunkelbraunen Stiefeln und einer schwarzen Jeans steckten. Sein Parka mündete drei Handbreit oberhalb seiner Kniekehlen. Er bewegte sich sehr geschmeidig und geschickt, wie eine Katze. Er nahm zwei, streckenweise drei Stufen auf einmal. Mir reichte es, jede Stufe einzeln zu nehmen. Ich hatte genug damit zu tun, den Schnee abzuwehren. Er attackierte mich horizontal, wie eine Pistenkanone schoss er durch die Luft. Ich blies ihn von meinen Lippen und stiefelte empor.

Oben angekommen, setzte Torben erst den Teller in den Schnee und sich dann hinein.

„Setz dich." Er klopfte auf die freie Fläche zwischen seinen Beinen.

„Äh." Ich stockte.

„Lieber umgekehrt?", fragte er, rutschte nach vorne und klopfte hinter sich.

„Ich weiß nicht", flüsterte ich und bewegte meinen Kopf wie eine Pendelwaage hin und her. Nur zögerlich ging ich vor dem Pizzateller in die Hocke. Doch schließlich setzte ich mich, spreizte meine Beine und führte sie um Torbens Körper herum. „Wo soll ich mich denn festhalten?", erkundigte ich mich und suchte den Rand des Tellers ab, der keine Griffe hatte.

„Gar nicht", trällerte er, stach mit seinen Hacken in den Schnee, machte zackige Tippelschritte und gab Anschwung. „Attacke", brüllte er, schon preschten wir durch den Schnee, den steilen Wall hinab, der vor eineinhalb Stunden noch grün strahlte und saftig schmatzte.

Wir nahmen eine Bodenwelle mit und hoben ab. „Juhu", schmetterte ich und schlang meine Arme um Torbens Oberkörper. Rums, wir setzten wieder auf. Mein Kinn donnerte gegen seinen Rücken.

„Fuck", spie ich und lachte. Wir schlitterten über den Schnee, der Teller drehte um seine eigene Achse, und wir stoppten erst knapp vor dem Watt, wo der Schnee nicht liegen blieb.

„Hast du dir wehgetan?" Torben drehte sich nach mir um. Sein Parka knisterte. Ich wischte durch die Luft.

„Alles gut, den Spaß war es wert. Komm, nochmal", forderte ich ihn auf, rieb mir mein Kinn und erhob mich.

Gemeinsam fassten wir den Teller und kämpften uns den steilen Wall des Deiches empor. Kaum oben angekommen, saßen wir wieder und nahmen Anschwung. Dieses Mal war ich auf die Bodenwelle vorbereitet. Ich zog die Arme um seinen Oberkörper ganz fest und legte meinen Kopf auf seiner Schulter ab, während er vorne mit seiner Hand nach meiner griff und sich an mir festhielt. Ich lächelte. Wir hoben ab und setzten wieder auf, ohne, dass ich eine Gehirnerschütterung oder einen Kinnhaken befürchten musste.

„Fahrtende, bitte alle aussteigen und ein neues Ticket lösen", sagte Torben und klang dabei irgendwie kirmesmäßig, wie durch einen Stimmverzerrer gedreht. Ich vibrierte vor Freude, griff mir den Teller und zog ihn hinter mir her, den Wall hinauf. Ich ächzte und atmete beschleunigt.

„Warte", rief Torben.

Ich stand schon oben auf dem Deich im Wind, der Teller lag vor mir, mein Atem dampfte und verteilte sich geschickt zwischen den Schneeflocken, da fehlten ihm noch vier Meter.

„Hast du noch Termine?", hechelte er. Ich ging nicht auf seinen Scherz ein.

„Ist dir schonmal aufgefallen, dass der Spaß im Vergleich zum Aufwand, den man im Vorfeld betreiben muss, immer kürzer ist?", sagte ich stattdessen und schnaufte von eben dem Aufwand, den ich gerade angesprochen hatte, um im Anschluss Spaß zu haben.

„Hm", machte er. „Stimmt irgendwie." Er nickte.

„Ist doch Mist! Warum geht es nicht umgekehrt?", fragte ich ihn und mich und musste, ob des Pessimismus an Oma Gretchen denken. *Scheiß Gene.*

„Dann bremsen wir beim Rodeln", meinte er.

„Hä?", fragte ich. Falten bildeten sich auf meiner Stirn.

„Dann dauert die Abfahrt länger und wir haben mehr vom Spaß." Er zwinkerte mir zu. Ich griente.

„Von wegen langsamer", erwiderte ich. „Langsam kannst du beim Thai Chi sein. Los setz dich." Ich deutete auf den Teller. Er gehorchte und ließ sich nieder. Ich fasste seine Schultern, lief an, sprintete schließlich und gab Anschwung. Als es zu steil wurde, verhaspelte ich mich physisch und stolperte über meine eigenen Füße. In letzter Sekunde, kurz vor einem Sturz, sprang ich hinter Torben auf den Teller und hielt mich an ihm fest.

„Hilfe", rief er und lachte, weil wir drohten in die Flut zu rodeln, die das Meer Liter um Liter zurückzauberte.

„Glück gehabt", schnaufte ich, ohne dass wir nasse Füße bekommen hatten.

„Meine Güte", staunte er. „Du bist voll Kamikaze."

„Kamikatze, wie Lassie", korrigierte ich.

„Du machst mich fertig", frotzelte er, stand auf, ging zwei Schritte und ließ sich dann rücklings in den Schnee fallen. „Kennst du das noch?", rief er und bewegte seine Arme und Beine wie ein Hampelmann.

„Klar, Engel", antwortete ich, ließ mich neben ihn fallen und verzierte den Schnee ebenfalls.

Nachdem ich vier Engel und Torben sechs in die Schneedecke gezaubert hatten erhob ich mich. „Jetzt fehlt nur noch der Schneemann", sagte ich.

„Ja, wieso?", fragte er nach und erhob sich ebenfalls.

„Rodeln, check. Engel in den Schnee malen, check. Schneemann bauen, fehlt noch." Ich ließ meinen Kopf hängen, schaute an mir herab und klopfte das weiße Gold – in Norddeutschland ist Schnee ganz besonders kostbar und kein selbstverständlicher Bodenschatz – von meiner Winterkleidung.

„Du redest von den Big Five? Dann fehlt noch ein bisschen mehr", behauptete er und kniff seine Augen zusammen.

„Was haben Nashorn, Elefant, Büffel, Löwe und Leopard damit zu tun?" Ich legte meinen Kopf in den Nacken und zog die Augenbrauen zusammen.

„Du weißt aber gut Bescheid", staunte er. „Aber ich rede nicht von den afrikanischen Big Five. Ich rede von den Big Five eines Schneetages."

„Ach so", sagte ich, auch wenn ich kein Wort verstand und noch nie davon gehört hatte.

„Rodeln, Engel in den Schnee malen, Eislaufen, Schneemann bauen und Schneeballschacht", erklärte er, während seine roten Finger den Aufzählungsvorgang begleiteten.

„Ah, jetzt verstehe ich", erwiderte ich und nickte. „Dann fehlt ja noch einiges auf der Liste", stellte ich fest.

„Ganz genau." Er nickte. „Aber am wichtigsten ist das hier", erwiderte Torben, bückte sich, bohrte seine Hände in den Schnee, nahm sich eine tennisballgroße Portion, formte sie in seinen Händen und bewarf mich mit dem kalten Ei. Boing, er traf mich am Kopf. Ich lachte, bückte mich ebenfalls, schaufelte etwas der weißen Masse in meine Hände und knetete sie zu einem kugelähnlichen Wurfgeschoss, während ich einige Schritte türmte. Aus sicherer Distanz drehte ich mich um und warf. Leider daneben.

„Haha", rief er, holte aus und schleuderte eine frische Kugel in meine Richtung. Ich lief rückwärts und stolperte. Als ich nach hinten auf den Hintern fiel, traf mich sein Schneeball erneut am Kopf. Direkt auf den NABU-Schriftzug meiner Mütze.

„Oh! Sorry", tönte er und lief auf mich zu. Ich gackerte und vibrierte vor Spaß.

„Dich braucht man im Völkerball-Team", scherzte ich. In seinen coolen Winterstiefeln stand er vor mir und legte sich eine Hand vor den Mund. Ich schaute langsam empor, meine Augen scannten seinen Körper ab. In meinen Gedanken blitzte sein nackter Oberkörper auf, den ich am Morgen für einen kurzen Augenblick betrachten durfte. *Was soll der Scheiß?!* Ich schüttelte meinen Kopf, um meine Gedanken neu zu sortieren, und mündete mit meinem Blick in seinem Gesicht. Er entfernte seine Hand und lächelte. Nicht nur die dunklen Augen strahlten mir entgegen, auch die weißen Zähne. Er rümpfte seine schlanke Nase, entfernte die Ringelmütze vom Kopf und fuhr sich mit der Hand über die kurzen dunklen Haare, vor und zurück, dass sie sich strubbelig nach allen Himmelrichtungen reckten. *Irgendwie süß!*

„Tut mir leid", beteuerte er, setzte sich die Mütze wieder auf und reichte mir seine Hände.

„Pf", machte ich. „Wofür entschuldigst du dich? Dafür, dass wir Spaß hatten?" Ich kniff meine Augen zusammen und schmunzelte. Schließlich griff ich nach seinen Händen, sie waren genauso rot wie meine. Meine Hände waren nicht nur rot, sondern so kalt, dass ich kaum etwas spürte, als sich meine Handflächen, über seine schoben. Also physisch, haptisch spürte ich nichts. In mir, in meiner inneren Gemütszentrale, da wo meine Emotionen zu Hause waren und der Grinch für richtig miese Stimmung sorgen sollte, spürte ich ein Wohlgefühl, wie ein Delfin in sprudelnd blauem Wasser. Ich räusperte mich. *What the fuck?! Krieg dich mal wieder ein*, ermahnte ich mich. Torben nahm kräftig Zug auf, ich strammte meine Arme und hievte mich in die Höhe. Etwas zu energetisch vielleicht, weil ich mit einem Bums und meiner Oberweite gegen Torbens Brustkorb stieß.

„Hoppla", meinte ich, als ich mein Gesicht an seinem Hals wiederfand. Ich spürte seine Bartstoppeln an meiner Wange. Er schluckte und sein Kehlkopf stieg auf und senkte sich wieder ab. Ich war schon im Begriff, mich von ihm abzudrücken, da ließ Torben meine Hände los und schlang seine Arme um mich. *Hui! Was ist denn jetzt los?!* Mir stieg sein Eau de Toilette in die Nase und eine Hitze in den Bauch, während wir ganz eng aneinander lehnten. Ich schloss meine Augen. In dem Moment landete etwas Schweres auf meiner Schulter. Nicht so schwer wie eine tote Möwe zum Glück, aber immerhin so schwer, dass es keine Schneeflocke gewesen sein konnte. Ich öffnete meinen Blick und spinkste zur Seite.

„Igitt", maulte ich und wich einen Schritt zurück. Torben entließ mich aus seiner Umarmung.

„Ehm", machte er, räusperte sich und biss sich auf die Lippe.

„Nein, nicht wegen dir", stellte ich klar und winkte ab. „Mir hat eine Möwe auf die Schulter gekackt." Torben warf sich eine Hand vor den Mund. Dahinter kicherte er.

„Du kriegst es heute aber dicke", nuschelte er. Die Worte krochen verwaschen durch seine Fingerzwischenräume.

„Und dabei habe ich dir noch gar nicht von meinem Streit mit Fee und Kim erzählt", frotzelte ich und zwang meine Mundwinkel herab, während ich den Flatschen auf meiner rechten Schulter nicht aus den Augen ließ. Zentimeter um Zentimeter schob er sich meinen Oberarm herab.

„Du meinst, wir vertagen den Schneemannbau und sollten lieber quatschen?", kombinierte er und lächelte.

„Ja, das meine ich." Ich nickte.

„Na komm, wir gehen zu mir“, sagte er. Ohne Widerworte willigte ich ein und folgte ihm durch die weiße Landschaft.

221

Am Weihnachtsbaume die Lichter brennen

„Ich bin sehr gespannt, was du zu erzählen hast." Torben stapfte vor mir her und drehte sich über seine linke Schulter nach mir um. *Sein hübsches Seitenprofil eignet sich hervorragend für einen Scherenschnitt*, überlegte ich.

„Ich kann dir vorab schon eine Kurzzusammenfassung geben", ächzte ich, während ich den steilen Deichhang erklomm. Ich duckte mich vor den Böen weg und machte mich ganz klein, fast krabbelte ich. Bei jedem Schritt berührten meine Finger den Schnee. „Achtung Spoileralarm, Kim ist nicht mein heimlicher Küsser", rief ich ihm zu.

„Okay", antwortete Torben und schnaufte.

Er trug den Pizzateller und sich selbst mit großen Schritten den Wall herauf.

„Das war so peinlich! Dämliche Kuh, hat er mich genannt", verriet ich ihm und stöhnte vor Anstrengung.

„Was für ein Arsch", rief Torben. Lach, lach, machten die Möwen. Chu machte der Wind.

Obwohl es sich im Wind recht ungemütlich stand, stoppten wir. Wir fixierten einander, etwa eineinhalb Meter lagen zwischen unseren Nasenspitzen.

„Jetzt hast du immerhin Gewissheit", meinte Torben, hob seinen linken Arm und ließ ihn wieder fallen.

„Und irgendwie auch nicht", erwiderte ich und zwang einen Mundwinkel herab. „Schließlich weiß ich nicht, wer mich stattdessen geküsst hat", gab ich zu Bedenken.

„Mmh", machte er. Chu, Chu, Chu, Chu, machte der Wind. „Wie geht es dir jetzt?", fragte Torben.

Gut, weil du da bist.

„Äh, also …", begann ich. „Ich ärgere mich über mich selbst. Und über Fee", gab ich zu und wagte mich zwei Tippelschritte vor, damit Torben mich besser verstehen konnte. „Wenn ich ehrlich bin, ich will ja gar nichts mehr von Kim. Ich hab mir das irgendwie eingebildet." Ich legte mir die Hand an die Stirn und rieb sie. „Mein Interesse ist nur wieder aufgeflammt, weil ich dachte, dass ER Interesse hat. Ich weiß, das lässt tief blicken. Das zeigt, wie bedürftig ich bin." Ich sprach leise und schüttelte meinen Kopf. Torben musterte mich und kniff seine Augen zusammen, als müsse er sich konzentrieren.

„Wenn es um die Liebe geht, sind wir doch alle bedürftig", murmelte er und traf bei mir mit seinen Blicken ins Schwarze.

„Wo kommt das denn her? Hast du dir einen Pilcher-Spruch runtergeladen?", scherzte ich wuchtig, um die Tiefe in seinen Blicken nicht noch tiefer werden zu lassen. Doch Torben blieb ernst und tief. Ich räusperte mich, seufzte und nahm selbst wieder Haltung an.

„In Wirklichkeit hat er die ganze Zeit zu Fee geschaut. Er hat Recht, ich bin tatsächlich eine dämliche Kuh", resümierte ich.

„Nein, sag sowas nicht." Torben streckte seinen Arm nach mir aus.

„Vorsicht, die Vogelscheiße", warnte ich ihn. Sofort zog er seine Hand zurück, während er in der anderen den Pizzateller zu bändigen versuchte. Vom Wind geflutet führte dieser einen wilden Tanz auf.

„Es ist mir so peinlich", erklärte ich, blickte auf die Schneedecke und machte einen weiteren Schritt auf ihn zu. „Es ist sechzehn Jahre her", raunte ich. „Aber ich bin noch genauso naiv und oberflächlich wie damals."

„Oberflächlich?", fragte Torben nach. Ich spürte seine tiefen Blicke in meinem Gesicht, schaute aber nicht zurück. Stattdessen starrte ich ins Weiß.

„Ja, oberflächlich", antwortete ich. „Weil ich mich von Äußerlichkeiten leiten ließ. Damals wie heute."

„Du findest diesen aalglatten ..." Einhändig massierte Torben seinen Fünftagebart. „... um nicht zu sagen schmierigen Blender ... man sieht sofort, dass er ein Blender ist ... gutaussehend?"

Torben war lauter geworden. Er benahm sich wie ein eifersüchtiger Freund. Ich erkannte eifersüchtige Freunde sehr gut, schließlich war ich selbst eine eifersüchtige Freundin. Die eifersüchtige Freundin meiner guten Fee. Sofern wir überhaupt noch befreundet waren. Was wusste ich schon?!

„Hot", antwortete ich. „Kim ist hot. Das ist ja gerade das schreckliche. Er sieht so unfassbar, unverschämt, unglaublich, unsagbar, unübersehbar gut aus." Ich merkte selbst, dass ich es mit der Dichte der Adjektive übertrieben hatte und hätte am liebsten vier davon zurückgenommen.

„Ich finde ihn unausstehlich, uninteressant, unbedeutend, unverschämt und unterste Schublade, weil er sich ausgerechnet an deine beste Freundin ranmachen musste", bollerte Torben und musterte mich. Wir standen so dicht voreinander, nur der Wind fand noch Platz zwischen uns. *Der ist doch eifersüchtig*, kam mir ein Gedanke. Und dann kam mir ein weiterer... *Was, wenn Torben mein geheimer Küsser ist?* Mir sprangen Mund und Augen auf, mein Puls übte Stabhochsprung.

„Was?", fragte er.

Ich schmälte meine Augen.

„Nichts", sagte ich, schluckte geräuschvoll und wich seinem Blick aus. Der Wind riss mich beinahe von den Beinen. Aber nicht der Chu-Chu-Wind, sondern mein innerer, der gerade an Stärke zulegte, Geschwindigkeit aufnahm und durch mein Gefäßsystem wirbelte, ausgehend von der Magengrube, wo er zunächst mit einer Böe auf sich aufmerksam gemacht hatte. Ich schaute auf und Torben direkt ins Gesicht. *Bist du mein heimlicher Küsser*, fragte ich ihn. Doch er konnte mich nicht hören.

Die nächste Böe war heftig. Der Chu-Chu-Wind riss Torben beinahe den Pizzateller aus der Hand und schubste mich von hinten an, direkt gegen seine Brust. *Dort war ich schon einmal, dort fühlte ich mich wohl.* Torben ließ das tellerförmige Rodelgerät einfach los und schlang seine Arme um mich. Der Pseudoschlitten schoss, wie nach einer Initialzündung über den Deich, schlug auf den Schnee, hinterließ eine mächtige Furche, Schneestaub mischte sich unter die Flocken, dann hob er wieder ab und flog davon. Wenige Augenblicke später war der Familienpizzateller nur noch klein wie eine Medaille bei den Bundesjugendspielen. Mir hatte noch nie jemand eine Medaille um den Hals gehängt. Stattdessen hängte ich mich um Torbens Hals und schloss die Augen. Ich spürte seine Hände auf meinem Rücken und spürte weder Wind noch Schnee. Alles geriet in den Hintergrund. Ähnlich hatte ich mich während des Kusses gefühlt. *Kein Zweifel.* Seicht schüttelte ich meinen Kopf, er ruhte an Torbens Hals, dann reckte ich ihn und streckte mich, bis mein Mund auf Höhe seines Kinnes kam. In mir braute sich ein heißer Punsch zusammen, kein Kinderpunsch, einer für Erwachsene mit Schuss. Mir war so heiß. Torben hielt mich in seinen Armen. *Küss mich*, bettelte ich und pumpte mich weitere Zentimeter in die Höhe. *Stopp!* Ein Impuls wie ein Befehl ließ mich zurückweichen. *Aber Torben kannte mich am Tag des Kusses kaum*, fiel mir plötzlich auf. *Weshalb also sollte er mich geküsst haben?!* Schlagartig löste ich meine Arme von seinem Körper und schlug mir nach zwei Rückwärtsschritten die Hand über meine kusswilligen Lippen.

„Bitte entschuldige", fiepte ich. Er schaute, als verstehe er mich nicht. Als verstehe er nicht nur meine Worte nicht, sondern auch meine Reaktion nicht. Er falzte die Stirn.

„Ich geh dann mal", sagte ich, weil mir nichts Besseres einfiel. Ich winkte, wie eine dämliche Kuh, und preschte die breiten Stufen herab, deren Position ich unter dem Naturschnee nur noch erahnen konnte. Ich nahm drei bis vier Stufen auf einmal.

„Wollten wir nicht zu mir gehen und quatschen?", rief
Torben hinter mir her. Ich tobte durch den Schnee, der
ja selbst tobte.

„Spinne ich?", begann ich ein Selbstgespräch, als ich
auf Höhe des Wendehammers war. „Ich benehme mich
völlig wahllos." Mein Kopf wackelte von rechts nach
links. „Erst schwärme ich für Kim, dem Arsch …",
raunte ich und gestikulierte, als wollte ich mir einer
Rundnadel Socken stricken. „… und als die Rahmenbedingungen nicht passen, verknalle ich mich hoppla-
hopp in Torben." Ich schnaubte, während der Schnee
unter meinen Schuhen nicht gerade staubte, aber
knirschte. „Wer sagt denn heutzutage noch hoppla-
hopp?", schimpfte ich. „Und wer sagt, dass ich mich in
Torben verknallt habe? Gar nicht!", grinchte ich. „Und
wer zum Teufel ist mein heimlicher Küsser?"

„Ich würde gerne mit Ihnen über Gott sprechen", rief
mir eine Stimme zu. Ich schaute nach links und in das
fahle Gesicht einer Frau mit Regenhut. *Nicht die schon
wieder.*

„Ich rede gerade schon mit ihm", log ich und zeigte
mit meinem Finger in Richtung schneespeiende Wol-
kendecke.

„Kennen wir uns nicht?", erkundigte sie sich. Ihr spröder Begleiter im Regenponcho musterte mich.

„Fast. Immerhin quatschen Sie mich schon zum dritten Mal an. Guten Tag", nölte ich, bog ab und verließ die
Seeigelgasse in den Wattwurmstieg. In dem Fenster eines Nurdachhäuschens klebte eine selbst gebastelte
Winterlandschaft auf der Scheibe. Ich tippte auf
Window Color. *Echt jetzt? Gibt es das noch?* Ein Weihnachtsmann, der auf seinem Schlitten saß, spuckte ein

„Ho Ho Ho" in eine Sprechblase – zumindest in der Innenansicht. Von außen las ich „Oh Oh Oh". *Oh, Oh, Oh, Luise*, dachte ich. *Was für ein Kuddelmuddel.* So schnell ich konnte, stapfte ich zum Häuschen Nummer neun und fummelte den Schlüssel ins Schloss. Rums, dann schubste ich die Tür hinter mir zu und lehnte mich von innen dagegen. „Ich muss dringend Zähne putzen", flüsterte ich.

Eine Dreiviertelstunde war vergangen. Mit der Zunge streichelte ich meine Zähne. Ich hatte sie geputzt und war frisch geduscht. Meine Nasenflügel blähten sich auf, während ich wie ein schnüffelnder Igel klang und meine Duftaura einsog.

Ich lag auf dem Sofa und hatte mir die Wolldecke über Körper und Kopf gezogen. Ich grübelte über Fee, Kim, Torben und ob ich, um allen aus dem Weg zu gehen, frühzeitig abreisen sollte. *Bloß wie?* Mein Telefon bimmelte. Ich boxte mich aus der Decke, preschte durch das Wohnzimmer in den Flur, operierte das lärmende Gerät aus der Innentasche meiner Winterjacke und drückte auf das Display.

„Papa", hechelte ich, als hätte mein Puls einen Hundertmeterlauf geübt.

„Wo steckst du?", fragte er mich, während ich das flache Telefon an mein linkes Ohr drückte. Es war glatt wie ein fabrikneues Cerankochfeld. „Bin zu Hause", erwiderte ich und setzte mir die rechte Hand an den Nacken.

„Wo zu Hause?", blökte er.

„Haus Nummer neun", antwortete ich.

„Puh!" Mein Vater seufzte. „Da bin ich aber erleichtert."

„Hä?“

„Ich dachte im ersten Augenblick du bist abgereist.“

„Wie denn?! Mit dem Fahrrad oder was?“

„Dir traue ich alles zu.“ Er kicherte.

„Wobei ich tatsächlich gerade darüber nachgedacht habe, abzureisen“, gab ich zu und sprach sehr leise.

„Ich wusste es“, donnerte mein Vater und spaltete die Ruhe. „Ich hatte so ein Bauchgefühl. Väter und ihre Töchter“, triumphierte er. „Was ist denn los?“, erkundigte er sich. „Immer hältst du dich im Hintergrund, nie setzt du dich dazu“, fasste er die Fakten zusammen.

„Ach, Papa“, seufzte ich. Ein feuchter Nebel stieg mir vor den Blick.

„Ist es wegen Lissy? Ist irgendetwas vorgefallen?“

„Nein“, log ich. *Abgesehen von ihrem Verrat vor sechzehn Jahren.* „Ich bin so eine dämliche Kuh“, sagte ich.

„Was? Wieso? Warum sagst du das? Du bist doch meine Beste“, säuselte er.

Ich schmunzelte. „Und was ist mit Lissy?“

„Die auch“, antwortete mein Vater diplomatisch. „Ihr seid beide meine Besten. Du bist die Beste auf deine Art und Lissy ist die Beste auf ihre Art. Ihr seid halt sehr unterschiedlich.“

„Und ob“, bestätigte ich ihn.

„Warum kommst du nicht rüber? Dann kann ich dich knuddeln“, schlug er vor.

„Knuddeln klingt verführerisch“, fiepte ich. „Ich muss mich nur noch schminken, dann komme ich.“

Ich warf mir meine Winterjacke über, stieg in meine Stiefel und stopfte mir die Wimperntusche in die Hosentasche. „Schminken kann ich mich auch später noch.“

Eine Muh, eine Mäh, eine Täterätätä

Mein Vater empfing mich draußen im Schneegestöber. Mit ausgefahrenen Armen kam er auf mich zu.

„Komm mal her, meine Kleine", sagte er und umarmte mich. Ich schloss meine Augen und atmete ganz ruhig. Chu, Chu, pfiff der Wind im Hintergrund.

„Was hast du denn da auf der Schulter?", fragte er, als er wieder von mir abließ. Er inspizierte den Vogelklecks mit eng gestellten Augen.

„Nicht anfassen", quiekte ich und wich einen Schritt zurück. „Die Vogelkacke habe ich total vergessen." *Igitt.*

„Lass uns reingehen", schlug mein Dad vor und seinen Kragen hoch.

Im Inneren des Hauses knüllte ich meine Jacke zusammen, mit dem Fleck nach innen, und deponierte ich sie im Heizungsraum.

„Meinst du die Graving Beasts geben noch Konzerte?", fragte mein Vater und reichte mir eine weihnachtlich, nicht weinerlich, gemusterte Tasse. Weinerlich war nur ich neuerdings. Ich ließ es mir aber nicht anmerken und fasste nach einem Butterspekulatius.

„Die Graving Beasts haben sich vor elf Jahren aufgelöst."

„Schade." Mein Vater zog die Mundwinkel abwärts.

„Ich hör die eh nicht mehr", meinte ich und nippte am heißen Traubensaft.

„Hallo, mein Mädchen", trällerte meine Mutter. Sie schritt auf mich zu. Ich legte meinen Kopf schief, damit sie mir einen Kuss auf die Wange geben konnte. Schmatz, machte es. Wir lächelten.

„Schön ruhig hier", stellte ich fest. Mutter setzte sich neben mich und fegte einen Kekskrümel von meinem Knie.

„Das müssen wir genießen. Um fünfzehn Uhr kommen alle zurück und helfen bei den Vorbereitungen fürs Abendessen", verriet sie mir und lehnte sich mit geschlossenen Augen gegen die Rückenlehne ihres Stuhls.

Zu dritt saßen wir im Halbkreis vor der gigantischen Nordmanntanne. Allerdings saßen wir mit dem Rücken zum Baum.

„Du kannst nicht hinsehen, was?!", frotzelte ich und zupfte meine Mutter am Blusenärmel.

„Weiß nicht, was du meinst." Sie schlug sich ein Bein über und wippte mit dem in der Luft hängenden Fuß.

„Den Weihnachtsbaum." Ich deutete mit dem Daumen hinter mich.

„Nächstes Jahr schmücke ich ihn wieder selbst", zischelte sie.

„Nächstes Jahr gönne ich mir Kartoffelsalat und Bockwürstchen vor dem Fernseher", behauptete ich. Vater lächelte.

„Was essen wir heute noch gleich?", hakte ich nach.

„Raclette." Mein Vater strich mir eine Strähne aus dem Gesicht.

„Hallo! Na, ihr drei?!" Ich reckte meinen Kopf. Lissy geriet mir in den Blick. *Na toll!* Ich seufzte.

„Komm zu uns", säuselte mein Vater und streckte seine Hand nach seiner anderen Besten aus.

„Hey Lu", meinte Lissy und schwebte elegant auf uns zu. Als wäre sie verlegen, fuhr sie sich über ihr glänzendes Haar. Mein Haar glänzte nie. Noch nicht einmal, als ich noch keine Dreadlocks hatte.

„Nimm dir einen Stuhl." Mutter legte ihren Kopf in den Nacken, lächelte und zeigte auf die freie Fläche neben sich.

„Was wird das hier?", fragte ich nach und presste meinen Hinterkopf gegen die Lehne.

„Family Time", tuschelte mein Dad und rieb sich die Hände. Er klang begeistert. „Bei so vielen Gästen finden wir kaum Zeit für uns."

Ich hob meine Hände und ließ sie wieder fallen. „Mein Reden", meinte ich. „Ein kleineres Spektakel hätte es doch auch getan."

„Das wir nochmal alle zusammenkommen", sang meine Mutter.

„Nicht schon wieder diese Leier." Ich seufzte und schubste meine Augäpfel in Richtung der Oberlider.

Mein Vater stand mit einem Mal auf, die Stuhlbeine schlurrten über die Fliesen, dann warf er seine Arme aus, wie einen Köder vielleicht. „Kommt mal alle her", sagte er.

„Hä?", machte ich, während Mutter und Lissy ihm folgten.

„Familienknuddeln", trällerte er. „Nun komm schon, Lu." Widerwillig erhob ich mich. Kaum, dass ich mich der Länge nach ausgetreckt hatte, fing mein Vater mich ein und zog mich als viertes Glied in den kleinen Familienkreis.

„Wir können euch gar nicht oft genug sagen, wie lieb wir euch haben", flüsterte meine Mutter, während sich Lissys Hand an meinem Rücken festsaugte. Mich durchfuhr der Impuls, sie abzuschütteln, doch ich ging ihm nicht nach. Ich schloss die Augen, ließ meine Abwehrhaltung fallen und krallte mich ebenfalls bei ihr fest. Das war der Moment, in dem sie zu schluchzen begann.

Ich musste an mein Jahresgespräch denken. Ich wünsche mir Liebe, hatte ich gedacht, als Andrea mich hinsichtlich meiner Zukunftspläne interviewte. Und Torben behauptete, dass wir, wenn es um die Liebe geht, alle bedürftig sind. *Stimmt das? Wollte ich nur Liebe? Von Lissy? Von der Zwillingsschwester, die mich betrogen und belogen hat?* Plötzlich wurden mir die Mundwinkel schwer. Sie sausten herab wie meine Tränen. Ich warf mir eine Hand vor den Blick.

„Sorry, ich kann nicht", schluchzte ich und rannte strauchelnd davon.

„Luise, ist alles in Ordnung bei dir?", fragte meine Mutter. Sie stand im Flur vor der Gästetoilette. „Ich komme gleich", antwortete ich und räusperte mich. Ich betrachtete mich im Spiegel, gefühlt schon eine Viertelstunde lang. Mein Vater hatte sich zweimal nach mir erkundigt und meine Mutter nun schon zum dritten Mal.

„Mir geht es gut", erwiderte ich.

Was war das nur, fragte ich mich, musterte mich und meine nassen Wimpern. Den Schminkvorgang verschiebe ich auf später.

„Es sind schon alle da", hörte ich meine Mutter sagen.

„Ich weiß, habe ich mitbekommen."

„Wenn du mich brauchst, ich bin im Speisesaal", teilte sie mir mit und stöckelte über die Fliesen. Mit jedem Schritt büßten ihre Absätze Lautstärke ein. *Was war das nur*, wiederholte ich. *Ich kann Lissy nicht leiden.*

„Ich bin einfach eine dämliche Kuh", zitierte ich Kim und streifte meinen Gefühlsausbruch ab. „An die Arbeit", meinte ich, strammte meine Körperhaltung, wischte mir ein letztes Mal über die Augen und verließ das kleine Badezimmer.

„Such dir am besten einen Platz." Noch vor der Kochinsel fing mein Vater mich ab. Er hakte sich bei mir unter und tätschelte meinen Arm. „Geht es dir gut? Muss ich mir Sorgen machen? Lissy hat ganz schrecklich geweint", flüsterte er mir zu. *Ich auch*, dachte ich und legte mir ein halbüberzeugendes Lächeln ins Gesicht.

„Mir geht es gut, Papa. Das war wohl ein weihnachtlicher Besinnlichkeitsanfall", behauptete ich und der Grinch zeigte mir den Vogel. „So, wo werde ich denn noch gebraucht?" Ich schaute mich um, knuffte Vaters Unterarm und setzte mich in Bewegung. Ich hielt auf Torben zu, der vor dem Kühlschrank stand und nach mir winkte. Ich winkte zurück.

„Hey!", meinte ich über das Stimmengewirr hinweg. Die Küche war voll mit Helfern. Die sind wie Elfen mit zwei Buchstaben mehr. Ich blickte ihm ins Gesicht. Seine dunklen Augen strahlten Aufrichtigkeit aus. Die vollen Lippen deuteten ein Lächeln an.

„Hey", erwiderte er und legte seinen Kopf schief.

Ich spürte, wie mein Puls in den Wettkampfmodus wechselte.

„Alles gut?", erkundigte er sich und strich sich über seinen Fünftagebart. *Jetzt fragt er gleich nach, warum ich vorhin so plötzlich abgehauen bin.* Ich war auf alles vorbereitet und nickte wortlos.

„Geh besser nicht in den Speisesaal", sagte er. „Fee und Kim sind da." *Oh*, dachte ich. *Kein klärendes und peinliches Gespräch.*

„Danke", flüsterte ich.

„Die Tierklinik hat gerade angerufen", verriet er mir.

„Und?"

„Sie mussten Lassie einen Hinterlauf amputieren."

„Oje, das tut mir leid", säuselte ich und schüttelte den Kopf.

„Hauptsache er lebt." Torben nickte. „Lassie wird zurechtkommen. Er wird es gut haben bei mir." *Daran habe ich keinen Zweifel.* Ich lupfte eine Augenbraue und schob meine geschürzten Lippen nach rechts.

„Komm", meinte er. „Lass uns den Obstsalat für den Nachtisch machen." Er griff nach meinem Arm.

„Gerne", erwiderte ich,

Die Temperatur in der quadratischen Küche erinnerte mich an meinen letzten Saunagang. „Puh", machte ich, fasste meinen Shirt-Kragen und fächerte mir Luft zu. Vor den drei Fenstern, die rechts der Haustür glitzerhell beleuchtet wurden, standen Menschen an den Fensterbänken und schnippelten irgendwelche Zutaten für das Raclette in Stücke. Rund um die Kochinsel hielten sich ebenfalls Helfende auf. Sie schnitten

Zwiebeln in Ringe und stückelten diverse Gemüsesorten. Entlang der L-förmigen Küchenarbeitsplatte waren sämtliche Posten besetzt. Ritsch, machte es, als irgendwer eine Packung Raclette-Käse öffnete.

„Wir quetschen uns einfach dazwischen", rief Torben mir zu und über das Stimmendurcheinander hinweg und zeigte in die Ecke, in der wir schon auf den Wasserkocher gestarrt hatten.

„Dürfen wir mal? Wir wollen den Obstsalat machen", erklärte Torben und schob sich und mich zwischen Onkel Robert und Romy.

„Sorry", sagte ich zu Romy, als ich sie mit dem Ellenbogen stupste.

„War ja nur meine Brust", erwiderte sie, lachte und stupste mich am Oberarm.

„Peinlich." Ich legte mir die Hand ins Gesicht und kicherte.

„Habe ich da Brüste gehört?", mischte sich Onkel Robert ein, der schon wieder lallte. Ich schnaubte. Auch Romy schnaubte.

„Kennt ihr die Geschichte von der Frau, die so lange Brüste hat, dass sie sich ständig auf die Brustwarzen tritt?", bollerte er. Seine Stimme verteilte sich innerhalb der Küche wie der zähe Dampf nach einem Saunaaufguss.

„Robert, bitte!", keifte Tante Carola. Ich sah mich um, suchte den Raum nach ihrer Stimme ab, in der Chili und Cayennepfeffer steckten. Schließlich entdeckte ich ihren Posten an der Kochinsel. Unsere Blicke trafen sich. Synchron zwangen wir unsere Mundwinkel herab.

„Scheiß die Wand an“, hörte ich Gretchen sagen. „Die Geschichte würde ick gern hören.“ Ich drehte mich nach ihr um. Sie lachte heiser, hustete, lachte heiser und hustete. Lachte heiser und hustete, während ihr Finger in den rötlichen Dip fuhr, den sie gerade zubereitete. Meine Nase krauste sich, meine Augenbrauen drängten in die Höhe. Dann leckte sie ihren Finger ab und tauchte ihn abermals in die Soße. *Igitt!* Sie stakste zu Wolfgang.

„Schmeck mal“, röhrte sie und schob ihm den Soßenfinger in den Mund.

„Ist das vegan?“, nuschelte dieser mit ihrem Körperteil zwischen den Zahnreihen.

„Na klar“, antworte sie und streichelte sein Gesicht. Reste des roten Dips blieben auf seiner Wange stehen. *Wie ekelhaft!* Ich wand mich ab, schnaufte und versetzte meine Lippen in Schwingung, bis sie flatterten. Zur Beruhigung stellte ich den Wasserkocher auf sprudelnd blau. Torben sah mich von der Seite her an und tätschelte meinen Rücken. Vor ihm auf dem Schneidebrett lagen Orange, Kiwi, Apfel und Co. Ich lächelte zaghaft, schnappte mir eine Mandarine und bereute es sofort. Ihre Haut ließ sich nur kleinschrittig, Millimeter für Millimeter, pulen. Ich wippte mit dem Bein. „Hasse ich“, wisperte ich. „Und dann bleibt der ganze Scheiß unter den Nägeln hängen und verfärbt sie gelb.“

„Du hast doch Nagellack drauf“, konterte Romy und schmunzelte.

„Das tröstet mich nicht“, stellte ich klar und schob mir die enthäutete Zitrusfrucht in Gänze in den Mund. Ich hatte großen Hunger, die Butterspekulatius hatten mich nicht satt gemacht. Mit dem ersten Bissen spritzte der Saft rundherum und quer durch meinen Mund. Ich schluckte geräuschvoll. *Igitt, sauer!* Ich grimassierte wie eine Vierjährige, die versehentlich an Senf geleckt hatte. In dem Moment ertönte Roberts Stimme. „Trink bloß kein Leitungswasser", polterte er, als ein Jugendlicher neben ihm an den Wasserhahn zu gelangen versuchte. „Wegen der ganzen Hormone macht das den Schwanz weich. Leitungswasser verweichlicht uns Männer", flüsterte er. Er klang fast väterlich. „Ich zeig dir was, was witzig ist", fuhr er fort. „Kennst du den hier?", fragte er den Jugendlichen. *Was hat der jetzt wieder vor?!* Prophylaktisch schüttelte ich meinen Kopf und blickte nach draußen in die dunkelnde Landschaft. Erst danach blickte ich zu ihm.

Robert griff sich mit der Hand in sein Hemd, schob sie in die Achselhöhle und pumpte mit dem Arm auf und ab, als wäre er ein Huhn, dass abzuheben versuchte. *Das macht der nicht?!* Aus Roberts Hemd pupste und furzte es. Er gackerte, wie ein Puter beim Ententanz. Der Jugendliche vor dem Wasserhahn griff sich sein Telefon, wählte die Aufnahmefunktion und lachte. Außer ihm und Robert gackerte niemand sonst. Nach der Show verstaute der Jugendliche sein Smartphone in der Gesäßtasche seiner Jeans und Robert verbeugte sich. Dann widmete er sich wieder dem Fleischberg zu, den er gerade in mundgerechte Stückchen schnitt.

„Das ist jetzt nicht dein Ernst?!", bellte Kerstin. Mit zackigen Schritten preschte sie auf ihn zu. In dem Moment flackerte das Licht. Lag das an Kerstin oder an dem Sturm, der draußen tobte?

„Du kannst das Fleisch doch nicht mit deinen Schweißfingern anfassen“, behauptete sie. „Weißt du, wie unhygienisch das ist?“

„Schweißfinger?“ Robert wand sich nach der aufgebrachten Biologielehrerein um, schlitzte seine Augen und reckte sein Kinn.

„Ja, Schweißfinger. Oder habe ich mir deine Achselfürze nur eingebildet?“ Kerstin bebte. Ihr Kaumuskel spannte sich an, ihre Lippen spitzten sich. Mir wurden die Augen groß wie Pizzateller. Ich packte nach Torbens Arm und hielt mich fest.

„Das war ein Spaß. Nun hab dich nicht so“, maulte Robert. Neben mir donnerte Romy ihr Messer auf die Arbeitsplatte. Ich zuckte zusammen, während sie aus der Formation trat und sich die Arme in die Taille stieß.

„Du bist nicht lustig!“, brüllte sie in Roberts Richtung. Spätestens in dem Moment legten alle helfenden Hände ihre Arbeitswerkzeuge nieder, während die dazugehörigen Augen aufschauten und ihre Blicke auf die Szene richteten.

„Du bist peinlich! Deine primitive Art kotzt mich so an“, fuhr Romy fort.

„Wie redest du mit mir?“ Onkel Robert strammte seine Schultern, blies sich auf wie nach einer Balginhalation und wankte auf Romy zu.

„Überleg dir gut, was du als nächstes tust“, mahnte Kerstin von der Seite und streckte ihren Arm vor seinem Oberkörper aus.

„Boah, Mama ist so cringe, Digga“, flüsterte Zoe im Hintergrund.

„Es reicht, Robert“, hörte ich Carola von der Kochinsel rufen.

„Was habt ihr denn nur alle? Ich mache doch nur Spaß", relativierte er seinen Auftritt und sah sich nach Verständnis um.

„Gib doch endlich zu, dass du ein Problem mit Frauen hast, weil du dich ihnen unterlegen fühlst", schmetterte Romy.

„Pf", machte Robert und wackelte hin und her. Von außen brachte der Wind die Scheiben zum Wackeln.

„Gib du doch zu." Roberts Zeigefinger focht in ihre Richtung.

„Zugeben? Was denn?", erwiderte Romy. Sie wirkte belustigt, kniff ein Auge zu und lächelte schief.

„Zum Beispiel, dass du gar nicht so getrennt bist wie du tust", polterte er.

„Hä?", hörte ich einige Stimmen fragen. Noch immer hielt ich mich an Torbens Arm fest. Ich schaute zu Romy, die mit einem Mal wie Kerstin aussah, natürlich nicht phänotypisch, aber was die Farbe anging. Zwar nicht cadenabbia-blau, aber lippenstift-rot.

„Hä?", flüsterte auch ich.

„Willst du es selbst erzählen, oder soll ich verraten, dass du heimlich mit deinem Exmann rumknutschst?"

Romy quiekte auf und schmiss sich ihre Hand ins Gesicht, dass es knallte wie nach einer Ohrfeige. Eine Ohrfeige, die sie Robert sicher gerne gegeben hätte. Ein „Oh" ging durch die Menge, wie am Heiligabend, wenn ein verdreckter Kater auf den Braten springt. Oder wenn Stefan Mross live zu singen versucht.

„Fahr sie nicht so an, hörst du?" Bartosz schritt auf die Szene zu und stellte sich mit verschränkten Armen zwischen Robert und Romy. „Ich hab die beiden beim Knutschen auf der Gästetoilette erwischt", posaunte

Robert. „Was meint ihr, warum ständig besetzt ist und sich eine Schlange bildet?“ Er sah sich nickend um und nahm mit jedem einzelnen Blickkontakt auf. Einzig Carola sparte er aus.

Romy versteckte ihr Gesicht und schluchzte in ihre Handflächen. Noch immer herrschte Ratlosigkeit, die Gäste schauten einander an, zuckten mit den Schultern und schüttelten die Köpfe.

„Ist das wahr?“, rief Leander von nirgendwoher. Der Typ war so unauffällig, dass ich ihn nirgendwo entdeckte.

„Ja“, fiepte Romy. „Ja, es stimmt.“

Ich schob mir den Kopf in den Nacken, verstand gar nichts.

„Aber wieso?“, fragte meine Zwillingsschwester und sprach damit aus, was ich dachte.

Für einen Augenblick herrschte Stille im Raum. Abgesehen vom Wind, der sekündlich von außen gegen die Scheiben klopfte.

Das Licht flackerte. „Es ist mir so peinlich.“ Romy schniefte wie eine von der gestrengen Eiskunstlauftrainerin gescholtene Elfjährige.

„Nichts, gar nichts muss dir peinlich sein“, ergriff Bartosz das Wort und drehte sich nach seiner Exfrau um. Seine große Hand fasste nach ihr. „Ich bin erleichtert, dass wir endlich die Wahrheit sagen können.“ Romy, die ihr Gesicht noch immer abschirmte, gurrte und räusperte sich.

„Ich liebe dich“, meinte Bartosz und stampfte einmal kräftig mit seinem Fuß auf. „Und ich stehe dazu.“

Romy ließ ihre Hände zu Boden fallen und lugte hervor. Ihr Make-up war durch die Tränen verrutscht, bunte Striemen zierten ihr Gesicht.

„Mein Honigkringel …", begann Bartosz und blickte ihr in die Augen, dann kniete er sich runter auf den Boden. Romy gluckste erstickt. „Ich habe unsere Trennung nie verkraftet. Umso schöner ist es, dass wir wieder zueinander gefunden haben. Noch einmal lasse ich dich nicht entkommen. Möchtest du mich heiraten? Also noch einmal?" Er räusperte sich, wankte kniend hin und her und lächelte.

„Ja", quiekte Romy. „Ja, ja, ja." Sie hüpfte, warf sich den Kopf in den Nacken und ihre Haare durch den Raum. Bartosz erhob sich und beide landeten schniefend in einer Umarmung.

„Endlich hat die Heimlichtuerei ein Ende", piepste sie.

Ich griente und schaute zu Torben. Er zwinkerte mir zu, ein feuchter Film lag vor seinem Blick.

„Herzlichen Glückwunsch", flüsterte ich und klatschte bewegt in die Hände, solange, bis sämtliche Gäste mit einstimmten. Romy und Bartosz küssten und herzten und liebkosten sich.

„Hier ist wat los", kommentierte Gretchen die Szene final, als das Klatschen verhallt war.

„Gute Vorlage", tönte Wolfgang, schlurfte in die Mitte des Raumes und sank ebenfalls auf seine Knie. Es knirschte und knackte, dass ich mich an sprödes Holz erinnert fühlte. Ich rümpfte meine Nase und kniff die Augen zu.

„So eine Frau wie du ist mir schon viele Jahr … Jahrzehnte nicht begegnet", palaverte Torbens Opa und gestikulierte wie Thomas Gottschalk. *Bitte nicht! Bitte nicht!* Ich ließ meinen Unterkiefer fallen und glotzte zu Torben. Seine Augen hätten zwei Suppenteller verschlingen können und seine Brauen verkrochen sich beinahe im Haaransatz.

„Seit du in mein Leben getreten bist, fühle ich mich wieder jung und keck. Du bist der einzige fleischliche Genuss, auf den ich nicht verzichten kann", sagte er.

Igitt! Ich schüttelte mich, mir schlug es jede menschliche Regung aus dem Gesicht.

„Willst du mich heiraten?", gickste er und rieb sich die Augen.

„Ach, du dicker Hund", röhrte meine Oma. Sie hustete, legte ihren Kopf schief und eine Hand in die Taille.

„Ach, du dicker Hund, ja? Oder, ach, du dicker Hund, nein?", erkundigte sich Wolfgang, winkte nach seinem Enkel und ließ sich von Torben in die Höhe ziehen. Es knirschte und knackte.

„Ja", krächzte meine Oma. „Nun komm schon her mein kleiner Butscher", fügte sie noch an und schürzte ihre Lippen.

„Nenn mich nicht Butscher, das klingt wie Schlachter", erwiderte ihr veganer Bräutigam, während alle anderen klatschten.

Die beiden führten ihre Köpfe zusammen und knutschten, wie zwei Teenager. Ich hielt mir die Augen zu und schnaubte. *Das darf ja wohl nicht wahr sein.*

„Das darf ja wohl nicht wahr sein", polterte Onkel Robert. Das war das erste Mal, dass wir einer Meinung waren. „Sonst noch irgendjemand, der einen Antrag machen möchte?" Er blickte sich amüsiert zwischen den Gästen um. „Freiwillige vor", scherzte er und plinkerte mit den Lidern.

„Kein Antrag, eher das Gegenteil“, donnerte Tante Carola und tänzelte um die Kochinsel herum. Sie eilte auf ihren Gatten zu, verschränkte ihre Arme vor der Küchenschürze und spitzte ihre Lippen. „Ich will die Scheidung“, verkündete sie. „Ich halte es nicht mehr mit dir aus.“

Ein „Oh“ ging durch die Menge. Kein „Oh“ wie im Löwengehege, wenn das Jungtier eine komplette Wildschweinhaxe verschlingt, sondern ein „Oh“ wie ein „Aua“ oder ein „Autsch“ nach einem Treppensturz.

„Bitte was?!“, echauffierte sich Robert und schüttelte den Kopf. Im gleichen Augenblick bildeten sich rote Stressflecken in seinem Gesicht. „Spinnst du?“, keifte er.

„Du spinnst“, konterte Carola. Sie war aus ihren Stöckelschuhen geflüchtet und stand in Feinstrumpfhosen vor ihrem zukünftigen Exmann. „Wisst ihr eigentlich, dass Robert seit zwei Monaten arbeitslos ist?!“, bellte sie und starrte ihn an. Er erblasste.

„Das gehört hier nicht hin“, behauptete er.

„Doch“, röhrte Gretchen und klatschte in die Hände. „Erzähl!“

„Er hat bei der Arbeit Videoclips an seine weiblichen Kolleginnen geschickt“, verriet Carola, ihre Stimme klang dünn.

„Ach das“, entgegnete Robert und winkte durch die Luft. „Pf“, machte er.

„Unangemessene Videoclips“, fuhr Carola fort. „Pornos!“

Wieder ging ein „Oh“ durch den Raum.

„Seit ich ein junges Mädchen bin, klapst er mir auf den Po“, mischte Lissy sich ein.

„Mir auch“, gab ich öffentlich zu.

„Du bist ein Grabscher“, blökte Bartosz.

„Er soll eine Kollegin im Fahrstuhl ungefragt auf den Mund geküsst haben“, fiepte Carola, legte sich eine Hand vor die Lippen und schluchzte. Kerstin, Jule und Britta eilten zu ihr und trösteten sie.

Ungefragt auf den Mund geküsst? Ich zuckte zusammen, spürte eine plötzlich einsetzende Übelkeit und starrte zu Boden. *Bitte, lass ihn nicht der abendliche Küsser gewesen sein.* Ich klatschte mir meine Hand vor die Lippen. „Alles gut?“, flüsterte Torben. Ich schüttelte den Kopf. Mir kletterte die saure Mandarine die Speiseröhre empor.

„Jetzt ist doch gut“, behauptete Robert. Er machte eine beschwichtigende Geste. Eine Handbewegung, als wolle er drei zusätzliche Pullover in einen ohnehin schon überlaufenden Koffer quetschen. „Wir machen doch alle mal Fehler“, meinte er.

„Ich finde, dass wir uns Roberts Version anhören sollten“, schlug Lukas vor.

Dem brennt doch der Helm! „Au“, wisperte ich, denn mir brannte die Speiseröhre.

„Was soll das denn?!“, ergriff Robert das Wort. „Bin ich hier beim Promi-Büßen?“

„Du bist kein Promi“, donnerten mindestens fünf Stimmen synchron.

„Nimm dich bloß nicht so wichtig“, raunte Romy, die mit Bartosz Händchen hielt.

„Wenn das so ist, wenn ich euch allen und vor allem dir …“ Sein Finger schoss auf Carola zu. „… so scheißegal bin, dann kann ich genauso gut auch gehen.“ Er schnaufte und prustete, stakste zur Haustür, öffnete sie und trat ohne ein weiteres Wort in den Schneesturm. Chu-Chu wehte der Wind in die Küche, ehe Robert die Tür von außen wieder schloss.

Einen kurzen Augenblick blieb es still. Mich fröstelte es ob der kalten Luft. Ich schüttelte mich.

„Man sollte sich immer beide Seiten anhören.“ Lukas zerfurchte die Stille. Ich sah mich zackig nach ihm um, wie alle anderen auch. Er trat in die Mitte des Raumes und wuschelte sich durch die mittellange Frisur.

„Aber doch nicht die Seite eines Grabschers“, widersprach Britta und blickte mit gestrammten Brauen zu ihrem Partner. „Jeder sollte das Recht haben, seine Sicht der Dinge zu schildern“, beharrte Lukas.

„Wenn das so ist“, ergriff Jule das Wort. „Dann ist das hier meine Sicht.“ Sie griff hinter sich, suchte nach Brittas Hand, fasste nach ihr und lotste sie neben sich. Britta blickte auf den Boden.

„Hä?“, machte Lukas.

„Du passt nicht mehr zu uns“, erklärte Jule.

„Was?“ Lukas stolperten beinahe die Augen aus dem Kopf. „Was heißt hier passen? Wie? Wieso zu euch passen?“ Er schüttelte den Kopf.

„Wir machen Schluss“, flüsterte Britta. „Wir haben uns ineinander verliebt und wollen ohne dich zusammen sein“, ergänzte Jule.

„Wat et allet gibt“, röhrte Gretchen im Hintergrund.

„Verliebt?“, quietschte Lukas und fasste sich an die Stirn. „Das geht nicht, schließlich seid ihr meine Partnerinnen.“

„Wir lieben uns.“ Jule schaute zu Britta und zwinkerte ihr zu. „Es ist Schluss. Wir sind aus diesem Beziehungskonzept rausgewachsen.“

„Was ist nur los heute?", flüsterte ich Torben zu, der sich eine Hand in den Nacken gehängt hatte.

„Ihr habt mich betrogen", donnerte Lukas. „Ihr seid fremdgegangen. Wie könnt ihr mir das antun?" Seine Hand focht durch das quadratische Zimmer und schnitt Scheiben in die Luft.

„Na ja, was heißt fremdgegangen", versuchte Britta die Situation zu relativieren, doch Lukas unterbrach sie.

„Ihr habt mich hintergangen. Das ist meine Sicht der Dinge." Sein Finger stach auf seinen Oberkörper ein. „Aber wenn das so ist, wenn ihr mich nicht mehr braucht, dann gehe ich eben auch. Ich gehe zu Robert rüber und sauf mir einen." Er schniefte, wand sich ab, öffnete die Tür und verschwand.

„Also die Heiratsanträge haben mir besser gefallen", hörte ich eine Stimme sagen, die ich nicht zuordnen konnte.

„Puh", machte ein Freund meiner Eltern. Er hielt einen Servierteller in der Hand. „Was für ein schrecklicher erster Weihnachtstag." Er seufzte.

„Noch irgendwer, der sich trennen oder heiraten will?", fragte Leander mit einer Prise Witz in der Stimme. Den Witz hätte ich meinem spröden Schwager gar nicht zugetraut. Lissy formte ihre Lippen zu einem Halbmond und sah zu ihm hinüber, doch Leander presste seine Lippen aufeinander und wich ihr aus.

„Wer trennt sich?", trötete mein Dad, der gerade im Türrahmen zum Stehen kam. Hinter ihm standen meine Mutter, Fee, Kim und Johannes.

„Kann man sich auch von Eltern trennen?", fragte Zoe. „Wenn ja, dann bin ich als nächste dran." Ihre neue

Smartwatch bimmelte. Ihr Zeigefinger tobte über das Display, schon war es wieder still.

So geht das! Aus Gewohnheit schaute ich zu Fee hinüber. Doch sie blickte nicht zurück.

„So?! Du willst es also öffentlich austragen, was?", maulte Kerstin.

„Wenn wir schonmal dabei sind." In Zoes Stimme lag etwas, was ich auf neudeutsch als lame bezeichnen würde.

„Na dann, bitte sehr!", forderte Kerstin ihre Tochter heraus und verschränkte ihre Arme.

„Dazu müsst ihr wissen …" Zoe stolzierte durch den Raum, also dort entlang, wo trotz der vielen Helfenden noch niemand stand, und schnippte mit beiden Fingern durch die Luft, während sie ihre Lippen vorschob, als wären sie aufgespritzt. „… meine Mutter ist auf der Klassenfahrt mit der 8b beim Kiffen erwischt worden." Ein „Oh" waberte durch den Raum.

„Was ist denn hier los?", hinterfragte mein Vater. Er legte sich zwei Finger ans Kinn, reckte es vor und zog die Brauen zusammen. Er sah sich nach meiner Mutter um, die vermutlich den Geist der Weihnacht davonschweben sah und Tränen in den Augen hatte.

„Crazy Familie", wisperte Torben. „So etwas habe ich noch nie, noch nie, erlebt."

„Weiter, Mädchen. Erzähl weiter", forderte Gretchen und hustete.

„Meine Mutter ballert sich auf der Klassenfahrt mit einem Joint weg, aber ich bekomme Stubenarrest, nur weil ich bei dm vergessen habe, einen Nagellack zu bezahlen." Zoe zog ihre Schultern hoch und präsentierte ihre leeren Handflächen.

„Erstens bin ich beurlaubt worden, habe also meine gerechte Strafe erhalten und zweitens, bist du nicht das erste Mal beim Stehlen erwischt worden." Kerstin schnaubte.

„Was?", quiekte Zoe. „Also das stimmt nicht!" Sie presste ihre Augen zusammen, bis ihr eine halbierte Träne aus den Augen kleckerte und täuschte ein Schluchzen vor.

„Komm mir jetzt nicht so", schimpfte Kerstin. „Glaubst du, ich weiß nicht, dass du nur so tust?!"

„Nicht streiten, bitte nicht streiten", flehte mein Vater, legte die Handflächen aneinander und schob sie vor sein Brustbein. Er war kurz davor, sich zu verneigen.

„Und darum könnte ich brechen, wenn du sie auch noch belohnst." Kerstin peitschte mich mit ihrem Blick, ihr Finger focht auf mich zu. Ich erschrak.

„Was?" Mir kippten die Blicke aus dem Gesicht. „Meinst du mich?"

„Ja, wen sonst? Du hast ihr doch die Smartwatch geschenkt", blökte sie.

„Es war ein Tausch", erwiderten Zoe und ich synchron.

„Die Uhr war für dich", hörte ich Fee rufen.

„Du musst wissen, ich tausche einfach gerne", rief ich patzig zurück. Rage flutete meine Blutbahnen. „Ich tausche Männer wie Uhren", polterte ich.

„Nicht wieder diese Leier", beschwerte sich Kim. Torben berührte meinen Arm und bremste die Energie aus, mit der ich gerne auf Kim und Fee zugerast wäre.

„Ich tausche auch gerne", konterte Fee. „Ich hatte gerade Bescherung", fuhr sie fort, etwas zu laut und etwas zu scharf. „Hat irgendwer Interesse an einem Whiteboard?“

„Vergreif dich nicht an meinem Geschenk.“ Ich spitzte meine Lippen und zwang meine Mundwinkel herab.

„Ich tu nichts, was du nicht auch schon getan hast“, spie Fee.

„Das unterschreibe ich zu hundert Prozent“, donnerte ich wütend.

„Nicht“, flüsterte Torben hinter mir und schlang seine Arme um meinen Thorax. *Hui.* Ich fühlte mich wie betrunken und wackelte in seinem Griff hin und her.

„Whiteboard?“, fragte Kerstin. „Nehme ich gerne“, sagte sie und nickte gehässig in meine Richtung.

„Frechheit“, zischelte ich.

„Scht“, machte Torben.

„Kinder, wat für ein herrliches Fest“, juchzte Gretchen und kicherte heiser. Dann hustete sie.

„Am besten wir beruhigen uns wieder“, schlug mein Vater vor und fuhr sich durch die flusige lichte Haarpracht, die danach aussah, als hätte er sie toupiert. Das Licht flackerte, von außen drängte der Wind gegen die Scheiben. Die Weihnachtsbeleuchtung schaukelte draußen durch die Schneelandschaft, dass es vor den Fenstern Licht und Schatten, Licht und Schatten gab.

„Ein Whiteboard hätte ich auch genommen“, murmelte Paul, der … ja, wer eigentlich? … der Sohn irgendwelcher Verwandten, Bekannten, Angeheirateten oder Geschiedenen. Er gehörte zu den Jugendlichen. Er war derjenige, der Roberts Achselfurze gefilmt hatte und ständig in Zoes Nähe war. Kein Zweifel, er himmelte sie an.

„Was willst du denn mit einem Whiteboard?“, entgegnete ein anderer Jugendlicher. „Du kannst doch gar
nicht lesen und schreiben“, trällerte dieser und
gluckste gehässig. Ein „Oh“ verteilte sich im Raum.

„Du Rotznase“, meldete sich ein großgewachsener
Mann zu Wort, laut, wie ein Tenor. „Paul hat eine Lese-
und Rechtschreibschwäche.“ *Das ist dann wohl Pauls
Vater*, kombinierte ich.

„Rechnen kann er auch nicht“, behauptete der Judas.
Und das am Weihnachtsabend!

„Das nennt sich Dyskalkulie“, stellte Pauls Vater klar.

„Ihh, das klingt voll behindert“, murmelte Zoe.

„Deine Mutter ist doch Lehrerin, die kann mir alles
beibringen, wenn wir erst zusammen sind.“ Selbstsicher, er rammte sich seine Fäuste in die Taille, baute
sich Paul vor Zoe auf. Seine Nase zeigte zur Zimmerdecke, seine Beine standen breit auseinander, dass ein
Bierkasten dazwischen gepasst hätte.

„Voll süß, fancy“, säuselte Zoe, legte den Kopf schief
und strahlte, dass ihre Zahnspange hervorblitzte und
glitzerte wie ein Diamantencollier.

„Werdet doch glücklich miteinander.“ Der Weih-
nachtsjudas stampfte mit seinem Fuß auf, drängelte
durch die Küchentür, in der die Verwandten, Bekannten, Angeheirateten und Geschiedenen dicht gequetscht beieinanderstanden und flüchtete in den Flur.
„Ihr könnt mich mal“, fluchte er.

„Ich habe ja mal gehört, dass die Kinder so werden,
wenn die Mutter während der Schwangerschaft viel
Stress erleben musste“, kommentierte Jens Arendt,
Kims Vater, die Situation.

„Ist das so?", erwiderte die Mutter des Geflüchteten. In ihrer Stimme lag die Unzufriedenheit, die ihr Sohn zuvor im Gesicht getragen hatte. Sie schnaubte. „Weißt du, was ich ja mal gehört habe ...", fuhr sie fort. „Dass du Viagra brauchst, um noch einen hoch zu bekommen."

„Bitte Ariane", fiepte Jutta Arendt. „Ich habe es dir im Vertrauen erzählt."

„Das stimmt nicht, das ist eine Lüge." Kims Vater wirbelte mit beiden Händen durch die Luft und schüttelte den Kopf. „Das ist eine Verleumdung." Er attackierte seine Frau mit stechenden Blicken.

„Also, Kim, da drück ick dir die Daumen, dat du nicht so viel von deinem Vater hast", knarzte Gretchen und gackerte heiser. „Opa, nimm ihr mal die Schnapsflasche weg", raunte Torben und löste seine Umarmung. *Schade*, dachte ich.

„Gretchen, es reicht", fauchte Lissy, warf ihre Hände in Richtung Fußboden und ihren Blick gleich hinterher.

„Lissy Kristoffersen ...", skandierte Kim, als wäre er bei der Bambi-Verleihung. „Ich werde mich gerade noch selbst verteidigen können." Er drängelte sich an meinem Vater vorbei und betrat die Küche. Fee ließ er zurück. „Ihr müsst nicht glauben, dass ihr Kristoffersen-Mädels irgendeinen Einfluss auf mein Leben nehmen könnt."

„So angepisst, wie der ist ... Vielleicht schlagen Vaters Gene schon durch", flüsterte mir Torben ins Ohr und klang amüsiert.

„Da musst du Fee fragen", wisperte ich knapp, schloss kurz meine Augen und nagte von innen an meiner Wange.

„Alles gut, schon klar“, erwiderte Lissy und winkte ab. Sie sah ihn nicht an.

„Leute, Leute, bitte beruhigt euch wieder. Es ist Weihnachten, wir wollen nicht streiten“, fasste mein Vater seinen Wunschzettel zusammen. Meine Mutter schluchzte, Fee legte ihr eine Hand auf die Schulter. *Finger weg*, dachte ich. *Fass meine Familie nicht an.*

Flirr, Blitz, in dem Moment wurde es dunkel. Ein „Hä“, ein „Was?“, ein „Ah“ wurden durch den finsteren Raum getragen.

„Hilfe, ick bin blind“, brüllte Gretchen. Panik lag in ihrer Stimme – und das obligatorische Husten und rasselnde Röhren.

„Die Sicherung. Wo ist der Sicherungskasten?“, fragte Wolfgang, mein zukünftiger Stief-Opa. Ich spürte Torbens Hand, die nach meiner griff. *Wenn er mich gleich küsst, habe ich den Beweis, dass nicht Robert der heimliche Küsser ist*, bildete ich mir ein. Doch Torben küsste mich nicht. Stattdessen drängten sämtliche Gäste in die Küche und brabbelten durcheinander.

„Wo sind denn die Kerzen? Wir brauchen Kerzen“, rief eine Frauenstimme. Ununterbrochen touchierte mich irgendein Körperteil. *Vielleicht ist das gar nicht Torbens Hand, die ich da gerade halte.*

„Drück doch mal jemand den Lichtschalter.“ *Eine brillante Idee,* dachte ich ironisch. Ein Aufruhr, ein Tumult, eine Unruhe rasten durch die Küche. Ich hörte Getrappel, wie Füße über den Boden schlurften, hier und da Geschirrgeklapper und, wie einiges an Geschirr zu Bruch ging. *Scherben bringen Glück, behauptete noch gleich wer?!* Ich knetete mein Kinn.

„Gleich haben wir wieder Licht, ganz ruhig", tröstete mein Vater. „In einem Land wie Deutschland gibt es doch keine Stromausfälle mehr." Er klang fast amüsiert, während die Drei- und Vierjährigen weinten und kreischten.

„Chillt mal, chillt mal", rief Paul und reckte sein Telefon nebst Taschenlampenfunktion in die Höhe. Schon wurde es hell in der Küche.

„Oh", rief irgendwer.

„Stern über Bethlehem", stimmte ein Vater das Weihnachtslied an. Sein Kind kreischte, dass mir die Ohren wackelten.

Dann hob ein Weihnachtsgast nach dem nächsten, sein leuchtendes Smartphone in die Höhe.

„Schön und gut", röhrte Gretchen. „Raclette können die Dinger aber nicht."

Schneeflöckchen, Weißröckchen

„Ich kümmere mich darum", erklärte mein Vater. „Bleibt bitte ruhig. Ich gehe zum Sicherungskasten. Vielleicht geht ihr inzwischen zurück in den Speisesaal, dort habt ihr mehr Platz."

„Ick bleib genau hier, falls wir evakuieren müssen", krächzte Gretchen.

„Evakuieren?!", fragte meine Mutter. „Gretchen bitte, wo lebst du denn? Also ich gehe zurück."

Schon drängelte sich meine Mutter vor, leuchtete den Weg mit ihrer Lampe aus und führte alle Anwesenden durch den Flur in den Speisesaal.

Alle, bis auf Gretchen, Lissy, Torben und mich. *Ausgerechnet*, dachte ich und schubste meine Augen Richtung Stirn. In dem Moment knurrte mein Magen wie ein wehrhafter Terrier. Ich fletschte meine Zähne im Schein der Lichtfunzeln und schlurfte auf den Kühlschrank zu.

„Hunger?", erkundigte sich Lissy.

Was sonst?! Glaubst du das waren meine Kniegelenke?!

„Mmh", antwortete ich und öffnete die Tür. Im Inneren der Kühlung blieb es dunkel. Zumindest so lange, bis ich mein Telefon hineinsteckte.

„Mein Feigensenf", schwärmte ich und gönnte mir eine XXL-Portion, die ich auf ein daumengroßes Käsestück strich. „Alles ist sehr viel schöner mit Feigensenf", nuschelte ich und kaute.

„Mit der Sicherung hat das nichts zu tun", hörte ich meinen Vater rufen. „Hört ihr?! Wir haben tatsächlich einen Stromausfall" In seiner Stimme lag Besorgnis und eine Nuance Ratlosigkeit.

„Hab da neulich einen Film gesehen über dat Ende der Welt. Dat fing auch mit einem Stromausfall an", erklärte Gretchen. Sie saß auf dem Rand der Kochinsel. Ein Zipfel ihres Strickrockes hing in einem Dip, während sie heiter die Beine baumeln ließ, wie eine Grundschülerin. Ich bestaunte ihre Rüstigkeit.

„Was wird denn nun aus dem Raclette? Was wird denn nun aus Weihnachten? Was wird denn nun?", schluchzte meine Mutter im Speisesaal, so laut, dass wir ihren Kummer bis in die Küche hören konnten.

„Ick hab Hunger!", nölte Gretchen, wand sich zur Seite, versenkte ihren Finger im Dip und leckte ihn ab. Fast kam mir der Käse mit dem Feigensenf wieder hoch. *Fehlt nur noch, dass sie sich den Zipfel ihres Strickrockes in den Mund schiebt.*

„Hier ganz in der Nähe ist eine Raststätte", flüsterte Torben. Er klang nachdenklich.

„Hier ganz in der Nähe ist eine Raststätte", sagte Torben schließlich laut.

Er verließ die Küche, eilte durch den Flur und baute sich in der Tür zum Speisesaal auf.

„Hier ganz in der Nähe ist eine Raststätte", rief er schließlich, damit alle es hören konnten.

„Wir haben sicher gleich wieder Strom", spielte mein Vater die Situation herunter.

„Nichts wie hin da", meinte Jens Arendt und stakste auf Torben zu.

„Dort wird es wenigstens warm und hell sein", mischte sich Carola ein.

„Vielleicht kein Raclette, aber etwas zu Essen wird es dort geben", entgegnete Jule.

„Hoffentlich was Veganes", palaverte Wolfgang.

„Pommes gehen immer", behauptete Paul, der Zoe an der Hand hielt und hinter sich herführte.

„Ich weiß nicht", sagte Kerstin. „Manchmal werden die auch in tierischem Fett ausgebacken."

„Ich esse nichts, was ein Gesicht hatte", erklärte mein veganer Stief-Opa.

„Einen Versuch ist es wert. Lasst uns fahren", meinte Britta.

Die Verwandten, Bekannten, Angeheirateten und Geschiedenen wuselten durch den Flur, rempelten sich gegenseitig aus dem Weg und gelangten nach und nach zu uns in die Küche.

„Das ist meine Jacke", schrillte Zoe und riss ihrer Mutter im Vorbeigehen das Kleidungsstück aus den Händen.

„Sag mal …", meckerte die Gelegenheitskifferin, Deutsch- und Biologielehrerin. „Was glaubst du wohl, warum ich sie in der Hand hatte, ich wollte sie dir geben."

„Ich komme bestens ohne dich zurecht", fauchte Zoe. „Komm, Paul! Wir gehen."

Die zwei schossen an mir vorbei, öffneten die Haustür und knallten sie zu.

Drei, zwei, eins ... Dann rissen sie die Tür wieder auf und huschten mit Schnee auf den Schultern in die Küche zurück.

„Da draußen holt man sich ja Frostbeulen", nölte Paul.

Mehr und mehr füllte sich die Küche mit den Gästen. Ich wurde rücklings gegen den Kühlschrank gedrängt. Irgendjemandes Kapuze hing mir im Gesicht.

„Am besten ich fahre vor", rief Torben und winkte, doch niemand hörte ihm zu. Alle quatschten und brabbelten durcheinander, schwenkten ihre Taschenlämpchen, drängelten und schimpften, während die Kinder der Runde weinten. *Und schon wird der Grinch sie nie wieder loslassen. So ein Weihnachtstrauma vergisst man nicht.*

„Aua, mein Zeh", maulte irgendwer.

„Wessen Hand ist das hier an meinem Hintern?" Roberts konnte es nicht sein.

„Geh mal zur Seite."

„Mach doch mal Platz."

„Ich möchte hier auch stehen."

Ich bewertete die Situation mit vier von fünf Sternen. Fünf Sterne hätten eine Massenpanik bedeutet.

Mit einem Mal schob sich Lissy neben mich. „Hilfe", flüsterte sie. „So ein Durcheinander." Sie schüttelte den Kopf, vermutlich nicht nur, um ihre Frisur zu sortieren.

„Hört mal kurz zu", rief Torben. Wieder winkte er. Wieder hörte niemand zu.

„Was für ein furchtbares Weihnachtsfest", wisperte ich im Halbdunkeln und schnaufte.

„Komm“, meinte Lissy und fasste mein Handgelenk. *Jetzt tu nicht so, als ob wir uns nur wegen dieser einen Umarmung gut verstehen.* Ich wollte gerade protestieren und mich losreißen, doch dann erkannte ich, dass irgendwer Ordnung und Struktur schaffen musste. Zur Not wir zwei. Also folgte ich ihr.

Wir drängelten uns durch die Menge, immer am Rand entlang, eine Hand an der Küchenarbeitsplatte, dann an den Fensterbänken. Einige Kollisionen, Stolperer und unbeabsichtigte Nackenschläge später, erreichten wir die Haustür. Lissy öffnete sie und ließ den Sturm passieren. Chu-Chu. Augenblicklich hatten wir die Aufmerksamkeit aller.

Das war der Moment, in dem Torben noch einmal seine Stimme erhob. „Ich fahre vor, am besten folgt ihr mir.“ Er winkte, dann drängelte er sich ins Freie. Wolfgang, Gretchen, Zoe, Paul und Leander führte er hinter sich her.

Dahinter drängte der Rest der Bagage in Richtung Tür.

„Langsam, langsam!“, riefen Lissy und ich, traten rückwärts nach draußen auf die Gehwegplatten und bremsten den Ansturm mit unseren Handflächen ab.

„Am besten wir teilen sie auf“, rief ich.

„Alle, die noch fahrtauglich sind bitte vor und einmal rechts neben uns aufstellen“, brüllte Lissy. Mit einem Mal kehrte Ruhe ein. Der Menschenknäuel verwandelte sich zu einer Formation.

„Was fährst du für ein Auto, wie viele Plätze hast du frei?“, interviewte ich Carola, die sich mit ihrem Autoschlüssel neben mich schob.

„Opel Mokka, vier Plätze“, antwortete sie präzise.

„Okay …“, rief ich. „Vier Freiwillige zu mir.“ Schnell bauten sich diese neben mir auf.

„Ab mit euch. Steigt in den Opel Mokka.“ Ich fuhr herum, streckte den Zeigefinger aus und deutete auf den Parkplatz, auf dem Torben seinen Bulli bereits in Position gebracht hatte. Ich erkannte ihn aufgrund des Schneesturms, der die ohnehin schon dunkle Umgebung zusätzlich verpixelte, nur schemenhaft.

„Was fährst du für ein Auto, wie viele Plätze hast du frei?“ „Fiat Panda, drei Plätze.“ …

Schließlich lotsten meine Zwillingsschwester und ich Gast um Gast aus dem Haus, selbst Fee und Kim, die mich kaum ansahen und nur auf professioneller Ebene mit mir kommunizierten. Ich verfrachtete sie in einen Smart. *Geschieht ihnen Recht.*

„Fertig“, rief Lissy. Wir schauten hinter uns auf den Parkplatz, auf dem die leuchtenden Fahrzeuge durchaus für ein stimmungsvolles Ambiente sorgten.

„Ich muss noch meinen Mantel holen“, erklärte meine Schwester und machte die wenigen Schritte bis zur Tür, durch die sie in die Küche trat. Ich folgte ihr, stampfte auf, um den Schnee zu entfernen, und betrat den menschenleeren Raum. Ich lehnte mich gegen die Kochinsel. Ruhe! Wärme! Ein Gefühl wie Urlaub, wenn der Sturm die Tür nicht permanent vor und zurück bewegt hätte. Die Scharniere knarzten und quietschten. Ich rieb mir meine Hände und hauchte sie warm.

„So, da bin ich.“ Lissy wedelte mit ihrem Autoschlüssel.

„Vorne in Torbens Bulli sind noch zwei Plätze frei“, raunte ich und sah zu Boden.

„Oh! Okay.“ Sie verstaute den Schlüssel in ihrer Manteltasche. Augenblicklich bereute ich, dass ich sie eingeladen hatte. Was stimmt denn nicht mit dir, bellte der Grinch.

„Willst du dir keine Jacke anziehen?“, fragte Lissy. Noch immer sah ich sie nicht an.

„Da hat mir ein Vogel drauf gekackt“, antwortete ich knapp. „Ist ja nur der Weg zum Auto und vom Auto ins Raststätten-Restaurant“, gab ich an. Ich nickte einmal zackig, wand mich um und öffnete die Tür. Chu-Chu, der Wind flutete den Raum und schubste mein Shirt herum, als wäre es ein gehisstes Segel. Da griff Lissy nach meiner Schulter.

„Hast du mein Geschenk schon ausgepackt?“, erkundigte sie sich.

„Nö!“, erwiderte ich und blinzelte ob des stechenden Windes und der Schneeflocken, die auf den Fliesen vor meinen Füßen landeten.

„Schade“, säuselte sie.

„Dafür haben wir jetzt keine Zeit“, nölte ich und setzte mein Schuhwerk auf die Fußmatte.

„Kim“, piepste sie plötzlich.

„Hä?“ Ich fuhr herum, schaute ihr über meine linke Schulter ins Gesicht, wo ihre beiden Zeigefinger Tränen einfingen. Ich erstarrte und starrte.

„Ich sagte dir doch neulich, dass ich Leander betrogen habe“, fiepste sie.

„Kann sein.“ Obwohl ich mich gut daran erinnerte, reagierte ich gleichgültig. *Eine Umarmung macht uns noch lange nicht zu Schwestern.* Ich wippte mit dem Bein, als wäre ich in Eile. Na ja, ich war in Eile. Draußen auf dem Parkplatz wartete Torben in seinem beheizten Bulli, um einen Konvoi mit allen Verwandten, Bekannten, Angeheirateten und Geschiedenen anzuführen.

„Ich habe ihn mit Kim betrogen", flüsterte sie.

„Was?!" Meine Augen beendeten ihren Winterschlaf, rissen die Fenster auf - Stoßlüften – und drängten nach draußen.

„Ich habe Leander mit Kim betrogen", wiederholte sie.

„Das habe ich schon verstanden", fauchte ich und warf mir eine Hand vor den Mund. Meine Sprunggelenke und Knie benahmen sich, wie nach einer Götterspeisen-Aufspritzung. Mein Puls spulte gleichzeitig alle Disziplinen des Zehnkampfes ab.

„Ich fasse es nicht! Ich weiß nicht, was ich sagen soll! Wann?" Die Neugier in meinen Worten bedrängte sie.

„Vor etwa einem Monat." Lissy ballte eine Faust und presste sie sich vor die Lippen. Chu-Chu, machte der einströmende Wind, während sie ausströmend schluchzte.

„Auf der Nikolausparty von Jens und Jutta. Kim war eigentlich mit seiner neuen Freundin da, so eine neunzehnjährige Studentin für kreatives Schreiben", verriet sie mir. Ihr abfälliger Ton trat deutlich hervor. Tut-Tut, und schon trat das Hupen von Torbens Bulli deutlich hervor.

„Nikolausparty", wisperte ich. „Dann ist es doch noch keinen Monat her", rechnete ich laut nach, als wenn das von Bedeutung gewesen wäre. Meinen Hinweis ließ meine Zwillingsschwester unkommentiert.

„So etwas ist mir noch nie passiert", schluchzte sie. „Er war so konfrontativ." *Konfrontativ?* Ich hob meine Brauen. *Was für eine sexy Umschreibung für flirten.* „Er

war so charmant", gickste sie. *Schon besser!* „Und plötzlich …", sie pausierte.

„Wo war Leander?", wollte ich wissen. „Krank, zu
Hause."

„Und dann habt ihr im Haus von Kims Eltern auf der
Nikolausparty gebumst?", fragte ich nach. „Während
seine neunzehnjährige Freundin auch da war?", nu-
schelte ich. Aufgrund einer plötzlich einsetzenden
Mundtrockenheit bewegte sich meine Zunge nur träge.
Lissy nickte.

„Auf der Toilette. Ich war total betrunken", flüsterte
sie. „So etwas …"

„Schon klar", unterbrach ich sie und machte eine
wegschiebende Handbewegung. „So etwas ist dir noch
nie passiert." Sie schüttelte ihren Kopf. Tut-Tut, hupte
es vor der Tür. Rums, ich schmiss die Tür zu. *So viel Zeit
muss sein.*

„Kalt", raunte ich, schüttelte mich und kickte das
Schneegestöber von den Fußspitzen.

„Und dann?", fragte ich nach.

„Nichts mehr." Sie senkte ihren Blick und schnaufte.
„Danach ist er zu seiner Freundin gegangen, hat sie geküsst, als wäre nichts passiert und hat kein Wort mehr
mit mir gesprochen. Kein Wort."

„Igitt, was für ein Arsch", zischelte ich. „Und Leander?" Ich weiß nicht, wann ich mich zuletzt für Lissys
Leben interessiert hatte. Mein letztes Interview hätte
gut und gerne zwanzig Jahre her gewesen sein können.

„Der weiß nur, dass ich ihn betrogen habe, aber nicht
mit wem", flüsterte sie und schluckte geräuschvoll.

„Sonst würde er wohl kaum an Kims Rockzipfel hängen", schlussfolgerte ich und nickte. Und plötzlich

streckte ich mich und legte meine Fingerspitzen auf Lissys Unterarm. In dem Moment schluchzte sie, als hätte ich einem 007 Fan vom Bond-Tod erzählt. Erschrocken zog ich meinen Arm zurück. Ich räusperte mich.

„Kim und ich haben übrigens doch nicht rumgeknutscht", stellte ich klar.

„Was?" Ich hörte, wie sie nach Luft schnappte. „Du hast mir das nur so erzählt?" In ihrer Stimme lag Enttäuschung und auch ein bisschen Wut.

„Nein!" Ich schüttelte meinen Kopf und zwar vehement. „Ich hatte gedacht, dass er es war, doch vermutlich war es Onkel Robert ..." Ich pausierte. „Oder Torben", flüsterte ich. „Ich konnte meinen Küsser nicht sehen", schloss ich.

„Warst du betrunken?"

„Nein", antwortete ich. „Ein Mann ist im Dunkeln auf mich zugekommen und hat mich einfach geküsst." Tut-Tut! Tut-Tut! „Gleich", wisperte ich, als ob Torben mich hören konnte.

„Du kannst dich doch nicht einfach von einem Fremden küssen lassen. Das ist gefährlich", rügte mich meine Schwester, der ich, und die mir, für gewöhnlich nichts zu sagen hatte.

„Jaja", machte ich.

„Aber weißt du was? Ich bin froh, dass zwischen Kim und dir nichts läuft."

„Ich auch", hörte ich mich sagen. „Nur, jetzt hat er sich an Fee rangemacht."

„Mmh", bestätigte Lissy. „Ich ahnte es schon." Sie musterte mich.

„Sieh mich nicht so an. Mir ist es inzwischen egal."

„Aber Fee ist deine ...“

„Sag bloß nicht bessere Hälfte“, unterbrach ich sie.

Tut-Tuuuuuuuuuuuuuuut!

„Natürlich weiß ich, dass ihr kein Paar seid“, gab sie zu.

„Du Schlange“, zischelte ich und griente. Warum nur?! Warum nur griente ich? Lissy war ein gehässiges Miststück.

„Soweit ich weiß, hat Kim seine Freundin immer noch. Oder eine andere. Zumindest ist er liiert, laut Jutta und Jens“, erklärte Lissy. „Ich meine nur, wegen Fee.“ Sie nestelte an ihrem Mantel.

„Ist das Jacquard-Stoff?“, frotzelte ich.

„Bitte?“ Sie krauste die Nase.

„Schon gut.“ Mein Telefonlichtlein flackerte ob des niedrigen Akkustands.

„Fee muss ihre eigenen Erfahrungen machen“, beschloss ich. „Wenn ich ihr Kim jetzt auszureden versuche, denkt sie, dass ich eifersüchtig bin.“

„Bist du?“ Lissy fixierte mich im Flackerlicht.

„Nein, du?“

„Nein“, spie sie. „Das mit ihm war ein riesengroßer Fehler. Damals wie heute!“ In dem Moment riss irgendwer die Haustür auf. Ich zuckte zusammen und wand mich um.

„Alles okay bei euch?“, bollerte Torben. Er klang gehetzt. Der Chu-Chu schwemmte den Raum mit kaltem Wind.

„Oh, sorry“, schob er hinterher, als er Lissy mit feuchten Augen vor mir stehen sah. Er präsentierte seine Handflächen und legte seine Lippen schief.

„Ich wollte nur ...“ Weiter sprach er nicht.

„Wir kommen", sagte ich und schaute zu meiner Schwester, die nickte.

Rums, ich schlug die Tür ins Schloss.

Do they know it' s Christmas

Lissy, Torben und ich eilten über die Gehwegplatten, deren Anwesenheit man nur noch erahnen konnte. Die Schneeschicht hatte sich aufgetürmt, dass sich darin eine Katze versteckt halten konnte.

„Na endlich", rief irgendwer aus einem heruntergelassenen Autofenster.

„Kommt ihr auch schon?", röhrte Gretchen und hustete.

„Alles okay bei euch? Habt ihr wieder gezankt? Ist irgendwer verletzt?", brüllte mein Vater durch den Wind. Er saß auf der Rücksitzbank des Fiat Panda.

Ich winkte. „Uns geht es gut."

Seine Erleichterung spürte ich trotz Sturm und Schnee und Schneesturm.

Jeder unserer Schritte knarzte. Torben streckte seine Hand nach mir aus und lotste mich durchs Gestöber, während ich Lissys Hand an meinem Hosenbund spürte. *Lass*, dachte ich. *Lass uns gegen Kim auf jeden Fall zusammenhalten.*

Wir betraten den Parkplatz und staksten an den leuchtenden Frontscheinwerfern vorbei. Der Motor von Torbens Auto heulte, allerdings leiser als der Wind.

„Nach vorne mit euch", rief er, zeigte auf die Beifahrerseite, stelzte wieder zurück und setzte sich hinter das Steuer. Lissy berührte schon den Türgriff, da hielt ich sie zurück.

„Erzähl Leander nicht, dass es Kim war", sagte ich und schob mich dicht an ihr Ohr.

„Bisher wollte er nicht wissen, wer es war. Doch wenn er fragt?" Lissy schnaufte.

„Sag es ihm nicht", riet ich ihr. Sie zuckte mit den Schultern, zwang ihre Mundwinkel herab und öffnete die Tür.

„Rutsch du zuerst rein", meinte sie und lächelte zaghaft.

„Dat wird ja auch Zeit", krächzte Gretchen von der Rücksitzbank.

Ich hatte vergessen, dass sie und auch Leander – Ach du Schreck – in Torbens VW-Bus gelandet waren. Ich blickte einmal über meine linke Schulter, nickte und grüßte meine Mitreisenden.

„Ich hab voll den Crush auf deine Oma", trällerte Zoe vergnügt und klopfte mir von hinten auf die Schulter.

„Ich dachte, das heißt cringe", flüsterte ich.

Torben hörte es und kicherte. „Alle bereit? Dann geht es los!" Kaum eine Hundertstelsekunde später setzte sich sein großes Auto in Bewegung. Ich schaute in den Rückspiegel und sah, dass uns alle anderen Fahrzeuge folgten. Torben lenkte uns durch den Wattwurmstieg, ließ die Seeigelgasse rechts liegen und nahm Geschwindigkeit auf. Doch sofort bremste er wieder. Stau! Die

Idee, vor dem Stromausfall zu flüchten, hatten auch andere Feriengäste gehabt. Schließlich brannte in der gesamten Siedlung kein einziges Lichtlein, auch die Straßenlaternen nicht.

„Wetten, die fahren alle zur Raststätte?!", raunte Torben. „Gibt's hier kein MC Blöd?", röhrte Gretchen.

„Liebling, bitte", echauffierte sich Wolfgang. „Das MC steht für Meat Cleaver, da setze ich keinen Fuß rein." Er schnaufte.

„MC Blöd", wiederholte Zoe und gackerte. „So cute", schwärmte sie und meinte allen Ernstes die Frau, der ich nicht meinen Crush, aber meinen Hass auf Weihnachten zu verdanken hatte. *Danke Oma, für den Grinch!*

Ich schaute in den Rückspiegel, Gretchen und Wolfgang knutschten im roten Schein der Bremslichter. Ich schüttelte mich. *Igitt!*

„Dreh dich jetzt nicht um, sieh nicht in den Spiegel", flüsterte ich Torben zu, griff nach seinem Arm und krallte mich daran fest.

„McDonald' s am Deich", flüsterte Lissy, seufzte und schüttelte den Kopf. Dann verblassten die Bremslichter, die Torbens Bulli von innen erotisch ausgeleuchtet hatten.

„Ah, es geht weiter", kommentierte er.

Wrumm, machte das Auto und warum musste ich ausgerechnet in diesem Augenblick an Onkel Robert und Lukas denken?

„Halt", keifte ich. Torben trat auf die Bremse.

„Katze?", fragte er, zog sich dicht ans Lenkrad heran und inspizierte die Fahrbahn, indem er sein Kinn reckte.

„Nein, Onkel Robert und Lukas", erwiderte ich.

„Wo?" Torben spähte durch die Windschutzscheibe.

„Wer?", fragte Gretchen.

„Robert und Lukas", wiederholte Leander.

„Wir haben sie vergessen", erklärte ich.

„Du hast recht, Luise", meinte Leander. „Wir müssen sie holen. Wir können sie unmöglich allein zurücklassen." *Leider nicht*, dass leuchtete mir ein.

„Wartet, ich wende", erklärte Torben sein Vorhaben und machte es wahr.

In Schrittgeschwindigkeit und in entgegengesetzter Richtung tuckerten wir am Konvoi vorbei. Die stehenden Fahrzeuge bedachten unser Manöver mit Hupsalven und Hupfanfaren. Ich fühlte mich ausgebuht. Die Gestik und fliegenden Fäuste hinter den Seitenscheiben untermauerten meinen Eindruck noch.

Torben hatte Robert und Lukas aus Carolas Nurdachhaus abgeholt. Sie torkelten über den Parkplatz. Torben hakte sie unter.

„Lass mich, ich will nicht", grölte Lukas, so laut, dass wir es im Wageninneren hörten.

„Wir kommen ganz gut ohne euch zurecht", lallte Onkel Robert, als Torben die Seitentür seines VWs öffnete. Chu-Chu, der Wind drang ein und wühlte Frisuren durcheinander. Bis auf meine, dafür hatten Dreadlocks zu viel Gewicht.

„So quetscht euch rein", meinte Torben zu den beiden angesoffenen Männern. Lukas hielt eine braune Bierflasche in der rechten Hand.

„Tür zu", riefen Gretchen und Zoe synchron. Zoe gackerte, Gretchen hustete.

„Gib mal einen Schluck“, forderte Gretchen, als sich Lukas und Onkel Robert auf eine der Rücksitzbänke schoben. Ich schüttelte meinen Kopf und hielt mich an Torbens Unterarm fest. Er hatte sich gerade wieder hinter das Steuer gesetzt.

Ich hätte mich nicht festhalten müssen, schließlich parkten wir noch, keine Erschütterung und Straßenunebenheit, die mich aus dem Sitz hätte heben können, doch ich wollte mich festhalten. An ihm! Unser Körperkontakt tat mir gut. Besser noch als das sprudelnde Blau des Wasserkochers.

„Wollt ihr auch?“, fragte Gretchen und meinte Zoe und Paul.

„Gretchen, bitte“, schimpfte Leander. „Die zwei sind minderjährig.“

„Und du bist spröde“, konterte meine Oma. „Kein Wunder, dat Lissy und du noch keine Kinder habt“, röhrte sie.

„Halt’ s Maul“, brüllte Leander und schlug von hinten gegen Lissys und meine Rückenlehne. Ich zuckte zusammen. Die anderen Mitfahrenden zuckten zusammen. Torben zuckte zusammen und trat auf die Bremse. Abrupt kam er neben einem Smart zum Stehen. Mein Brustbein donnerte gegen den gestrammten Sicherheitsgurt.

„Ich kotze gleich“, raunte Lukas.

Aus dem Smart hupte es. Ich beugte mich vor, linste an Lissy vorbei und gaffte ausgerechnet Kim und Fee ins Gesicht. Kim zeigte mir seinen Mittelfinger. Augenblicklich warf ich mich zurück in den Sitz.

„Du bist so garstig und unverschämt“, spie Leander. Genau dasselbe hatte ich gerade über Kim gedacht.

Lissy griff nach meinem Unterarm. Ich fasste nach ihrem Oberschenkel.

„Wat du nur wieder hast", erwiderte Gretchen. Sie klang heiter. Keine Nuance ihrer Stimme verriet Bedauern, nur Heiserkeit und Rauigkeit.

„Dat war ein Spaß." Ihr angeblicher Spaß, hatte angesichts der Untreue seiner Frau einen sehr wunden Punkt getroffen. Leander schnaufte.

„Gib das Bier her", befahl er, riss es meiner Oma aus der Hand und exte es.

„Ich bin nicht spröde", schmetterte er.

„Ich weiß", flüsterte Lissy, ohne, dass er sie hören konnte.

Torben schnaubte, schaute zu mir herüber und lupfte seine Augenbrauen. Ich nickte und seufzte. Dann gab er wieder Gas. Sein VW schlich an den anderen Fahrzeugen vorbei, setzte sich wieder an die erste Position, nahm vorsichtig Geschwindigkeit auf und bog auf die weiß scheinende Landstraße ab. Vom Stau keine Spur mehr. Von einem Räumfahrzeug ebenfalls nicht.

Mit Tempo vierzig krochen wir über die Schneedecke, die unter den Reifen knirschte und knarzte. Chu-Chu, stürmte es gegen die Windschutzscheibe. Chu-Chu, schüttelte der Wind den Bulli hin und her. Ich schaute an Lissy vorbei durch die Seitenscheibe und sah nichts als Wald, nichts als weiß bestäubte Bäume.

„Ich wette, wir werden die letzten auf der Raststätte sein", wisperte Torben. Und er sollte Recht behalten.

Klick-Klack, Klick-Klack, machte der Blinker. Torben lenkte seinen Bus auf die Raststätte und bremste ab. Rechts von uns parkten ein paar einsame Lastwagen.

Wie ungemütlich, dachte ich, *wenn du ausgerechnet heute darin deine Zeit absitzen muss.*

„Dat stelle ich mir romantisch vor," röhrte Gretchen. „Stell dir vor wir zwei Hübschen allein in so einem Truck", meinte sie zu Wolfgang, während wir an einer hell erleuchteten Tankstelle vorbeischlichen. Im Inneren des blickdurchlässigen Verkaufsraumes saß ein junger Mann hinter dem Tresen und glotzte auf sein Telefon.

Wenige Meter später erreichten wir die Raststätte. Auf dem überfüllten Parkbereich davor sprießten die Autos aus dem Boden, wie im Wildwuchs.

„Mist", meinte Torben und lenkte den Bulli nach paranormal, also neben die üblicherweise geltende Parkplatzordnung. Er stellte sich quer vor die anderen Fahrzeuge und bremste. Wir stiegen raus in den Sturm. Ein Auto nach dem anderen stellte sich ebenfalls quer und mitten rein.

Ich reckte meinen Kopf und betrachtete die weihnachtlich illuminierte Raststätte. Sie bestand aus einem Vorbau mit Spitzdach, dass bis auf den Boden ragte, und aus einem dahinerliegenden Anbau mit Flachdach.

„Bodentiefe Dächer scheinen an der Küste sehr populär zu sein", frotzelte ich. Das Dach des Vorbaus war von unten bis zum höchsten Punkt mit einer pulsierenden Lichterkette dekoriert.

„Kommt, ab ins Warme", vernahm ich die Stimme meines Vaters. Dann stapften zweiunddreißig Personen auf den Eingangsbereich der Wirtschaft zu.

Lissy ließ sich etwas zurückfallen. Ich schaute über meine rechte Schulter und sah, dass sie sich neben Leander einreihte. Sie schmunzelte, sagte etwas zu ihm. Er blickte stur geradeaus und schwieg. Als sie nach seiner Hand griff, zog er sie zurück. *Was interessiert mich das eigentlich neuerdings?* Ich richtete meine Aufmerksamkeit wieder nach vorn und krachte gegen Fee, die sich von links in die Formation einfädelte. *Ausgerechnet!*

„Hu", machte ich und hob meine Hände in die Höhe, um zu signalisieren, dass die Kollision keine Absicht war. Sie schaute sich um und mir ganz kurz in die Augen, wand sich allerdings sofort wieder ab. Ohne ein einziges gesprochenes Wort, ohne eine einzige nonverbale Geste.

„Frierst du gar nicht?" *Dich schickt der Himmel*, dachte ich, als sich Torben neben mich schob.

„Nö", log ich.

„Wo ist denn deine Jacke?"

„Im Heizungsraum im Reetdachhaus", antwortete ich. „Wir sind ja gleich da." Ich zeigte auf die beleuchtete Bierwerbung oberhalb der Eingangstüre – mir lief die Vorfreude im Mund zusammen – und hielt im nächsten Moment, die schwarze Klinke in der Hand. Fee hatte die Tür einfach vor mir zufallen lassen. Ich schnaubte.

Der Eingangsbereich der Wirtschaft war kleiner als die Küche des Reetdachhauses und mit einem braunen Vorhang, wie ich ihn zuletzt als Kind in einer Geisterbahn gesehen hatte, vom Speisesaal abgetrennt. Die spitz zulaufenden Dachschrägen nahmen dem Raum zusätzliche Weite. Dementsprechend war das Gedrängel enorm. Mindestens 3g, also das dreifache meiner Gewichtskraft, wirkten auf meinen Körper ein.

„Geht doch mal durch den Vorhang", rief Jens Arendt aus einer der letzten Reihen.

„Geht nicht, da stehen welche", antwortete Carola, die ganz vorne ausharrte.

„Jetzt geht schon", befahl der alte Arendt, der Viagra brauchte, um noch eine Erektion zu generieren, aber so massiv schubsen und puschen konnte, dass sich sein Schwung übertrug, über die Reihen verteilte und unseren Menschenknäuel einige Meter nach vorne drängte. Die Kinder weinten, der Vorhang lichtete sich, das Grüppchen dahinter stolperte und torkelte gruppendynamisch vorwärts. *Wie damals auf den Graving Beasts-Konzerten*, fiel mir ein.

„Wie auf einem Boygroup Konzert", ächzte Torben und stützte sich auf meiner Schulter ab. „Nicht, dass ich jemals dort gewesen wäre." Er zwinkerte mir zu, spitzte die Lippen und deutete ein Pfeifen an. Ich griente. Dann tarierte er sich aus und stand wieder gerade, während wir im Kollektiv neben dem weggedrängelten Grüppchen mitten im Speisesaal strandeten.

„Habe ich nicht gesagt, dass Sie warten sollen? Ich muss die Tische erst einmal abwischen", keifte eine Frau mit Dauerwelle, die beschürzt und bestürzt auf uns Eindringlinge zueilte. Sie trug blaue Turnschuhe und eine schwarzweißkarierte Stoffhose.

„Wir wollten ja warten, aber die da haben uns geschubst", palaverte irgendeine Männerstimme. Ich verteilte mein Körpergewicht auf die Zehenspitzen, stützte mich an Torbens Rücken ab und kurbelte mich mit gerecktem Kinn in die Höhe. „Das glaube ich jetzt nicht", zischelte ich. „Die Petze ist der dröge Typ im Regenponcho, der aus der Kirchengruppe", flüsterte ich Torben ins Ohr und kam ihm mit meinen Lippen sehr nah. Ich hätte nur zubeißen müssen. Erneut lief mir das Wasser im Mund zusammen. *Jetzt krieg dich mal wieder ein*, ermahnte ich mich. Ehe mein Puls eine Übungssession für den Weitsprung einlegen konnte, ließ ich von ihm ab und brachte mich wieder auf den Boden der Tatsachen und meine Fersen zurück.

„Sie sehen ja, ich habe kaum noch freie Tische. Am besten Sie werden sich einig. Wer in zwei Minuten noch keinen Platz hat, fliegt raus." Mit diesen Worten verließ die Dauergewellte die Szene und schob sich am Ende des Raumes hinter einen metallischen Tresen, der an das Mobiliar eines Operationssaales erinnerte. Generell wirkte die Wirtschaft sehr steril. Nicht steril im Sinne von hygienisch, ich hatte schon zwölf Klebflecken auf den abgerockten Bodenfliesen gezählt, sondern steril im Sinne von wenig heimelig.

Ich streckte mich erneut und blickte auf weiße Tische, eine wild zusammengewürfelte Bestuhlung, grelles Oberlicht und blasenschlagende Mustertapeten. Leider keine identischen, sondern unterschiedliche Muster.

„Wie, die will uns einfach rausschmeißen, wenn wir keinen Platz finden?", maulte irgendwer. Unruhe flutete den Raum, es wurde plötzlich gedrängelt, zackige Kopfbewegungen kennzeichneten eine einsetzende

Ratlosigkeit. „Hm“, „Wie jetzt?“, „Und nun?“, „Was machen wir denn jetzt?“, verteilten sich die Kommentare über den weiß gefliesten Saal.

„Will denn niemand etwas unternehmen?“, nuschelte ich und knetete mein Kinn. Mich stupste ein Ellenbogen, ich fiel Torben in die Arme. Er fing mich auf und zwinkerte mir zu. *Hui*, dachte ich. Mir wurden die Wangen warm. *Reiß dich zusammen.*

„Na gut“, flüsterte ich, richtete mich wieder auf. „Dann unternehme ich eben etwas. Wie beim Color-Ball.“ Ich schob mir die Ärmel des Shirts über die Ellenbogen, duckte mich, Kinn auf die Brust, und schob mich unter dem Radar quer durch den Menschenknäuel. In erster Reihe, rechts neben der Frau mit Regenhut, fand ich einen Ausweg, der mich auf die freie Fläche führte. Um sie zu verwirren, tippte ihr auf die linke Schulter. Sofort drehte sie sich von mir weg und inspizierte die Umgebung. *Ich liebe es, wenn Pläne funktionieren.* Ich legte einen zufriedenen Ausdruck in meine Gesichtszüge und spinkste durch den weiten Raum. Linksseitig, obwohl die Tische dicht an dicht und sehr gedrängt beieinanderstanden, waren alle Plätze belegt. Ein etwa zehnjähriger Junge, der zwischen seinen Eltern vor der großen Fensterfront saß und sich eine Fritte in den Mund schob, glotzte zu mir herüber und beobachtete, wie ich mich auf einen Sprint vorbereitete.

Ich bückte mich, winkelte die Arme an und formte meine Finger zu Pfeilen. Ich visierte die letzten drei freien Tische neben dem Tresen an und zählte rasch die verfügbaren Stühle durch. *Manch einer wird auf einem Schoß sitzen müssen*, resümierte ich.

„Guck mal die da", bollerte der Junge mit vollem Mund, seine Stimme klang knödelig. Er zeigte auf mich. Die Frau mit Regenhut riss ihren Kopf herum, von links nach rechts.

„Du Schlange", fauchte sie, als sie mein Ablenkungsmanöver durchschaut hatte. *Jetzt oder nie!* Wie auf ein Starsignal sprintete ich los. Doch nicht nur ich. Die Frau riss sich den gelben Hut vom Kopf und raste hinter mir her.

„Du Schlange", rief sie noch einmal. *Wahrscheinlich ihr härtestes Schimpfwort.* Meine nassen Sohlen quietschten auf den betagten Fliesen aus dem vorherigen Jahrhundert. Doch nicht nur das, sie rutschten, dass meine Füße zu den Seiten ausscherten. Mein Sprint wurde abgebremst. Dennoch, etwa einen halben Meter vor meiner Verfolgerin, berührte ich den ersten Tisch und schlug mit der Handfläche auf das weiße Furnier. „Meiner", brüllte ich, dann tänzelte ich zum nächsten Tisch. „Meiner", brüllte ich erneut und winkte durch die Luft. „Leute, kommt her", hechelte ich, ehe ich auch den dritten und letzten Tisch antippte.

Die Verwandten, Bekannten, Angeheirateten und Geschiedenen setzten sich in Bewegung, schoben die Kirchengruppe beiseite und verteilten sich auf die Stühle.

„Gut gemacht, Lu", lobte mich mein Vater und klatschte. „Ich rufe zuallererst unseren Vermieter an." Die Gäste der anderen Tische gafften zu uns herüber und die Frau ohne Regenhut schluchzte. *Man muss auch verlieren können.* Ich nickte zufrieden, presste meine Lippen aufeinander und pumpte meine Nasenflügel auf.

„Na, einig geworden?", bellte die dauergewellte Mitfünfzigerin, die soeben aus dem Schatten ihres Metalltresens auf die freie Fläche trat und ihre Hände an einem blauen Geschirrhandtuch abtrocknete. „Ihr habt also keinen Platz mehr gefunden?" Sie blickte in Richtung der Kirchentruppe. „Tja schade", log sie. „Aber das ist hier kein Stehcafé", verriet sie und deutete in Richtung des Vorhangs.

„Aber wo sollen wir denn hin? Das Wetter. Und außerdem ist doch Weihnachten", klagte die Frau ohne Regenhut, die ihn in exakt diesem Moment wieder über die Ohren zog und schniefte. Ich blickte zu Torben, der rechts neben mir seinen Stuhl zurechtrückte. Es quietschte gewaltig, beinahe hätte sich eine meiner Plomben in den Tod gestürzt. *Autsch!*

„Sehe ich aus, als wäre ich einer der heiligen drei Könige?", nölte die Inhaberin. „Das hier ist ein Geschäft und nicht die Weihnachtsgeschichte."

„Irgendwie tun die mir leid", wisperte ich. Torben nickte. Ich schaute, warum weiß ich nicht, zu Lissy hinüber. Sie hatte einen Platz neben Leander gefunden, der sie allerdings nicht beachtete.

Mit schmalgestellten Lippen spähte sie durch die Gegend und empfing einen meiner Blicke. Sie erwiderte ihn. Ich zog meine Lippen breit, nickte zur Gruppe hinüber, hob meine Schultergürtel an. Sie krauste ihre Nase und legte ihre Lider ab. Dann sprangen sie wieder in die Höhe, ihr Zeigefinger ebenfalls. Sie zeigte auf die Fensterbank hinter mir. Sie säumte die komplette Flanke des riesigen Saals, war hüfthoch und tief genug, um Sitzgelegenheit zu spielen. *Was ist denn los?! Lissy und ich hatten uns noch nie verstanden, geschweige denn ganz ohne Worte.* Ich rätselte, was sich verändert hatte. Doch nur kurz.

Ich stellte meinen aufgerichteten Daumen in den Raum, stand auf und rauschte der Frau mit Regenhut hinterher, die schon eine Hand durch den usseligen Vorhang geschoben hatte. Ich tippte ihr rechts auf die Schulter. Sie schaute nach links.

„Sie lernen schnell", scherzte ich. Ihr Kopf fuhr herum.

„Was wollen Sie?", bellte sie. Ich wich einen Schritt zurück.

„Nur helfen", flüsterte ich und starrte ihr in die Augen. Ich spürte die Blicke sämtlicher Gäste in meinem Kreuz, in meinem Rücken. Das Kreuz trug sie um ihren Hals.

„Die Fensterbänke", meinte ich zu ihr. „Wir verrücken die Tische so, dass wir die Fensterbank als Sitzmöbel benutzen können. Dann bekommt ihr einen Tisch von uns ab und die restlichen Stühle teilen wir auf." Ich deutete ein Lächeln an. Und in dem Augenblick lächelte auch sie. Sie streckte ihren Arm nach mir aus und legte ihre Hand auf meine Schulter. Ihre andere Hand landete auf ihrem Brustkorb.

„Gott segne dich!", trällerte sie. In ihren Augen bildeten sich Tränen, die wenige Sekunden später einen gekonnten Köpper machten und ihre Wangen als Wasserrutschen bespielten.

„Na ja, chill mal", erwiderte ich und füllte meine Gestik mit Bescheidenheit. Ich wand mich ab und stakste zurück, um beim Verrücken der Möbel zu unterstützen.

„Du bist unglaublich", flüsterte Torben mir zu, griff nach meiner Hand und drückte sie.

„Glaub mir, ich habe keine Ahnung, woher das kommt." Ich schüttelte den Kopf. „So etwas habe ich in meinem zweiunddreißigjährigen Leben noch nie gemacht", gab ich zu. *Was ist nur mit mir los?*

Lass uns froh und munter sein

„Da haben Sie sich aber geschickt das Bleiberecht ergaunert", schmetterte die dauergewellte Wirtshausbesitzerin, als sie sich mit Stift und Block vor dem Tisch der Bibelfreunde aufbaute. Schulterbreit stand sie da und wogte hin und her.

„Bleiberecht für alle", skandierte Wolfgang und reckte seine Faust in die Luft. „Für alle Menschen und für alle Tiere."

„Was bist du denn für ein Spinner?!", maulte die Bedienung und drehte sich nach ihm um. „Zu dir komme ich noch", drohte sie mit ausgestrecktem Zeigefinger.

Die Frau mit Regenhut blätterte durch die zweiseitige Speisekarte. „Ich nehme den Kartoffelsalat mit Bockwurst." „Speisen sind aus", sagte die Bedienung. Dennoch notierte sie etwas auf dem aufgeklappten Block, dann kratzte sie sich am Nacken.

„Oh, nein", hörte ich die Stimme meiner Mutter. Ich wand mich um und sah, wie sie ihr Gesicht in die Handflächen fallen ließ. Mein Vater streichelte ihren Rücken.

„Aber die da hinten essen doch auch was“, mischte sich die Petze im Regenponcho ein. Er trug ihn immer noch.

„Gut beobachtet, Columbo“, ätzte die Wirtin. „Das waren die letzten Portionen. Ich bin ausverkauft, mehr habe ich nicht.“ Sie zuckte mit den Schultern und haute ihre Hacken zusammen. „Ich habe nur Getränke. So einen Ansturm gab es an einem ersten Weihnachtstag noch nie“, erklärte sie.

„Und wenn wir uns was zu essen drüben in der Tankstelle kaufen?“, flüsterte Torben mir zu und verdeckte sein Mundbild, als ob er befürchtete, dass irgendwer seine Idee stehlen und die Tanke ausräubern könnte.

„Ich nehme einen Rotwein. Bringen sie mir am besten die ganze Flasche“, seufzte die Frau mit Regenhut. „Ach, wissen Sie was“, justierte sie nach und tippte sich mit dem Zeigefinger gegen die Lippen. „Ich nehme alle Weinflaschen, die Sie noch haben.“ Sie schaute sich innerhalb des Stuhlkreises um und holte nonverbal die Zustimmung jedes einzelnen Truppenmitglieds ein.

„So soll es sein“, flüsterte die Bedienung mit Dauerwelle, fuhr herum und interviewte schließlich uns.

„Was darfs sein?“ Die Pommes von den Konkurrenztischen dufteten köstlich. Vielleicht duftete auch das Fritteusenfett, das auf ihrer Schürze klebte. Mir knurrte der Magen. Eine kulinarische Sehnsucht machte sich breit und flutete meinen Mund mit Speichel.

„Wodka“, orderte Lukas vom anderen Ende des Tisches und hob seine Hand.

„Harten Stoff habe ich nicht mehr“, erwiderte sie.

„Bier", justierte Lukas nach, der mit seinem Kopf an Roberts Schulter lehnte.

„Ich habe nur noch Softgetränke", sagte sie. „Entschuldigen Sie, aber Sie haben doch gerade Wein an den Nachbartisch verkauft", gickste meine Mutter und erhob sich. Sie rammte sich eine Hand in die Taille und die andere focht einmal quer über den Tisch. *Gleich verliert sie ihre Nerven. Ich wippte mit dem Bein.*

„Ausverkauft."

„Was für ein entsetzlicher Abend", fiepte meine Mutter und ließ sich, ohne zurückzublicken, auf den Stuhl fallen. Rums und Knacks, machte es.

„Cola für alle", bestellte ich eigenmächtig.

„Und Schorlen für die Kinder", ergänzte Torben, fasste nach meinem Unterarm und nickte.

„Das Koffein und den Zucker können wir wohl alle gut gebrauchen", flüsterte ich und seufzte.

„Firma dankt", antwortete die Wirtin und schlurfte in Richtung Tresen.

„Eins noch", rief ich ihr hinterher. „Was wenn wir uns drüben in der Tankstelle was zu essen kaufen?"

„Dann können Sie das drüben oder draußen essen", konterte sie blitzschnell. Ohne sich umzusehen, trödelte sie mit quietschenden Sohlen davon.

„Das ist der absolute Horror", fiepte meine Mutter quer über den Tisch, fasste sich an die Stirn und rieb und knetete die Sorgenfalten.

„Kein Strom. In der gesamten Siedlung nicht", tuschelte mein Vater im Hintergrund. Er sprach mit dem Vermieter und presste sich das Telefon an seine rote Ohrmuschel.

„Kümmern Sie sich darum, umgehend. Wir sitzen hier in einer runtergekommenen Raststätte, in der es nicht mal was zu essen gibt. Wir frieren“, donnerte mein Vater schließlich und legte seine Hand auf dem Rücken meiner Mutter ab.

„Horror, Horror“, gickste sie und schüttelte ihren Kopf.

„Ein Weihnachtsfest ganz nach meinem Geschmack“, röhrte Gretchen, hustete, und klatschte sich mit Zoe ab. „Harmonisch und friedvoll kann ja jeder“, scherzte sie.

Ich schmunzelte und tippte gegen meine Stirn. *Verkehrte Welt*, dachte ich. Früher, als die Rahmenbedingungen stimmten, provozierte sie Jahr für Jahr einen Streit. Und dieses Mal, wo tatsächlich gar nichts stimmte, wo die Speisen nicht stimmen konnten, weil es keine gab, brillierte sie mit guter Laune. Mehr Grinch ging nicht.

„So, die Getränke“, polterte die Wirtin und ließ ein Tablett mit leeren Gläsern auf dem Tisch ab. Es klirrte und schepperte, jeweils drei Gläser hatte sie zu kleinen Türmchen übereinandergestapelt. Sie wankten und schaukelten.

„Äh, und die Cola? Was ist mit der Schorle?“, hinterfragte Kerstin.

„Immer schön langsam mit den jungen Pferden“, nölte die Bedienende und gestikulierte, als würde sie eine DJane darum bitten, die Lautstärke um einige Dezibel zu drosseln.

„Eine alte Frau ist kein D-Zug.“

„Intercity“, röhrte Gretchen. Wolfgang und Zoe gackerten. „Sehr witzig“, moserte die Frau und schlurfte wieder hinter den Tresen.

„Horror, Horror", fiepte Mutter.

„Mama, alles wird gut", säuselte Lissy.

„Mir ist übel", klagte Lukas und ließ seinen Kopf auf die Tischplatte fallen. Onkel Robert streichelte ihm den Nacken. „Du trinkst gleich erst einmal eine Cola", tröstete er. Mir schien, das war der Beginn einer echten Männerfreundschaft. „Die Cola", bellte die Wirtin in dem Moment und ließ einen Mehrwegkasten mit PET-Flaschen vor unseren Tischen auf dem Boden nieder. „Müsst sehen, wie weit ihr damit kommt." Schon verschwand sie wieder.

„Was ist mit unseren Getränken?", rief ihr die Frau mit Regenhut hinterher.

„Eine alte Frau ist kein Intercity", entgegnete sie, bremste ab und drehte sich nach der Glaubensgemeinschaft um. „Habt ihr euch mal umgeguckt, was hier los ist? Ich platze aus allen Nähten."

„Wat ihre Hose angeht, hat die recht", scherzte Gretchen hinter davorgehaltener Hand. Zoe lachte.

„Ich bin allein hier und kann mich nicht vierteilen", rief die Wirtin, nahm wieder Geschwindigkeit auf und schritt davon.

„Alter", begann Johannes, der sich gerade nach dem Cola-Kasten bückte. „Der ist nur halbvoll und die Flaschen sind nicht einmal gekühlt."

Kurz vor dem Bedientresen drehte sich die Dauergewellte noch einmal um. „Mehr habe ich nicht", brüllte sie und stampfte mit dem Fuß auf. Meine Mutter schluchzte, während Johannes die Flaschen auf den Tischen verteilte.

„Danke", sagte Torben, öffnete die Flasche, dass es zischte und befüllte Glas um Glas mit der dunklen Flüssigkeit.

„Hier Bartosz", meinte er und begann damit, das Koffein unter die Leute zu bringen. Er streckte sich weit über den Tisch, dass er mich mit seinem Oberarm touchierte. Sein Oberkörper lag beinahe auf meinem Schoß. *Hui.* Wärme kroch mir von den Knien in den Unterbauch. Ich unterdrückte mein Grinsen, das unbedingt in mein Gesicht rauschen wollte. Torben richtete sich wieder auf, schraubte die leere Flasche zu, stellte sie auf dem Tisch ab und tätschelte den Schraubverschluss mit seiner flachen Hand. „Original gezapft und verkorkt bei Hallhuber und Söhne. Wohlsein", scherzte er und zwinkerte mir zu.

„Loriot", meinte ich.

„Loriot", antwortete er.

„Das ist mein Enkel", schwärmte Wolfgang von schräg gegenüber und klopfte sich, wie nach einem Einser-Abitur, auf die Brust. „Ein Leben ohne Mops ist möglich, aber sinnlos", zitierte er und hob seinen Zeigefinger in die Höhe. Das war der Moment, in dem die ganze Bagage zu Onkel Robert hinüberschaute und irgendeine zweideutige Bemerkung erwartete, doch der saß still auf seinem Stuhl und schob Lukas die koffeinhaltige Zuckerlösung vors Gesicht. „Hier, trink", flüsterte er.

„Danke, Mann."

„Gibt es schon eine Rückmeldung vom Vermieter?", erkundigte sich Kims Vater. Er wippte mit seinem Bein und rieb sich die Hände. „Arschkalt hier."

„Nein", antwortete mein Vater. „Noch nichts Neues."
„Vielleicht trinken wir aus und gehen doch noch rüber in die Tankstelle. Da gibt es Sandwiches, Knabberzeugs, alles", schlug ein anderer Freund meines Vaters vor.

„Und auch Alkohol", rief Lukas.

„Da können wir aber nicht sitzen, geschweige denn uns länger aufhalten", wand irgendwer ein.

„Na und? Dann kaufen wir schnell was zu essen und verteilen uns wieder auf die Autos", schlug Tante Carola vor. Robert schaute auf und in ihre Richtung, dann presste er seine Lippen zusammen, wendete sich ab und blickte durch die beschlagene Fensterfront. So ernst und in sich gekehrt hatte ich ihn noch nie gesehen. Ich musterte ihn und stellte meine Augen eng.

Ein Quietschen lenkte mich ab. Ich schreckte zusammen. Die Wirtin schlurfte an unseren Tischen vorbei, sie balancierte ein rundes Tablett mit Plastikbechern und einigen Weinflaschen zum Tisch des biblischen Stuhlkreises.

„Oh", staunte meine Mutter. „Was würde ich jetzt für ein Gläschen Wein geben!?" Sie schniefte und zerfurchte ihre Frisur.

Die Wirtin stellte das Tablett ab. Die Flaschen stießen aneinander und schepperten.

„Hab nur noch Plastikbecher. Ich komme mit dem Abwasch nicht mehr hinterher", hörte ich sie am Nebentisch sagen. Sie schnaufte. Im vorderen Bereich der Gaststätte hob ein junger Mann seinen Arm und schnipste mit dem Finger.

„Komme ja schon", raunte die Wirtin.

„Ich besorge dir Wein, Mama“, behauptete Lissy und erhob sich.

Screep, schlurrten die Stuhlbeine über die abgeplatzten Fliesen. Ich hielt mir meine Ohren zu.

„Wenn ich vielleicht um ein Glas Wein bitten dürfte, meiner Mutter geht es nicht so gut“, hörte ich Lissy nebenan sagen. Sie streckte ihren Arm aus, in dessen Hand sie ein Glas festhielt.

„Nein“, meinte die Frau mit Regenhut und schüttelte den Kopf. Ich lupfte meine Augenbrauen und sperrte meine Augen auf.

„Wie bitte?“, fragte Lissy nach. Einhändig nestelte sie an ihrem Hosenbein.

„Ich sagte nein“, wiederholte die Frau und raffte die Flaschen zusammen, die Lissy, wenn sie schnell genug gewesen wäre, einfach hätte stehlen können. *Du darfst nicht stehlen*, dachte ich. *Außer, es geht nicht anders.*

Nicht nur die Verwandten, Bekannten, Angeheirateten und Geschiedenen, sondern alle Anwesenden, die Gestrandeten, Einsamen und Wartenden richteten ihre Aufmerksamkeit auf diese Szene – selbst die Wirtin.

„Heute ist Weihnachten“, erklärte meine Zwillingsschwester, als ob sich dieses Ereignis noch nicht herumgesprochen hätte. „Wir teilen nicht“, murmelte der Mann im Regenponcho. „Tagelang haben wir nur Ablehnung erfahren.“

„Und wat ist mit der Nächstenliebe“, krächzte meine Oma und erhob sich. Über die Fäuste, die sie auf der Tischplatte abgelegt hatte, stemmte sie sich in die Höhe. Stille!

„Kommt schon, dat Blut Christi", ergänzte sie, doch die Frau mit Regenhut, die diesen inzwischen abgesetzt hatte, beharrte auf ihrer Entscheidung.

„Herzlichen Dank", konterte Lissy ironisch, knickste und schnaubte verächtlich.

„Ihr kommt alle in die Hölle", krakeelte Gretchen.

„Lass gut sein", beschwichtigte Wolfgang, lotste sie auf ihren Stuhl zurück und küsste ihre faltige, fahle Hand.

„Und mit denen haben wir unsere Plätze geteilt." Es waren etwa zehn Minuten vergangen und Lissy hatte die Abfuhr noch immer nicht verdaut. *Es gibt Abfuhren, die verdaut man sein ganzes Leben nicht.* Ich blickte zu Fee und Kim hinüber. Sie hielten Händchen, während sie ihre Köpfe zum jeweils anderen reckten. Sie feixten und alberten. Ich rührte meine Zunge durch den Mund, zog einen Flunsch und plinkerte mit flatternden Augenlidern.

„Was?! Nein!", brüllte Fee plötzlich. Ich zuckte zusammen und biss mir zum x-ten Mal auf die Wange.

„Nein!", keifte sie und schlug auf die Tischplatte. Fee wirkte verärgert. *Haben die nicht gerade noch geknutscht?*

Sie zog ihren Kopf zurück, schob ihn sich weit in den Nacken und verschränkte die Arme vor den glitzernden Pailletten.

„Nicht so laut", zischelte Kim, tätschelte ihr Bein und flüsterte auf sie ein. Fee schüttelte den Kopf. Ihre Lippen waren zu schmalen Presswürstchen geworden. Ich exte meine Cola und blickte zu Lissy, die längst schon in meine Richtung schaute. Ich zuckte mit den Schultern. Sie machte ihre Augen groß und zog die Lippen breit.

Fee stand auf, Screep, es quietschte, und stöckelte um die Tafel.

„Fee“, rief Kim und winkte durch die Luft. Doch sie ignorierte ihn. Erst hinter Leanders Stuhl blieb sie wieder stehen. „Hey“, hörte ich sie sagen. Dann tippte sie auf seine Schulter und flüsterte ihm etwas ins Ohr. Er nickte und erhob sich, Screep. Sofort setzte sich Fee auf den frei gewordenen Stuhl neben meine Schwester. Ich kniff eines meiner Augen zu und hob die gegenüberliegende Braue.

„Hallo“, meinte Fee und nickte meiner Schwester zu.

„Äh, hallo“, erwiderte Lissy und blickte Leander hinterher, der um die Tafel herum stakste. Neben Kim ließ er sich nieder.

„Na, Digga“, toste Kim und boxte meinem Schwager wie ein Kumpel gegen den Oberarm. Leander rang sich ein gekünsteltes Grinsen ab und nickte.

Lissy und ich fixierten einander. Fee beobachtete uns, schaute zwischen uns hin und her. Schließlich spitzte Fee ihre Lippen und ließ den Kopf hängen. Es sah aus, als hätte sie schwere Gedanken.

Das Telefon meines Vaters bimmelte. „Ja?!“, hörte ich ihn sagen und die Entourage blickte auf. Sie starrten und gafften.

„Okay, danke“, sagte mein Vater. Er schnaubte und legte das Telefon auf den Tisch.

„Der Vermieter ist dran“, verkündete er. „Er ist dran und meldet sich wieder.“ Enttäuscht senkte das Gefolge seine Blicke und Mundwinkel. Miese Laune, Resignation und Ungeduld schwebten durch den Saal.

„Ich gehe mal auf die Toilette", flüsterte ich Torben ins Ohr. Ehe ich aufstand, sah ich zu Fee hinüber. Für wenige Augenblicke hielten wir Blickkontakt. Ein Blickkontakt ohne Emotionen, ohne nonverbale Ausdrucksstärke. *Vielleicht kommt sie mir hinterher*, hoffte ich.

„Puh", machte ich, als ich die Tür der Damentoilette aufstieß.

„Scheiße", sagte ich, als ich im Vorraum in den Spiegel blickte und mich auf einem der drei Waschbecken abstützte. „Was für ein entsetzliches Weihnachtsfest", flüsterte ich. „Das toppt die Feste bei Oma Gretchen und ihre selbstgestrickten Geschenke noch." Ich schnaubte, betrachtete mich und fletschte meine Zähne. *Hell, nicht weiß.* Ich schaute über meine Schulter und fixierte die Tür. *Du kommst mir also nicht hinterher.* Ich seufzte und schloss die Augen.

In meinen Gedanken flammte eine Kussszene auf. Kim und Fee knutschten auf der Rücksitzbank in Torbens Bulli. Ich presste meine Handballen gegen die weiße Keramik und quetschte sämtliche Blutgefäße aus.

Schnitt! Klappe, die zweite. Szenen- und Locationwechsel. Meine innere Regisseurin schwenkte von der Rücksitzbank ins Obergeschoss meines Elternhauses. Und Action!

Sechzehnjährig schlich ich durch den Flur und bewegte mich leise über das Laminat.

Klapp, hinter mir fiel die Tür zu meinem Zimmer ins Schloss. Ich bremste ab, presste Lippen und Augen zusammen. Ich wartete, ob sich etwas regte. Es rührte sich nichts. Also setzte ich mich wieder in Bewegung. Fünf, vier Schritte noch bis zur Tür von Lissys Reich.

Rein, heimlich die teure Lederhose aus ihrem Schrank operieren, die sie mir niemals freiwillig ausgeliehen hätte und wieder raus, hatte ich mir vorgenommen.

Ich umschloss die Klinke, drückte sie mit zusammengepressten Lippen herunter, öffnete die Tür und linste ins Zimmer. Das war der Moment, in dem ich die Kontrolle über meinen Unterkiefer verlor. Er sauste Richtung Brustbein. Auch der Rest meines Körpers gehorchte mir nicht mehr. Was ich sah, war schockierender als die Tatsache, dass es früher nur drei Fernsehprogramme gab.

Noch nie hatte ich mich so erschrocken. Noch nie hatte ich meinen Herzrhythmus in den Ohrläppchen und in meinen kleinen Zehen gespürt.

Kim, mein Freund, mit dem ich am Abend verabredet gewesen wäre, und den ich mit Lissys Lederhose überraschen wollte, lag auf meiner Zwillingsschwester und knutsche mit ihr. *Das geht doch nicht, das geht doch nicht*, hatte ich gedacht. *Schließlich ist er mein Freund.* Die zwei rekelten sich auf Lissys Futonbett. *Eine Verwechslung, sicher nur eine Verwechslung*, bildete ich mir ein. Obwohl ich schon immer der Meinung war, dass Lissy und ich uns nicht ähnlich sahen. Lissy gab zunächst noch ein lüsternes, lustvolles „Uh" von sich, dann machte sie plötzlich „oh" – und zwar „Oh! Nein!" Sie reckte ihren

Kopf in meine Richtung und schubste Kim zur Seite. Irritiert griente er, dann erst bemerkte er mich.

„Lu", sagte er, durchwühlte seine Frisur, leckte sich die Lippen und kniff seine Augen zusammen. Er rollte sich zur Seite und sortierte seine Gliedmaßen. Raketenschnell richtete er sich auf und richtete seine Oberbekleidung. Mit einem Mal stand er neben dem Bett. Er wankte und schob sich eine Hand in den Nacken.

„Ich wollte es dir erzählen", säuselte er, legte seinen Kopf schief und zuckte mit den Schultern. Seine Mundwinkel ergaben sich der Schwerkraft. Ich sah an ihm vorbei und betrachtete Lissy, die sich das Kissen schnappte, ihr Gesicht hineinpresste und auf ihrem Bett in Richtung Kopfteil krabbelte. In Embryonalstellung kreischte sie in die Daunenfüllung. Die Federn raschelten, während sich ein Schluchzen unter das Kreischen mischte.

Ich schüttelte meinen Kopf. Ich hätte so gerne geschrien, geschimpft, geflucht. Wäre so gerne ausgerastet und ausgetickt, doch ich schüttelte nur meinen Kopf.

Ich hätte so gerne geschrien, geschimpft, geflucht. Wäre so gerne ausgerastet und ausgetickt, doch ich torkelte kopfschüttelnd auf Lissys Kleiderschrank zu und öffnete ihn. Meine Hand, sie zitterte, griff hinein und riss die Lederhose vom Kleiderbügel, so aggressiv, dass der Bügel quer durchs Zimmer flog. Ich hätte so gerne geschrien, geschimpft, geflucht. Wäre so gerne ausgerastet und ausgetickt, doch ich machte kehrt und verließ ihr Zimmer, ohne mich noch einmal umzusehen. Erst knallte ich ihre, dann wenige Schritte später meine Tür zu.

Mit fahrigen Händen durchwühlte ich meine Schreibtischschubladen, schnappte mir mein Springmesser aus Kindertagen und ließ meine Verzweiflung an Lissys Hose aus. Ich schnitt sie in Stücke, Fetzen und Fransen. Ich erstach, durchbohrte, tranchierte und filetierte sie. Besser fühlte ich mich dadurch nicht. Ich fühlte mich fürchterlich, betrogen und fürchterlich betrogen. Ich warf mich auf mein Bett, unter mir die aufgeschlitzten Lederreste, und weinte, wie ich noch nie zuvor geweint hatte.

„Puh", machte ich und öffnete meine Augen. Ich glotzte mir entgegen und bemerkte die Nässe zwischen Ober- und Unterlidern.

„Als ob", raunte ich. „Es ist sechzehn Jahre her. Ich werde jetzt nicht weinen", bestimmte ich und schüttelte meinen Kopf, wie damals. Dabei hätte ich so gerne geschrien, geschimpft, geflucht. Wäre so gerne ausgerastet und ausgetickt.

„Au", nölte ich, suchte mit heruntergelassenen Mundwinkeln nach der Schmerzquelle und betrachtete meine blutleeren Hände. „Au", machte ich noch einmal und löste meine Klauen vom Rand des Waschbeckens. Ich schüttelte sie aus und bewegte jeden Finger einzeln durch. Strecken und beugen, strecken und beugen, bis das Blut wieder floss. Blut, aber kein böses. Es war Zeit, diesen ganzen Groll und Gram und Kummer und Schmerz abzustreifen. *Ich werde mich nicht länger von diesem Ereignis beeinflussen lassen*, entscheid ich und schüttelte meinen Kopf, meine Arme und Beine aus. Ich bewegte mich wie eine Marionette, mit dem Unterschied, dass ich nicht fremdgesteuert war, sondern selbst die Kontrolle hatte. *Fremdgesteuert war ich die letzten sechzehn Jahre lang.* Mein Kopf sauste hin und her, von rechts nach links.

„Genug ist genug. Zeit, den ganzen Scheiß abzuwaschen", murmelte ich, hielt meine Hand unter einen Rüssel und nahm eine großzügige Seifenspende an. Wasser marsch, der Schaum umspielte meine Hände, ich rieb und scheuerte, dann floss der ganze Dreck in den gurgelnden Ausguss.

„So!", tönte ich und nickte. „Das war' s." Ein letztes Mal noch fletschte ich meine Zähne. Ich plinkerte so lange, bis die Nässe in meinem Blick verdunstet war, dann drehte ich mich herum und fasste nach der Türklinke. *Ich schaue nicht länger zurück. Ich schaue nach vorne.*

Im nächsten Augenblick machte es Puck. „Aua, scheiße", nölte ich und fasste mir an die Stirn.

„Tschuldigung", erwiderte Leander, der sich ebenfalls an seine Stirn griff. „Wo habe ich nur meine Augen?!", kommentierte er unseren Crash. Crash, nicht Crush.

„Dabei hatte ich mir fest vorgenommen nur noch nach vorne zu schauen", scherzte ich, um die Situation aufzulockern. Ich schmunzelte.

„So?", fragte mein Schwager nach. „Wie machst du das? Nur noch nach vorne schauen?"

„Nicht besonders geschickt, wie du gesehen haben solltest", konterte ich. Ich zuckte kurz zusammen.

Wir standen uns gegenüber, in dem kleinen Flur mit dunkelbraunen Bodenfliesen und hellgelbem Putz an den Wänden. Entlang der Bundfalte seiner Hose hinterließen seine Fingerkuppen einen Takt. Ein leises Trommeln ertönte.

„Na ja", flüsterte ich. *Ich weiß nicht, was ich sagen soll.* Mein Körper täuschte einen Fluchtversuch an.

„Lissy hat dir von ihrem Seitensprung erzählt, oder?", erkundigte er sich, als ich mich schon fast an ihm vorbei geschoben hatte. Ich bremste, strauchelte, ließ meinen Kopf hängen.

„Mmh", machte ich und wagte es nicht, ihn anzusehen. „Aber ich weiß nicht mit wem", schoss es mir über die Zunge. *Mist! Viel zu auffällig! Jetzt ist ihm klar, dass ich weiß, wer es war.* „Darum geht es doch gar nicht", nuschelte er.

„Äh", entgegnete ich und blickte nach rechts und ihm direkt ins glatt rasierte Gesicht.

„Es geht doch nicht darum mit wem, wenn es nur eine einmalige Sache war, es geht darum, weshalb", erklärt er. „Weshalb?", schob er als Frage formuliert hinterher und fixierte mich.

„Hm." Mehr vermochte ich nicht zu antworten.

„Weshalb?", fiepte er und ich bemerkte die aufsteigende Feuchtigkeit in seinem Blick. „Weil ich spröde bin." Seine Hand focht durch den beengten Flur. „Gretchen hat recht." Er senkte den Blick, während sein Kinn nur knapp über dem Pullunder stoppte.

„Hey", stimmte ich an. Noch nie zuvor hatte ich ein so delikates Thema mit ihm besprochen. Ich war überfordert. Meine Finger tanzten, meine Blicke wanderten umher. Und als mir der Nacken steif zu werden drohte, wechselte ich die Position und baute mich vis-à-vis vor ihm auf.

„Hör mal …", setzte ich fort. Doch weiter kam ich nicht, er schlang seine Arme um meine Schultern, legte den Kopf schief auf und lehnte sich gegen mich. Wie ein Kanarienvogel sein Junges, fing ich ihn mit meinen Schwingen ein und hielt ihn fest. Noch nicht einmal auf seiner und Lissys Hochzeit, hatte ich ihn so innig in meine Arme geschlossen.

„Scht", machte ich, während er schluchzte.

„Ich liebe deine Schwester", gickste er. „Ihr kann ich verzeihen", schniefte er. „Nur mir nicht."

„Hä?!" Ich schob mir den Kopf in den Nacken. „Wie meinst du das?"

„Wenn ich nicht so öde und spröde und blöde wäre, wenn ich mich sexuell vielleicht nicht so oft verweigert hätte, hätte sie sich nicht mit einem anderen austoben müssen." Ich kniff meine Augen zusammen. *Too much information.* Ich schnaubte und täuschte ein Flöten vor.

„Ich bin so schrecklich bequem. Ich habe einfach zu wenig Power", wisperte er. Seine Ohrmuschel lag an meiner Wange. „Wenn ich mir andere Männer ansehe, die haben Muskeln und sind kraftvoll. Ich bin wie eine ungewürzte Chorizo, wie ein Vollkornbrot aus der Mikrowelle." Ein Lachen stieg mir in den Vokaltrakt, ich zwang es zurück und mich dazu, ernst zu bleiben. Er, in dieser Demutshaltung, in seiner Selbstkritik, tat mir unendlich leid. Ich spürte, wie ich Sympathien entwickelte. *Hätte er diese Seite von sich nicht früher schon zeigen können?!*

„Guck dir den Kim an", fuhr er fort. „Das ist ein Mann", schwärmte er.

„O nein!", widersprach ich. Vehemenz lag in meiner Stimme. „Nimm dir diesen Arsch bloß nicht zum Vorbild. Kim ist ein Wichser. Ein abgewichster Scheißtyp. Ein Narzisst." Ich holte richtig aus, schlug verbal um mich. Mein Puls turnte am Reck. „Aber …“, begann er. „… Lissy findet ihn toll. Ihr alle findet ihn toll.“

„Nein“, fiel ich ihm ins Wort. „Nein! Nein! Nein!“ Ich schüttelte meinen Kopf, er schreckte zurück. „Nicht?“

„Nicht“, bestätigte ich. „Wenn du unbedingt ein Vorbild brauchst, dann orientiere dich an Torben“, hörte ich mich sagen. Ein roter Schleier wehte mir über das Gesicht. Ich strahlte. In meinem Magen, dort, wo ich seit Stunden Hunger spürte, spürte ich plötzlich den Flügelschlag zweier Möwen. Vielleicht spürte ich auch den Schlag zweier Turteltauben. *Hui!*

„Ja, Torben finde ich tatsächlich auch toll“, flüsterte mein Schwager. Wir lösten uns aus unserer Umarmung. Leander fegte mit dem Unterarm über seine Augen.

„Vielleicht, wenn ich ein bisschen mehr wie er wäre …“, sagte er und legte sich einen Finger an die Lippen. Er hob eine Braue in die Höhe und wirkte nachdenklich.

„Hör zu …“, erwiderte ich und legte meine Hände auf seine Schultern. Ich blickte ihm in die Augen.

„Lissy will keinen Torben oder Kim. Sie will dich. Und wenn du vielleicht einfach nur etwas mehr Engagement zeigst, sexuell, emotional, was weiß ich …“ *Ich glaube nicht, dass er und ich dieses Gespräch führen.* „… und vielleicht etwas weniger den Klugscheißer raushängen lässt, dann passt das schon. Du brauchst kein anderer sein. Sei einfach du selbst, nur locker“, fasste ich die Faktenlage zusammen.

„Na ja, na gut“, ergänzte ich. „Eine Kleinigkeit. Vielleicht überdenkst du einfach mal deine Garderobe.“ Ich ließ meine Mundwinkel abstürzen und meine Augenbrauen aufsteigen.

„Mmh", meinte er, sah an sich herab und nickte. „Ich werde um sie kämpfen."

„Gut so." Ich boxte ihm gegen den Oberarm.

„Au", moserte er.

„Du bist aber auch empfindlich." Ich lächelte. „Und jetzt ist gut mit traurig", motivierte ich ihn. Beinahe hätte ich ihm wieder gegen den Arm geboxt, doch ich bremste rechtzeitig ab und ließ meine Faust fallen. „Schau nur noch nach vorne."

Er nickte.

„Und jetzt gehst du da rein." Ich deutete auf die Herrentoilette. „Und streifst deinen öden Scheiß einfach ab. Wasch es ab unter reichlich fließendem Wasser, mit Seife", peitschte ich ihn auf. Ich war ergriffen von meinen eigenen Worten. Ich klang wie eine Schlichterin auf dem Kinderspielplatz, die redet und redet, und nicht bemerkt, dass Ben und Lola sich schon längst wieder vertragen haben.

„Wasch es ab", skandierte ich. Meine Finger zuckten im Takt. „Guck dabei in den Spiegel und sag zu dir selbst, dass du nicht länger öde oder spröde bist."

„Danke, Luise", krächzte Leander und lehnte sich noch einmal bei mir an.

Dann öffnete er die Tür zu den Herrentoiletten und verschwand.

Wasch es ab! Wasch es ab, dröhnte es in meinen Gedanken. Rhythmisch bewegte sich mein Kopf, meine Hand schlug gegen meinen Oberschenkel. „Ah! Meine Wim-

perntusche“, wisperte ich, als ich das längliche Plastik-
röhrchen in meiner Hosentasche bemerkte. *Es könnte
nicht schaden, sich ein bisschen aufzuhübschen.*

Rudolph the red nosed reindeer

„Wasch es ab! Wasch es ab", skandierte ich auf der Damentoilette und glotzte in den Spiegel. *Erst umarme ich Lissy, dann ihren Mann.*

„Scheiße, wer bin?" Ich zuckte mit den Schultern, bog meine Mundwinkel hinab und fummelte die Wimperntusche aus der Hosentasche. Flupp, machte es, als ich die Stielbürste herauszog. Ich führte sie in Richtung Gesicht und rundete meine Lippen. *Moment mal!* Ich entfernte die Bürste und meine Lippen entspannten sich wieder. Ich schob die Bürste Richtung Wimpern, schon formten sich meine Lippen, als ob ich „oh" rufen wollte. Ich schüttelte meinen Kopf. *Was haben die Lippen mit meinen Wimpern zu tun?!*

„Über meinen Körper und mein Leben bestimme ich immer noch selbst. Wasch es ab!", zischelte ich und zwang mich dazu meine Lippen geschlossen zu halten, während ich endlich meine Wimpern tuschte.

Heute habe ich viel erreicht. Ich schnaubte, schraubte den Drehverschluss wieder zu und verstaute die Farbe in meiner Hosentasche. Eine Pirouette und vier zackige

Hackenschritte später langte ich an die Türklinke und trat heraus in den Flur auf die dunkelbraunen Fliesen.

„Leander“, toste ich und schreckte zusammen. Er bremste knapp vor meinen getuschten Wimpern ab. Beinahe wären wir wieder ineinander gekracht.

„Mir geht es schon viel besser“, erklärte er und tätschelte meinen Arm. „Ich habe alles abgewaschen.“ Er seufzte und kniff seine Lippen fest zusammen. „Ich werde nicht länger öde sein“, behauptete er. Ich schürzte meine Lippen.

„Soll ich dir mal richtig öde und spröde und blöde Leute zeigen?“ Ich blinzelte und legte meinen Kopf schief.

„Kennst du welche?“

„Und ob. Komm!“, forderte ich ihn auf, schritt rückwärtsgehend voran und lockte ihn mit beiden Händen hinter mir her.

Im Übergang zum Speisesaal blieb ich stehen, drehte mich herum und deutete mit ausgestrecktem Finger auf den Bibelkreis.

„Da“, sagte ich. „Das sind öde Leute.“

„Verstehe.“ Er nickte.

„Komm.“ Vorsichtig stupste ich ihn und setzte meinen Fuß auf die hellen Fliesen des ausgebuchten Speisesaals. Ich machte drei, vielleicht vier Schritte, schon stoppte ich wieder. Leander lief mir gegen die Hacken. *Wer ist die denn*, fragte ich mich und betrachtete eine junge Frau, die am anderen Ende des Raumes durch den braunen Wollvorhang schritt und nieste, indem sie sich die Nase zuhielt.

Nicht beim Niesen die Nase zuhalten, dann platzen deine Augen aus dem Kopf, hatte Gretchen mir beigebracht, als ich noch ein Kind war. Jetzt hatte ich den Beweis, dass sie gelogen hat.

Ich zuckte mit den Schultern und marschierte zurück zum Tisch. „Na du?!", meinte Tante Carola, die gerade an mir vorbeilief. Sie zwinkerte mir zu.

„Sind die Toiletten okay, oder auch ausverkauft?", scherzte sie.

„Okay", antwortete ich und nickte.

„Hallo", säuselte ich, als ich mich wieder neben Torben niederließ.

„Hey", erwiderte er und drückte meinen Unterarm.

Ich sah zu Leander hinüber und beobachtete, wie er sich neben Kim plumpsen ließ. Ein vorsichtiges Lächeln lag auf seinen Lippen. Auch ich legte ein Lächeln in mein Gesicht. *Gut gemacht, Luise.*

„Honey", trällerte eine Frauenstimme. Ich erschrak. Die junge Frau, die Nieserin, stöckelte durch den Saal und plinkerte. Kim schaute auf. „Anastasia", schrillte er und erhob sich, Screep.

Mit ihren dünnen Beinen baute sie sich neben ihm auf, kokettierte und legte den Kopf halbschief.

„Honey", sagte auch Kim, fasste ihr Gesicht mit beiden Händen ein und küsste die junge Frau auf den Mund. Wieder und wieder. *Aha! Das ist dann wohl die neunzehnjährige Studentin für kreatives Schreiben*, überlegte ich und schaute zu Fee. Diese schob ihren Kopf in den Nacken und starrte erstarrt.

„Was machst du denn hier?", erkundigte sich Kim und lachte. Mein Kopf schnellte wieder zurück. Ich sah, wie Kim Anastasia im Bogen über Kopf, Rücken und Po strich. Ihr schwarzes Faltenröckchen verrutschte.

„Die sieht aus wie Britney Spears in Baby one more time", wisperte Torben. „Nicht, dass ich das Video je gesehen hätte", scherzte er. Ich schmunzelte, doch nur für kurz.

„Ist sie das?", brüllte Fee. Screep, schon stand sie und nestelte mit ihren Fingern. Wie immer, wenn sie nervös war, schob sie sich die Daumen zwischen Zeige- und Mittefinger. Sie bewegte ihre Nase, dass ihre Brille auf und ab hüpfte. Ihr Brustkorb bebte. „Ist das deine Freundin?"

„Und wer bist du?" Anastasia, die ihre Hände ununterbrochen über den Rock fahren ließ, blickte sich nach Fee um.

„Früher …", krächzte Oma Gretchen. „… haben wir Bleikettchen in unsere Rocksäume genäht." Sie hustete. „Dann sind die nicht ständig hochgerutscht. Und wenn du geröntgt werden musstest, weil du dir die Füße wegen der hohen Stöckel gebrochen hast, warst du direkt anständig geschützt", scherzte sie, schlug sich mit der Faust auf ihren Strickrock und gackerte.

„Ich bin die, mit der Kim die letzte Nacht geschlafen hat", spie Fee. Ihre Brille hüpfte und die Daumen rutschten ohne Unterlass zwischen ihre Zeige- und Mittelfinger. Eine Geste, die ihrer Nervosität geschuldet war, auch wenn sie auch gut zum Kontext passte.

„Was?!", krakeelte die junge Studentin und stemmte ihre Hände in die schlanke Taille. „Nicht schon wieder!"

„Ich kann nicht mehr", keifte meine Mutter zeitgleich und ließ ihren Kopf auf die weiße Tischplatte fallen, dass es donnerte.

„Du hast mir versprochen, dass das nie wieder vorkommt", fauchte Anastasia und stach mit ihrem spitzgefeilten Fingernagel in Kims Richtung.

„Ich wollte doch nur, dass wir alle ein schönes Fest
haben", schluchzte meine Mutter.

Fee setzte sich wieder. Gretchen hustete. Zoe tätschelte ihren Arm. Onkel Robert schnaufte. Lukas
schaute auf und sperrte seine Augen auf, als er Anastasia erblickte.

„Du bist so ein Scheißtyp", fasste Anastasia Kims Charakter mit fünf Worten zusammen. In ihrer Stimme lagen weder Schmerz noch Verletztheit. Nur Erkenntnis.

„Am besten wir reisen ab", fiepte meine Mom, deren
Kopf noch immer vom runden Tisch gehalten wurde.
Sie schlug ihre flache Hand einmal kräftig auf das
weiße Furnier.

„Ich bin Single", erklärte Lukas und zeigte auf.

„So?" Anastasia musterte ihn und spitze ihre Lippen.
Dann schaute sie mit hochgezogener Augenbraue zu
Kim. „Ich bin interessiert", skandierte sie.

„Übrigens ...", Sie wand sich Fee zu. „... du bist richtig
hübsch. Kein Grund deine Talente an den da zu verschenken." Tack, Tack, Tack, mit hart auf die Fliesen gebrachte Schritte, stöckelte sie zu Lukas herüber.

„Anastasia, bitte", flehte Kim.

„Ich habe dich gewarnt. Das war deine letzte Chance."
Ohne sich umzudrehen, setzte sie sich auf Lukas' Schoß.

„Du musst wissen, der ist polyamor", petzte Britta.

„Für ein zwei Nächte wird's schon gehen", erwiderte
die Rockträgerin und fasste Lukas' Kinn zwischen
Daumen und Zeigefinger. „Lass dich mal anschauen."

„In einer Stunde schließe ich", toste die Wirtin vom Tresen aus und schwenkte ein Glöckchen.

„Luise hatte Recht. Warum sind wir nicht einfach zu Hause vor dem Fernseher geblieben? Kartoffelsalat mit Bockwürsten schmecken doch auch", nuschelte meine Mutter. Ihre Schultern bebten. Sie vibrierte wie eine Skaterin auf Schüttkies.

„Wat würd ick mich jetzt über einen Knoblauch-Knacker freuen", krächzte Gretchen.

„Also bitte", echauffierte sich Wolfgang und schlug auf den Tisch, wie zuvor schon meine Mutter.

„Och, mein Butscher. Nun sei doch nicht so."

„Nenn mich nicht Butscher", beschwerte er sich.

„Ich habe versagt", krakeelte meine Mutter. „Ich will nur noch nach Hause."

„Früher mussten wir auch ohne Strom und fließend Wasser klarkommen", wand Torbens Großvater ein.

„Ja Opa, und früher war mehr Lametta. Solche Beiträge sind jetzt wenig hilfreich." Torben legte sich eine Hand an die Stirn und fuhr sich durch die kurzen dunklen Haare, während er seine Augen steil zur Raumdecke aufschauen ließ. Ich erwischte mich dabei, wie ich ihn musterte und strahlte.

„Mama", fiepste Lissy. Ihre Besorgnis riss mir die gute Laune aus der Mimik. Ich schaltete um auf streng und beobachtete, wie meine Schwester um die Tafel eilte. Sie warf sich unserer Mutter von hinten um den Hals.

„Du hast nicht versagt", tröstete sie. „Sag nicht so etwas. Du kannst doch nichts dafür." Durch ihre Stimme wehte ein Schmelz. Ein Schmelz, der ein Schluchzen hinter sich versteckt hielt.

„Es ist alles kaputt“, wimmerte meine Mutter melodramatisch. Ich schüttelte meinen Kopf.

„In einer Stunde fliegen wir hier raus, in der Siedlung gibt es keinen Strom, fehlt nur noch, dass das Benzin einfriert und wir nicht von hier wegkommen“, jammerte sie.

„Darum sage ich euch, Verbrenner-Motoren sind Geschichte“, polterte Wolfgang. Torben seufzte. Ich streichelte seinen Unterarm. Noch einmal ertönte das Glöckchen der Wirtin. „Weihnachtsmann“, quiekte eine Vierjährige.

„In einer Stunde“, erinnerte die Dauergewellte noch einmal und crashte jede Hoffnung auf einen knallgefüllten Geschenkesack.

Unruhe verteilte sich über den Speisesaal. Ein Herr in Smoking – es war offensichtlich, dass er sich den Verlauf des Abends anders vorgestellt hatte - rannte mit quietschenden Schuhsohlen über die Fliesen. Er schlug den wolligen Vorhang zur Seite und verschwand dahinter.

„Lauf hinterher“, rief ein Mittvierziger seiner Frau zu, die ebenfalls über die Fliesen eilte. „Der kauft sonst die Tanke leer.“

Screep, Screep, Screep. An mehreren Tischen rückten die schlanken Stuhlbeine über den Boden. Tack, Tack, Tack und Fitsch, Fitsch, Fitsch, Sohlen in unterschiedlichen Farben, Formen und Höhen bespielten die Fliesen.

„Horror, Horror. Ich kann nicht mehr“, klagte meine Mutter, reckte ihren Kopf in die Höhe und schüttelte ihn. Lissy schmiegte sich von hinten an und schlang ihre Arme um ihren Brustkorb.

„Wer nicht nach Perfektion strebt, kann auch nicht enttäuscht werden", röhrte Gretchen. *Mein Reden*, dachte ich. Ich konnte gar nicht fassen, dass ich ihrer Meinung war. *Wo siehst du dich in fünf Jahren? Vor meinem Fernseher mit Kartoffelsalat und Bockwürstchen.* Ich legte mir eine Hand vor die Lippen und schmunzelte heimlich. Doch das Schluchzen meiner Mutter drängte mein Schmunzeln zurück.

„Ich wusste, dass dieses Fest ein Drama wird", quiekte Mutter. „Ich wusste es, als mir das Recht genommen wurde, den Baum zu schmücken." Sie schniefte.

„Hey", protestierte Bartosz, der seine Finger in Romys gesteckt hatte. „Was heißt hier Recht?! Ich finde wir Männer haben das exzellent gelöst."

„Nicht streiten", brummte mein Vater mit erhobenen Händen. „Zumindest nicht noch mehr", schob er leise hinterher und toupierte sich seine flusigen Haare. Dann ließ er seinen Kopf sinken.

„Carola, ich liebe dich!", brüllte Onkel Robert mit einem Mal, als seine Frau von der Toilette zurückkehrte und sich an die runde Tafel heranpirschte. Sie zuckte zusammen, bremste ab und wirkte erschrocken. Und alle, nicht nur die Verwandten, Bekannten, Angeheirateten und Geschiedenen, schauten zu Robert. Auch die übrigen Gäste.

„Das sind die ersten netten Worte, die ich seit einer halben Ewigkeit höre", behauptete Mutter und schnäuzte sich. Chu, Chu, machte sie und klang wie der Wind, der von außen gegen die Fensterfront drängte.

„Setz dich wieder", murmelte Carola, die sich, Screep, ihren Stuhl zurechtrückte, hüstelte und die Bluse glattstrich. Doch Onkel Robert gehorchte nicht. Mit gefalteten Händen, fast fromm, stand er da und wartete. Zumindest sah er aus wie ein Wartender. Wie ein Wartender, der vor dem Altar nach seiner Braut Ausschau hält, die nicht kommt.

„Luise", juchzte meine Schwester plötzlich. Ich erschrak, schaute herüber.

„Was?", quiekte ich. Auch Fee gaffte und Kerstin. Und alle anderen dazu.

„Komm mal her." Sie ließ von unserer Mutter ab, machte fünf Schritte in die Mitte des Raumes und lockte mich mit ihrem Zeigefinger.

„Was will die denn?", flüsterte ich Torben zu und machte mich auf den Weg zu ihr.

„Was denn?", fragte ich, als ich vor ihr stand. Ihr Augen-Make-up hatte sich raumfordernd über ihre Unterlieder ausgebreitet.

„Ich habe Wimperntusche in der Hosentasche", meinte ich.

„Darf ich mal?", maulte irgendein Arsch, der mit seiner Schulter gegen meinen Rücken rempelte und sich wenig später durch den braunen Vorhang nach draußen kämpfte. *Lass mir noch ein Sandwich übrig.* Ich blickte ihm hinterher und fasste mir an den knurrenden Bauch. *Fass! Los beiß ihn!*

„Damals in der Schule, dieses Spiel, wie hieß das noch?", wollte Lissy von mir wissen.

„Völkerball", antwortete ich spontan.

„Nein." Sie winkte ab. „Kein Sportunterricht. Da gab es doch so ein Spiel, nachdem sich plötzlich alle liebhatten. Ach Mist, ich bekomme das nicht mehr zusammen", haspelte sie und schnaufte.

„Der Lobstuhl“, warf ich ein. „Ein Stuhl, eine Person und man darf nur positive Dinge sagen.“

„Genau“, juchzte sie, klatsche in die Hände und warf sich mir mit ausgebreiteten Armen an den Körper. Ich erschrak und machte mich steif wie eine Leiter. Lissy ließ mich wieder los und räusperte sich.

„Und du meinst, der Lobstuhl reißt alles wieder raus?!“ Ich blickte hinter mich. Dorthin, wo die Gäste frierend an Tischen, auf Stühlen und einer meterlangen Fensterbank kauerten und an warmer Limonade nuckelten.

„Einen Versuch ist es wert“, behauptete sie. „Wir setzen Mama zuerst in die Mitte.“ Lissy schmunzelte.

„Einen Versuch ist es wert“, wiederholte ich und seufzte. So oft wie in den letzten Stunden hatte ich in sechzehn Jahren nicht mit meiner Zwillingsschwester kooperiert. *Dass das nicht einreißt*, bellte der Grinch in mir.

„Hört mal bitte“, sagte ich und hob eine Hand, als ich mich neben Lissy vor unseren Tischen aufbaute. Der ausgeräuberte Cola-Kasten befand sich direkt vor meinen Füßen. Ich strich mir den Fluchtversuch zweier Dreadlocks aus dem Gesicht. Robert stand immer noch.

„Wer ist nun wer?“, röhrte Gretchen. Zoe lachte. Torben musterte mich mit einem Lächeln. Nervös schob ich mir eine Hand in die Hosentasche und streichelte meine Wimperntusche. „Wir wollen ein Spiel mit euch spielen“, verriet Lissy.

„Die Stimmung ist sowieso schon mies“, ergänzte ich und alle lachten. „Genaugenommen ist es kein Spiel, sondern eine Übung“, erklärte ich, während ich auf

Torben zuging und neben ihm meinen Stuhl aus der Formation zog.

„Hey", säuselte ich ihm leise zu und krauste meine Nase. Er zwinkerte.

Screep, Screep, Screep, ich zerrte das Sitzmöbel hinter mir her und schob es auf die freie Fläche vor dem Tresen der Wirtin, die nirgendwo zu sehen war.

„Mama", schrillte Lissy. „Komm mal bitte her und setz dich dort hin." Sie machte eine einladende Geste, so groß, dass sie damit alle Verwandten, Bekannten, Angeheirateten und Geschiedenen hätte ansprechen können.

„Wie bitte?", fragte unsere Mutter nach. „Nein!" Sie strich ihre Hand durch die Luft, als hielte sie einen Zauberstab. „Nun geh schon", sagte unser Dad. Er erhob sich, hakte sie unter, bugsierte sie in die Höhe und führte sie zum Stuhl. „Dat ist nicht der sterbende Schwan. Dat ist die tote Gans", krächzte Gretchen und gab eine treffende Beschreibung hinsichtlich ihrer Körperhaltung ab. Zoe gackerte. Mutter und Vater überhörten ihren Kommentar. Robert stand immer noch. Jule und Britta knutschten. Lukas und Anastasia unterhielten sich. Und Kerstin, die ihren Blick gesenkt hatte, fummelte unter dem Tisch an etwas herum.

„Setz dich", meinte Lissy und Vater ließ unsere Mutter auf die Sitzfläche plumpsen.

„Die Übung geht so", ergriff ich das Wort, ehe sie oder irgendwer anderes flüchten konnte. „Eine Person sitzt für fünf Minuten in der Mitte, mit dem Rücken zu euch. Und ihr dürft nur positive Dinge oder Eigenschaften über diese Person sagen." Und was, wenn es keine gibt, hätte Onkel Robert in so einem Moment gegrölt, doch er blieb still. Still und starr stand er da.

„Und was, wenn es keine gibt?", krakeelte Oma Gretchen an seiner Stelle. *Herrlich, einfach toll*, dachte ich ironisch und schnaubte.

„Jetzt bin ich ein bisschen nervös", sagte meine Mutter und stützte ihre Ellenbogen auf den Oberschenkeln ab. Sie deutete an, sich ihre Ohren zuzuhalten.

„Liebevoll", rief mein Vater.

„Gebildet", warf Tante Carola, ihre Schwägerin, ein.

„Wartet, wartet", forderte ich mit aufzeigenden Händen. „Ich muss mitschreiben." Ich griff mir einen Stoß Servietten und einen Kugelschreiber, der neben dem Kassenbereich lag.

„Einfühlsam", meinte Lissy.

Timeout. Die fünf Minuten waren abgelaufen. Nachdem sich die Gesellschaft positiv über meine Mutter geäußert hatte, überreichte ich ihr ihre Serviette.

„Meine Mädchen, das ist eine schöne Erinnerung", flüsterte sie und betrachtete den beschrifteten Zellstoff. Ihre Augen präsentierten sich feucht, weil sie ihre Tränen zurückhalten musste. Es waren keine zurückgehaltenen Tränen der Traurigkeit, sondern zurückgehaltene Tränen der Rührung. Sie schwang ihre Arme um uns.

„Danke", wisperte sie, strahlte und wiederholte im Weggehen einen Satz, den Jutta Arendt über sie gesagt hatte: „Niemand schmückt den Weihnachtsbaum so toll wie sie." Sie seufzte zufrieden und ich klatschte mich mit meiner Schwester ab. *Wie konnte es nur so weit kommen?!*

O du fröhliche

„Eine halbe Stunde noch, dann mache ich hier dicht", verkündete die Wirtin in Begleitung ihrer Glocke. Hoch über ihrem Kopf, am ausgestreckten Arm, schüttelte sie das schellende Teil hin und her.

„Die schmeißt uns einfach raus", toste irgendwer von rechts. „Ich rette mich in den Tank-Shop." Ein Mann mit O-Beinen rannte quer durch den Saal und entfachte mit seiner Hektik eine neue Fluchtwelle. Screep, viele der Gäste erhoben sich und preschten aus dem Saal. Der Vorhang flatterte.

„Hey", brüllte die Wirtin. „Sie müssen noch bezahlen. Sie hastete hinter den Flüchtenden hinterher. Nur der Bibelkreis und wir ließen uns von der Unruhe nicht anstecken. Unser Grüppchen blieb sitzen und verhielt sich ruhig.

„Setz dich, Carola", meinte ich und klopfte auf die Sitzfläche des Lobstuhls.

„Leute, nur noch eine halbe Stunde. Ich will auch noch", toste Zoe und stand mit verschränkten Armen neben ihrem Stuhl.

„Ich will auch!", drängelte Gretchen. Eigentlich drängelten alle. Es blieben nur wenige still, wie zum Beispiel Torben, Robert, Leander und ich.

„Eine nach der anderen", erklärte ich und winkte vor unseren Tischen durch die Luft.

„Na gut." Tante Carola schnaubte, stöckelte auf mich zu und setzte sich auf den Stuhl.

„Die fünf Minuten laufen ab jetzt", erklärte Lissy und nickte mir zu. Ich griff mir den Kugelschreiber.

„Freundlich", rief Romy.

„Großzügig", schob Bartosz hinterher.

„Aufgeklärt", meinte Kerstin.

„Wunderschön, attraktiv, intelligent, die tollste Frau, der ich je begegnet bin, die Liebe meines Lebens. Bitte verzeih mir", quiekte Robert durch den Saal. Ein „Oh" trieb quer über unsere Tische. Tante Carola drehte sich nach ihrem Mann um. „Nicht umdrehen. So geht das Spiel nicht", maulte Lissy. „Übung", korrigierte ich.

„Sag das nochmal", forderte Carola Onkel Robert auf, stemmte sich in die Höhe und stellte sich mit verschränkten Armen neben ihren Lobstuhl.

„Du bist die Liebe meines Lebens. Bitte verzeih mir. Ich werde an mir arbeiten. Ich werde mich ändern", fiepte er. Dann blieb es einen Augenblick still.

„Niemand schmückt den Weihnachtsbaum so toll wie sie, steht da", nuschelte meine Mutter im Hintergrund und las meinem Vater von ihrer Serviette vor.

„Carola, meine Lütte! Nun gib dir einen Ruck und lass den Bengel nicht so lange zittern", krächzte Oma Gretchen. „Die Bärbel Schäfer hat dem Michel Friedman doch auch verziehen. Dat ganze Koks und die Huren." Ihre Hand focht umher. *Kann die nicht einmal ihren Mund halten?!* Ich schüttelte den Kopf. Als ich ihn wieder stillhielt, spürte ich Torbens Blicke auf meinem Körper. Er grinste. *Hui!* Meine Mundwinkel zuckten, ich lächelte zurück. *Bist du mein Küsser*, fragte ich still. *Hast du mich geküsst, auch wenn du mich kaum kanntest?* Er plinkerte zweimal nacheinander. Ich interpretierte diese Reaktion als eine Bestätigung. *Wusste ich es doch!*

„Halt“, toste Kerstin. Hinter ihrem linken Ohr steckte ein Joint. Mir wurden die Augen groß. *Alle Achtung!*

„Das wäre ein Fehler“, meinte sie und stand auf. „Wir Frauen dürfen nicht immer so freigiebig sein“, fuhr sie fort. „Wir verzeihen einfach viel zu schnell. Tu das nicht“, riet sie Carola und stellte ihre Handfläche senkrecht in den Raum. „Willst du dich in Zukunft benehmen?“, fragte Carola und lupfte eine Augenbraue.

„Ja, immer!“, beteuerte Robert. „Ich suche mir einen neuen Job, vielleicht schule ich nochmal um. Ich mache eine Therapie, einen Kurs, ein Anti-Sonstwas-Training. Alles, was du willst. Alles, was nötig ist.“ Ihm rannen Tränen über die Wangen, die er mit seiner Zunge einfing.

„Salzig wie eine Auster“, bollerte Gretchen und stupste Zoe. „Cute“, fiepte diese.

„Je salziger die Träne, desto trauriger der Mensch“, behauptete Gretchen.

„Und angeblich knallen dir die Augen aus dem Kopf, wenn du dir beim Niesen die Nase zuhältst“, nuschelte ich und zwang meine Mundwinkel herab.

„Wisst ihr …“, begann Carola. „Er ist nur so, wie nenne ich das …“ Sie suchte mit ihren Fingern nach dem richtigen Wort. „So seltsam, wenn wir in Gesellschaft sind. Wenn wir allein sind, ist er der liebste Mensch der Welt. Sehr fürsorglich, zärtlich, zuvorkommend.“ Zuvorkommend, ein Adjektiv, das Robert für gewöhnlich nicht unkommentiert gelassen hätte. Ich staunte.

„Rede es dir nur schön", lästerte Kerstin. „Das nennt sich Co-Abhängigkeit. Seht ihr es denn nicht?!" Kerstin bewegte ihren Kopf hin und her, so zackig, dass sie ihren Joint festhalten musste.

„Das ist dein kleines Selbstwertgefühl", schüttete Carola Details aus und führte Daumen und Zeigefinger so dicht zueinander, dass kaum eine Tafel Schokolade dazwischen gepasst hätte. „Ich sag es dir seit Jahren. Dein geringes Selbstwertgefühl, Robert", betonte sie. „Wenn du mir versprichst, dass du das endlich angehst, wenn du dir professionelle Hilfe holst, dann verzeihe ich dir. Aber das ist deine allerletzte Chance."

„Mit dieser Aktion tust du nichts, aber auch gar nichts für den Feminismus", murmelte Kerstin, während Robert auf Tante Carola zustürmte, ihr um den Hals fiel und ihr Gesicht mit Küssen übersäte. Schmatz, Schmatz.

„Ich bin gar nicht so ein Chauvi, ich tu nur so", sagte er und sah sich nach uns um. „Es tut mir leid. Ich entschuldige mich bei jeder einzelnen von euch. Ich werde mich ändern."

„Bitte", blökte Kerstin abfällig. „Er hat seinen Kolleginnen Pornos geschickt."

„Halt, nein, nein!" Roberts Hand winkte umher. „Das war kein Porno, das war nur so ein Clip. Eine Frau, die ... peeep ... und dann mit der ... peeep ... während eine andere ihr Bein ... peeep ... und mit der Hand ... peeep ... und ... peeep ... nichts weiter." „Robert", donnerte Tante Carola scharf. „Es reicht."

„Ach wat, erzähl ruhig weiter. Vielleicht können mein Butscher und ich noch was lernen," röhrte Gretchen und hustete.

„Wenn ihr dem da verzeiht, habe ich dann nicht auch noch eine Chance verdient?", erhob Kim seine Stimme und sich gleich mit. „Nein", donnerten Anastasia und Fee synchron.

„Na gut", maulte er und machte eine wegwischende Handbewegung. „Dann möchte ich mich wenigstens auf den Lobstuhl setzen", bestimmte er, setze sich in Bewegung und selbstsicher nieder. Er schlug das eine Bein über das andere und wippte mit dem Kopf.

„Bravo, mein Junge", rief Jens Arendt und klatschte.

„Stark, selbstbewusst, kraftvoll", diktierte er, ich schrieb nicht mit.

„Attraktiv, muskulös, charmant", mischte seine Mutter ihre Behauptungen hinzu.

„Äh, schlau, erfolgreich, ein Lebemann", säuselte Jens und gestikulierte, als wenn er es eilig hatte. Ich notierte nur das „Äh".

„Liebevoll", behauptete Jutta. Anastasia lachte gicksend auf. „Sorry", meinte sie und räusperte sich.

Jens und Jutta Arendt plünderten ihren Wortschatz und verschossen Adjektive. Papperlapapp. Wer benutzt schon Adjektive, wenn es Euphemismen gibt?!

Nachdem die Arendts ihre Munition in Schall und Rauch verwandelt hatten, blieb es erst einmal still. Fast still. Chu, Chu, machte der Wind draußen vor der großen Fensterfront. Drei, zwei, eins. Ehe noch jemand anderes einen positiven Kommentar ablassen konnte oder wollte, waren die fünf Minuten auch schon vorbei.

„Bevor man etwas Schlechtes sagt, sagt man lieber nichts", scherzte Lukas und Anastasia prustete los. Sie warf sich eine Hand vor den Mund.

„Pf“, machte Kim, erhob sich und stapfte zurück zu seinem Platz. Leander zuckte mit den Schultern und schaute ins Leere. Seine Lippen bewegten sich. „Wasch es ab“, las ich von seinen Sprechbewegungen ab. Ich nickte.

„Torben“, hörte ich mich sagen und erschrak. Sagenhören und erschrecken passierten zeitgleich. *Ups*, dachte ich und zauberte ein Waschbrett auf meine Stirn. Sein Name war mir plötzlich über die Lippen geglitten. *Veto! Veto!* Doch für eine Stornierung war es zu spät. Er schaute mich an und alle Verwandten, Bekannten, Angeheirateten und Geschiedenen auch. „Äh“, stammelte ich, als wenn ich es von der Serviette abgelesen hätte. Als wenn es nicht meine Idee gewesen wäre, Torben auf den Lobstuhl einzuladen.

„Komm her. Du bist dran“, haspelte ich und liebkoste die Stuhllehne mit meinen Fingern.

„Nein, danke.“ Torben schüttelte den Kopf und winkte ab. „Ich lasse jemand anderem den Vortritt.“

„Torben, Torben, Torben“, skandierte das Kollektiv.

„Wasch es ab“, rief Leander und klatschte.

„Schon gut“, raunte Torben. Seine Mimik drückte Unbehagen aus. *Er ist so bescheiden.* Ich schmunzelte.

Screep, Torben schob den Stuhl zurück und streckte sich in die Höhe. Er schritt um die Tafel herum, auf mich zu und berührte im Vorbeischleichen meinen Handrücken mit seinen Fingern. *Hui!* Ich bemerkte, dass Lissy mich musterte. Doch ich registrierte auch die Blicke einer anderen. Fee schaute. Als ich zurückschaute, zog ihr Blick in eine andere Richtung. *Dann nicht!* Ich zog meine Lippen breit und schnaubte.

„Setz dich“, hörte ich Lissy sagen.

„Warum tust du mir das an?“, flüsterte Torben und rümpfte seine schlanke Nase.

„In fünf Minuten ist alles vorbei“, versprach Lissy ihm. „Los geht’ s“, trällerte sie. „Bist du so weit?“, wisperte sie und stupste mich.

„Äh? Was?“ Ich schreckte zusammen, entfernte meinen Blick von Torbens Oberkörper, der sich definiert durch seinen Pullover abzeichnete. „Kann losgehen“, fistelte ich und griff nach einer unbeschriebenen Serviette.

„Cool“, rief Leander. „Cooler Typ!“

Ich scharwenzelte um den Lobstuhl herum, notierte die Einwürfe im Gehen und baute mich vor der Tafel und hinter Torbens Rücken auf. Breitbeinig, dass viel Mut zwischen meinen Sprunggelenken Platz gefunden hätte, stand ich da. Trotzdem traute ich mich nicht, meine Gedanken laut auszusprechen. Gutaussehend, attraktiv, lustig, einfühlsam, verständnisvoll und hilfsbereit, hätte ich gerne gesagt. Stattdessen schrieb ich die sekündlich eingehenden Kommentare der Verwandten, Bekannten, Angeheirateten und Geschiedenen auf.

„Es reicht, es reicht“, beteuerte Torben und gestikulierte wie ein Basketballer beim Dribbeln.

„Bescheiden“, sagte sein Opa daraufhin.

„Tierlieb, opferbereit“, befand Kerstin, deren Joint noch immer hinter ihrem Ohr ruhte.

„Ein Glücksbringer“, röhrte Gretchen.

„Wieso Glücksbringer?“, fragte meine Mutter nach.

„Er ist doch Schornsteinfeger“, krächzte Oma.

„Fuego", trumpfte Zoe auf. Mein Kopf rauschte in ihre Richtung. *Lass die Finger von ihm*, dachte ich. Ich räusperte mich und schaute auf die Uhr. Weniger als dreißig Sekunden zeigte der rückwärtslaufende Timer an. *Komm schon, sag was.* Ich wippte mit dem Bein, schob den Kugelschreiber durch meine Finger. *Trau dich!* Also kehrte ich in meinem Inneren den Grinch zur Seite und meinen Mut zusammen. Überall in den Ecken und Ritzen und Furchen schlummerten Reste vor sich hin. Ungenutzte Reste, zu denen dein Mut zerfällt, wenn du einen Rückzieher machst. An diesem ersten Weihnachtstag, in diesem Moment, brauchte ich jeden noch so kleinen Splitter. Ich wirbelte mit dem Handfeger die Scherben auf, klaubte mit einer Spülbürste die Späne zusammen, kratzte mit der Zahnbürste die Fusel aus den Ecken und türmte alles auf zu einem hübschen Mutberg. *Attacke, jetzt oder nie.*

„Du bist ein guter Küsser", tönte ich. Mein Puls geriet in den Wettkampfmodus, mir zitterten die Beine, der Kugelschreiber fiel mir aus der Hand. Mein Atem ging so laut, dass ich die Stille, die augenblicklich einsetzte, kaum wahrnahm. Gerade noch rechtzeitig, nur noch fünfzehn Sekunden.

„Ähm." Torben drehte sich sehr langsam nach mir um, wie der Scheinwerfer eines Leuchtturms. Er grinste, krauste seine Nase und kniff seine Augen zusammen.

„Ich bin was?", fragte er nach. Er wirkte amüsiert.

„Ein guter Küsser", wiederholte ich, starrte ohne Mimik, wie nach einer Botox-Injektion, und nagte von innen an meiner Wange.

„Woher willst du das wissen?", wisperte er und reckte sein Kinn in meine Richtung. *Ne, bitte nicht! Sei jetzt kein Arsch!* „Keine Spielchen", raunte ich. „Ich weiß inzwischen, dass du es warst."

„Lauter", krächzte Gretchen, die sich eine Hand hinter die Ohrmuschel klemmte.

„Was? Was soll ich gewesen sein?" Torben stand auf, bewegte sich um den Stuhl herum, strich die Hände an seiner Jeans ab und streckte sie nach mir aus. Doch ich verweigerte die Annahme.

„Du bist derjenige, der mich am zweiundzwanzigsten im Dunkeln auf der Straße geküsst hat", stellte ich klar.

„O nein", hörte ich Fee sagen. Sie legte sich ihre Hand vor die Mimik.

„Da haben wir also den Übeltäter", blökte Kim. Er lachte und klatschte einmal in die Hände.

„Worum geht's hier eigentlich?", röhrte Gretchen und hustete. „Sorry Luise, ich war es nicht." Torben sprach sehr leise und fasste nach meiner Hand. Er fixierte mich mit seinen Augen, die Ehrlich- und Aufrichtigkeit ausstrahlten, dass ich ihm seine Aussage glauben musste.

„Nicht?", fragte ich nach. Ich klang heiser.

„Nicht", wisperte er.

„Oh", machte ich. Kein „Oh", als wenn bei Holiday on Ice die Hauptprotagonistin mit dem Hintern auf dem Gefrorenen aufschlägt, sondern ein „Oh" als würde ich mich entsetzlich schämen. Was Sinn ergab, schließlich schämte ich mich entsetzlich.

„Peinlich", wisperte ich, dass nur Torben es hören konnte. Das hoffte ich zumindest.

„Ist doch nicht schlimm", säuselte er, während ich die Serviette und meine Blicke fallen ließ.

„Wat?", knöterte Gretchen. „Dat muss ich jetzt mal zusammenkriegen." Mit knirschenden Knien stemmte sie sich in die Höhe. Sie hustete. „Dich hat irgendwer geküsst, obwohl du mit Fee zusammen bist?" Ihre alten Finger, die sich nicht mehr durchstrecken ließen, zeigten in Fees Richtung. „Und darum hast du auch wat mit Kim angefangen, oder wie?" Sie blickte Fee ins Gesicht, die ihren Kopf schüttelte und einen Gesichtsausdruck auflegte, aus dem ich „absurd" ablas. „Und dann kommt dat Fräulein mit der Schuluniform, dat die eigentliche Perle vom Kim ist, woraufhin keine mehr mit Arendt Junior zusammen sein will." Gretchen schlug sich mit der Hand auf den Hintern. „Ja, leck mich am Arsch. Wat für Verwicklungen." Sie lachte, krächzte, hustete. „Bleibt nur immer noch die Frage, warum du dich von einem Fremden küssen lässt." Meine Oma musterte mich. Ihre Unterlippe bewegte sich vor und zurück. „Dat ist gefährlich. Du kannst doch keinen Fremden küssen." Sie klang vorwurfs-, nicht aber sorgenvoll. „Sei doch still", raunte ich, schnaubte und starrte auf die Fliesen. Nach wie vor zitterten meine Knie. Eine innere Unruhe flutete mich. Ich fühlte mich wie ein Vibrator, wie der Taptastic Vibe auf Speed.

„So, meine Herren, nun mal Butter bei die Fische. Wer hat die Kleene hier geknutscht?" Gretchen schaute erst zu mir, dann glotzte sie in die Runde und begaffte die Männer. Ich schloss meine Augen und schüttelte den Kopf.

„Horror, Horror", flüsterte ich und zitierte meine Mutter. „Robert!" Mit einem Mal wurde Tante Carolas

Stimme laut. *Nein, bitte nicht!* Ich fasste mir an die Lippen und schließlich an den Hals, wo eine Familienportion Übelkeit aufstieg.

„Moment, Moment", rief Onkel Robert, sein Zeigefinger pendelte hin und her. „Ich war das nicht. Ich habe niemanden geküsst. Ich schwöre es dir. Nur ein einziges Mal … im Fahrstuhl … die Kleine aus der Personalabteilung. Aber davon weißt du." Er stampfte mit dem Fuß auf, Kim lachte im Hintergrund und Torben klemmte seine Lippen zwischen Daumen und Zeigefinger ein, während er mich mit fürsorglichen Blicken anvisierte.

„Sodom und Gomorra", zischelte irgendwer aus dem Bibelkreis. Ich blickte mich um und dem Kerl im Regenponcho ins Gesicht. Er fuhr sich mit der Zunge über sein Zahnfleischlächeln. *Nein,* kreischte ich innerlich. *Bitte nicht. Das wird ja immer schlimmer.*

„Männer", mahnte Oma Gretchen. Meine Aufmerksamkeit sauste zurück. „Wer war es denn nun?", donnerte sie. In dem Moment sortierte ich Gelächter aus der peinlichen Stille heraus. Mit spähenden Augen suchte ich nach dem Ursprung des freudvollen Wieherns und fand sie schräg gegenüber bei drei der Jugendlichen. Sie feixten mit verdecktem Mundbild, tuschelten, rutschten auf der Fensterbank hin und her und stupsten sich. Fehlten nur noch die Achselfurze. Ich drängte meine Augäpfel Richtung Haaransatz, bis Johannes mit einem Mal „Jetzt beruhigt euch mal wieder" brüllte und die stupsenden Hände seiner jugendlichen Sitznachbarn zur Seite schlug. Er blickte auf, legte sein albernes Gehabe ab und starrte mir quer über die zusammengeschobenen Tische ins Gesicht. Seine Wangen wiesen eine starke Röte auf, während er seine Lippen fest zusammenpresste.

„Ich war' s“, erklärte er. Seine Stimme war tief wie ein Abwasserkanal. Er streckte sich in die Höhe und legte sich seine aneinandergelegten Handflächen vor die Lippen, als ob er beten wollte.

„Johannes, spinnst du?!“, tadelte seine Mutter mit reichlich Effet in der Stimme.

„Es tut mir leid“, raunte Johannes. „Es war eine beschissene Mutprobe“, schob er hinterher.

„Ach, du Schande“, gickste ich und stieß auf. Meine Hand fasste nach meinen Lippen, während Johannes und ich uns in die Augen sahen.

„Was denkst du dir dabei?“, donnerte sein Vater. „Luise, es tut mir leid.“

Ich schüttelte meinen Kopf. Ich will hier weg. Ich will nur noch hier weg. Ich hätte gar nicht herkommen dürfen.

„Wir haben bisschen was getrunken. Es sollte ein Joke sein. Die Idioten sagten, ich würde mich nicht trauen.“ Johannes sah sich nach seinen Kumpels um und schwang seine Hand durch die Luft, als wollte er sie ohrfeigen.

„Ich sagte euch, das ist eine scheiß Idee“, zischelte er.

„So etwas macht man nicht!“, toste meine Mutter harsch, während Kim gackerte. Lissy fasste von hinten nach meiner Schulter und schluckte mit Ton.

„Nun hackt doch nicht auf den Kindern rum. Dat Luise hätte den Kuss ja nicht erwidern müssen“, röhrte Gretchen. Ich fletschte meine Zähne.

„Das ist sexuelle Belästigung“, tönte die Frau mit Regenhut, den sie gerade nicht trug.

„Halt die Fresse“, drosch ich und verwandelte meine Mimik in eine Fratze. „Und du, Oma, hältst auch die Fresse“, setzte ich nach, während ich die Fratze beibehielt.

„Wasch es ab“, rief Leander und klatschte. Und ich klatschte mit meinen Schuhsohlen auf die abgewetzten Fliesen und verließ die Szene.

„Ich bin so eine dämliche Kuh“, sagte ich.

„Und genau das ist ein Trugschluss“, hörte ich Wolfgang hinter mir herrufen. „Kühe sind nicht dämlich. Sie sind fast so schlau wie Hunde.“

Ich boxte und kickte den braunen Vorhang zur Seite und hörte nicht weiter zu. *Ist doch schön zu wissen, dass ich intellektuell fast auf dem Stand eines Hundes bin*, überlegte ich sarkastisch, marschierte durch den Vorraum und riss die Tür auf.

Chu, Chu, machte der Wind und wehte durch die Zwischenräume meiner Dreadlocks. Ich griff nach meiner Wimperntusche, schleuderte sie in den Sturm. Surr, fast zeitgleich pfefferte der Wind das längliche Behältnis zurück. Nur ganz knapp verfehlte es mein rechtes Ohr. *Was für ein Rückschritt.* Kopfschüttelnd stapfte ich durch die hohen Schneeverwehungen. „Scheiße! Scheiße! Scheiße!“, brüllte ich.

Alle Jahre wieder

Ziel-, plan- und bodenlos watete ich durch das Weiß. Wo sich der asphaltierte Grund befand, ich hätte nicht drauf wetten können. Chu, Chu, Chu, die Böen wirbelten meine schweren Haarsträhnen durcheinander.

„Ich bin eine hoffnungslos dämliche Kuh", fluchte ich und bemerkte den eisigen Schnee, der von oben in meine Stiefel drängte.

„Kalt", meckerte ich und verzurrte meine Arme vor der Brust, als ob ich mich selbst umarmen wollte. *Wenn es sonst schon niemand tut.* Meine Füße tauchten ab, Schritt um Schritt. Nur mit großer Anstrengung schaffte ich es, sie zu bergen, Schritt um Schritt.

Ich ließ die Scheinwerfer, die oberhalb des Wirtshauses den verschütteten Bürgersteig ausleuchteten, hinter mir und schob mich weiter vorwärts bis zum Ende des riesigen Rastplatzes. Mein Kinn vibrierte, meine Zähne schlugen aufeinander. Allerdings toste der Wind so arg, dass ich ihr Klappern nicht hörte. *Wenn ich mir den Zahnschmelz abtrage, werden meine Beißer nie wieder richtig weiß. Da hilft dann auch kein Natron mehr.*

Drei knurrende Autos schlichen an mir vorbei. Sie brachen nach den Seiten aus, als fuhren sie auf Schmierseife. Kurz bevor die Abfahrt des Parkplatzes links auf die Schnellstraße führte, bog ich rechts ab.

Wie eine Snowboarderin schlitterte ich einen kleinen Hang hinunter. Meine Arme bemühten sich um Balance. Mit einem Ruck stoppte die wilde Abfahrt, als hätte ich mich festgefahren. Festgefahren war die Situation ohnehin. Intuitiv und tief im Schnee versunken, bahnte ich mir meinen Weg. Wo ich hinwollte? Weg. Doch ich hatte keine Orientierung. Um mich herum wurde es dunkler und dunkler. Chu, Chu, lärmte der Wind. *Was die jetzt wohl über mich denken,* überlegte ich und meinte nicht etwa die Verwandten, Bekannten, Angeheirateten und Geschiedenen, sondern Torben und Kim. Beide hatte ich eines Kusses bezichtigt. Stattdessen hatte ich mich von einem Jugendlichen küssen lassen.

„Peinlich", zischelte ich, während mein Kinn auf und ab hüpfte. Ich spürte, wie sich meine Stirn glättete, wie die Kälte meine Mimik glattzog und strammte. Mit einem Mal kollidierte ich mit einem Strauch. Sein Ästchen strich mir rau über die linke Wange.

„Au!" Ich schüttelte den Kopf, boxte das Gewäschs zur Seite und fraß mich wie eine Schneeraupe in ein kleines Wäldchen. Vielleicht war das Wäldchen auch ein Wald, und groß, die Witterungsverhältnisse ließen keine konkreten Einschätzungen zu.

Mit ausgestreckten Armen tastete ich die Umgebung ab und schob das Nadelgehölz aus dem Weg. Tiefer und tiefer geriet ich ins Dickicht. Ich fror, wie eine Schweinehälfte in der Kühlung. *Ich klinge schon wie der vegane Wolfgang.* Wolfgang ließ mich an Torben denken. *Hui.* Doch Gedanken an Kim vertrieben diesen warmen Husch. „Wie konnte ich nur eine einzige Sekunde glauben, dass Kim und ich eine Zukunft haben?", fluchte ich. Zu gerne hätte ich eine Faust geballt, doch meine Finger waren schockgefrostet. „Unnötig." *Oder doch nicht*, fragte ich mich. Immerhin hatte dieser naive Abstecher einiges losgetreten. Doch am liebsten hätte ich Kim in den Hintern getreten. Oder mir. Was sich anatomisch leider nicht umsetzen ließ. Doch auch ohne Arschtritt, wusste ich endlich, was ich wollte und was nicht. „Torben und Kim. Exakt in dieser Reihenfolge." Ich stoppte und staunte, dass ich es laut ausgesprochen hatte und blickte mich um.

„Wo bin ich?", fragte ich. Das Chu, Chu des Windes verschluckte jede einzelne meiner Silben, während die Dunkelheit die Lichter der Raststätte verschlungen hatte. Ich schaute nach rechts, Bäume. Ich schaute nach links, Bäume. Blickte nach hinten, Bäume. Nichts als Bäume und Schnee. *Stell dir vor, du stehst allein in der Dunkelheit und wirst von Onkel Robert oder dem Kerl im Regenponcho geküsst. Schlimmer geht immer*, dachte ich. Da hatte ich es mit Johannes recht gut getroffen.

„Scheiße, ich habe mich total verlaufen", fiepste ich. Ich schwenkte meinen Kopf hin und her, drehte mich um meine eigene Achse. *Ausweglos!*

„Vermutlich werde ich erfrieren", gickste ich. Es heißt, dass der Erfrierungstod von einer vorausgehenden Hitze begleitet wird. Ich fror so sehr, ich freute mich darauf. Chu, Chu. Der Wind schleuderte meine Haare umher, dass sie mich im Gesicht peitschten. Auch dort, wo mich zuvor schon ein Strauch getroffen hatte. *Da*, dachte ich und spähte durch den Schneesturm. Ich kniff meine Augen zusammen und fokussierte mich. In einiger Entfernung schien ein Lichtlein durch die Dunkelheit. *Ist das schon das helle Licht? Wo bleibt denn die vorausgesagte Hitze?* Das Lichtlein flackerte, kam näher und näher.

„Luise!" Plötzlich hörte ich, dass irgendwer meinen Namen brüllte. Ich stellte fest, dass sich „Luise" schlecht rufen ließ. Sperrig, ungelenk und hakelig. Robert, Torben oder Jutta sind gute Rufnamen. Und natürlich Lissy. Lissy klingt geschmeidig. Lissy kommt einem gut über die Lippen. Meine Zwillingsschwester lag wie immer vorne. Es war immer dieses eine kleine Prozent, dieser Spritzer Zitronensaft, diese paar Zentimeter, die Lissy vorne lag. So weit vorne, dass sich Kim ein zweites Mal mit ihr eingelassen hatte. Ein zweites Mal mit mir, das hatte er unmissverständlich erklärt, wäre keine Option für ihn gewesen. Und wenn schon?!

„Schnee von gestern", zischelte ich im Schnee von heute. Ich pfiff auf ihn. Hätte ich meinen Körper kontrollieren können und nicht so fürchterlich gezittert, ich hätte eine wegwerfende Handbewegung gemacht. Eine wegwerfende Handbewegung, als schieße ich meine Wimperntusche in den Wind. „Luise! Luise!", brüllte eine Frauenstimme. Es war Lissy. Noch nie zuvor hatte ich mich so sehr gefreut, ihre Stimme zu hören. Zumindest nicht, seit wir sechzehn Jahre alt waren. An die Zeit davor erinnerte ich mich kaum.

„Hier bin ich", toste ich und winkte. Ich sprang in die Höhe, die Landung auf meinen frostigen Sohlen schmerzte.

„Hier! Hie-hier!", donnerte ich und das Licht näherte sich und schob sich durch den Schneesturm. Auch ich schob mich durch den Schneesturm. Immer in Richtung des Lichts. *Hoffentlich ist das echt. Hoffentlich ist das nicht das Ende. Ich muss Torben noch sagen, wie toll er ist.*

Schritt um Schritt. Äste knackten, der Schnee knarzte, der Wind fauchte wie ein Deichluchs.

„Lu!", trötete Lissy, die auf einmal vor mir stand. Sie trug eine Fackel in ihrer Hand. Der Ärmel ihres sicherlich teuren Wintermantels war mit Wachstropfen dekoriert.

„Wo hast du die denn her?", fragte ich.

„Tank-Shop", antwortete sie und warf ihre Arme um meinen Oberkörper. Die Flamme verfehlte nur knapp meine Frisur. Heißes Wachs landete auf meinem Shirt. *Ist das die Hitze, ehe ich erfriere?*

„Ich habe mir Sorgen gemacht", quietschte sie mir ins Ohr und ließ wieder von mir ab.

„Wie hast du mich gefunden?" Meine Beine schlotterten.

„Immer den Fußspuren hinterher", erklärte sie.

„Wusste gar nicht, dass du eine Pfadfinderin bist", scherzte ich.

„Du hast ja keine Jacke an", stellte sie fest. „Du hättest erfrieren können."

„So schnell geht das nicht", spielte ich ihre Dramatik herunter. „Wir sind schließlich nicht in den kanadischen Wäldern", stotterte ich, weil mein Unterkiefer auf und ab wippte.

„Komm, du kriegst meinen Mantel", schlug Lissy vor und fingerte an ihrer Knopfleiste.

„Nein, lass!", wehrte ich ab.

„Nie lässt du dir von mir helfen", moserte sie und stampfte mit ihrem Fuß auf. Ihre Fackel schaukelte gefährlich und touchierte meine Nasenspitze. Ich wich zurück.

„Ich bin so froh, dass ich dich gefunden habe." Sie blickte mir in die Augen. Ich schaute an ihr vorbei.

„Da", meinte ich. „Da hinten sind noch mehr Lichter."

„Das ist bestimmt Torben."

„Ich zähle aber drei, nein vier Lichter. Ganz weit hinten leuchtet auch noch eine Fackel. Lass uns ihnen entgegengehen", schlug ich vor, setzte mich in Bewegung und drängelte den Wind aus dem Weg.

„Du erträgst es nicht, mit mir allein zu sein, was?" Lissy legte ihre Hand auf meiner Schulter ab. Ich sah ihr seitlich ins Gesicht.

„Ich friere."

„Du würdest auch im Sommer auf einer Sonnenterrasse vor mir fliehen." Trotz des Chu, Chu des Windes, filterte ich die Traurigkeit aus ihrer Stimme heraus.

„Stimmt nicht", flunkerte ich, weil flunkern ... na ja.

„Wir sind doch heute ein gutes Team gewesen", meinte sie. *Ja schon*, dachte ich, *aber wir müssen es ja nicht gleich übertreiben.*

„Ich friere", wiederholte ich und schob mich an ihr vorbei. „Du wirst mir die Sache mit Kim nie verzeihen", behauptete sie. Ich stoppte.

„Darum geht es doch gar nicht", krächzte ich. Eine starke Böe durchpflügte meine Frisur. Ich schlang meine Arme um meinen Thorax, wie eine Wickelbluse. „Kim ist Geschichte."

„Was ist denn dann dein Problem?", wollte sie wissen, während die Flammen aus der Entfernung immer näherkamen. Erst eine, dann zwei, dann drei, dann vier, bald steht ein Grüppchen vor ihr und mir.

„Ich", antwortete ich. „Ich bin das Problem. Ich kann nicht mithalten. Du bist jedermanns Lieblingsmensch.

Ich bin nur der dunkle Zwilling. Es ist immer dieses eine kleine Prozent, dieser Spritzer Zitronensaft, diese paar Zentimeter, die du vorne liegst. Da verliere ich die Lust, dich zu mögen." Ich schnaubte und fasste nicht, dass mir diese Worte über die blauen Lippen – nicht cadenabbia, eher kobalt oder admiral – gekleckert waren. Vor Schreck warf ich mir eine Hand vor den Mund.

„Was?", piepste Lissy. Sie legte sich ihre Finger ans Brustbein. „Ich, ich bin der dunkle Zwilling", behauptete sie. Ihr Augen wurden feucht.

„Du und dunkel, pah", stammelte ich. Die Lichter kamen näher. „Du warst eine Ballerina, du bist zu allen Geburtstagen eingeladen worden, du warst immer freundlich, zielstrebig und sortiert. Du bist belesen, gebildet und hast Ahnung von Jacquard-Stoff, meine Güte."

„Langweilig", fiepte Lissy. „Langweilig, angepasst, austauschbar. Du bist cool, du entsprichst keinem Klischee, du hast dir nie etwas sagen lassen." Sie schnappte sich eine meiner Dreadlocks, die der Wind davonreißen wollte und drehte die wurstige Strähne zwischen Daumen und Zeigefinger. „Die Rolle des coolen Zwillings hast du besetzt, weshalb mir nur blieb, öde und langweilig zu sein." Ich schwieg. Sie ließ meine Haare fliegen und bewegte ihre Hand von oben nach unten, wie ein Fahrstuhl, der das Erdgeschoss sucht. „Ich bewundere dich. Das habe ich immer schon getan. Ich war immer neidisch auf dich."

„Auf mich?", bellte ich heiser.

„Ja", bestätigte sie. „Und dann schnappst du dir auch noch Mr. Right. Ich gebe zu, vielleicht, ganz vielleicht ..."

Sie wurde leiser und leiser, dass ich mich sehr anstrengen musste, sie zu verstehen. Ich schlitzte meine Augen, nicht nur wegen des Windes. „… habe ich mich auf Kim eingelassen, um dir eins auszuwischen. Ich war von Neid zerfressen.“

„Tickst du noch richtig?“, fuhr ich sie an. „Was redest du denn da?!“ Lissy ließ ihren Kopf vorneüber fallen und ihre Fackel gleich mit. Wachs regnete auf den Schnee, beißender Qualm stieg zwischen uns auf. „Als ich begriffen hatte, was ich dir damit angetan habe, war es zu spät. Ich hatte meine Schwester verloren.“ Mit einem Mal hörte ich ihr Schluchzen. „Damit habe ich mich selbst am allermeisten bestraft. Ich bin so schwach, ich habe mich einfach nicht getraut, mich bei dir zu entschuldigen. Siehst du, ich, ich und nur ich bin der dunkle Zwilling.“ Ich schüttelte meinen Kopf. „Es tut mir so leid“, quiekte sie. „Ich habe alles kaputt gemacht.“ Eines der Lichter war nur noch wenige Meter entfernt. Lissy weinte. „Überhaupt mache ich alles kaputt“, schniefte sie. „Ich habe Leander mit Kim betrogen. Überleg dir das doch mal, mit dem Mann, durch den ich schon einmal eine Beziehung gecrasht habe.“

„Etwas Selbstzerstörerisches besitzt du schon“, sagte ich. Vielleicht war das nicht sonderlich einfühlsam, aber ehrlich. „Ich sag ja, ich bin der dunkle Zwilling.“ Ihre Nase triefte. Sie rieb sich den Ärmel ihres Mantels durchs Gesicht und wimmerte. Mit einem Mal tat sie mir unfassbar leid. Ich presste meine Lippen aufeinander und die Zähne zusammen. „Scheiß drauf“, krächzte ich. In meinem Rachen hatte sich aufgrund des aufsteigenden Trauerkloßes eine Enge gebildet. „Scheiß auf alles. Komm schon her.“ Ich breitete meine Arme aus.

Steif und ungelenk, wie Parfait, fing ich ihren Oberkörper ein. Die Fackel fiel zu Boden. Die Flamme knisterte auf dem Schnee. Es war exakt der richtige Zeitpunkt fürs Vergessen und Verzeihen. Man muss die Feste feiern, wie sie fallen.

Ihre Arme schlangen sich um meinen Körper, sie schluchzte (vermutlich) wie Michel Friedman, nachdem er Bärbel Schäfer das Koks und die Huren gebeichtet hatte.

„Scht", machte ich und schloss meine Augen. *Man kann den Menschen immer nur bis vor den Kopf gucken,* dachte ich. Und als ich meine Augen wieder öffnete, guckte ich vor Torbens Kopf.

„Hey", sagte er und legte ein schiefes Lächeln auf.

„Hey", erwiderte ich und ließ von meiner Schwester ab, die ihre Fackel wieder aufhob. Die Flamme flackerte und erholte sich wieder.

„Das war unnötig, ich weiß", gab ich zu und krauste meine Nase.

„Was genau meinst du, dass du halbnackt durch einen Schneesturm läufst, oder, dass du mit einem Teenie geknutscht hast und es mir in die Schuhe schieben wolltest?", scherzte er. Ich lachte. Mein Kinn vibrierte. Torben zwinkerte mir zu, zwang seinen Reißverschluss in Richtung Schwerkraft, schlüpfte aus dem Parka und reichte ihn mir.

„Hier", sagte er. „Danke."

„Shit", fluchte er. „Wie hast du es so lange ohne Jacke ausgehalten. Ich friere jetzt schon."

„Weichei", alberte ich.

„Meine Schwester ist eine der härtesten", meinte Lissy und trocknete das Gesicht mit ihrem Ärmel. Ihre

Stimme führte eine Portion Stolz mit sich. *Übertreib nicht.* Ich plinkerte mit den Augen. Als sich die Wärme von Torbens Jacke über meinem Oberkörper verteilte, seufzte ich und zog die Lippen breit.

„Hallo." Schließlich trafen zwei weitere Fackeln bei uns ein. *Kim*, dachte ich, stornierte mein Grinsen und rollte meine Augen bis zur Stirn.

„Bist du okay?", hörte ich Fee fragen.

„Alles bestens", raunte ich, ohne sie anzusehen. Es war ohnehin sehr funzelig. Die Flammen der Fackeln knisterten im Schneesturm und flackerten wie Partylicht.

„Wir haben uns Sorgen gemacht", erklärte Kim.

„Sprich bitte nur für dich", fuhr ihn Fee an. „Ich habe mir Sorgen gemacht", korrigierte sie seine Aussage.

„Natürlich", erwiderte ich sarkastisch.

„Die Stimmung ist genauso frostig wie der Wind", meinte Torben und rieb sich seine Oberarme.

„Willst du deine Jacke zurückhaben?"

„So weit kommt das noch." Er schüttelte seinen Kopf. „Als Schornsteinfeger kenne ich mich nur mit Hitze aus", frotzelte er. „An Minusgrade muss ich mich erst noch gewöhnen."

„Auch wenn du kein Schornsteinfeger wärest, wärest du ein heißer Typ." Das war nicht geplant. Mit Augen groß wie Torbens Pizzateller-Schlitten-Dings, warf ich mir meine Hand vor den Mund. *Hat die Kälte meine Zurechnungsfähigkeit eingefroren?* Alle starrten mich an.

„Fuego, das hat Zoe doch über dich gesagt", versuchte ich zu retten, was eh nicht mehr zu retten war und zuckte mit den Schultern. Torben schob sich seine

Hände in die Gesäßtaschen seiner schwarzen Jeans. Kein Zweifel, ich hatte ihn in Verlegenheit gebracht.

Obwohl ich an Fee vorbeiblickte, schaute sie mich an. Sie lächelte.

„Lasst uns wieder zurückgehen, sonst bleibt nichts mehr übrig von meinem angeblichen Feuer“, haspelte Torben.

„Gute Idee.“ Lissy nickte.

Alle außer Kim setzten sich in Bewegung.

„Leute, wartet mal“, rief er. Wie auf ein Startsignal drehten wir uns nach ihm um. Es hatte sich eine Distanz von fünf Beinlängen aufgebaut.

„Wir frieren“, nörgelte Fee.

„Ich weiß, dass ihr mich hasst“, tönte er. Seine Fackel bewegte sich im Rhythmus seiner Gestik. „Fee, weil ich ihr nichts von Anastasia erzählt habe.“

„Nimm dich bloß nicht so wichtig, überschätz deine Wirkung nicht“, donnerte sie.

„Luise, weil ich sie eine dämliche Kuh genannt habe“, fuhr Kim fort.

„Ja, ganz genau DAS ist der Grund“, reagierte ich so sarkastisch es mir möglich war.

„Lissy, aus demselben Grund wie Fee. Und Torben, weil man den Exfreund seiner Traumfrau nie besonders gut findet.“

„Hä?“, hakte ich nach und lupfte eine Augenbraue, als säße ich vor einem Logikrätsel von Hesse und Schrader:

Die Nächte sind im Sommer immer hell. Im Sommer sind die Tage immer Winter. Im Winter sind die Tage immer dunkel. Stimmt es dann, dass die Tage im Winter dunkel sind?

„Ist ja nicht schwer zu erraten, dass Mr. Fuego total verknallt in dich ist“, behauptete Kim. *Hui*, dachte ich.

„Hm“, machte Torben.

„Hast recht“, sagte Fee. „Obwohl ich dir nur ungern zustimme.“ „Aber, wisst ihr was?!“, sprach Kim weiter. „Ich bin kein schlechter Mensch.“

„Wer sagt das?!“, trötete ich. Torben gickelte.

„Ich habe ein gutes Herz!“

„Haben das deine Eltern auf dem Lobstuhl zu dir gesagt?“, fauchte Fee. *Kims Aussage hinsichtlich der Traumfrau, die ich sein soll, hat Torben nicht revidiert*, stellte ich fest und schmunzelte, während sich achttausend Dominosteine in meinem Magen beim Reihentanz fallen ließen.

„Glaubt ihr, es ist meine Absicht Frauen weh zu tun?“, quäkte Kim.

„Ja. Schon“, antwortete Lissy.

„Ich mache das nicht mit Absicht. Ich denke nicht nach.“

„Ne, weil du einfach nur mit deiner Vanessa denkst“, warf Fee ein.

„Das tun wir wohl alle mal“, entgegnete ich und schaute ihr ins Gesicht.

„Welche Vanessa?“, rätselte Kim.

„Sie redet von deinem Penis“, klärte ich ihn auf. Torben prustete los.

„Mein Penis heißt Goliath“, polterte Kim. Er wischte durch die Luft. „Was ich sagen wollte, mit mir stimmt etwas nicht“, fiepte er. „Ich lerne eine Frau kennen, bin Feuer und Flamme, bilde mir ein, sie zu mögen, manchmal glaube ich sogar, dass es Liebe ist. Doch dann, im nächsten Augenblick ist alles wieder weg. Ich kann nichts empfinden. Ich weiß nicht, wie das geht. Ich fühle nichts."

„Wie rührend", drosch Fee verbal mit ihrem gefürchteten Sarkasmus-Haken auf ihn ein. Lissy schwieg. Ich entwickelte plötzlich Mitgefühl und musterte diesen wunderschönen, aber heillos unglücklichen Mann.

„Ich kenne keine Frau, die mich nachhaltig mag, außer meiner Mutter." Kim ließ seinen Kopf hängen.

„Das ist ja gut und schön ...", begann Torben. „Na ja, eigentlich nicht. Das ist weder gut noch schön", korrigierte er sich. „Vielleicht solltest du einfach mal mit offenen Karten spielen. Sag den Frauen, dass du bist, wie du bist, dass du nichts fühlen kannst." Torben machte eine kurze Pause. „Außer Sex." Er fixierte Kim. Chu, Chu, machte der Wind und der Pullover umspielte seine flache und definierte Brust. „Deine Ehrlichkeit, Kumpel, würde deinen Mitmenschen viel Frust ersparen." Ich sah, dass Torben aufgrund des Kältegestöbers zitterte.

„Aber dann würde sich niemand mehr mit mir einlassen", krächzte Kim.

„Das ist der springende Punkt." Torben schnippte mit den Fingern. „Mein Tipp, mach eine Therapie und lass dir helfen. In der Zwischenzeit solltest du entweder deine Finger stillhalten oder den Frauen reinen Wein einschenken. Alles andere ist egoistisch", schloss Torben seinen Vortrag.

„Mmh", machte Kim. Welche Art von Mmh es war, erkannte ich nicht. Ein Mmh, ich stimme dir zu. Ein Mmh, ich denke darüber nach. Oder ein Mmh, ich will nur, dass du mich in Ruhe lässt. „Was ich euch Frauen eigentlich nur sagen wollte: Es tut mir leid. Es tut mir leid, dass ich euch verletzt habe." Er ließ seine Fackel in den Schnee fallen. Zisch, die Flamme erfror. Sie erkaltete, wie sein Herz.

„Vielleicht können wir ja Freunde bleiben", stammelte er. „Nein", sagte ich, nicht garstig, sondern freundlich. Ich tätschelte seine gestrafften Schultern. „Wir können keine Freunde bleiben, weil wir nie Freunde gewesen sind." Ich sah nach rechts über meine Schulter. „Ganz im Gegensatz zu Fee und mir", traute ich mich zu sagen. „Sie und ich können Freundinnen bleiben, weil wir immer schon befreundet sind. Und, weil uns auch kein Kerl dazwischenkommen kann."

„Stimmt", quiekte sie und sprang mich von hinten an, dass ich strauchelte. Ihre Arme schlossen sich auf Höhe meiner Brüste zusammen. „Es tut mir so leid", flüsterte sie mir ins Ohr. „Lass uns später quatschen", erwiderte ich. „Mir ist arschkalt."

Wir stapften hintereinander durch den Wald, den Schnee und die Dunkelheit.

„Komm schon, Kim", rief ich und streckte meine tiefgefrorene Hand nach ihm aus. Er fasste nach ihr und ich zog ihn hinter mir her. *Was für eine Wendung*, dachte ich. Kim vermittelte seinen Mitmenschen einen vollkommen anderen Eindruck. Er beeindruckte seine Mitmenschen sogar. In Wirklichkeit war er ein bemitleidenswerter Mann. Was hinter Gesichtern steckt, ob Schmerz, ob Schmutz, ob Traurigkeit, findet nicht einmal eine mit Zertifikaten und Titeln dekorierte Psychotherapeutin heraus. Zumindest nicht, wenn man so geschickt ist wie Lissy und Kim, die ihr wahres Ich ein halbes Leben lang versteckt hielten.

Feliz Navidad

„Ist dir sehr kalt?", fragte ich Torben. Wir hatten uns einige Meter zurückfallen lassen.

„Nein, natürlich nicht", scherzte er.

Vor uns stapften Fee und Lissy durch den Wald. Lissy hatte ihre Fackel an Kim weitergegeben, der ganz vorne lief, einsam und allein.

„Was für eine Aufregung." Ich seufzte und schüttelte meinen Kopf. „So viel Adrenalin ertrage ich nicht."

„Du bist also eher kein Adrenalinjunkie", fragte Torben nach. „Ich? Nein! Höchstens wenn ich einen Herzstillstand erleide." Torben lachte. Und zitterte.

Obwohl ich während meines letzten Mut-Anfalls nicht gerade mit Erfolg belohnt worden war, kehrte und kratzte ich noch einmal alle Splitter, Späne, Scherben aus den Ecken, Fugen, Riefen und stapelte sie zu einem neuen Berg auf. Ich atmete tief ein, ein letzter Mut-Schluck sozusagen, und mischte meine Finger unter seine. Eiskalt griff er zu.

„Komm, ich wärme dir zumindest deine Hand", sagte ich. Er stoppte. Ich erschrak und zog meine Hand zurück. Wie eine gescholtene Vorschülerin versteckte ich sie hinter meinem Rücken und warf meine Blicke auf die Schneedecke.

„Nicht", zischelte er, machte einen Twist und baute sich dicht vor mir auf. Sein dampfender Atem traf mich im Gesicht. Er führte seine Arme um mich herum, griff sich meine Hände und fädelte seine Finger wieder ein. Die Flamme der Fackel flackerte. In ihrem Schein blickte er mir ins Gesicht, genaugenommen auf meinen Mund. Ich hob meine herabgeworfenen Blicke wieder auf. Er fuhr sich mit der Zunge über die Lippen und legte den Kopf leicht schief.

„Hey, ihr Balzhasen", bollerte Fee, dass wir erschraken und voneinander abrückten. Torben riss seinen Kopf herum. Ich straffte meine Schultergürtel.

„Beeilt euch mal. Es sieht so aus, als wenn sich da vorne etwas tut", verkündete sie.

Ich blickte geradeaus, dorthin, wo schon der Rastplatz zu sehen war und zoomte meine Blicke heran. Ich sah Autoscheinwerfer, die sich bewegten und eine Reihe bildeten.

„Ich kann nicht schneller, ich spüre meine Füße nicht mehr", erklärte ich Torben.

„Ich nehme dich Huckepack", erwiderte er. „Dann wird mir vielleicht auch warm. Er reichte mir die Fackel und bot mir seinen Rücken an.

„Na gut." Ich sprang auf, er fing meine Beine ein. Wie von Steigbügeln umschlossen, hielten seine Arme meine Schenkel fest.

„Hüa", alberte ich, tarierte die Fackel aus, damit sich niemand versengte, und schlang meinen rechten Arm um ihn. Meine Hand ruhte auf seiner Brust, direkt über dem Herzen, dass kräftig schlug. *Hui!* Schon trabte er los.

„Wolltest du mich gerade küssen?", flüsterte ich ihm ins Ohr, während sich mein Puls auf einen Zehnkampf vorbereitete. Nur wenige Zentimeter trennte meine Zungenspitze von seinem Ohrläppchen. Irgendwer boxte von innen gegen meine Magenwand.

„Ich dachte, ich schulde dir noch einen Kuss in der Dunkelheit", hechelte er. Ich hüpfte auf und ab und wippte hin und her. *Schön die Zähne zusammenhalten, sonst beiße ich mir die Zunge ab.* Heißes Wachs kleckerte auf meinen Handrücken. Chu, Chu, der Wind und der Schnee ließen es gefrieren und augenblicklich erhärten. In mir erhärtete sich das Gefühl, dass ich seine Schuld einfordern wollte. Unverzüglich, direkt vor Ort, sofort. Meine Lippen berührten sein Ohr und wanderten über seine Wange, die ich küsste. Einmal, zweimal, dreimal. Bis er stehen blieb, den Kopf drehte und seinen Mund nach mir reckte.

„Schulden verschiebt man besser nicht", säuselte ich und erreichte seine kalten Lippen. Doch so ganz fanden wir aufgrund meiner Position nicht zueinander. Zwei Verknallte, ein Gedanke. Ich sprang von seinem Rücken, während er mich zeitgleich abwarf. Wir trafen uns im Schnee, standen Bauch an Bauch. Ich griff mir sein Gesicht, er griff nach dem Revers und zog mich dicht heran. *Hui!* Eine räderschlagende Pfauensippe stieg in mir auf. Er reckte sein Kinn, bückte sich zu mir herunter und berührte meine Lippen. Wir küssten uns einmal, zweimal, dreimal, bis ich meinen Mund leicht öffnete. *Fuego*, dachte ich, als ich inmitten dieser Kälte, inmitten dieses Sturms aus Schnee und Wind, seine heiße Zunge schmecken durfte. Seine Küsse waren Balsam, Blütenblätter und Biskuit.

„Jetzt kommt schon", keifte Fee, die vorneweg stapfte, ohne sich umzudrehen. Ich zuckte zusammen, ließ ab von seinen Lippen.

„Wow", sagte er.

„Wow zurück", erwiderte ich. Wir grienten, blickten uns in die Augen, dann kicherten wir.

„Auch wenn ich nicht der heimliche Küsser bin, ich fand dich toll … vom ersten Augenblick an", verriet er mir und strich mir eine Strähne aus dem Gesicht, die Mr. Chu direkt wieder nach vorne trieb.

„Ich finde dich auch toll", gab ich zu. „Nur leider erst seit dem zweiten Augenblich. Im ersten Augenblick war ich sozusagen etwas abgelenkt. Ich dämliche Kuh. Sorry." Ich krauste die Nase und kniff meine Augen zu.

„Sag nicht sowas. Du bist keine dämliche Kuh. Du bist der tollste Mensch, den ich je getroffen habe." Er strahlte mich an und küsste meine Stirn. Verlegenheit verteilte sich in meinem Fühlen. Ich senkte meinen Blick, während meine Mundwinkel abhoben. Ich räusperte mich. „Wir müssen, glaube ich", meinte ich zögerlich. Er nickte. „Spring auf." Ich haftete an Torbens Rücken. *Den werde ich nie mehr loslassen.* Wieder und wieder wanderte meine Hand über seine Brust.

„Lady", hechelte er, während er trabte. „Sie machen mich nervös."

„Sie mich auch. Das ist ja das Problem", retournierte ich, während wir Fee und Lissy immer näherkamen.

„Hey", schnaufte Torben, als wir auf gleicher Höhe waren. Er löste die Steigbügel und ich sprang ab.

„Die letzten Meter laufe ich selbst", erklärte ich und schob mich zu den anderen in Reihe. Torben schnappte sich meine Hand. Lissy schmunzelte. Beschämt schaute ich auf den weißen Grund.

„Leander", rief meine Schwester mit einem Mal. Ihr Ehemann wartete vor dem kleinen Wall im Schnee, den ich auf dem Hinweg wie eine Snowboarderin benutzt hatte.

„Ich hatte mich schon gefragt, wer der vierte Fackelträger ist", sagte ich.

„Der sieht aber gar nicht gut gelaunt aus", stellte Fee fest.

Auf einmal brüllte er. Nichts Verständliches, kein Wort, nicht einmal einen Laut. Er brüllte nur. Er brüllte und stürmte ohne Vorankündigung auf uns zu. Weniger auf uns, dass kristallisierte sich sehr schnell heraus, als vielmehr auf Kim zu.

„Digga, was ist?", rief dieser und gestikulierte wie ein Freund. Seine Hand winkte durch den Schneesturm, sein Kopf legte sich schief, während Leander seine Fackel zur Seite warf. Er streckte seinen Arm aus und ballte eine Faust. Einen Meter vor Kim stoppte er abrupt und zog die Faust noch einmal zurück. Sein Gesicht wurde zur Fratze. Er verlagerte sein Gleichgewicht, wie ein Judoka, holte aus und schlug Kim ins Gesicht. Er traf ihn Nahe des Wangenknochens. Es krachte. Kim flog rücklings in den Schnee, Lissy quiekte und Leander kreischte. Nichts Verständliches, kein Wort, immerhin einen Laut. Und zwar: „Au!"

„Meine Güte", fiepte Fee und warf sich beide Hände vor die Brillengläser. Leander schüttelte seine Hand.

„Au, au, au", quiekte er, während sich Kim zögerlich wieder erhob. Eine Hand berührte seine Wange, eine

Hand zeigte auf und winkte. „Tu mir nichts", stammelte er.

„Warum erzählt einem niemand, dass eine Prügelei so weh tut?", meuterte mein Schwager.

„Leander", quiekte Lissy und stakste wie ein Storch auf ihn zu.

„Er war es, oder? Liege ich da richtig?", meinte er zu meiner Schwester, streckte einen Finger nach Kim aus und sah ihr ins Gesicht. Wieder und wieder schüttelte er seine Hand. Lissy stoppte, ließ ihren Kopf hängen und seufzte. Dann weinte sie. Leander streckte seinen gesunden Arm aus und berührte Lissy an ihrer Schulter. Er blickte zwischen ihr und Kim hin und her, seufzte und wirkte wieder gefasst.

„Ich bin dir nicht böse", sagte er plötzlich. „Ich liebe dich."

„Was?", gickste Lissy mit zitterndem Kinn, während Torben meine Hand drückte und seine Augen auf Durchzug stellte.

„Ich war öde und spröde", zischelte er. „Wer kann es dir verdenken." Er ließ Arme und Ohren hängen.

„Leander", fiepste Lissy. Sie tapste auf ihn zu, nestelte an seinem Ärmel.

„Aber ich habe es abgewaschen." Leander streckte sich, reckte sein Kinn und straffte seine Schultern. „Ich werde nicht länger öde und spröde sein", donnerte er.

„Wie bitte?" Lissy setzte ein Waschbrett auf ihre Stirn.

„Ich habe es abgewaschen", wiederholte er. „Das hat mir deine Schwester beigebracht."

„Damit habe ich nichts zu tun", flüsterte ich Torben zu. Fee richtete ihre Brille.

„Es tut mir so leid", schluchzte meine Schwester.

„Ich war nicht wütend auf dich", beteuerte Leander und blickte ihr in die Augen. „Ich war wütend auf mich. Aber damit ist jetzt Schluss." Er nickte. „Ich war dir kein guter Ehemann. Ich habe dich vernachlässigt ... in jeder Hinsicht", verkündete er.

„Und ich bin ein dunkler Zwilling", schniefte Lissy.

„Wir waschen es ab, okay?" Leanders Tränen gefroren noch während sie flossen.

„Doch ...", flüsterte ich Torben zu und nickte. „Das war ich. Damit habe ich sehr wohl was zu tun." Ich strahlte wie ein Boygroup-Fan in der ersten Reihe. Mein Stolz bescherte mir einen geraden Rücken.

„Keine Ahnung, worum es hier geht", erwiderte er leise. Leiser als der Wind, der den Chu Chu-Song performte.

„Ich glaube, ich habe mir die Finger gebrochen", erklärte Leander.

„Du Ärmster!", säuselte Lissy, nahm sich seine Hand und küsste sie.

„Ich liebe dich!"

„Ich liebe dich auch!"

Kim seufzte durch den Sturm und fegte sich den Schnee von der Kleidung.

„Digga!" Mein ehemals öder, spröder Schwager drehte sich nach ihm um.

„Es tut mir leid", meinte er. „Habe ich dir wehgetan?"

„Alles gut", erwiderte Kim mit einer geräuschvollen Skepsis in der Stimme. Er öffnete seinen Mund und kniff das linke Auge zu.

„Au", fiepte er. Auf seiner Wange wuchs ein Hämatom. „Mir tut es leid", setzte Kim flüsternd hinterher.

„Wenn du nicht gewesen wärst, hätte ich es nicht begriffen“, beteuerte Leander und legte seinen gesunden Arm um meine Schwester, die gen Schneedecke schaute, zaghaft grinste und die Lider ablegte.

„Am Ende sind alle wieder glücklich, nur ich nicht“, wisperte Kim.

„Kommt, Leute“, meinte Fee. „Lasst uns gehen. Da vorne herrscht Aufbruchsstimmung.“ Sie deutete in Richtung der Raststätte und stieg den kleinen Wall herauf.

„Da seid ihr ja endlich“, toste mein Vater. In seinen Worten lag Erleichterung. Er stand neben einem fahrbereiten Volvo und rieb sich seine Hände.

„Junge, du erfrierst ja“, meinte er zu Torben und stupste ihn kumpelhaft an.

„Geht schon.“ Torben winkte ab. Mein Vater blickte an ihm herab, entdeckte Torbens Hand in meiner, lächelte zaghaft und zwinkerte mir zu. Er räusperte sich.

„Kommt, verteilt euch auf die Autos. Wir fahren. Der Strom läuft wieder“, sagte er und knuffte meinen Oberarm

„Ihr kommt alle zu mir in den Bus. Ich habe Platz“, erklärte Torben und lotste uns hinter sich her.

„Der Schlüssel ist in meiner Jackentasche“, meinte er zu mir. Zu sechst standen wir vor seinem Bulli. Er war bedeckt von einem halben Meter Schnee – Torben auch.

Ich zuckte mit den Schultern. „Und?!“, entgegnete ich.

„Die Jacke trägst du.“ Er kam ganz nah. Ich spürte seinen warmen Atem auf meiner Stirn. Bis auf Halbmast öffnete er den Reißverschluss, griff sich das Revers und fädelte seine Hand in die Innentasche. Seine Hand touchierte sanft meine Brust.

„Oh! Sorry“, hauchte er.

„Kein Problem“, wisperte ich und fixierte seine Augen.

„Du machst mich nervös“, zischelte er und barg mit zitternden Fingern seinen Schlüsselbund. Es klimperte. Er räusperte sich und küsste mich auf die Nase. „Wir fahren jetzt nach Hause ins Warme“, hauchte er mir zu.

„Kommt Leute, die besten Plätze sind schnell besetzt“, richtete er sich an die Anderen.

Die Heizung rauschte und lief auf höchster Stufe. Ich hatte mich nach vorne neben Torben gesetzt. Auf der anderen Seite saß Fee.

„Meinst du wir kriegen das wieder hin?“, flüsterte sie mir zu und griff nach meiner Hand, die allmählich wärmer wurde. „Haben wir jemals etwas nicht hingekriegt?!“, erwiderte ich und schmunzelte. „Wir sind alles nur Menschen. Manchmal denken wir halt mit unserer Vanessa. Manchmal ist das auch gut so.“ Ich streichelte ihre Finger.

„Habe ich allen Ernstes behauptet, ich sei verliebt?“, flüsterte sie und legte sich eine Hand an die Stirn.

„Jupp!“ Ich nickte und unterdrückte mein Lachen. „Da ist so eine Verbindung zwischen uns“, zitierte ich sie mit verstellter Stimme und grimassierte wie eine Soap-Darstellerin.

„Du Grinch.“ Sie stupste mich mit ihrem Ellenbogen und gackerte.

„Du Schneekönigin“, erwiderte ich und lehnte mich lachend bei ihr an.

„Ich hätte mit Anastasia nach Mauritius fliegen sollen, wie ich es vorgehabt hatte", tönte Kim. Fee drehte sich nach ihm um.

„Dann wäre sie vermutlich noch mit dir zusammen", entgegnete sie. „Das hättest du ihr nicht antun dürfen." Fee fuhr wieder herum. Ich presste meine Lippen aufeinander und sperrte die Augen weit auf.

„Himmel, Lissy und Leander knutschen auf der Rücksitzbank", wisperte sie und deutete mit dem Daumen hinter sich.

„Das ist nichts, was ich nicht auch schon gesehen hätte. Sei bloß nicht so prüde", meinte ich und schmunzelte.

„Kommt rein, kommt rein. Ihr seid die Letzten." Mein Vater empfing uns an der Tür. „Gleich wird es warm. Bartosz feuert den Kamin gerade an."

Wir stampften mit den Füßen, lösten den Schnee von unseren Stiefeln. Ich schlüpfte heraus, schob sie zur Seite und streifte auch meine Strümpfe ab.

„Herrlich", sang ich, als meine Zehen die Auswirkungen der hochfahrenden Fußbodenheizung zu spüren bekamen.

„An die Arbeit", dirigierte meine Mutter und klatschte in die Hände. „Je schneller wir sind, desto schneller gibt es was zu essen." Sie lächelte. „Raclette", betonte sie. Ihre Gesichtszüge drückten Zufriedenheit aus, während sie meinen Rücken im Vorbeigehen streichelte. „Mein Mädchen", wisperte sie.

Torben und ich gingen zurück an unseren Posten. Der Obstsalat wartete auf seine Finalisierung. Ich machte mich über die Früchte her, wobei ich mich lieber über ihn hergemacht hätte. Mir lief das Wasser im Mund zusammen, während ich einen Apfel schnippelte. Stimmungsvoll sprudelte der Wasserkocher.

„Ist bei euch noch Platz?“, fragte Fee und lehnte sich von hinten gegen mich.

„Wir kommen mal zu euch.“ Lissy und Leander reihten sich neben Jule und Britta ein. „Kannst du mit deiner Hand überhaupt arbeiten?“, sorgte sich Lissy. Leander zuckte mit den Schultern.

Dort wurde der Rest vom Fleisch zerkleinert, dort wurden Zucchinis, Champignons, Auberginen und Pellkartoffeln in Scheiben geschnitten. Wolfgang rührte die Vinaigrette für den Antipasti-Teller an. Kerstin drapierte den Käse.

„Der stinkt“, nörgelte Zoe. Doch Paul erstickte ihre Meuterei mit einem Kuss.

„Guck mal, Johannes, die knutschen“, meinte einer der Jugendlichen. „Dich knutschen Frauen nur, wenn es dunkel ist“, neckte ein anderer. *Kinder können so hässlich zueinander sein.* Ich schnaubte und ließ das Messer auf dem Schneidebrett nieder. Ich fasste nach Torbens Hand, drehte meine Blicke zu ihm. „Sorry“, flüsterte ich.

„Weswegen?“ Er zog seine Brauen zusammen.

„Deswegen.“ Ich machte eine Pirouette, strammte meine Körperhaltung und marschierte entschlossen auf Johannes zu. Ich schob ihn mit dem Rücken gegen den Kühlschrank, streckte mich, hievte mich auf meine Zehenspitzen, packte ihn am Hinterkopf und küsste ihn. Auch wenn ich ihn überrumpelt hatte, küsste er mich zurück. Dann ließ ich wieder ab von ihm. „Du bist ein verdammt guter Küsser.“ Ich zwinkerte ihm zu.

„Bin froh, dass du derjenige welche gewesen bist. Wenn ich mich so umsehe, jede Wette, deine Kumpels sind nicht ansatzweise so geschickt." Ich lächelte und strich ihm über die Wange. „Leider bist du mir zu jung. Ansonsten ...", flunkerte ich, wand mich ab und kehrte wortlos an meinen Arbeitsplatz zurück. Flunkern ist wie funkeln, gerade an Weihnachten, wenn der Strom wieder läuft.

„Sorry", sagte ich noch einmal zu Torben.

„Ich hätte genau das gleiche getan", erwiderte er. „Allerdings war das dein letzter Kuss mit einem anderen. Versprichst du mir das?", flüsterte er und stupste mich.

Fee stupste mich von der anderen Seite. „Gute Aktion."

„Ich muss mal auf die Toilette", wisperte ich und starrte Torben von der Seite her in sein schönes, reines Gesicht. Ich drehte ab und tippelte über die warmen Fliesen. Mein Puls galoppierte, mein Magen knurrte und kribbelte zu gleichen Teilen, ein Lächeln lag auf meinem Gesicht.

„Nimm nicht so viel Essig, davon bekomme ich Sodbrennen", ermahnte Oma Gretchen Torbens Opa. „Dat brennt dann immer so heiß hoch", röhrte sie. In mir brannte es auch heiß hoch. Mit Verlangen im Leib verließ ich die Küche, querte den kalten Flur und stoppte vor dem Gäste-WC.

„Sorry, besetzt", hörte ich Romy sagen, die hinter Bartosz in den kleinen Raum drängelte, mir zuzwinkerte und die Tür schloss. Ich seufzte.

„Hey!", machte Torben. Ich drehte mich um, er stand etwa drei Meter hinter mir und lächelte. Mit seiner Hand bat er mich, ihm zu folgen. Barfuß eilte ich durch den eisigen Flur hinter ihm her. Ich genoss einen unverbauten Blick auf seinen Po. Er fasste an die Klinke und öffnete die Tür des Heizungsraumes. „Komm“, flüsterte er. Ich folgte ihm. Tür zu. Auf dem Boden lag meine bekleckste Winterjacke. Er fasste mich an der Taille und schob mich rücklings gegen die verputzte weiße Wand. Sofort setzen sich seine Lippen auf meine. Unsere Zungen liebkosten einander. Mir entwich ein genussvolles „Ah“, während meine Finger unter seinen Pullover krabbelten und seine Brust berührten. Ich spürte seine glatte, feste Haut unter meinen Fingerkuppen. Seine Hände enterten den Saum meines Shirts. Mein Verlangen war kaum mehr kontrollierbar und schwer zu bändigen. Da ließ er ab von mir. Er machte einen Rückwärtsschritt und schnaufte. „Wow“, hauchte er.

„Warum hörst du auf?“, wisperte ich und musterte ihn.

Er presste seine Lippen aufeinander und schloss die Lider für einen kurzen Augenblick. „Wir können hier doch nicht …“ Weiter sprach er nicht.

„Warum nicht?!“ Meine Hand streckte sich nach ihm aus.

„Deine Eltern sind im Haus.“ Er lächelte schief und fädelte seine Finger in meine. „Nicht zu vergessen die zig anderen Gäste“, ergänzte er und plinkerte mit den Augen.

„Wir sind ganz leise“, versuchte ich ihn zu überreden.

„Nein“, entschied er. „Ich wollte nur ein bisschen knutschen.“

„Okay", ich nickte. „Heute Nacht werde ich aber bei Fee schlafen. Sie und ich müssen quatschen." Ich streichelte seinen Handrücken mit meinem Daumen.

„Luise, wir haben Zeit. Nicht so schnell", flüsterte er und lächelte mit seinen Blicken.

„Übermorgen reisen alle wieder ab", schnaufte ich.

„Müssen wir doch nicht, oder?" Er legte seinen Kopf schief. „Ich rufe den Vermieter an und wir verlängern einfach. Die Häuser werden sicher nicht gleich wieder besetzt sein." Er zwinkerte mir zu und schürzte seine Lippen.

„Wir können Lassie übrigens morgen abholen. Die Klinik hat angerufen. Dann bleiben wir über Silvester hier. Was meinst du?" Er zog mich an sich heran, schlang seine Arme um meine Schultern und umarmte mich.

„So machen wir das", nuschelte ich. Mein Gesicht ruhte an seinem Brustkorb. „Jetzt brauche ich aber erst einmal einen Schnaps, um wieder runterzukommen." Ich seufzte und lächelte.

Es war zweiundzwanzig Uhr dreißig. Die fünf Raclette-Grills, die das Eindeck-Team gleichmäßig über die Tafel verteilt hatten, brutzelten, garten und dampften.

„Herrlich", tönte mein Vater. Im Hintergrund dudelte die Weihnachts-Playlist. „The little drummer boy" von Frank Sinatra, Fred Waring und the Pensylvanians lief vom Band. Meine Mutter hatte Tränen in den Augen. Ob wegen der festlichen Stimmung oder der Rauchentwicklung der Zwiebelringe, ich rätselte. Unter dem Tisch hakelten und tanzten Torbens und meine Finger miteinander. Ich strahlte. Lissy und Leander teilten sich ein Pfännchen und wegen seiner verletzten Hand legte meine Schwester den Wildlachs auf. Britta und Jule rieben ihre Nasenspitzen aneinander, Lukas und Anastasia hatten den Saal noch vor dem Essen verlassen.

„Ihr seid alle zu unserer Hochzeit eingeladen", krächzte Gretchen, streichelte ihren Zukünftigen am Oberarm und hinterließ dort einen riesigen Fettfleck. Wolfgang hob seinen Daumen, ich riss meine Augenbrauen hoch.

„Pa rum pum pum pum", trällerte Frank Sinatra. Romy und Bartosz küssten sich, während Onkel Robert Tante Carola Wein nachschenkte.

„Und du?", fragte sie.

„Ich nicht." Er schüttelte den Kopf und zwinkerte ihr zu. „Ich bleibe lieber nüchtern."

Kim saß mit verschränkten Armen zwischen seinen Eltern und starrte mit leerem Blick durch den Raum. Trotz des Hämatoms war er wunderschön. Allerdings nur vor dem Kopf. Ich schmunzelte. Kerstin unterhielt sich mit Paul über den NABU. Der Joint hinter ihrem Ohr hatte sich in Rauch aufgelöst.

„Ein Eichhörnchenfutterautomat, wie cool", log Paul, um einen guten Eindruck zu vermitteln.

„Mom, voll peinlich", nölte Zoe und betrachtete ihre Smartwatch.

„Ich sage dir ...", flüsterte Fee mit einem Mal. Ich wand mich ihr zu. Ihre Blicke schweiften über die Tische. „Was?", fragte ich nach. „Wenn ich wieder zu Hause bin, werde ich mich mit Anton treffen. Was habe ich zu verlieren?"

„Wer ist Anton?", erkundigte ich mich und führte meine Brauen mittig zusammen.

„Kenne ich von Tinder. Wir schreiben schon seit Wochen." Eine gute Durchblutung flutete ihre Wangen.

„Du hast mir gar nichts von ihm erzählt", stellte ich fest. „Ich war mir unsicher. Obwohl er total süß ist." Sie blickte auf das weiße Tischtuch. „Ich werde es wagen. Nach der Sache mit Kim kann es nicht noch schlimmer werden." Sie juchzte.

„War es so schlimm?", hakte ich nach, meine Blicke drückten eine eindeutige Zweideutigkeit aus.

„Der Sex war großartig, falls du das meinst." Sie legte ihre Lider ab und atmete genüsslich ein. „Was das angeht, bereue ich nichts", wisperte sie. „Alles andere bereue ich sehr", murmelte sie und schaute mir in die Augen. In ihrem Blick lag eine Entschuldigung und eine etwa drei Zentimeter dicke Schicht Schamgefühl.

„Alles gut", hauchte ich. „Triff diesen Anton", sagte ich, nickte und gab ihr einen Kuss auf die heiße Wange.

Brenda Lee rockte gerade around the Christmas Tree, der wunderhübsch glitzerte, leuchtete und duftete. Doch niemand schmückte den Weihnachtsbaum so toll wie meine Mutter, das wurde ihr auf dem Lobstuhl attestiert.

„Was haltet ihr davon, wenn wir uns nächstes Jahr wieder hier treffen und zusammen Weihnachten feiern?", trällerte sie in diesem Augenblick und streckte sich in die Höhe. „Auf jeden Fall ...", antworteten die Verwandten, Bekannten, Angeheirateten und Geschiedenen synchron. „... NICHT!", brüllte ich.

Epilog
oder
It' s beginning to look a lot like Christmas

Heute

Ich feuchte meinen Zeigefinger an und reiße das skatkartengroße Kalenderblättchen des zweiundzwanzigsten Dezembers ab. Ich grinse zufrieden. Es existieren weder Ton- noch Filmaufnahmen, auch keine steno- oder tagebuchähnlichen Aufzeichnungen, die als Beweismittel taugen, einzig mein Gedächtnisprotokoll liegt mir vor. Und dennoch, ich erinnere mich an jedes Detail. Ein warmer Hauch weht mir über das Gesicht. Die besonderen Ereignisse des letzten Weihnachtsfestes, die mein gesamtes Leben umgestaltet, umgekrempelt und umso besser gemacht haben, sind noch immer präsent. Ich zerknülle das Blättchen und betrachte das hochwertig gerahmte Foto, das Lissy mir letztes Jahr an Heiligabend geschenkt hatte. Als ich ihr Päckchen am zweiten Weihnachtstag öffnete, musste ich weinen - obwohl das gar nicht meine Art ist. Das Foto zeigt sie und mich im Alter von sechs Jahren, wie wir lachen, Händchen halten und uns offensichtlich gut verstehen. Harmonie und Verbundenheit drückt dieses Bildnis aus. Auch wenn sich unsere Garderoben unterscheiden, weiß ich bis heute nicht, welche von beiden ich bin. Keine Spur von Neid, Konkurrenz und gegenseitiger Bewertung liegen zwischen uns. *Und zehn Jahre später lag all das in Trümmern*, denke ich. Doch Lissy und ich arbeiten daran, die Scherben, Späne und Splitter aufzufegen, um sie zu einem Mut-Turm werden zu lassen. Ich seufze.

„Kommst du", ruft Fee. Sie steht im Türrahmen und schiebt ihre Brille bis zum Nasenansatz. „Wir sind so weit." Ich zucke zusammen und manövriere meine Gedanken ins Hier und Jetzt. „Ich komme", antworte ich.

Ich schlurfe in die Küche und schnappe mir die Schüssel mit dem Kartoffelsalat. „Das wird super", behaupte ich und verlasse meine Doppelhaushälfte.

Über die Gehwegplatten gelange ich in Torbens Bulli.

„Hey Süße", flüstert er.

„Hey Süßer", antworte ich, schnalle mich an und stelle mir den Salat auf die Oberschenkel.

„Hey Anton." Ich schaue in den Rückspiegel und winke. Anton, der Verlobte meiner besten Freundin – die zwei geben ein ziemliches Tempo vor – winkt zurück.

„Wir können", schnauft Fee, die sich zu ihm auf die Rücksitzbank setzt und die Schiebetür schließt. Für einen kurzen Augenblick flammt die Kussszene des vergangenen Jahres in meiner Erinnerung auf, doch ich schüttele den Kopf und schüttele die Gedanken ab.

„Und warum genau hast du den Kartoffelsalat schon heute zubereitet?", erkundigt sich Anton.

„Damit er am vierundzwanzigsten richtig schön durchgezogen ist", reagieren Fee und Torben synchron, weil ich ihnen diese Frage schon x-mal beantwortet habe. Ich kichere.

„Und du willst die Schüssel wirklich die ganze Zeit festhalten?" Torben sieht mich von der Seite her an. Er lenkt den VW-Bus von der Auffahrt. Brumm, der Motor macht auf sich aufmerksam.

„Bis an die Nordseeküste fahren wir eine Weile", erklärt Fee. „Das weiß ich, ich war letztes Jahr dabei", kontere ich und blicke nach hinten über meine linke Schulter. Ich krause meine Nase.

„Wisst ihr noch?" Ich schaue zwischen Fee und Torben hin und her und schmunzele. Beide schauen irgendwie konsterniert.

„Das letzte Weihnachtsfest hat zwar vieles zum Besseren gewendet, das gebe ich zu, aber ich bin so froh, dass wir dieses Jahr nur zu viert feiern." Ich seufze. Von der letzten Bank maunzt Lassie, der in seiner Box liegt und, was das Autofahren angeht, zur Ungeduld neigt.

„Nur wir vier, Kartoffelsalat, Bockwürstchen und Netflix", schwärme ich. „Ich habe Gretchens und Wolfgangs Hochzeit noch nicht verdaut. Die ganzen Leute, all die Verwandten und Bekannten", raune ich.

„Das ist sechs Monate her", meint Fee.

„Ein Event dieser Größenordnung reicht fürs ganze Jahr." Ich schnaube.

„Also gut, nicht böse sein", haspelt Torben. „Jetzt müssen wir es dir sagen." Mein Kopf schwenkt umher.

„Sagen? Was?"

„Auweia", raunt Fee von der Rücksitzbank. Ich bastele mir ein Waschbrett auf die Stirn und rätsele.

„Wir mussten es deiner Mutter versprechen", stammelt er. „Das hier wird kein Fest zu viert. Wir feiern wie letztes Jahr. Mit allen Freunden, Bekannten und Verwandten. Bitte, sei nicht böse." Torben prustet.

„Nein, nein, nein", brülle ich mit der NABU-Mütze auf dem Kopf und schlage meine Fäuste in den Sitz. Die Schale mit dem Kartoffelsalat kippt herunter und ergießt sich im Fußraum. Es riecht nach Mayonnaise und wegen der Eier nach Stinkbombe. „Nein", kreische ich. „Ich hasse euch! Das verzeihe ich euch nie!" ...

Danksagung

Danke D., dass du mich nicht nur als Geschichtenschreiberin (er)trägst, sondern auch zur Weihnachtszeit, wenn ich, was die Deko angeht, regelmäßig entgleise. ;) Du bist das Beste, was mir je passiert ist.